PATRICK DE BRUYN

Verliefd

Manteau
THRILLER

Info over de auteur:
www.patrickdebruyn.be

© 2007 Uitgeverij Manteau / Standaard Uitgeverij nv
en Patrick De Bruyn
Standaard Uitgeverij nv, Mechelsesteenweg 203, B-2018 Antwerpen
www.manteau.be
info@manteau.be

Vertegenwoordiging in Nederland: Uitgeverij Unieboek BV, Houten
www.unieboek.nl

Speciale editie juli 2009

Omslagontwerp Wil Immink
Foto omslag Getty Images - Gary Isaacs

Alle rechten voorbehouden. Niets uit deze uitgave mag worden
verveelvoudigd, opgeslagen in een geautomatiseerd gegevens-
bestand of openbaar gemaakt, in enige vorm of op enige wijze,
hetzij elektronisch, mechanisch, door fotokopieën, opnamen
of op welke wijze ook, zonder voorafgaande schriftelijke
toestemming van de uitgever.

ISBN 978 90 223 2440 0
D 2009/0034/422
NUR 330

Gillen om hulp had geen zin, want niemand zou haar horen.

Wat wilde hij toch van haar?

Dat wist ze niet eens.

Hij hield nu met zijn zwarte terreinwagen met donkere ruiten vlak achter haar halt. Nu kon ze niet meer weg. Ze stond schuin tussen de bomen langs de kant van de weg geparkeerd. Ze zag alleen de massieve zwarte flank door haar achterruit. De auto's achter hem in de dreef moesten om hem heen. Zou hij uitstappen? Ze zat in de val. In paniek drukte ze bliksemsnel alle knopjes van de deuren in.

Hij bleef daar staan.

Wat wilde hij toch van haar?

Waarom gebeurde er nu niets? De spanning was ondraaglijk. De angst gierde door haar lichaam.

En net toen ze het bijna wilde uitgillen van frustratie, omdat ze nergens heen kon en omdat ze niet wist wat ze nu moest doen, scheurde hij met brullende motor in een rotvaart weg.

Ze kreeg haar ademhaling nauwelijks onder controle. De hartslag in haar keel bleef onverminderd bonzen. Het duurde geruime tijd voordat ze rustig genoeg was om te kunnen denken. Ze had altijd gedacht dat ze volkomen anoniem door het leven ging. Maar plots realiseerde ze zich dat iemand haar al die tijd in de gaten hield. Dat was zo schokkend.

Ze was te vroeg voor haar afspraak in De Nachtegaal. Ze had geen zin om op het terras van de taverne alleen aan een tafeltje te gaan zitten, maar ze had nog minder zin om hier alleen in haar auto te wachten.

Ze werd gek van angst dat hij zou terugkomen.

Wat wilde hij dan van haar?

Ze gluurde bang rond. Misschien moest ze nog even omrijden, tot het tijd was voor haar afspraak. Maar ze kon beter eerst gaan kijken of hij er al was.

Ze trok aan het hendeltje en duwde met haar schouder tegen de deur om uit te stappen, maar ze kreeg geen beweging in haar portier. Een fractie van een seconde raakte ze weer in paniek, maar nee, ze had de auto zelf afgesloten. Ze trok het deurknopje omhoog en glipte uit haar auto.

Ze liep zo snel als dat op de kasseien kon naar de taverne. Ze wandelde eerst over het terras, tot achteraan. Dan door het verandagedeelte terug. Hij was er nog niet. Voor alle zekerheid ging ze ook verder naar binnen, maar daar zat met dit mooie weer alleen een zotverliefd stel van middelbare leeftijd dat elkaar olijven voerde. Erg, vond ze het, als mensen zich niet naar hun leeftijd konden gedragen.

Ze wilde eigenlijk liever niet meer alleen terug naar haar auto. Misschien kon ze hem bellen om te zeggen dat ze er was. Dan wist ze dadelijk hoe lang ze nog alleen moest blijven. Ze tastte in haar handtas naar haar gsm, maar ze vond hem niet. Natuurlijk niet, die had ze op de passagiersstoel laten liggen. Ze zuchtte. Dan toch maar terug.

Maar ze was amper een paar meter ver toen ze abrupt halt hield.

Ze hoopte eerst nog. Ze hoopte vooral dat het niet waar was. Dit kón gewoon niet. Ze voelde nu pas echt de behoefte om te gaan gillen. Om iedereen bij elkaar te schreeuwen. Te roepen dat haar auto was verdwenen! Weg! En op de parkeerplaats tussen de bomen stond nu een grote, zwarte terreinwagen met donkere ruiten.

Ze duizelde, ze verloor even haar evenwicht. Naast haar klonk een luide claxonstoot en een zwarte auto kwam, rakelings langs haar, slippend tot stilstand.

Ze slaakte een gil.

***

Niemand van de vrolijke bende terrasjesmensen zag hoe de man met de zonnebril op en vlinders in zijn buik, stilletjes zat te sterven op zijn stoel.

De minuten tikten zijn hoop ongenadig weg.

De ondergaande zon was al tot achter de boomkruinen van het Nachtegalenpark gezakt. En hij voelde zijn handen en voeten al koud worden.

Hoe had het toch zover kunnen komen?

Vijfenveertig minuten eerder had hij hier afgesproken. Een uur en twee koffies verkeerd eerder was hij hier aangekomen en hij kon hoogstens iets meer dan een uurtje blijven.

Intussen speelde hij een uitputtend spelletje tegen zichzelf: zo lang mogelijk niet naar de tijd op zijn gsm kijken. Hij richtte zijn aandacht op de terrasjesmensen om hem heen. Maar hij hield het niet één keer langer dan een minuut vol.

Iedere minuut die voorbijging, trok zijn borstkas strakker samen. Hij had hier zo lang naar uitgekeken.

Iedere minuut dat ze er nu niet was, was voor altijd verloren. Hij kon echt niet lang blijven. Dat wist ze toch?

Zijn gsm lag open op het tafeltje voor hem. Er leek hem

plots niets zo zenuwslopend als wachten tot de telefoon overgaat.

Hij had op z'n minst tien keer overwogen om haar zelf te bellen. Maar dat vond hij niet zo gepast. Te gretig. Een uurtje voor hij was vertrokken, hadden ze nog een e-mail uitgewisseld. Er was toen geen probleem. Maar misschien had ze nog een dringend telefoongesprek moeten aannemen. Of misschien was haar diensthoofd binnengekomen.

Bovendien was ze niet het type dat zich naakt voelde zonder gsm. Het ding kon nu dus evengoed onder in haar tas liggen. Ze zou zijn oproep misschien niet eens horen.

En als ze dat echt nodig vond, kon ze nog altijd zelf naar hem bellen. Ja, natuurlijk had ze zijn nummer. Van het sms'je dat hij haar twee maanden geleden had gestuurd. En dat ze pas een dag later had opgemerkt, nota bene. Daar moest hij nog om glimlachen. Hij betrapte zichzelf er wel meer op dat hij zat te glimlachen terwijl hij aan haar dacht. Hij voerde hele gesprekken met haar in zijn hoofd. Terwijl ze elkaar nauwelijks in het echt, en dan nog louter professioneel, hadden gesproken.

Of had ze plots koudwatervrees gekregen? Nee, zo was ze niet. Daar was hij van overtuigd. Hoe hij daar zo zeker van was? Dat wist hij gewoon.

Hij voelde zijn schouders loodzwaar worden. Het maakte niet meer uit. De tijd was voorgoed voorbij. Of misschien kon hij toch een kwartiertje langer blijven. Of twintig minuten zelfs, als ze nu dadelijk zou arriveren. Hoewel, eer ze zich allebei op hun gemak zouden voelen, eer ze een drankje hadden besteld, was er gauw een kwartier om. En het zou weken duren voor hij opnieuw kon afspreken.

Hij kreeg het plots fris. Hij had op het terras zorgvuldig een plekje in de weldoende voorjaarszon uitgekozen. Hij wist dat ze daarvan hield. Maar met de zon nu achter de bomen koelde het gauw af.

Hij had het zelden koud. Maar nu rilde hij: er was iets met haar gebeurd. Ze had onderweg een ongeval gehad. Dat was het, ongetwijfeld. Hij zou haar nu bellen.

Hij wenkte de kelner om af te rekenen. Het sprak toch voor zich dat hij zich na meer dan drie kwartier zorgen begon te maken dat ze er nog niet was? Hij toetste haar nummer in en luisterde naar de belsignalen tot haar voicemail startte. 'Hallo, met mij. Even niet bereikbaar.' Hij sprak geen boodschap in.

In de verte huilde een ziekenwagen.

Zijn borstkas snoerde weer harder dicht. Nee, mompelde hij in zichzelf, dat niet. Dát toch niet. Hij zag haar gekneld in een wrak. Maar hij bande dat beeld uit zijn hoofd. Hij zag haar op een brancard afgevoerd worden. Maar ook dat beeld wilde hij niet zien. Of was ze dood?

Hij schudde met zijn hoofd. Nee, dat mocht niet.

'Nee toch!' zei hij plots hardop.

De kelner, die net het wisselgeld op tafel neertelde, keek even verbaasd op, maar liep na een groet discreet weg.

Hij stond op, trok zijn regenjas aan over zijn pak en liep langzaam naar de uitgang van het terras, met zijn gsm in de hand alsof hij zijn berichten las. Hij zou nog even treuzelen en dan naar zijn auto lopen. Hij zuchtte. Het had nu helemaal geen zin meer. Ze zou niet meer komen. En zelfs... Maar waarom niet? Wat was er gebeurd?

Hij voelde zich diep teleurgesteld. Ook ja, maar vooral triest. Bedroefd om een gemiste kans op... op een beetje... ja, op wat eigenlijk? Wat had hij ervan verwacht? Dat ze smachtend in zijn armen zou vallen? Nee, dat niet, maar waren zijn verwachtingen toch niet buitensporig geweest?

Hij klapte zijn gsm dicht en zocht naar zijn autosleutels. Hij liep traag de dreef in waar hij zijn auto had achtergelaten. Hij keek nog rond. Misschien? Nee. Hij moest nu dringend naar huis, naar zijn vrouw en zijn dochter.

Hij liep de straat op, om een Porsche Cayenne heen die een stuk uit de parkeerplaats stak. Door de uitgesleten sporen waren de kasseien nauwelijks begaanbaar. Hij liep in het midden van de kasseiweg toen hij plotseling bleef staan. Er ging een schok van herkenning door hem heen. Daar, tussen de twee volgende bomen, wat verder dan waar zijn wagen stond, zag hij het achterste van een autootje zoals dat van haar. Hij liep erheen. Nee, er bestond geen twijfel. Hij was absoluut zeker. Hij herinnerde zich haar auto nog goed, televisiesticker incluis, van die enige andere keer toen ze ook samen iets waren gaan drinken.

Hij liep tot naast haar auto, die schuin tussen de eiken stond. Hij boog vooroveren keek in de auto. Er zat niemand in. Hij keek om zich heen. Waar was ze dan? Was ze dan nu ondertussen naar de taverne gelopen? Langs een andere weg? Er was toch geen andere? Hoe hadden ze elkaar dan kunnen missen?

Of stond haar wagen hier al voor hij zelf was aangekomen? Hij herinnerde zich dat hij zijn auto naast de zwarte terreinwagen had geparkeerd die er nu nog stond, zodat hij haar wagen niet eens had kunnen zien. Nee, waar zou ze de hele tijd dan geweest zijn?

Hij voelde niet meer de behoefte om met haar te gaan kletsen op een terrasje, wel een overweldigend verlangen om haar te zien. Al was het maar voor even of zelfs maar van ver. Een glimp was hem al voldoende.

Hij nam zijn gsm en herhaalde haar nummer. Hij hoorde hoe de verbinding tot stand kwam en dan... de gedempte toon van een gsm die ergens aansloeg. Daar hoefde hij niet lang over na te denken. Het geluid kwam uit haar auto. Ze had haar gsm in de auto laten liggen. Hij keek door het raampje naar binnen, alsof hij verwachtte dat ze toch in de auto zat. Het enige wat hij verbaasd opmerkte, was dat het knopje van het deurslot omhoog zat. Haar auto was niet eens op slot. Hij klapte zijn gsm dicht toen hij haar voicemail kreeg: 'Hallo, met mij. Even niet bereikbaar' en opende het portier.

Het eerste wat hem opviel toen hij zijn hoofd naar binnen stak, was een nauwelijks merkbare, maar onmiskenbaar aanwezige geur van sigarettenrook. Vreemd. Als hij haar e-mails mocht geloven, was ze niet alleen niet-roker, maar zelfs fervent anti.

Toen viel zijn blik op iets wat hem pas echt ongelovig met de ogen deed knipperen. In het contactslot zat nog de autosleutel. Het deed hem naar adem happen. Dit was pas echt verontrustend.

Hier stond hij dan, met zijn hoofd in een auto die de zijne niet was; in de auto van een verdwenen vrouw die ook de zijne niet was.

Hoe had het toch zover kunnen komen, vroeg hij zich weer af. Maar het drong ook tot hem door dat hét – wat dat ook was – niet eens was begonnen.

***

Rick Bogaert trok zijn hoofd terug uit de wagen en kwam weer overeind. Hij keek ongelovig om zich heen. Misschien was ze veel te gauw uit haar auto gesprongen, zodat ze de sleutel had vergeten.

Maar waar was ze dan? Er was slechts één weg van haar auto naar de taverne. De weg die hij net had genomen.

Hij haalde diep adem en wist het nu zeker: hier zat iets goed fout. Hoe hij zich ook inspande om het niet te horen: in zijn hoofd schreeuwden twee woorden nu om zijn volle aandacht. Gevlucht. Of ontvoerd.

Gevlucht. Maar voor wie dan? Ontvoerd. Maar door wie

dan? Hij probeerde zichzelf tot bedaren te brengen. Maar het leek er sterk op dat 'gevlucht' of 'ontvoerd' de enige mogelijke verklaringen waren voor de open auto en waarom ze niet was komen opdagen. De enige. Had ze dan vijanden? Zij? Wat wist hij trouwens over haar? Of sloeg zijn fantasie nu echt op hol?

En wat moest hij hier nu mee?

Wat moest hij nu doen?

Concreet betekende het: waarschuwde hij de politie of deed hij helemaal niets?

Het verstandigste wat hij nu kon doen om niet in de problemen te komen, was naar zijn auto lopen en hier zo snel mogelijk vandaan rijden.

Maar, gevoed door hartstocht, wilde hij die optie niet eens in overweging nemen. Die open wagen met haar sleutel in het contactslot was hem gewoon veel te verontrustend. Hij kon dat niet negeren. Wat zou hij antwoorden als iemand hem ooit vroeg waarom hij was weggereden, terwijl het zonder meer duidelijk was dat er iets ernstigs met haar aan de hand was?

Zou hij haar ooit levend terugzien? Het was alsof iemand zijn hart in zijn borstkas vastgreep en er hard in kneep.

Maar in een plots opgestoken vlaag van heldenmoed wuifde hij die doemgedachte weg. Als ze in de problemen zat, zou hij haar helpen. De politie waarschuwen was nog maar het eerste wat hij zou doen. Het was zijn plicht.

Zijn plicht? Hij keek naar de tijd op zijn gsm. Zijn plicht? Ook als dat betekende dat hij straks veel te laat en zonder goede uitleg thuis zou komen? Ook als het betekende dat hij zich als getuige opwierp in een zaak die zich afspeelde op een plek waar hij niet hoorde te zijn? Ook als het betekende dat bekend zou worden dat hij met de verdwenen persoon een afspraakje had gepland?

Hij hoefde niet eens lang na te denken om in te zien dat hij zich in een weinig benijdenswaardige positie bevond.

En wat moest hij de politie vertellen? Moest hij er dadelijk bij vertellen dat ze op hun geheime afspraakje niet was komen opdagen? En zou de politie net hém niet verdenken van een misdrijf dat hij wilde camoufleren door spontaan aangifte te doen van haar verdwijning?

Een anonieme aangifte dan. Dat was de enige mogelijkheid. Maar hoe? Zijn gsm kon nagetrokken worden. De politie zou al aan zijn deur – en bij zijn vrouw – staan, nog voor hij thuis was. Hij dacht gejaagd na. Het moest snel gaan. En hij kon zich geen fout veroorloven. Háár gsm! Natuurlijk!

Vanuit een ooghoek zag hij dat het portier van de zwarte terreinwagen openging en dat de bestuurder uitstapte.

Hij dook weer met zijn hoofd in haar auto.

Hij nam haar gsm en wilde het nummer van de politie intoetsen. Wat was het nummer van de politie ook alweer? Het algemene nummer? Komaan.

Hoe had het toch zover kunnen komen? Dat hij hier, ver van de plaats waar hij hoorde te zijn, anoniem de politie wilde bellen, om een vrouw te zoeken met wie hij niet eens een afspraak hoorde te hebben, van wie hij niet eens zou kúnnen weten dat ze verdwenen was.

***

Wat moest hij de politie eigenlijk vertellen?

Ik had een afspraak met iemand – ja, met een vrouw – die niet is komen opdagen en van wie ik de auto hier nu onbeheerd open vind. De overspeligheid droop er toch zo af.

Of, ik zag hier plots een open auto met de sleutel nog in het contact. En de bestuurder is vermist. Vermist? Ja! Zou het kunnen dat de vrouw – bij de politie waren ze macho genoeg om dadelijk te stellen dat het om een vrouw ging – dat ze gewoon vergeten is haar auto af te sluiten? Dat ze gewoon een winkel is binnengelopen? Maar hier zijn geen winkels in de buurt. Luister eens hier, meneer, denkt u dat wij voor elke open auto op de parking van Delhaize een overvalwagen gaan sturen?

Hij was zo verdiept in zijn gepieker dat hij ervan schrok toen achter hem plots hard 'Hallo!' werd geroepen. Misschien niet voor de eerste keer, want de man die een drietal meter bij hem vandaan stond, keek hem geërgerd aan.

Rick Bogaert draaide zich verder om naar de man. Hij stond nog steeds met de gsm in de hand, tussen de open bestuurdersdeur en de auto. Hij voelde zich plots genoodzaakt om zich het air te geven alsof het hier om zijn eigen auto ging en hing een arm demonstratief over de deur.

'Dag', antwoordde hij zo neutraal mogelijk, waarna hij zich verder op de gsm concentreerde.

Hij was er niet zeker van, maar vermoedelijk was het de bestuurder van de zwarte terreinwagen die hij net vanuit een ooghoek had zien uitstappen.

Wilde die zich er dan mee komen bemoeien, misschien? Alleen al de gedachte eraan ergerde hem. Hij vond het arrogant van de man dat hij daar bleef staan. En zelf bood de man ook niet bepaald de gelegenheid om die beoordeling bij te sturen. Want ook de toon die hij aansloeg, bleek aanmatigend:

'Wat doet u daar?' En dan heel snel opnieuw: 'Wel? Wat doet u daar?'

Ricks antwoord kwam dan ook even plomp, en laatdunkend als vraag verpakt:

'Telefoneren misschien?'

Hij genoot ervan dat het de man zichtbaar irriteerde. Diens toon werd dwingender.

'Je weet goed genoeg wat ik bedoel.'

O, gaan we elkaar dan dadelijk tutoyeren? Een sneer drong zich op. Maar er was niemand in de buurt, zodat hij veeleer een vuist in zijn gezicht riskeerde dan applaus voor gevatte replieken. Dus bond hij in:

'Ik bel de politie.'

De man zette een stap dichterbij en vertoonde een scheve glimlach:

'De politie? Waarom?'

Het leek of er een zweem onrust in die vraag doorklonk.

'Om een verdwijning aan te geven.' Hij voelde weer enig zelfvertrouwen opkomen. 'Mag ik even? Ik ben nog bezig.' Hij zwaaide met de gsm. 'Als u mij dus wilt excuseren.'

Het bleef even stil tussen de twee mannen. Toen begon de man van de terreinwagen te grijnzen. Hij had zijn arrogante houding helemaal teruggevonden.

'Lef heb je wel.'

'U bedoelt?'

'En wie is die verdwenen persoon dan?'

Hij deed alsof hij die vraag niet had gehoord. Hij bracht de gsm demonstratief naar zijn oor.

'Ik zal eens raden', ging de man verder. 'De eigenares van deze auto, misschien?'

Rick werd zozeer door de verdwijning in beslag genomen dat hij niet opmerkte dat de man duidelijk naar een vrouw verwees. Hij keek de man onderzoekend aan. Die was keurig gekleed in een donker pak met das. Zijn elegante maar wat pronkerige houding riep bij Rick associaties op met een beroep als lijnpiloot. Hij knikte ten slotte.

'Ja.'

'Interessant.' De man kruiste de armen voor de borst en bracht zijn wijsvinger nadenkend naar zijn kin. 'Je bent een echte clown, wist je dat?'

Rick veinsde dat hij dat niet had gehoord. 'Ik had hier in de taverne een afspraak met haar. Voor een werkvergadering', haastte hij zich daaraan toe te voegen.

'Een wérkvergadering', onderbrak de man hem met een zuinig lachje om zijn lippen. 'Hier!' Het klonk niet alsof hij dat op slag geloofde.

'Ja, en zij is niet komen opdagen. En nu ik ga vertrekken, zie ik dat haar auto hier toch staat. Open en met de sleutel nog in het contact.'

De man had zijn armen weer los laten hangen en gebruikte ze nu om zijn woorden te onderstrepen:

'En de politie – die je blijkbaar nog altijd niet aan de lijn hebt – gaat dadelijk aannemen dat ze, laat eens kijken, ontvoerd is?' De man proestte het net niet uit.

'Misschien.'

De toon van de man was omgeslagen naar een van confrontatie:

'Heb je al geprobeerd om de auto weg te rijden?'

'Natuurlijk niet. Waarom dan?'

'Oké. Al eens gehoord van een lege accu? Leeggelopen? Pfff.' Hij demonstreerde met zijn hand een sleutel die wordt omgedraaid. 'Klik! Niets meer. Nog niet meegemaakt? Het is ook geen nieuwe wagen meer, hè.'

Hij duizelde. Natuurlijk. Dat kon. Maar... De man ging verder:

'Al eens gehoord van taxi's?'

Hij herwon zijn slagvaardigheid.

'Maar ze had hier een afspraak met mij.'

'Misschien vond ze die afspraak niet belangrijk genoeg. Misschien had ze nog andere "wérkvergaderingen" die voorgingen. Wie bent u eigenlijk?'

'Bogaert. Rick Bogaert van Brooks & Nagelmakers. Advocatenkantoor.'

'Mm, Rick Bogaert...'

'En zij werkt mee aan het documenteren van een rapport.' Oké, *werkté*, dat hád ze gedaan, en nog voor hij bij Brooks zat. Maar dat hoefde hij toch niet allemaal aan de man zijn neus te hangen? Hij wachtte even. 'En wie bent u misschien?'

De man antwoordde hem eveneens met tot vraag verpakte laatdunkendheid:

'Haar man misschien?'

Rick Bogaert duizelde.

'En als je nu even plaats wilt maken, zodat ik de startkabels op haar accu kan aansluiten. Ik heb daar jouw hulp echt niet bij nodig.'

***

'Ik ben er.'

Ze deed heel hard haar best om haar ogen op het tv-scherm gericht te houden.

'Ik ben er', herhaalde hij. 'Het was nog altijd druk onderweg.'

'Is het daarom dat je zo laat bent?'

'Zo laat? Wat wil je daarmee zeggen?'

'Dat we je allang thuis verwacht hadden.'

'Ik had nog laat een vergadering en we zijn dan nog wat blijven napraten. Ik moet daar nog een beetje integreren, hé. Ik kon echt niet op een halfuur na zeggen wanneer ik thuis zou zijn.'

'Had je dat dan niet beter op voorhand gezegd? Het is dinsdag vandaag. Rebecca gaat iedere dinsdag babysitten, weet je nog wel?'

'Ai, dat is waar ook. Helemaal vergeten. Sorry.' Uiteraard had hij daar rekening mee gehouden toen hij het afspraakje had gepland. Alleen de heisa die op de mislukte ontmoeting was gevolgd, had hij niet voorzien. 'Je had me gewoon even kunnen bellen op mijn gsm.'

'Ben je vergeten wie daar altijd vervelend over doet?'

'Als je weet dat ik in vergadering ben en je me dan voor prullen belt, ja dan...'

'Rebecca heeft op de duur naar de ouders moeten bellen om te vragen of een van hen haar kon komen oppikken. En ze heeft al geen tijd te veel voor haar examens.'

'Ja, sorry zeg, ik ben niet meer de hele dag thuis om taxi te spelen, hé. Ik was dat rats vergeten.'

'Ik vraag me af of er nog wel íéts is van thuis dat je níét vergeet.'

Daar werd hij dwars van. 'Zelfs als ik het niet vergeten was, dan kon ik toch nooit op tijd thuis zijn met de files.'

'Was dat *nápráten* dan zo belangrijk?'

Rustig blijven, dacht hij. 'Ja, het werkt gewoon plezieriger als je elkaar wat beter leert kennen.'

'En waarover *práát* jij dan?'

'Zeg, maar waar heb je het eigenlijk over? Vroeger kwam ik toch ook nooit voor het avondeten thuis.'

'Vroeger bleef je na vergaderingen ook niet hangen om *na te praten*.'

Daar ging hij helemaal dwars van liggen. 'Vroeger niet, nee. En kijk maar wat het me heeft opgeleverd: dat niemand mé kende toen ik ze nodig had. Vroeger, hè, toen dacht ik ook nog: zolang je goed werk levert, zullen ze je daar altijd voor blijven waarderen. Niet dus. Dat heb ik wel geleerd. Het is veel eenvoudiger om iemand te laten vallen die je niet kent, dan iemand waarmee je na de vergadering bent blijven *napraten*.'

'Vroeger was *jíj* de baas en toen had je het toch ook niet voor die kerels die kwamen slijmen?'

Vroeger, ja. Ach, wat heeft dit gepraat voor zin, dacht hij. Ik ben al blij dat ik gewoon deze baan bij Brooks & Nagelmakers heb – eindelijk, na een jaar, wilde hij zeggen. Maar hij hield wijselijk zijn mond. Want straks zou ze hem nog aanwrijven dat hij alleen een zorgzame vader was geweest toen hij werkloos was. Dat was het moment waarop het gekibbel pas echt kon escaleren.

Hij liep daarom naar de keuken en haalde zijn bord koud geworden aardappelen met bloemkool en schnitzel uit de magnetron. De aardappelen waren met een bruin randje aan het bord vastgekoekt en bij de varkensschnitzel was de lijkstijfheid ingetreden. Hij nam een halve citroen uit de koelkast en perste die volledig uit over het vlees. Bij de aardappelen kwakte hij een royale klodder mayonaise. Als het niet lekker meer was, dan kon het maar beter zo naar binnen schuiven, zei hij tot zichzelf.

Nadat hij had gegeten, waste hij de droge aardappelrandjes zorgvuldig van het bord voor hij het in de afwasmachine stopte. Hij trok een blikje bier open en ging ermee in zijn werkkamer voor zijn computer zitten.

Geen nieuwe berichten. Nee, hij had ook niet verwacht dat ze hem een e-mailtje zou hebben gestuurd. Ze had hem nog nooit na kantoortijd gemaild. Maar toch. In dit geval.

***

Je kunt een bloeiende bloem niet onder de grond houden. En daar had zijn geweten het tot dusver maar mee moeten stellen.

Nu was zijn geweten niet bepaald zwaar op de proef gesteld. Ze hadden wel heel wat afgemaild, dat zeker. Maar dat was vooral erg professioneel gebleven.

Ingrid Lund zat op de beeldarchiefdienst van de openbare radio- en televisieomroep en hij had als politiek mandataris zeer vaak een beroep gedaan op het rijke archief van de openbare omroep.

Hij wist dat nogal wat collega-politici dit soort werk liever aan stagiaires overlieten. Maar daar had hij net iets te veel eergevoel voor. Als hij een beleidsstrategie opstelde, zou die ook echt van hem zijn.

Eerst had hij zijn vragen, zoals gebruikelijk, via e-mail naar de beeldarchiefdienst gestuurd. Toen hij zijn antwoorden onveranderlijk van INGRID.LUND@... kreeg, was hij haar rechtstreeks met zijn vragen gaan aanschrijven. Toen hij op een dag zijn vijfde vraag doorstuurde, kreeg hij prompt een mailtje terug:

'Beste meneer Bogaert, U stelt uw vragen sneller dan uw schaduw, maar onze computers werken slechts met lichtsnelheid. ☺ En daarbovenop ligt ons systeem tot na het weekend plat voor onderhoud. Dus vrees ik dat ik u pas volgende week de nodige documenten kan bezorgen.'

Hij besefte dat hij er nooit bij had stilgestaan, het leek of hij zijn vragen altijd naar een computer ver weg had gestuurd die toevallig de wat exotische benaming INGRID.LUND@... droeg. Hij had haar toen niet per e-mail geantwoord. Maar hij had haar opgebeld om zich te verontschuldigen voor zijn spervuur van vragen en om te vragen of ze zijn vragen liever gegroepeerd zag.

Het telefoontje dat een minuut had moeten duren, nam meer dan een uur in beslag.

Van toen af trachtte hij haar altijd te bellen met zijn vragen om documentatie. Maar dat viel niet mee, want ze zat niet voortdurend aan haar bureau. Dus werd het noodgedwongen weer de e-mail, maar nu net iets gemoedelijker, want ze kenden elkaar toch al. En op een dag toen hij in de buurt van het omroepgebouw was en hij een kopie van een televisie-interview had gevraagd, was hij er zelf om gegaan. Hij was aangenaam verrast dat die aantrekkelijke stem en die aangename mails ook van een aantrekkelijke vrouw afkomstig waren.

Nadat hij zijn beleidsnota klaar had, waren ze onregelmatig blijven e-mailen. Ook nadat zijn politieke carrière, nu meer dan een jaar geleden, even abrupt als onverwachts was geëindigd, was hun ge-e-mail blijven doorgaan. Bovendien had hij onvermoede steun gevonden bij haar in die barre periode na zijn politieke afgang, toen hij de grond onder zijn voeten had voelen wegzakken.

Hij had ernstige *gesprekken* met haar gevoerd, waarin hij haar vertelde – zich er wanhopig over beklaagde, eigenlijk – hoe hij in zijn vroegere functie als advocaat nergens meer terechtkon.

'Geen enkel weldenkend mens vráágt toch om niet meer aan de slag te kunnen', mailde ze hem even no-nonsense als scherp geformuleerd.

Hoe diep beschaamd hij zich daarover voelde.

'Dat hoeft toch helemaal niet!!!' mailde ze. 'Dit kan echt iedereen overkomen. Alleen wil niemand zich daar rekenschap van geven zolang het goed gaat.'

Het leek hem soms of Ingrid Lund nog de enige was die hem toen gewoon als mens wist te waarderen. En hoe meer hij zich door zijn kennissenkring van vroeger uitgesloten wist en hoe dieper hij naar een depressie zakte, hoe frivoler hun correspondentie werd. Nu ja, frivool. Niet in de zin van onzedelijk, maar gewoon prettig gestoord, zoals zij het noemde.

'Middagpauze! Schafttijd. Hoe is het daar in het archief?'

'Donker! En middag? In de kelders is het altijd middernacht. Ik doe al de hele week zoekwerk op de afdeling zwartwitfilms. Met de airco op 12° Celsius.'

'Dat is bijna zoals in de grotten van Han. Zalige temperatuur voor vleermuizen. Ben je trouwens een boterhammetje aan het eten?'

'Eten vleermuizen boterhammen? Ik kom hier al de hele week niet uit de catacomben. Druk om er je hoofd bij te verliezen. En mij dan nog komen pesten tijdens de middagpauze. Ja, zeg!?!'

'Oeps! Sorry! ☺'

'Waarom vertel je me ook niet dat jij je boterhammetjes in het zonnetje gaat zitten opeten?'

'Die zouden me niet eens smaken, als ik weet dat jij ze in je aardedonkere kelders moet opeten. Waarom ga jij tijdens de middag niet even naar buiten?'

'Ik verpulver als ik nog in de zon durf te komen.'

'Dat is iets wat met vampiers gebeurt, hoor, niet met gewone vleermuizen. ☺ Maar, je brengt me op een ideetje: ik nodig je uit om morgenmiddag een terrasje te doen. Het wordt mooi weer morgen.'

'Me eerst een vampier noemen en dan nog gaan flirten. Alsjeblieft, zeg. Het is niet omdat ik geen besef van tijd heb, dat ik niet weet welk seizoen het is. We zijn half maart!'

'Flirten? Wie flirt er? Ik? *Flirting with the Vampire*? Nee, nee, niet echt mijn ding. Trouwens, ik ken een terrasje achter glas.'

'Dat noem ik geen terrasje, maar een serre. Bedoel je dat je me uitnodigt in een serre?'

'Als je het dan per se een serre wilt noemen: ja, dan.'

'Terras of serre. Het antwoord is nee.'

'Waarom niet?'

'Omdat ik een vleermuisvrouwtje van stand ben en me niet door vreemde mannen laat meelokken.'

'Ik vraag je om samen iets te gaan drinken, niet om te gaan samenwonen!!! Trouwens, ik ben een heertje van stand.'

'Ja, ja. Dat zeggen ze allemaal.'
'Ah zo? Wie zegt dat? Je hebt dus al ervaring met mannen die je voor een drankje tussen de middag uitnodigen?'
'Ach, man toch, je hebt daar geen gedacht van, ik heb er vanochtend nog een half dozijn van mijn lijf moeten houden.'
'Maar met mij wil je een serretje nog wel eens overwegen. Bedoel je dat?'
'Jij weet ook niet van ophouden, zeker? Mocht je dat kleine detail ontgaan zijn: ik ben een getrouwde vrouw.'
'Getrouwde vrouwen moeten ook drinken. Minstens twee liter per dag.'
Dan, na een lange stilte: 'Ik moet nu gaan voortdoen. Ik zal er nog eens over nadenken.'

Het kwam niet zomaar uit de lucht vallen, want het was dus wel één keertje eerder geweest, een gedeelde middagpauze. Op de datum nauwkeurig precies twee maanden geleden was het gebeurd. Het was een vrijdag, zij had een cola genomen, hij een koffie. Hij wist nog precies hoe het was gegaan. Ze hadden als twee pubers aan een tafeltje achter het glas gezeten. En het had precies drie kwartier geduurd. Hij had nauwelijks wat gezegd. O, ja, toch wel! Niet *something stupid like 'I love you'*, maar qua miskleun kon het tellen: 'Ik ben nooit eerder met een andere vrouw 's middags iets gaan drinken.'

Terwijl hij het uitsprak, had hij ter plekke al zijn hand voor zijn mond willen slaan en hard drukken. Maar het was gezegd. En zij had erop geantwoord, zonder met de ogen te knipperen:

'We zouden het toch over je opzoekwerk hebben? Dit is toch een werkvergadering? Of heb ik dat verkeerd begrepen?'

Hij had gegrijnsd:

'Natuurlijk is dit strikt professioneel.'
En vandaag was het de tweede keer dat hij haar had uitgenodigd, na het werk, en deze keer op een flinke afstand van waar ze herkend konden worden.
Natuurlijk begreep hij dat sommigen het fout konden vinden wat hij deed. Zijn vrouw bijvoorbeeld. En Gods afgezanten, die beweerden dat je al fout zat door alleen nog maar aan zo'n afspraakje te denken. Dat soort onzin raakte je ook nooit helemaal kwijt. Maar toch kon hij bij zichzelf geen schuldgevoel ontdekken.
Hij had de bloeiende bloem niet onder de grond kunnen houden. En hij was niet van plan om ze gauw te laten verwelken. Liefst nooit.

***

Gênant, die situatie waarin hij vanavond verzeild was geraakt. Ondanks zijn mond die zich plots met gal vulde, had hij zelfs een poging gewaagd om ontwapenend te glimlachen tegen haar man.
Een handdruk had er toch niet afgekund. De man had hem nagekeken tot hij was weggereden en stond hem – zo had Rick in zijn achteruitkijkspiegel gezien – nog met zijn handen in zijn zij na te kijken toen hij voor de verkeerslichten bij de taverne wachtte op groen en een politiewagen de straat indraaide.
Was er toch iets van wantrouwen blijven hangen bij haar man? Rick Bogaert mocht er niet aan denken dat hij, puur uit baldadigheid, had gezegd dat hij met de verdwenen vrouw een amoureuze afspraak had gehad.
De hoop op een nieuwe afspraak met Ingrid Lund kon hij nu wel voor geruime tijd opbergen, vreesde hij. Haar man zou vast nog een hele tijd waakzaam blijven. Bovendien

wist Rick niet eens of zíj een afspraakje nog zag zitten. Zij was immers vanavond al niet echt komen opdagen.

Haar viel nochtans helemaal niets te verwijten. Ze had zijn vele verzoekjes om samen te lunchen of om samen iets te gaan drinken ruimschoots afgewezen. Hij zuchtte.

Hij wilde haar nu gauw horen. Hij gaf om haar. Maar dat wist ze; misschien veel nadrukkelijker dan ze dat wílde weten. Hij had zo'n zin om haar iets te schrijven. Of om haar nu te bellen. Maar dat was waanzin, natuurlijk.

Al waren er toch nogal wat vreemde zaken die hij niet goed begreep en waarop hij graag gauw een antwoord wilde hebben. Die lege accu bijvoorbeeld. Hoe had ze...?

'Is het weer plezanter om hier alleen achter die computer te zitten dan met mij naar tv te kijken?'

Hij schrok zich haast een beroerte.

'Je liet me schrikken!'

'Ja, dat heb ik gezien Alleen als je geen zuiver geweten hebt, kun je zo verschieten. Ik vraag me toch echt af wat daar zo interessant aan is, aan dat internet.'

'Ik zoek informatie op het net.'

'En waarover dan? Of waar moet die informatie dan voor dienen? Als ik dat al mag weten?'

'Ik probeer uit te zoeken hoe ik de rest van mijn leven iets nuttigs kan doen.'

'Andere mensen vinden het al behoorlijk nuttig als ze gewoon voor hun gezin zorgen.'

'Zijn we dan nog steeds een gezin?'

Ze woonden met hun drieën nog onder hetzelfde dak, zij het niet altijd allemaal met evenveel enthousiasme. Dat *onder één dak wonen* was nochtans het belangrijkste argument dat hij kon bedenken om te beweren dat ze nog een gezin vormden. Het enige argument trouwens, wat hem betrof.

Miriam antwoordde niet en liep naar boven.

Iedere dag ontsnappen aan de dood, de pijn van het gemiste verleden dragen en steeds wanhopiger worden bij het bedenken van een manier om de rest van zijn leven nog iets nuttigs te doen; het was haast een volledige dagtaak geworden.

***

Rick Bogaert zat de volgende dag op kantoor. Hij moest een conclusie voorbereiden, maar hij kon er absoluut zijn gedachten niet bij houden.

Wat was er werkelijk gebeurd? Dat wilde hij nu meteen te weten komen. Hij had de hele nacht liggen piekeren over die vraag. En de enige die hem daar een antwoord op kon geven, was Ingrid Lund.

Hij stuurde haar een kort berichtje. Als ze achter haar pc zat, antwoordde ze meestal onmiddellijk.

Toen hij na een kwartier nog geen antwoord op zijn e-mail had, nam hij de telefoon. Er waren even geen collega's in de buurt. Op haar rechtstreekse nummer op kantoor kreeg hij geen antwoord. Dan moest het maar via het algemene nummer. Dat deed hij wel vaker. De receptioniste had zijn lijn eerst doorgeschakeld, maar nadat hij een aantal jingles van radio- en tv-netten had gehoord, kreeg hij haar weer aan de lijn.

'Het spijt me, Ingrid Lund komt vandaag niet.'

'O!' Dat antwoord verraste hem. Hij kon niet dadelijk op een repliek komen. Dat had hij niet eens verwacht. 'Tja, dan bel ik morgen maar eens terug.'

'Zij zal er ook de rest van de week niet zijn.'

'O!' Hij viel in herhaling. Maar nu reageerde hij alerter. 'Dat is vervelend. Ik heb haar nog dringend wat te vragen. Weet u hoe ik haar kan bereiken?'

'Ik mag u echt geen privégegevens meedelen, meneer.'
'Dat begrijp ik. Dat is evident. Maar mijn naam is Rick Bogaert, van het advocatenkantoor Brooks & Nagelmakers. Ik heb de hulp van mevrouw Lund dringend nodig voor een rapport waar wij met het kantoor aan werken.'
'Momentje, meneer, ik probeer u met iemand anders van de afdeling beeldarchief door te schakelen.'
'Nee, dat zal me niet veel vooruit helpen, alleen mevrouw Lund is sinds de aanvang op de hoogte van ons onderzoek. Zij weet direct de hand te leggen op de gegevens. Misschien kunt u contact met haar opnemen en vragen of ze mij terugbelt.'
'Ik vrees dat ik dat moeilijk zal kunnen, meneer. Haar collega vertelde dat mevrouw Lund naar het buitenland is.'
'O!' De receptioniste moest vast denken dat hij kickte op verbaasde kreetjes. 'Dat wist ik niet. Daar heeft ze me niets over gezegd.'
'Dat kan', zei de receptioniste neutraal.
Hij probeerde tijd te winnen. Maar hij kon geen beter argument verzinnen om contact met haar te krijgen.
'Oké.' Hij zuchtte. 'Niets aan te doen. Bedankt.'
Vreemd.
Hoewel. Ze was natuurlijk niet verplicht om hem haar plannen vooraf bekend te maken. Geen vragen, hadden ze eerder afgesproken! Ze hadden gisteren een afspraakje. Dat was het enige wat ze met elkaar deelden.
Hij had de telefoon op zijn werktafel nog maar net neergelegd, toen hij weer rinkelde. Naima van de receptie gaf hem een buitenlijn door.
'Hij wilde zijn naam liever niet geven', zei ze. 'Hij zei alleen dat het privé was. Neem je hem? Of zal ik zijn nummer noteren en zeggen dat je terugbelt?'
Rick twijfelde. Er was bij zijn weten niemand die hem op

kantoor voor privézaken zou bellen. Headhunters plachten wel eens op deze manier te werk te gaan. Maar op dergelijke telefoontjes rekende hij allang niet meer. Hij zuchtte.

'Ik kom er hier maar niet aan toe om die conclusie af te werken. Vraag hem zijn nummer maar. Zeg dat ik hem over een uurtje zelf zal bellen. Oké?'

Hij legde de telefoon neer en boog zich weer over zijn conclusie, waar hij eigenlijk nog helemaal niets aan had gedaan. Zijn bezorgdheid over Ingrid Lund bleef al zijn aandacht opeisen.

De telefoon rinkelde weer. Opnieuw de receptie, zag hij. Naima wist toch dat hij bezig was? Het irriteerde hem, maar hij liet dat vooral niet merken.

'Ik denk dat je het telefoontje toch maar beter aanneemt, Rick', zei ze.

'Ah zo?' Hij had een hekel aan mensen die zich zo belangrijk waanden dat ze meenden iedereen overal en altijd ongegeneerd te kunnen storen. 'Kun je niet zeggen dat ik in vergadering ben?'

'Dat heb ik al gezegd. Maar hij, euh, drong erg sterk aan.'

Rick Bogaert raakte echt geïrriteerd. 'En heeft hij je nog altijd zijn naam niet gegeven?'

'Nee, maar hij zei dat je hem kent.' De receptioniste raakte plots opgewonden. 'Je doet ermee wat je wilt, Rick, maar ik neem hem niet meer terug.'

Hij reageerde verbaasd. 'Wat bedoel je daar nu mee?'

'Ik bedoel dat ik hem gevraagd heb of ik een boodschap kon doorgeven, maar ik wil dat niet meer horen! Ik wil daar niets mee te maken hebben!' zei ze snel.

Rick fronste zijn wenkbrauwen. Welke mug had haar gestoken? Had zijn correspondent haar dan afgeblaft, of wat? Dat wilde hij erg graag weten, maar hij hield die vraag voor straks.

'Oké dan. Wat is dat toch allemaal? Schakel maar door.'
Toen hij hoorde dat de buitenlijn was doorverbonden, zei hij zo sec mogelijk: 'Bogaert.'

Het bleef stil, alsof aan de andere kant van de lijn iemand dat goed tot zich liet doordringen. 'Die vergadering is plots zo gauw afgelopen. Al had ik natuurlijk wel verwacht dat het arme kind aan de receptie onder de indruk zou zijn.' De stem wachtte even voor de dramatiek. 'Maar toch is het vreemd dat je me je echte werkgever opgaf, en je echte naam bovendien.'

Rick Bogaert herkende de stem niet. 'Ah zo? En mag ik dan ook vragen wie ú bent? Zou ik u dan al moeten kennen?'

'Je had op dat moment natuurlijk ook nog geen enkele reden om een valse naam op te geven.'

Rick Bogaert kwam met een schok in de realiteit terecht.

'Nee, natuurlijk niet.' De man aan de telefoon maakte zijn betoog af. 'Ik had toen helemaal ook nog niet gezegd dat ik misschien haar echtgenoot was.'

Rick Bogaert was even van zijn à propos – dit leek niet op de aanhef van een amicaal telefoontje – maar hij dwong zichzelf om de rol van zijn leven te spelen. Hij was de professional die informatie van Ingrid Lund wilde en blij was dat haar man hem net nu opbelde. Niets in zijn antwoorden mocht op meer dan op louter professionele interesse wijzen.

'O, dat is goed dat u mij belt.'

Het leek of hij het niet eens had gemerkt dat haar man net – en gisteren ook al – op iets anders dan een louter professionele relatie zinspeelde.

'Maar ik had voor alle zekerheid toch uw kenteken genoteerd', zei de man nog.

'Ik probeerde haar vanmorgen vroeg al te bellen op de omroep, maar ik hoorde dat ze enkele dagen niet op kantoor is. Maar door die gemiste werkvergadering van gisteren dreig ik wel mijn deadline niet te halen. Misschien kunt u haar vragen om mij toch nog een belletje te geven?'

'Dat is lef hebben!' zei de man zacht, maar met enige bewondering. 'Je deinst er niet voor terug om blufpoker te spelen. Ik kan dat op zijn waarde schatten.'

Rick deed alsof hij dat niet had gehoord. 'Of gaat u misschien op vakantie? Met het lange weekend?'

'Denk je nu werkelijk dat ik je dat zou vertellen? Waarom ook niet? Waarom geef ik je ook niet dadelijk haar vakantieadres? Dan kun je mee om haar daar te begluren, hè? Vergeet je camera niet. Al vindt ze je filmpjes nogal euh, saai, eerlijk gezegd.'

'Nee, nee. Ik wil haar niet storen tijdens haar vakantie, maar ik kan echt niet verder zonder de informatie die ze me gisteren moest geven.'

De man bleef beleefd en zakelijk. Alsof het de gewoonste zaak van de wereld was waarover hij Rick even wilde informeren. 'Ik wil gewoon dat je ophoudt met achter mijn vrouw aan te zitten. Zal ik mezelf even verduidelijken? We hebben een klacht ingediend bij de politie wegens stalking.'

Rick Bogaert kreeg het plots ontzettend warm. Hij keek om zich heen. Keken de collega's naar hem? Of was dat slechts een indruk? Hij kon niets zeggen!

'Ben je intelligent genoeg om dat te begrijpen? De politie is van alles op de hoogte. Alleen een naam ontbreekt hun nog voor de cavalerie aan je voordeur staat. Daar zal moeder de vrouw niet zo blij mee zijn, nietwaar? Wat denk je?'

'Ik begrijp niet wat u bedoelt.'

'Je naam heb ik nu en achter je adres komen is ook geen kunst meer. De eerstvolgende keer dat ik merk dat je mijn vrouw weer stalkt, krijgt de politie je naam en adres op een briefje.'

'Ik denk dat u iemand anders voorhebt, meneer.'

Maar Rick hoorde alleen nog de bezettoon. Haar man had de telefoon er al op gegooid.

Rick bleef verbouwereerd voor zich uit staren.

Wat was dat?

Het was het enige dat hij zich minutenlang afvroeg. Wat dat allemaal voorstelde. En hoe het zover had kunnen komen.

***

Wat was waar en wanneer verkeerd gelopen?

Even alles op een rijtje, dacht hij.

Ze had gisteren autopech gehad op de plaats van hun afspraakje. Ze had dan aan haar man moeten vertellen dat ze daar een *werkvergadering* met een *werkrelatie* had. Maar haar man twijfelde sterk aan die omschrijving. Bovendien was hij misschien ook achter hun ge-e-mail gekomen.

Dat kon, natuurlijk, maar nee, dit leek toch nergens op?

En wat had haar man ook alweer gezegd over een camera en filmpjes? Dat had hij niet zo goed verstaan. Wat bedoelde haar man precies?

Misschien, dacht hij, misschien wordt ze wel écht gestalkt. Dat gebeurt wel meer. Ze zou hem er zeker nooit iets over gezegd hebben.

En dacht haar man nu dat *híj* die stalker was?

Onvoorstelbaarder kon niemand het toch bedenken? Hij, die van stalking werd verdacht.

En verder waren er ook nog alle andere vragen die hij zich al van voor dit telefoontje stelde.

Er was de leeggelopen accu. Hoe kon een accu leeg zijn, nadat met de wagen toch net veertig kilometer op de autosnelweg was gereden? Een accu laadt al rijdend toch weer op?

En stel dat het niet zo was. Waarom zou ze haar auto opnieuw hebben willen starten terwijl ze net was aangekomen?

En stel dat ze inderdaad opnieuw had willen starten. Waarom had ze dan weer weg gewild? Ze had toch een afspraak met hem.

En stel dat de accu toch leeg was. Dan had ze hem toch ook gewoon kunnen komen vertellen dat ze haar man of de pechdienst had gebeld.

En stel dat ze inderdaad haar man had gebeld. Waarom had ze dan in haar auto of zelfs in de taverne niet even kunnen wachten? Waarom had ze zo nodig een taxi willen nemen? En waarheen? Ze had zelfs kunnen wachten tot na hun afspraakje om haar man te bellen. Haar auto zou nog altijd op dezelfde plek hebben gestaan. Daar zou haar man toch niet moeilijk over hebben kunnen doen.

Hier zat veel te weinig logica in voor haar doen, om de uitleg van haar man over de lege accu nog geloofwaardig te vinden.

Natuurlijk was Rick gisteren vreselijk geschrokken toen haar man hem had betrapt – nou ja, betrapt. Hoe meer hij erover nadacht, hoe duidelijker het hem werd: er was eigenlijk niets mis mee dat haar man hem in haar open en onbeheerde auto had aangetroffen. Het échte probleem had zich een uur eerder voorgedaan.

Hij was terug bij af. De vraag was dezelfde als gisteren vóór haar man was gearriveerd: wat was er dan gebeurd dat ze was weggevlucht en haar auto open en onbeheerd had achtergelaten? En hoe paste het weinig steekhoudende verhaal van haar man over lege accu's en taxi's daarin?

En wat had haar man tegen Naima gezegd dat die zo overstuur was geraakt? Hij liet zijn conclusie voor wat die was – de aanhef – en liep naar de ontvangstruimte op dezelfde verdieping. Naima verdeelde de post in de bakjes van de medewerkers van het kantoor en had tegelijk de headset op waarmee ze de telefoon beantwoordde.

Ze schrok zichtbaar toen ze zag dat hij op haar toe kwam gestapt. Ze hield de handpalm van haar vrije hand afwerend voor zich uit.

'Rick, ik wil daar niets meer over weten', zei ze haast fluisterend. Ze keek daarbij schichtig om zich heen. 'Ik heb niets gehoord en van mij zal ook niemand iets te weten komen.'

Hij probeerde rustig te klinken, al kon hij zich niet voorstellen wat ze bedoelde.

'Naima, wil je me gewoon zeggen wat hij je heeft verteld? Niets meer, niets minder.'

Ze zuchtte. 'Oké, ik vertel het één keer en dan vergeet ik het voorgoed. Oké?' Ze haalde diep adem. 'Ik vroeg hem of ik een boodschap mocht aannemen en toen zei hij: Ja, dat mag u zeker. Zeg hem dat hij moet ophouden met achter mijn vrouw aan te zitten, of ik kom op kantoor langs om hem tegen de vloer te slaan.'

Rick lachte uitsluitend nog met zijn mondspieren.

'Maar Naima toch. Dat is wel behoorlijk grappig, hé.'

'Vindt u dat?' klonk ze plots erg formeel.

'Natuurlijk. Ik dacht het wel dat hij zoiets weer had uitgespookt. Dat is zo'n typische smoes om toch iemand aan de telefoon te krijgen die beweert dat hij in vergadering zit. Kijk maar wat jij hebt gedaan. Zou jij die boodschap op een briefje hebben durven schrijven om me die te geven?'

Ze schudde haar hoofd.

'Nee, natuurlijk niet. De man rekent erop dat je genoeg schaamtegevoel hebt om dat niet te noteren en dat je mij overhaalt om hem toch meteen te mogen doorverbinden. Zodat hij zijn zin krijgt.'

Ze keek hem aandachtig aan. 'Is er dan niets van aan?'
'Komaan, Naima!' Hij wees met beide handen naar zichzelf. 'Twijfelde je daar dan aan?'
'Nee, sorry, dat wilde ik niet vragen.'
'Ha, ha. Ik heb een lieve vrouw en een brave dochter. Nee, nee, onthoud die smoes maar goed. Je zult ze nog wel eens horen. Ha, ha.' Hij bleef grinniken en schudde met zijn hoofd terwijl hij naar de uitgang met de liften liep. 'Ik ga beneden iets halen in mijn wagen. Ik ben direct terug.' Hij liep de lift in. 'En bel maar op mijn gsm als iemand me hier superdringend nodig heeft.'

Pas toen de liftdeuren dicht waren, kon hij die dwaze, onbezorgde grijns van zijn gezicht halen. Was zijn vertoning geslaagd? Wist hij veel. Maar hij vroeg zich nu af of het een goed idee was geweest om het als een smoes af te doen. Het leek erop dat Naima zoveel gêne had dat ze het vast aan niemand had verteld. Maar misschien ging ze de grap die haar was overkomen nu wel aan iedereen uitbazuinen. En dan bestond de kans dat het verhaal een eigen leven ging leiden. Zorgen voor later, wellicht.

Hij hield het niet meer uit op kantoor. Hij moest even de frisse lucht in. En hij moest haar bellen. Maar niet vanaf zijn werkplek op kantoor.

Ze vertrok dus op vakantie.

Dat had hij althans menen op te maken uit de bitse suggestie van haar man om hun vakantieadres op te geven. Maar was ze al vertrokken, of niet? Hij nam aan dat het om een korte gezinsvakantie ging. Het hemelvaartweekend stond immers voor de deur. De kinderen hadden pas vanaf vanmiddag vrij. Dan was ze nu nog thuis.

Haar bellen hield allicht risico's in. Het dreigement van haar man was duidelijk en erg concreet geweest: nog eens contact zoeken en de politie werd erbij gehaald.

Waarom? Dat had hij niet zo goed begrepen. De politie zou het verhaal vast hilarisch vinden. Wilt u deze man even inrekenen, hij correspondeert e-mailsgewijs met mijn vrouw en bovendien heeft hij haar al eens op een cola willen trakteren.

Maar hij kon geen risico's nemen. Hij ging in zijn wagen zitten en liet het raampje naar beneden. Anderzijds, hij wilde koste wat kost nú van haar weten wat er gisteren was gebeurd. Zou hij haar op haar gsm bellen?

Toen ze die eerste keer hadden afgesproken, had hij erop gestaan om haar zijn gsm-nummer te mailen. Voor het geval er onderweg wat fout mocht lopen. Sinds ze hem, na het afspraakje, 'Bedankt voor de cola' sms'te, had hij ook haar nummer. Maar zijn antwoord: 'Met plezier ook een tweede', had ze pas een dag later ontdekt.

Hij aarzelde toch nog. Ze was erg op haar privacy gesteld. Vanzelfsprekend, maar nee, hij zag echt geen andere mogelijkheid. Waarschijnlijk had ze haar gsm al helemaal niet bij zich of had ze die gewoon uit staan. Zou goed kunnen, haar verhouding tot gsm's kennende. Een gevangene onder elektronisch toezicht was beter af dan een vrije burger met een gsm op zak, vond ze.

Hij hield er toch rekening mee dat haar man bij haar in de buurt kon zijn. Hij schakelde daarom de instelling uit waarbij zijn nummer op haar schermpje zou verschijnen.

Hij verwachtte eindeloos lijkend bellen aan de andere kant. En dan haar stem, even fijntjes als altijd: 'Hallo, met mij. Even niet bereikbaar.' Éven! Ja, ja.

Wat hij op dat moment helemaal niet verwachtte, was de oproeptoon van een gsm op de achterbank van zijn auto. Het drong eerst niet helemaal tot hem door. Hij had geen andere gsm dan deze waarmee hij nu belde. Hij draaide zich om. Op de achterbank lag alleen zijn regenjas die hij er gisteren bij zijn thuiskomst in zijn haast niet uit had gehaald. Terwijl hij de jas naar zich toe trok, hield het bellen op en zei ze fijntjes in zijn oor: 'Hallo, met mij. Even niet bereikbaar.'

Toen daagde het hem. Hij klapte zijn gsm dicht en haalde haar toestel uit de zak van zijn regenjas. Natuurlijk, na de confrontatie van gisteren met haar man had hij haar gsm zonder erbij na te denken in de zak van zijn regenjas laten glijden. Vervelend! Maar de hoerastemming liet niet op zich wachten. Nu had hij alvast één goede reden om haar op te bellen.

Hoe kwam het dat haar man niets had opgemerkt? Had hij dan niet gezien dat Rick met de gsm van zijn vrouw stond te knoeien? Het was ook nog zo'n antiek geval. Erg herkenbaar. Of was ook hij vooral onder de indruk geweest van de confrontatie? Toch vreemd.

Maar goed. Hij zou haar nu thuis opbellen. Nu, voor ze op vakantie vertrok. En haar man mocht gerust opnemen. Liever niet, natuurlijk, maar toch.

Haar thuisnummer kende hij niet uit het hoofd, maar hij zou het wel herkennen. Hij liep door haar lijstje met telefoonnummers in haar gsm, maar het stond er niet tussen. Hij moest eerst weer naar binnen om haar nummer op te zoeken. En hij zou haar moeten uitleggen hoe hij erachter was gekomen.

***

Geen persoonlijke vragen! Natuurlijk had hij daarmee ingestemd. Maar toen ze hem op een middag, toen het hard was gaan sneeuwen, mailde dat ze nog helemaal terug naar het landelijke Bornem moest, waar sneeuwruimers en strooidiensten nog moesten worden uitgevonden – zo schreef ze –, had hij zich er niet van kunnen weerhouden.

Het wereldwijde web bood een schat aan informatie. Zo ook de website van de telefoongids. Haar adres en telefoonnummer waren net één muisklik verwijderd. Ondertussen wist hij ook dat haar echtgenoot Bergman heette. Dat klonk al net iets minder vreemd dan haar meisjesnaam, maar zijn naam kwam hier ook niet zo erg vaak voor; misschien wel Duits, of ook Zweeds net als die van haar, wist hij veel. Hij had er haar vanzelfsprekend nooit over aangesproken.

Hij had haar nummer opgezocht en had zich teruggetrokken in de toiletten van het kantoor.

Hij zou met háár gsm naar haar thuis bellen. Als haar telefoon een display had, dan zag ze dat diegene die haar gsm had, haar had willen bereiken. Dan kon ze gewoon terugbellen. Nu, of eventueel als ze terug was van vakantie.

Hij kreeg geen antwoord. Hij had niet anders verwacht.

Hij rekte zich lang uit en voelde zich niet te beroerd om verder in haar gsm te neuzen. Haar telefoonlijstje was ultrakort. Er stonden amper een tiental namen en nummers in. Zijn nummer stond er niet tussen. Hij herkende toch één naam in het korte lijstje: Astrid, haar zus. Hij had op Ingrid + Lund gegoogeld en was uitgekomen bij het condoleanceregister van hun moeder, die in Zweden was overleden. Daarop stonden hun namen en adressen in België vermeld. Het uitvaartbedrijf had dat register nog altijd op zijn website staan – als reclame? –, vast zonder hun medeweten; van privacy gesproken.

Maar was hij nu zelf niet bezig hun afspraak met de voeten te treden? Iets samen gaan drinken zonder dat daar professioneel aanleiding toe was, dat kon wel eens een keertje, had ze gezegd. Maar ze zouden het niet over hun privéleven hebben. Er geen vragen over stellen. Geen privégesnuffel, hadden ze afgesproken.

Als dit ooit een hechtere relatie zou worden... Nee, onderbrak hij zijn gedachtegang. Hij was zich er goed van bewust dat dit een relatie was die nergens toe leidde. Ook nergens toe mócht leiden. Er zou nooit een toekomst voor hen samen zijn. En als er geen toekomst was om samen aan te bouwen, dan had je ook het verleden niet nodig om van te leren.

Ja, mijmerde hij, het was ongetwijfeld een goed voornemen geweest, maar tegelijk was het natuurlijk onzin. Omdat hij van haar ook was gaan houden. Daarom wilde hij zo hartstochtelijk weten wie ze was, weten waar ze vandaan kwam, weten waar ze mee bezig was.

Dat ging zo. Vanzelf. Daar was geen tegenspartelen aan. Dus was hij toch op zoek gegaan, ondanks hun afspraak, naar alles wat hij over haar had kunnen vinden.

Hij vroeg zich allang niet meer af of dat wel eerlijk tegenover haar was.

Hij voelde zich zo dicht bij haar terwijl hij in haar gsm zat te snuffelen en nu haar sms-berichten aantoetste. In de inkomende berichten was zijn eigen sms'je van twee maanden eerder het enige dat ze had bewaard. Misschien kreeg ze er ook nooit. Iemand sms'jes sturen die de berichten pas een dag later ziet, werkt een flitsende communicatie niet in de hand. Het leek net of ze nostalgisch bleef terugverlangen naar de tijd van de diligence. Of had ze toch andere sms'jes gekregen en had ze alleen dat van hem bewaard? Om zijn nummer dan?

Natuurlijk had hij niets te zoeken in haar *outbox*, maar toen hij die toch opende, kreeg hij een klap in zijn gezicht. Hij kon veel hebben, maar niet dat zijn naam de aanhef vormde van het bericht dat even verbijsterend als onbetwistbaar duidelijk was:

'Rick, laten we met elkaar geen contact meer hebben. Vraag me niet waarom. Ik smeek het je. Voor je eigen bestwil.'

Hij las het twee keer, drie keer en ook een vierde keer. Maar hoewel hij het ontstellende bericht wel begreep, kwam hij er niet toe het ook nog tot hem te laten doordringen, laat staan het te geloven.

Zonder nadenken toetste hij weer haar thuisnummer in. Hij wilde zo gauw mogelijk weten wat dit te betekenen had.

***

De telefoon belde een tweede keer in enkele minuten. Ingrid Lund bleef verkrampt staan. Ze bracht net haar reistas naar de hal. Ze omklemde de handvatten met beide handen tot haar knokkels wit zagen.

De angst snoerde haar keel dicht.

Hij weer, ging het door haar hoofd.

Haar ademhaling versnelde. Ze begon weer te beven. Ze had zichzelf niet meer in de hand. Het was sterker dan ze van zichzelf wilde geloven.

Hij weer. Ongetwijfeld.

Maar ze wilde het zeker weten. Ze liep traag naar het telefoontoestel. De belsignalen sneden door haar hoofd. Op de display las ze weer het nummer van haar eigen gsm.

Waarom? Waarom belde hij haar? Om haar duidelijk te maken dat hij haar gsm had? Alsof ze dat niet wist. Om te tonen hoeveel macht hij over haar had? Om haar bang te maken? Dat lukte hem dan wel.

Het had haar niet eens verwonderd dat hij haar thuisnummer kende. Hij wist vast nog veel meer over haar heden en haar verleden. Ze werd daar razend van. Maar ook bang. Ontzettend bang voor wat hij verder nog kon aanrichten. Was hij nog niet diep genoeg haar leven binnengedrongen?

Nee, ze zou niet opnemen. Ze was bang. Zo bang.

Waarom belde hij? Waarom een tweede keer in enkele minuten? Ze kon zich niet voorstellen dat hij haar wilde spreken. En belde hij om zich ervan te vergewissen dat ze niet thuis was? Of net het omgekeerde? Wilde hij haar duidelijk maken dat hij wist dat ze er was? En reed hij hier over enkele minuten de straat in?

Wat wilde hij toch van haar?

***

Hij kreeg geen antwoord. Hij verbrak de verbinding.

'Rick, laten we met elkaar geen contact meer hebben. Vraag me niet waarom. Ik smeek het je. Voor je eigen bestwil.'

Hij bleef verweesd voor zich uit staren. Het was alsof hij in een zwart gat zat te turen. Ingrid had dit bericht geschreven nog voor ze naar haar afspraakje met hem was vertrokken, dat leed geen twijfel. Ze was geen held met de kaboutertoetsen, had ze hem eens gemaild. Dus, ze had de tekst beslist niet onderweg aan het stuur van haar rijdende auto ingetikt.

Nee, stellig niet. En dat was zowat het enige waar hij zeker van was. Min of meer toch. Voor de rest kon hij slechts gissen naar het antwoord op één vraag: waarom?

Wat was er gebeurd?

Plots voelde hij de grond opnieuw onder zijn voeten wegzakken. Plots zag hij alleen dagen van leegte. Hoe zou hij het zonder haar berichtjes redden? Enkele dagen, aan dat idee was hij al een beetje gewend geraakt.

Maar net nu las hij dit. Geheel toevallig! Ze wilde zelf alle contact verbreken. Voor zíjn bestwil dan nog wel!

Waarom? Wat had hij verkeerd gedaan?

Plots kon hij aan niets anders meer denken dan aan een leven zonder haar. Geen leuke e-mailtjes meer, geen geniepig gepland afspraakje. Zelfs de gesprekken met haar in zijn hoofd zouden anders worden – treurig alleen maar. Wat was er gebeurd met hem, dat hij niet eens meer zonder haar in zijn gedachten kon?

Het was niet eens zijn bedoeling geweest om verliefd op haar te worden.

Het was hem gewoon overkomen. Hij had er geen erg in gehad. Integendeel, hij had het buitengewoon prettig gevonden. Omdat zij ook niet onverschillig stond tegenover zijn ingehouden geflirt. Ermee overweg kon. Tenminste, dat had hij altijd gedacht.

Hoe langer hij zich afvroeg waarom ze nu opeens alle contact wilde verbreken, hoe meer één vraag zich de hele tijd naar de oppervlakte probeerde te werken. De moeder van alle vragen – die hij zich nochtans nooit had gesteld: wie was Ingrid Lund?

De volgende dagen werden een echte nachtmerrie. De firma maakte er geen verlengd weekend van en werkte op vrijdag gewoon door. Maar hij was nergens met zijn hoofd bij. Hij vergat mensen terug te bellen, verloor afspraken met collega's uit het oog, miste deadlines en stelde dringende zaken uit tot, nou ja, alleen tot later. Hij wachtte alleen het moment af dat hij haar opnieuw zou kunnen spreken.

Het drong iedere minuut van ieder uur van iedere dag tot hem door dat hij niet meer zonder haar kon; dat iedere minuut een eeuwigheid ging lijken wanneer hartstocht gevoed werd door eenzaamheid.

***

Hij was weer van zijn werkplek weggeslopen om in zijn auto te gaan telefoneren. Zolang ze hem niet dringend nodig hadden, was het alleen Naima van de receptie die op de hoogte was.

Oké, hij besefte wel dat hij op deze manier niet door kon gaan. Maar zodra hij Ingrid opnieuw had gehoord, zou hij zijn baan weer ter harte nemen. En dat zou nu heel spoedig gebeuren.

Hij had zich goed geïnformeerd. Een paar slinkse telefoontjes naar haar collega, die een bureau verder zat en met wie hij wel eens eerder aan de telefoon had gesproken, hadden hem geleerd dat ze woensdag weer op kantoor werd verwacht.

Hij had besloten om haar de dag ervoor thuis te bellen. Hij veronderstelde dat ze dan wel terug zou zijn. Hij zou daarvoor haar gsm gebruiken. Hij had de batterij met de lader van zijn oude gsm opgeladen kunnen houden. Hij controleerde of de eigen nummerweergave wel aanstond en belde haar thuis op. Geen antwoord.

Hij legde haar gsm op de stoel naast zich, maar op datzelfde moment ging het toestel over. Dat gebeurde nu voor het eerst zonder dat hij er zelf naartoe had gebeld. Hij verwachtte niet anders dan dat zij het was en nam op.

'Ingrid?' zei hij.

Eerst niets. Dan een mannenstem. *'Hej? Hej, Ingrid?'* Dan: 'Ingrid? Is Ingrid daar? Ik bel toch het nummer van Ingrid? Met wie spreek ik dan?'

Rick Bogaert vloekte in gedachten. Gaf geen antwoord. Voelde zich plots helemaal niet voorbereid om met iemand anders dan met haar te praten. Hij haalde de gsm weg van zijn oor en klikte de lijn dicht.

De oproeper had Ingrid aan de lijn verwacht. Natuurlijk! In geen geval een mannenstem. De beller dacht nu vast dat hij een verkeerd nummer had gekozen. Rick vond het plots stumperig dat hij zelf de verbinding had verbroken. Misschien moest hij het laatste oproepnummer terugzoeken en de man opbellen.

Er had een vreemd accent in de stem gezeten. Misschien familie van haar. Hij vroeg de laatste oproep op. Hij keek ongelovig naar het schermpje: haar thuisnummer verscheen op het scherm. Hij deed het nog een keer over, zocht de laatste oproep op en kreeg opnieuw... haar thuisnummer. Hij vroeg het tijdstip van de oproep op: een paar minuten geleden. Het betekende niet meer dan dat een man naar haar gsm had gebeld vanaf het toestel bij haar thuis. Ongetwijfeld familie die bij haar thuis logeerde.

Hij wilde net haar thuisnummer terugbellen, toen haar gsm opnieuw belde. Hij keek naar het schermpje. Hetzelfde nummer. Hij nam op, maar zei niets.

'Hej?' klonk dezelfde mannenstem vragend aan de andere kant. 'Hej, Ingrid? Mag ik vragen wie nu dit toestel opneemt?' Er zat een accent in die vraag, Scandinavisch, waarschijnlijk. Daar kende hij niets van. Familie, ongetwijfeld.

Hij antwoordde:

'Mijn naam is Rick Bogaert. Ik telefoneer met de gsm van mevrouw Lund.'

Vragende stilte aan de andere kant.

Hij ging verder, op zijn hoede. 'En u belt met de vaste telefoon van bij Ingrid Lund thuis?'

'Ja, natuurlijk, ik ben haar echtgenoot. En wie bent u, zei u? Ik heb dat niet goed begrepen.'

Hij voelde een fijne, ijskoude douchestraal over zijn rug sijpelen. Hij had iedere Viking aan de telefoon gewild, behalve haar echtgenoot. Al had die een week geleden toch niet dit Zweedse of wat voor accent dan ook gehad? Of was hij toen te zeer aangeslagen geweest om daarop te letten? Hij probeerde familiair te klinken:

'Ha, een goede dag. Ik ben Rick Bogaert.'
Weer die vragende stilte aan de andere kant.
Rick bleef ook stom.
'Ja? Ik zie, u *ringde* mij met de *mobiltelefon* van Ingrid, ja?'
'Ja, dat is zo.' Hij ging schoorvoetend verder. 'Ik wilde die gebruiken om de politie te bellen, maar ik heb die, zonder erbij na te denken, in de zak van mijn regenjas gestoken en meegenomen naar huis.'
'*Ack så*? Een ongeval? En u had geen *mobil* bij u?'
'Ja. Of nee, eigenlijk. Ik dacht dat er iets met haar gebeurd was. Het was allemaal ook zo vreemd.'
'*Ack så*', zei hij weifelend.
Dat accent!
De stem klonk plots nors:
'*Nej!* Ik *ringde* u terug omdat het nummer van mijn vrouw op de display van de telefoon verscheen. Ik dacht dat zij het was. Wat wilde u mij eigenlijk zeggen?'
Dat zangerige accent was er vorige week toch echt niet geweest.
'Ik wil haar graag haar gsm zo spoedig mogelijk terugbezorgen.'
'Ja, natuurlijk, u hebt haar *nalle* geleend en u wilt die nu teruggeven, dat begrijp ik. Al is dat niet dringend. Maar zij is momenteel niet thuis. Ik kan u niet met haar doorverbinden.'
'Ach zo, ja', zong hij. Het Nederzweeds, of wat het ook was, werkte aanstekelijk.
'U kunt het natuurlijk opsturen naar ons adres. Hebt u dat? U hebt ons nummer hier thuis, dan hebt u vermoedelijk ook ons adres. Of anders kunt u haar *ringa* als ze terug is. Dan kan zij u vertellen hoe u haar die het best terugbezorgt. Zij heeft geen grote behoefte aan haar *nalle*.'
'Oké.' Hij vond niet direct een goede invalshoek. 'Om hoe laat kan ik haar vandaag nog bereiken?'

'Ik heb geen idee. Wij zijn sinds zondag terug van vakantie. Zij heeft de kinderen van school gehaald en is nu naar haar *syster*. Om verslag uit te brengen.' Rick hoorde hoe de man grinnikte. 'Begrijpt u?'

'Natuurlijk.'

'Ik weet echt niet wanneer zij weer thuiskomt. Tegen het avondeten, zonder twijfel.'

'Is het goed als ik rond acht uur nog even bel?'

'Geen probleem.'

Rick wilde absoluut nog even blijven praten. Er klopte iets niet. Maar hij wilde de man ook duidelijk maken dat hij niet de angsthaas was van een week geleden die zich als een betrapte minnaar uit de voeten had gemaakt.

'En hebt u haar auto nog gemakkelijk aan de praat gekregen?'

Stilte. '*Pardon?* Wat bedoelt u?'

'Toen haar accu leeg was.'

'*Nej*. Ik herinner mij niet.'

Ricks zelfvertrouwen werd zwaar op de proef gesteld. Hij ging een beetje hulpeloos klinken. 'Vorige week dinsdag? In Antwerpen.'

'*I tisdags?*' De man kreeg het hoorbaar op de heupen. 'Beste *herr*, ik weet helemaal niet wat er een week geleden in Antwerpen gebeurd is, want vorige week dinsdag zat ik in Göteborg en toen ben ik met de laatste vlucht pas 's avonds na tien uur op Brussels Airport geland. *Därför.*'

Hij had het natuurlijk voelen aankomen, maar als iemand hem op dat moment een slag in zijn gezicht had gegeven, dan had hij niet nog meer kunnen duizelen.

'Ik meen daarom dat u het over een andere persoon moet hebben.'

Rick bleef ondanks de chaos in zijn hoofd de zaak opmerkelijk kalm bekijken. Het leek hem dat de man oprecht was en werkelijk niets afwist van wat er een week eerder gebeurd was. Zijn gevoel dat al een hele tijd sluimerde, dat dit niet de man was die hij een week eerder had ontmoet, werd hiermee bevestigd.

Was dit dan de echte man van Ingrid Lund? Of toch niet? Vast wel. Maar dat kon hij hem zo direct toch écht niet vragen. Hij mocht nu vooral geen argwaan wekken. Hij wikte zijn woorden en speelde verwarring, al was dat niet echt een acteerprestatie in deze omstandigheden.

'Natuurlijk. Ik moet mij vergissen. Ik dacht, nou, ja, ja. Maar het kan inderdaad niet anders. Het gaat ongetwijfeld om een naamsverwarring. Excuseert u mij. Ja, natuurlijk, dat is het, een totaal verkeerde interpretatie van mijn kant. Excuseert u mij.'

'Geen probleem.'

'Zegt u aan I... mevrouw, uw echtgenote alstublieft dat ik opnieuw contact met haar opneem na acht uur vanavond. Of als zij naar haar eigen gsm belt, dan neem ik ook op, natuurlijk.'

'Ik informeer haar. Ik wens u verder nog een goede dag.'

Rick Bogaert staarde onthutst naar Ingrids *nalle*. Nu was hij helemaal de kluts kwijt. Wat was hier aan de hand? Hij recapituleerde voor zichzelf:

Op dinsdag vorige week zit de man van Ingrid Lund in Göteborg. Ze kan 's avonds wat langer wegblijven en spreekt af om iets te gaan drinken. Maar Ingrid Lund verschijnt niet op haar afspraakje. Haar auto staat wel op vijftig meter van hun ontmoetingsplaats geparkeerd. Open. Zij is verdwenen. Er komt iemand bij de auto die beweert haar man te zijn en die beweert dat de accu van haar auto leeg is en dat hij die komt opladen. Tot daar.

Maar het is nu duidelijk dat het haar man niet was. En dat van die accu was waarschijnlijk ook een leugen. Waarom was de man alleen? Waarom was zij er niet bij om haar auto naar huis te rijden? En bovendien had Rick ook geen startkabels gezien.

Wat kwam die man dan wél doen? Maar als dat van die panne gelogen was, dan bleef de vraag: waarom had ze haar auto open en met de sleutel erop achtergelaten? En had zij – of wie anders? – haar auto 's avonds nog opgehaald? Want ze vertrok toch op vakantie.

En vooral: wie was de arrogante grapjas die zichzelf als haar man had voorgedaan en die verrekt veel over Ingrid Lund scheen te weten? En die bovendien niet de minste scrupules had gehad om hem zelfs op zijn werk, en zich nog altijd uitgevend voor haar echtgenoot, over haar op te bellen.

En het leek erop dat ze haar man helemaal niets had verteld over wat er in Antwerpen was gebeurd.

Met zijn smoes over naamsverwarring en verkeerde interpretatie had hij ongetwijfeld ieder mogelijk vleugje wantrouwen bij haar man weggenomen. Dat hoopte hij althans.

***

En alsof het gesprek met haar man nog niet genoeg vragen had opgeroepen, piepte rond zeven uur haar gsm. Hij was ondertussen thuisgekomen en had haar gsm in zijn werkkamer aan de batterijlader gelegd. Hij griste haar toestel van zijn bureau en toetste door naar de inkomende berichten.

Hij hoopte vaag dat het een sms van haar zou zijn. Ze was vast net terug van haar zus en haar man had haar vermoedelijk verteld over een zekere Rick Bogaert die had gebeld, die haar gsm ongewild had meegenomen toen hij ermee naar de politie had willen telefoneren.

Als haar man haar dat laatste over de politie vertelde, zou ze dat vast niet helemaal begrijpen. Maar ze zou weten dat ze hem op haar eigen gsm een berichtje kon sturen.

Hij hoopte dat ze niet op iets in de zin van het bericht in haar *outbox* zou terugkomen. Hij werd niet geacht dat kladje gelezen te hebben, niet verondersteld daar iets van te weten. Maar misschien, als haar verdwijning en zo helemaal opgehelderd was, zou de betekenis van dat bericht hem ook duidelijk worden. Misschien moest hij haar dan zeggen dat hij het – weliswaar geheel toevallig – gelezen had. Hij zou haar terechtwijzen. Dat hij het een misselijk grapje had gevonden. Dat ze zoiets nooit meer mocht doen. Nooit meer! Maar hij las:

'Rick, Ik begon je zelfs te vertrouwen! Nu kan ik je alleen nog maar haten. Verdwijn uit mijn leven. Voorgoed.'

Hij las het bericht opnieuw. Maar aan de tekst veranderde geen letter. Het bericht in haar *outbox* was al schokkend geweest. Dit was gewoon verbijsterend en sloeg volgens hem nergens op. Hij was volledig uit het veld geslagen. Hier kon hij niet meer bij. Dit ging werkelijk boven zijn bevattingsvermogen. Hij rilde. Hij kreeg het er lijfelijk koud van.

Hij stamelde voor zich uit:

'Maar waarom? Waarom toch?'

Hij wilde haar wanhopig toeschreeuwen zo hard hij kon: 'Waarom?' Tot zijn stem schor zou zijn: 'Waarom?' Hij wilde haar sms'en: 'Waarom?'

Hij toetste door naar 'Antwoorden', maar haar bericht was via een centrale gekomen. Waarschijnlijk had ze het vanaf een pc verstuurd. Hij kon haar dus niet eens met een sms antwoorden. Hij nam zonder argwaan aan dat het bericht van haar kwam. Waarschijnlijk zat ze thuis, maar daar durfde hij nu ook niet direct meer naartoe te bellen. Hij zou ongetwijfeld weer haar man aan de lijn krijgen. Na dit bericht zou ze vast niet zelf de telefoon opnemen.

Hij probeerde het te begrijpen, maar er kwam helemaal geen antwoord in hem op.

Hij begon op een misselijkmakende manier te duizelen toen hij besefte dat hij haar niet eens om uitleg kon vragen. Hij zou het hiermee moeten stellen. Maar vooral: hoe lang nog?

Het was duidelijk dat ze elk contact zou weigeren. Hij zette met een beneveld gevoel haar gsm weer op het beginscherm en duwde hem buiten onmiddellijk bereik van zijn handen. Hij wist dat hij anders het berichtje opnieuw en opnieuw zou gaan lezen. Uiteraard zonder dat hij er iets meer van zou begrijpen.

Wat was er gebeurd?

En hoe lang zou hij moeten wachten om het antwoord op die vraag te kennen? Als hij daar ooit al achter zou komen.

Toch wel! Het moest! Hij zou er alles aan doen om hierover met haar nog te praten. Als ze daarna geen contact meer met hem wilde, oké, dan zou hij dat accepteren. Zelfs als ze hem voor eeuwig en één dag wilde haten, dan zou hij dat accepteren. Het betekende in elk geval dat hij haar niet onverschillig had gelaten. Maar hij wilde eerst weten waarom. Hoe dan ook.

Hij had net geleerd dat de houdbaarheidsdatum van hartstocht nooit overschreden raakte.

***

Om halftien zond hij haar een eerste bericht per e-mail:

'Ingrid, ik heb me suf gepiekerd over je laatste sms'je. Kunnen we erover praten? Jij zegt hoe, waar en wanneer. Groetjes. Rick.'

Hij hield het opzettelijk nuchter. Uit ervaring wist hij dat ze zeker niet zou reageren als hij bijvoorbeeld schreef dat hij haar had gemist.

Er kwam geen antwoord.

Zijn volgende bericht stuurde hij haar zowat een uur later:

'Ingrid, ik respecteer de beslissing die je hebt genomen, maar vertel me alsjeblieft over het waarom. Dat kan via de mail, wat mij betreft, of op iedere manier die jij wilt. Ik beloof je dat ik je er niet verder mee zal lastigvallen.'

Ook daar kwam geen antwoord op. Niet dat hij het had verwacht.

Weer een uur later stuurde hij haar een derde bericht:

'Ingrid, ik heb jouw gsm-toestel nog. Mag ik je dat alvast komen brengen? Jij zegt hoe, waar en wanneer. Groetjes. Rick.'

Geen antwoord.

Tegen halfeen belde hij haar kantoor. Lunchtijd. Haar rechtstreekse lijn werd opgenomen door een collega. Ja, ze was er, maar ze draaide de hele ochtend al in het rond van de ene vergadering naar de andere. En ja, ze had even voor haar pc gezeten ook, ja.

'Je moet niet zeggen dat ik gebeld heb,' zei hij. 'Zo dringend is het nu ook weer niet en ze zal het vandaag waarschijnlijk wel de hele dag ontzettend druk hebben.'

'Ik heb inderdaad toch al zoiets van haar gehoord. Het werk dat ze anders tijdens die week had moeten doen, moet nu ook af raken. En liefst in één dag, natuurlijk. Daar zit niets anders op.' Hij hoorde een gelaten lachje bij haar collega.

Hij glimlachte. Dat was alles wat hij wilde weten.

Hij had zijn vrouw er al enkele dagen op voorbereid dat het vanavond later kon worden. Hij had de smoes van de afspraak met een van de vennoten en de personeelsfunctionaris bovengehaald. Als ze wist dat er misschien, heel misschien, een positieverbetering in zat, was ze al heel wat inschikkelijker. Hij zou haar straks een sms op haar gsm sturen dat de vergadering vanavond inderdaad doorging. Zo vermeed hij alsnog vervelende vragen of – godbetert – goede raad.

***

De brief zat 's ochtends bij de post.

'Politie, Lokale Politie Antwerpen, Verkeerspolitie' stond op de enveloppe gedrukt. Met genoeg aplomb om ervoor te zorgen dat hij onmiddellijk werd opengemaakt.

'Politie. LOKALE POLITIE, POLITIEZONE ANTWERPEN, Verkeerspolitie.

AANVANKELIJK PROCES-VERBAAL.

Identificatie houder kentekenplaat volgens dienst inschrijvingen voertuigen: BOGAERT RICK.

Op 15-05 om 19:55, Wij, Roobaert Wendy, Agent van politie, hebben vastgesteld dat het onbemand automatisch werkend toestel tot de volgende registratie is overgegaan:

Plaats en datum van de feiten

Datum: 15-05 om 19:55

Plaats: 2018 ANTWERPEN 1

JAN VAN RIJSWIJCKLAAN

KRUISPUNT MET 'KRUISHOFSTRAAT'

Rijrichting: STAD UIT

Homologatie attestnr. zoveel en zoveel

Protocolakkoordnr. zoveel en zoveel

Kenmerken voertuig

Merk:

OPEL

Categorie: PERSONENAUTO

Kleur: onbekend

Kentekenplaat: TTG559

Overtreding(en)
Bestuurder van bovenvermeld voertuig bevond zich in overtreding met:
Art. 11.1.al.1 KB 01.12.1975
Art.11.1.al.1. Binnen de bebouwde kommen is de snelheid beperkt tot 50 km per uur.
Technische vaststelling(en)
Naam apparaat
Specificatie: GATSO TYPE zoveel en zoveel.
Serienummer blabla...
Resultaat meting
Maximum toegelaten snelheid: 50 km/u
Gemeten snelheid: 70 km/u
Gecorrigeerde blabla...
De verbalisant werd specifiek gevormd voor de hantering van het gebruikte apparaat. De feiten zijn gefotografeerd. Blabla...
Bijkomende inlichtingen
Een afschrift van onderhavig PV blabla...
In de komende dagen, blabla... om de onmiddellijke inning te betalen voor het bedrag van 90 euro op blabla...
Bij niet-betaling... het Parket van de Procureur des Konings, blabla...'

Dit moest een vergissing zijn. Dit was niet mogelijk. In Antwerpen nog aan toe. Dat was pas geeneens mogelijk. Een spijtige vergissing. Maar hoeveel tijd en energie zou dit weer kosten om die mannen uit te leggen dat niemand toen met die auto daar was geweest?

Wanneer was dat dan precies geweest? Vorige week, toch? Dat kon toch niet. En om 19.55 uur bovendien. Dat kon al helemaal niet. Een week geleden, we zijn de hoeveelste vandaag? Zeven dagen geleden was woensdag de zestiende, nog een dag eerder was dinsdag. De vijftiende was een dinsdag, de dag dat Rebecca babysit. Maar vorige dinsdag, toen...

***

Om iets na halfvijf vertrok hij van kantoor. Veel te vroeg, zag hij aan de blik van de collega's die hij op zijn weg naar de liften moest passeren. Ze hadden niet eens ongelijk natuurlijk. Maar die drukte in zijn hoofd om Ingrid zou nu erg gauw voorbij zijn. En dan zou hij zich weer voor honderd procent inzetten.

Hij reed eerst naar het Esso-tankstation op de Keiberg en kocht een gevarieerde ruiker bloemen in de On The Run-winkel. Een kwartiertje later arriveerde hij bij het omroepgebouw. Hij reed zijn wagen het parkeerterrein op en meldde zich bij de receptie, die in een vrijstaand gebouwtje was ondergebracht. De receptioniste vroeg hem voor wie hij kwam. Hij liet haar de grote enveloppe zien die hij bij zich had.

'Ik heb deze documenten bij me voor Ingrid Lund.'

'U kunt die hier afgeven. Ik laat ze direct bij haar bezorgen.'

'Ik zou die liefst persoonlijk willen overhandigen. Er is een en ander dat zij erover moet weten.'

'Natuurlijk. Een momentje dan graag, ik probeer haar te bereiken. Wie mag ik zeggen?' Ze nam de telefoonhoorn in de hand voor het interne gesprek.

'Taxi Dermist', flapte hij eruit. Melig, bedacht hij te laat.

Het leek even te duren voor ze verbinding kreeg en iets zei.

'Een momentje alstublieft', zei ze tegen hem, meer niet, nadat ze de hoorn had neergelegd en onmiddellijk een volgende bezoeker wegwijs maakte op het plannetje van het omroepgebouw.

Hij had niet gehoord wat ze aan de telefoon had gezegd door de drukte van de bezoekers die voortdurend door het hokje heen liepen en uitgebreid groetten. Hij bleef zenuwachtig ijsberen in het krappe glazen wachthokje en toen hij zich de zoveelste keer op zijn hielen omdraaide, stond ze plots op twee meter pal voor hem. Hij hield abrupt zijn pas in. Zijn hart sloeg een tel over. Eindelijk. Maar haar gezicht verraadde geen enkele emotie:

'Ik wist wel dat u het was, meneer Bogaert', zei ze formeel.

'Ingrid... Mevrouw Lund.' Toen hij een stap naar haar toe zette, reikte ze hem een hand, met gestrekte arm tot op schouderhoogte, zo ver mogelijk van zich verwijderd.

Of ze zo formeel deed vanwege de receptioniste, dan wel omdat ze helemaal niets meer met hem te maken wilde hebben, wilde hij uit die houding niet afleiden.

Hij stak de enveloppe op.

'Kunnen we dit even bekijken? Dan leg ik u alles uit.'

Ze maakte een handgebaar in de richting van de deur die naar de omroepgebouwen leidde. Ze zei aan de receptioniste:

'We gaan hier even buiten staan, Rachida. Hij heeft dan geen badge nodig, hè, of toch?'

'Nee, hoor. Geen probleem. Alleen als jullie naar binnen gaan, moet ik hem inloggen.'

'Nee, dat is niet aan de orde. Dank je.'

Ze ging hem voor.

Toen hij achter haar door de glazen deur naar buiten liep, zei hij:

'Vind je het niet te koud om hier buiten te staan. Je hebt niet eens een jasje aan.'

Ze haalde de schouders op.

'Ik verwacht niet dat het lang zal duren. Ik kan me niet indenken dat je me veel te vertellen hebt. Alles is me bekend. En als je van zins bent om handtastelijk te worden, dan kan ik hier direct een beroep doen op bewaking.'

'Ingrid, komaan, zeg, houd daarmee toch op. Alstublieft. Wat heb ik verkeerd gedaan? Ik heb echt geen idee.'

'O nee?'

'Ingrid, nog eens: wat is er gebeurd? Ik heb zovele vragen.'

'Ik vermoed dat die enveloppe die je bij je hebt fake is?'

'Ik wilde je zien, Ingrid...'

'Even fake als je mooie woorden dus. Stel dan je vragen.'

'Wat bedoel je? Fake? Mooie woorden? Wat is er gebeurd, Ingrid, dat je ons afspraakje hebt laten schieten? Ik begrijp er niets van.'

'Geen algemene vragen. Stel eens wat specifiekere vragen', deed ze erg uit de hoogte.

'Euh, dat sms-berichtje gisteren bijvoorbeeld. Vanwaar die plotselinge... haat? Is die vraag specifiek genoeg?'

Ze negeerde dat laatste.

'Ik stuurde dat toen ik thuiskwam en mijn man me zei dat Rick Bogaert had gebeld.'

'Zo? Het is toch niet omdat ik je thuis bel, dat je dit soort berichten moet sturen? Of wek ik spontaan zoveel haat bij je op? Of wat zei je man nog meer?'

'Dat je had opgebeld om te zeggen dat je mijn gsm had.'

'Ja. En dan? Wat was daar verkeerd mee?'

'Wat was daar verkeerd mee?' echode ze. 'Maar alsjeblieft, wat een lef, zeg. Om maar eens met een detail te beginnen: hoe kom jij aan mijn telefoonnummer thuis?'

Hij zuchtte:

'Gewoon via het internet. Ik wist dat je in Bornem woonde. Dat had je me ooit gezegd. En dan opgezocht op het net.'

'We hadden afgesproken: geen geneuzel, geen privé...'

'Ingrid, dat is toch geen inbreuk op je privacy?' Hij huichelde: 'Als ik in je gsm had gekeken, dan had ik het nummer waarschijnlijk ook teruggevonden onder "Thuis" of "Home" of weet ik veel.'

'Nee, dat had je niet. Mijn nummer thuis staat er niet in. En om een heel precieze reden. Als ik mijn gsm verlies, dan kan de vinder onder "Thuis" of "Home" en met behulp van datzelfde internet onmiddellijk mijn adres terugvinden.'

'Toch goed als die je toestel wil terugbezorgen?'

'En gesneden koek voor alle malafide vinders om ons huis leeg te halen nog voor ik gemerkt heb dat ik mijn gsm kwijt ben.'

'Tja, jij checkt wel niet zo vaak je gsm. Maar is dat niet een beetje paranoïde?'

'Van mensen als jij worden mensen als ik paranoïde, ja.'

'Ingrid, echt, ik begrijp niet wat je bedoelt.'

'Nee? Laat mij jou maar eens het eerste simpele vraagje stellen dat door mijn hoofd gaat: hoe kom jij aan mijn gsm?'

'Dat is eenvoudig.'

'Toe maar. Daar wil ik dan graag alles over horen.'

'Toen je na een uur niet kwam opdagen op ons afspraakje, ben ik van armoe vertrokken. Ik zag toen je wagen staan. Die van mij stond twee parkeerplaatsen dichter naar de taverne toe geparkeerd. En ik merkte toen dat die van jou niet afgesloten was.'

'Ook toevallig.'

'Nee, toen ik je auto zag, dacht ik dat je toch eindelijk op de afspraak was aangekomen en toen heb ik je gsm gebeld omdat ik dacht dat je nog wel in de buurt zou zijn en toen hoorde ik plots een beltoon in je wagen en toen ik beter keek, zag ik dat de deur van je auto niet op slot was. Ik heb toen het portier opengemaakt en ik wilde je gsm gebruiken om de politie te bellen...'

'De politie? Met mijn gsm?'

'Als ik met mijn gsm belde, had ik verraden wie ik was. Ze zouden er wel achter gekomen zijn dat we daar niet echt voor een werkvergadering waren.'

'En héb je ze ook gebeld?'

'Nee, zover ben ik niet gekomen. Toen stond plots je man achter me.'

'Mijn man?' Ze had niet verbaasder kunnen kijken.

'Ja. Of, dat wilde hij me toch doen geloven.'

'Wat?'

'En ik ben er natuurlijk ook ingetrapt.'

Ze werd plots erg zenuwachtig:

'Wat bedoel je? Wie was dat dan? Hoe zag hij eruit?'

'Weet ik veel, ik heb daar niet zo op gelet, hè. Toen hij zei dat hij je man was, ben ik eigenlijk niet veel langer gebleven.'

'Maar enfin.'

'Waarschijnlijk was het gewoon iemand met een grote mond die dacht dat ik daar niet thuishoorde en die zich met enige branie voor de echtgenoot van de bestuurder van de wagen uitgaf. Het kan zelfs zijn dat ík het heb gezegd dat de eigenaar een vrouw was.'

Ze legde een hand tegen haar voorhoofd en sloot haar ogen. 'Wat is dit toch allemaal? Ik begrijp het niet meer. Waarom?' Ondanks de wind in het gebladerte, hoorde hij hoe ze kreunde.

'Ik had ook gezien dat je sleutels nog in het contact zaten. Maar hij zei dat je problemen had met je accu en dat hij die opnieuw ging opladen met startkabels en zijn wagen.'

Ze reageerde alert: 'Zíjn wagen? Wat voor wagen?'

Rick maakte aanstalten om te antwoorden.

'Nee! Wacht. Een zwarte?' Rick knikte. 'Een zwarte Volkswagen op hoge poten?' Hij knikte weer. Haar houding leek een fractie te verslappen. Maar plots leek het of al haar spieren verkrampten. Als een roofdier dat al zijn spieren opspant voor het springt. Ze zei het met ingehouden stem, maar als zij had gekund, zou ze het zeker hebben uitgeschreeuwd:

'Waarom achtervolgen jullie mij? Waarom stalken jullie mij? Wat voor plezier kunnen jullie daarin vinden?'

Hij keek haar ongelovig aan:

'Heb je het nu over mij?'

'Jij ook, ja. Maar dat niet alleen, ik ben er nu echt van overtuigd, hé, dat je samenspant met die anderen...'

'Anderen? Welke anderen?'

'Die anderen, die achter me aan zitten, die mij nooit met rust laten, die... die...'

'Ingrid, alsjeblieft,' hij boog zich naar haar toe, 'ik weet echt niet wie of zelfs wat je bedoelt.' Hij dacht vaag aan het telefoongesprek met haar zogenaamde man en maakte met een hand een weifelend gebaar dat erg dicht bij haar arm kwam. Ze deed verschrikt een pas achteruit en sloeg haar armen over elkaar.

'Houd je handen thuis. Ik wérk hier, weet je nog wel!'

'Wat? Nee, hoor. Sorry, het was niet mijn bedoeling...'

'Wát was niet je bedoeling?'

Rick wond zich op. 'Ingrid, alsjeblieft, zeg, houd op. Waarom reageer je zo? Zo agressief? Ik begrijp helemaal niet wat je hebt. Ik heb helemaal niets verkeerds met je voor. Ik dacht dat je dat al wist; dat we dat stadium voorbij waren.' Ze zei niets. 'Laten we in de buurt samen iets gaan drinken en erover praten, oké? Dan kunnen we het misschien nog een beetje gezellig houden.'

De koude wind blies haar haren in haar ogen. Ze schudde ze weg. Ze had het plots koud. Hij zag hoe ze rilde.

'En een beetje warmer ook', voegde hij er aan toe.

'Ik heb nog massa's werk af te maken.'

'Dat geloof ik graag, maar kun je nu helder denken? Met al deze rotzooi? Bovendien is je kantoortijd afgelopen.'

'Vooral jíj zou moeten weten dat ik hier nooit op dit uur al wegga.'

'Morgen is er nog een dag.' Het leek hem dat ze daar niet afwijzend tegenover stond. Dat er een scheurtje in haar pantser kwam. 'Dat ben je me verschuldigd voor...'

'Ik ben je helemaal niets verschuldigd', reageerde ze weer furieus. 'Ik begrijp al helemaal niet wat me bezielde om je te vertrouwen.'

'Nee, natuurlijk ben je me niet echt iets verschuldigd. Bij wijze van spreken, bedoelde ik dat toch maar.' Hij zuchtte. 'Zullen we ergens naartoe gaan? Zeg me waar en ik wacht er op je.'

***

Ze arriveerde enkele minuten na hem. Hij zag dat ze er nog altijd bijzonder gespannen uitzag. Ze bestelde een cola, hij koffie.

'Mag ik je één vraag stellen?'

Ze knikte en haalde tegelijk haar schouders op.

Hij kuchte. 'Ik heb er eigenlijk maar één: waarom liet je vorige week je wagen achter en kwam je niet naar ons afspraakje? Ik zat op je te wachten, niet eens vijftig meter van jouw parkeerplaats vandaan.'

Ze zuchtte en nipte van haar cola en zuchtte opnieuw. Het was duidelijk dat ze tijd probeerde te winnen.

'Misschien ben ik nu echt wel gek geworden, maar ik heb daarnet besloten om je in vertrouwen te nemen.'

'Daar ben ik erg blij om. Ik weet dat het je moeite kost, maar ik waardeer...'

'Houd op, alsjeblieft. Ik merk het zelf wel als mijn vertrouwen beschaamd wordt. Ik moet je vooraf nog wat anders zeggen.'

Ze pauzeerde even en hij onthield zich deze keer van elk commentaar.

'Er gebeuren de laatste tijd vreemde dingen rond mij. En dan bedoel ik echt rond míjn persoon. Ik word in de gaten gehouden. Ik weet niet door wie of waarom en meestal ook niet hoe, maar ik wéét dat iemand mij constant bespiedt.'

Hij schrok, maar hij zou niets zeggen.

'En ze – wie dat dan ook zijn – maken me dat ook graag duidelijk.' Ze pauzeerde en nipte weer van haar cola. 'Ik krijg e-mails met een link naar een website erin. Als ik doorklik, krijg ik een site te zien waarop ik een filmpje kan bekijken. Een filmpje van ons huis en van de straat waar ik woon.'

Ze zweeg weer en keek naar haar cola, die ze nu met beide handen omklemd hield.

Dus dat bedoelde de man die hij bij haar auto had ontmoet toen die hem de volgende dag op kantoor had gebeld. Als die man dan niet haar echtgenoot was, dan was het de enige andere persoon die over die informatie kon beschikken: diegene die haar in de gaten hield, haar stalker zelf.

Maar waarom had hij Rick vaag iets over filmpjes verteld? Zodat hij Ingrid er iets over zou vragen? Zodat Ingrid hém ervan zou verdenken haar stalker te zijn?

Hij wilde die gedachte even laten bezinken voor hij die met haar deelde, maar als hij nu bleef zwijgen, leek het ook wel of hij dat van die filmpjes de doodgewoonste zaak van de wereld vond.

'En wat staat er dan op dat filmpje?'

'Niets.'

'Niets? Wat is daar dan de bedoeling van?'

'Ja, zeg, weet ik veel', reageerde ze weer bijzonder bits. 'Om mij knettergek te maken, zeker?' Ze pauzeerde even.

'En dat lukt hun nog best ook. De filmpjes duren nooit langer dan een dertigtal seconden. De datum en het uur van opname staan er altijd bij. Soms werd de opname overdag gemaakt, terwijl ik op kantoor zat, een keer ook 's avonds. Terwijl ik thuis zat! Met de kinderen! Dat filmpje kreeg ik gewoon de volgende dag toegestuurd.'

'Als je op kantoor zit, denk je: op dit moment zitten "ze" misschien thuis te filmen. En als je thuis zit, ben je voortdurend bang dat "ze" ergens buiten staan te filmen.'

Ze knikte. 'Ik kan het niet laten om voortdurend door het raam naar de straat te gaan kijken. Of ik niet ergens een verdachte auto zie staan. Of eentje die er eerder ook al eens bleef staan. Of eentje die ik eerder ergens anders heb gezien. Ik doe de overgordijnen dicht nog voor het donker wordt. Ik word daar gewoon gek van.'

'En heb je enig idee wie jou op die manier op het randje van een zenuwinzinking wil krijgen?'

'Niet het minste. Ik kan me niet voorstellen dat het iemand is die ik ken.'

'En denk jij dat het de bestuurder van die zwarte Volkswagen kan zijn?'

Ze haalde haar schouders op. 'Geen idee.'

Hij leidde haar terug naar de vragen die hem vooral interesseerden. 'Die Volkswagen zag jij dus vorige week ook?'

'Ook, ja. Het is niet de eerste keer dat ik hem in mijn achteruitkijkspiegel heb. Die achtervolgde mij toen, inderdaad. Maar die dag agressiever dan anders. En langer. Ik wist niet wat ik moest doen. Hij plakte de hele weg gewoon op een paar centimeter tegen mijn achterbumper. Dat doet hij altijd. Ik heb nog nooit de kans gehad om zijn nummerplaat te zien. Dat beeld in mijn achteruitkijkspiegel is vreselijk. Ik word daar gek van.'

'Zo'n Touareg is ook een echt monsterlijk vehikel. Een

Pruis die voor een cowboy wil doorgaan. Maar ik ben bevooroordeeld: een kwart van het dorp waar ik woon, werkt in de vw-fabriek in Vorst; het overige driekwart heeft er gewerkt. Sorry, ik heb je onderbroken.'

'En plots was hij nu ook weer verdwenen. Ik weet niet waar en wanneer hij ergens afgeslagen is, maar ineens was hij er niet meer. Ik was wat te vroeg voor de afspraak, maar ik wilde in geen geval nog rondrijden. Ik zocht een parkeerplaats langs de dreef bij de taverne en plots stond hij daar weer. Nu achter mij. Hij blokkeerde me. Ik kon niet meer vooruit of achteruit. Misschien heeft hij daar maar eventjes gestaan. Maar het leek of hij er minutenlang bleef staan. Ik kon niet weg; dat was een vreselijk gevoel. En plots reed hij weer weg.

Pas toen ik echt zeker wist dat het zwarte monster niet meer in de buurt was, ben ik gauw naar de taverne gelopen om te kijken of jij er al was. Dat was niet het geval. En ik had geen zin om daar lang alleen aan een tafeltje te gaan zitten. Dus ben ik teruggekeerd om mijn gsm uit mijn auto te halen, om je te bellen. Maar toen ik naar mijn parkeerplaats terugliep, zag ik dat mijn auto verdwenen was. En in de plaats – of ernaast waarschijnlijk, maar dat drong toen al niet meer tot me door – stond...'

'...de zwarte Touareg.'

'Exact. Ik besefte toen pas dat ik mijn auto had opengelaten en de sleutel erop had laten zitten, doordat ik in paniek was. Ik heb niet eens meer naar die nummerplaat gekeken, zo aangeslagen was ik. Ik wilde daar weg. Weg van die plaats waar mijn auto niet meer stond.'

'Je voelde je onveilig daar?'

'Het was net alsof daar elk moment iemand op me af kon springen om me mee te slepen. Ik wilde mijn man bellen, denk ik, maar voor één keer had ik dus mijn gsm uit mijn tas gehaald en naast me op de passagiersstoel gelegd, voor het geval jij me mocht bellen. En net op dat moment kwam er een taxi aangereden die een bejaard stel naar de taverne bracht. Ik ben in die taxi gesprongen en heb me naar een politiebureau laten rijden. Daar ben ik pas een hele tijd later tot rust gekomen. Ik heb aangifte gedaan van de diefstal, en ze hebben een politiepatrouille die onderweg was langs het park gestuurd. Die heeft de centrale gewaarschuwd dat mijn wagen daar gewoon nog stond, met de sleutel nog altijd in het contactslot.'

'Wil je geloven dat ik die patrouille gezien heb toen ik daar wegreed? Ik stond voor het rode verkeerslicht, terwijl die combi de straat indraaide. Waarschijnlijk is ook de chauffeur van de vw ervandoor gegaan toen hij die patrouille zag aankomen.'

'Een autodiefstal aangeven en dan staat die auto nog gewoon op dezelfde plek. Ik zal daar wel voor een gekkin of voor een gedrogeerde zijn doorgegaan. Of gewoon voor een vrouw.'

'Of voor een bedrieger die de verzekering wilde oplichten.'

'Ja, kan ook nog. In ieder geval hebben ze geen alcoholtest gedaan. Die patrouille heeft de sleutel uit mijn wagen gehaald en naar de politiepost gebracht. Toen heb ik een taxi terug genomen. Mijn stalker was dus met mijn auto weggereden, terwijl ik naar de taverne liep. Hij heeft er een toertje mee gemaakt en heeft hem gewoon teruggebracht. En dat allemaal voor wat? Om me bang te maken? Om me voor god-weet-welke reden knettergek te maken?'

'De reden is nog onbekend, maar het lukt hem dus toch.'

'Je kunt je dat niet voorstellen. En het enige dat weg was uit mijn auto was mijn gsm. Ik had dus alle reden om aan te nemen dat mijn stalker mijn gsm had meegenomen.'

'Maar ík had hem dus.'
'Ja.'
'Ah zo, dus toen je van je man hoorde dat ik je gsm wilde terugbrengen, toen dacht je dat ik je stalker was?'
'Natuurlijk.'
'Ik kan je verzekeren dat ik het niet ben.' Hij kon het niet langer voor zich houden: 'Zou je het begrijpen als ik zeg dat ik in je gsm geneusd heb?'
'Mijn stalker zou het zeker hebben gedaan. Daar had ik me al bij neergelegd. Maar veel is daarin niet terug te vinden.'
'Niet voor je stalker, nee, maar wel voor mij.'
Ze keek hem doordringend aan. Ze begreep het niet.
'Een berichtje in je *outbox* dat duidelijk voor mij...'
'Verdikkeme. Natuurlijk.' Maar ze reageerde verder zoals hij had verwacht. 'Je kon het toch niet laten om...'
'Ingrid!' Hij onderbrak haar rustig. 'Als je stalker het had gedaan, had je je er al bij neergelegd. Waarom niet bij mij? Je begrijpt toch dat je verdwijning echt wel verontrustend was voor mij. De reden van je verdwijning kon in je gsm zitten.'

Ze grijnslachte. 'Wat voor een uitleg is dat? Hoe dan ook, ik vertrok de volgende dag op vakantie en ik voelde me rot. Die stalking met die filmpjes bracht me echt op het randje. Maar ook dat euh, gedoe tussen ons slorpte daarbovenop nog heel wat energie op. Ik bedoel zorgen dat er geen sporen achterblijven, dat is geen groot werk, maar dat blijft voortdurend aan je knagen: is alles wel weg? Ik wilde dat afspraakje best graag laten doorgaan. Ik keek er zelfs naar uit. Maar de hele poespas eromheen, de geheimdoenerij en zo, de schrik dat het zou uitkomen, daar werd ik zo moe van.

Ik weet het, het is allemaal onschuldig ge-e-mail, maar ik wilde toch niet dat mijn man erachter kwam. Hij is een grote steun voor me. En ik zie hem heel erg graag. En bovendien wilde ik dan ook weer niet dat jij iets van mijn stalking te weten zou komen. Want die filmpjes, dat is nog maar een begin. Daar geef ik me wel rekenschap van. Daarom had ik die sms gereedgemaakt met de vraag om ermee op te houden. Met pijn in mijn hart, dat wel.'

'Wanneer had je mij die dan willen zenden?'

'Ik zou je over mijn twijfels en onrust zeker hebben verteld tijdens ons afspraakje, zodat je voorbereid was. Maar eigenlijk wilde ik hem verzenden net voor we afreisden. Ik zet mijn gsm voor de duur van de vakantie altijd uit. Ik wilde je daarbij geen uitleg geven.'

'In feite heb ik de sms dus toch gelezen op het moment dat jij had voorzien.'

'Mm, ja. En ík was er tijdens mijn vakantie wel blij om dat ik het bericht niet had verstuurd.'

'Terwijl ik hier doodongelukkig tegen de muren opvloog.'

'Maar ja, toen ik dan gisteren van mijn man hoorde dat jij mijn gsm had, toen ja... toen dacht ik echt dat jij de stalker in de zwarte terreinwagen was. Hoe kwam je anders aan mijn gsm?'

'Je bent er ondertussen toch wel van overtuigd dat dat niet zo is, mag ik hopen?'

Ze haalde haar schouders op. 'Ik weet het niet meer.'

'Ingrid?'

'Ach, ik geloof je natuurlijk wel. Ik kan me niet voorstellen dat je zo verdorven zou zijn dat je me ook dít allemaal nog eens zou wijsmaken. Maar nee, echt, ik kan niet meer nadenken. Ik heb gelukkig wat kunnen rusten en ben een beetje op adem kunnen komen op vakantie, maar ik raak hier echt helemaal uitgeput van.'

'En wat zegt je man hiervan?'

'Die is echt heel bezorgd voor mij. Maar hij weet ook dat

er weinig tegen te doen is zonder dat er bezwarende feiten worden gepleegd. Hij is mee naar de politie geweest om te getuigen en om een klacht in te dienen. Maar ja, de politie vertelde ons dat er jaarlijks wel vijftienduizend van die klachten zijn als die van mij. Daar is geen beginnen aan. En mijn man heeft ook, net als ik, helemaal geen idee wie, behalve een gek, hier achter kan zitten. En het waarom is ook voor hem een raadsel. Maar jij hebt hem dan toch gezien en gesproken, mijn belager?'

'Ja, ik heb gesproken met de bestuurder van de zwarte Volkswagen Touareg die naast jou geparkeerd stond.'

Hij had plotseling besloten om haar niet te vertellen dat de man hem de volgende dag op kantoor had opgebeld met de informatie over de stalking en de filmpjes. Hij wilde eerst zelf achter het waarom daarvan komen. Misschien kwam hij zo ook achter het waarom van haar stalking.

'Hoe zag hij eruit?

'Ik heb echt moeite om me het beeld van de man weer voor de geest te halen. Gemiddelde lengte, nee, eigenlijk eerder iets groter, slank, maar krachtig, jouw leeftijd, zeg maar, misschien wat ouder. Keurig gekleed, met pak en das, maar vraag me niet wat voor pak hij droeg.'

'Heb je niets anders? Wat voor iemand was het?'

'Hij praatte vanuit de hoogte, zowat het postuur van een lijnpiloot, weet je, iemand met een dwingende stijl die van aanpakken weet. Kaarsrecht ook.'

'De link is de zwarte Touareg.'

'Ja, exact, maar als dat je stalker is, dan zou dat betekenen dat hij daar is aangekomen samen met jou en pas is vertrokken nadat hij mij had ontmoet. Dan heeft hij nog langer in zijn auto gezeten dan ik op het terras...'

'En dat was lang! Ja, vast wel.' Ze toonde een verlegen meisjesglimlach. 'Sorry, hoor, ik heb je waarschijnlijk vreselijke momenten bezorgd, niet?'

Hij wuifde die opmerking weg. 'Maar waarom? Waarom zou iemand daar zo lang blijven wachten? En op wie? Op wat?' Aan het angstaanjagende idee dat de man misschien heel speciaal op hém had gewacht, wilde hij geen geloof hechten. Waarom dan? 'Het is vrijwel zeker dat diegene die je die filmpjes stuurt en je achtervolger een en dezelfde persoon is?'

'Ik kan me niet voorstellen dat ik ook nog eens twee verschillende stalkers zou hebben.'

'En heeft hij je nog e-mails met filmpjes gestuurd terwijl je weg was op vakantie?'

'Nee.'

'Goed.'

'Nee, dat vind ik niet. Ik vind dat net erg verontrustend. Want ik wil er niet eens aan denken dat die stalker wist dat ik op vakantie was. Dat zou betekenen dat hij me niet alleen voortdurend in de gaten houdt, maar dat hij ook elders informatie over mij verzamelt.'

'Maar op die filmpjes, wat is daar dan precies op te zien?'

'Maar niets. Ons huis. Dat is alles. Gefilmd ergens vanaf de straat. Niets meer. Het kon een foto zijn. Als er niet soms een paar struiken bewogen of een auto door het beeld reed.'

'Ja, en zo'n drukke verkeersas is het daar bij jullie in de verkaveling nu ook weer niet.'

Ze keek hem met grote ogen sprakeloos aan.

Hij dacht hardop na. 'Er gebeurt niets. Maar het maakt je wel bang. Misschien moet je ze gewoon negeren.' Hij haalde zijn schouders op. 'Nee, natuurlijk niet. Dat kun je niet. Omdat je denkt dat er ooit iets te zien zal zijn waar je een heel leven lang spijt van zult hebben als je het niet tijdig hebt opgemerkt. Mm, misschien moet je toch eens een paar keren proberen om er niet naar te kijken. De filmer zijn pleziertje niet meer gunnen. Ik ben ervan overtuigd dat hij automatisch bericht krijgt als jij kijkt. Dan...'

'Houd op!' zei ze hard. Ben je dat ook op het internet te weten gekomen?' Haar ogen stonden strak op die van hem gericht.

'Euh, nee, maar ik veronderstel dat hij toch plezier wil beleven aan zijn inspanningen.'

'Je weet goed genoeg wat ik bedoel.' Haar mondhoeken lieten geen twijfel bestaan over haar misprijzen.

'Hè? Nee. Wat bedoel je dan?'

'Hoe druk het in mijn straat dan wel is!'

Het kostte hem een ogenblik voor hij het begreep. Hij kon zijn teleurstelling moeilijk verbergen:

'Ingrid, toch, alsjeblieft. Toe, wat moet ik toch doen om je vertrouwen te winnen?'

'Dan had je maar niet in mijn privéleven moeten wroeten.'

'Maar ik héb niet in je privéleven zitten wroeten. Ik weet niets van je dat niet iedereen te weten kan komen.'

'Misschien ben jij toch wel degene die de filmpjes maakt.'

'Komaan!'

'Hoe weet je anders hoe druk het in mijn straat is?'

'Ingrid, hoe kom je daar nu toch bij? Meen je dat echt?'

'Ik was al gechoqueerd toen ik ontdekte dat je mijn privéadres en telefoonnummer had achterhaald. Maar nu dit.'

'Ingrid, doe mij een plezier en surf straks naar de website met de telefoongids: *www.1207.be*. Je staat er met je naam en adres in vermeld. En naast je adres staat een icoontje met de kaart van België. Als je daarop klikt, krijg je automatisch een wegenkaart met je adres mooi gecentreerd. En ik hoef geen verkeersdeskundige te zijn om te weten dat er in die hoek geen doorgaand verkeer is.'

Ze bleef hem strak aankijken, al leek haar blik net iets milder dan even tevoren. 'Ik dacht dat de enigen die absoluut alles over je wilden achterhalen, of van de belastingen of van de politie waren.'

'Er zit nog zoveel achterdocht in jou over mij. Ik begrijp het niet.'

'Je geeft me daar wel alle redenen toe.'

'Omdat ik een en ander over je heb opgezocht?'

'We hadden gezegd: geen vragen, geen privégeneuzel.'

'Ik weet niets van je dat niet publiek beschikbaar is.'

'Maar je hebt er wel naar gezocht?'

'Ja, dat wel.' Hij pauzeerde even. 'Ja, ik geef toe. Ik pleit schuldig. En ik weet nog andere dingen over jou.'

'Ah zo?'

'Ja. Dat je een zus hebt die Astrid heet en in Mechelen woont. Dat je dochter piano speelt of in ieder geval heeft gespeeld. Dat je vrijstaande woning in Bornem een trapje naar de tuin heeft en dat je bij mooi weer op je terrasje achteraan in de tuin zit, goed afgeschermd – of dat dacht je toch – door je coniferenhaag.'

'Wat?'

'Dat heb ik van de satellietfoto's van Google Earth. Gewoon gratis te downloaden via hun site.'

'Wat?'

'Dat je in de clinch bent geraakt met het gemeentebestuur van Bornem over sluipverkeer dat 's ochtends jullie straat gebruikt om aan de verkeerslichten op de Rijksweg te ontkomen.'

'Wablief?' Ze leek nu echt geschokt. 'En wat nog meer? Wat nóg? Waar háál je dat?'

'Dat laatste vind je gewoon via een eenvoudige zoekopdracht in de notulen van het gemeentebestuur. Die staan ook voor het publiek op het internet.'

Ze hield een hand tegen haar voorhoofd en staarde naar het tafelblad. 'Ik kan dit haast niet geloven.' Hij dacht dat ze tranen in de ogen had, van frustratie, ongetwijfeld.

'Nee, ik ook niet. Maar je hebt er geen idee van wat je allemaal volkomen legaal over iemand te weten kunt komen. Je kunt vandaag nog altijd interieurfoto's terugvinden van het huis waar ik nu woon, inclusief de huurprijs en de afmetingen van de kamers. Maar ik wilde echt niet in je privéleven wroeten...'

'O nee? Hoe noem jij dat dan? Heb je daar een andere omschrijving voor? Hè? En waarom?'

Het bleef even stil tussen hen. Hij zuchtte nu en wist dat hij er niet meer omheen kon. Of wilde hij er nog wel omheen, vroeg hij zich af.

'Oké,' zei hij, 'als je het dan toch wilt weten. Op je eigen risico: omdat ik je graag zie.'

Ze zweeg.

Hij ging verder, praatte aan één stuk door, zacht, toonloos, haast zonder adempauze. 'Omdat ik je eigenlijk zo graag zie dat ik alles van je wilde weten. Omdat ik je nauwelijks kan ontmoeten, maar ik je hartstochtelijk graag wilde leren kennen. Omdat ik graag dicht bij jou wilde zijn. En omdat ik me heel dicht bij jou en heel prettig voel als ik "Ingrid Lund" in de zoekmachine intik en in die berg resultaten naar jou kan zoeken. En omdat ik weet dat ik nooit dichter bij je zal kunnen zijn dan dat! Daarom.'

Het was eruit. Hij had haar niet aangekeken terwijl hij dat zei. Zoiets had hij nooit eerder tegen een vrouw gezegd. Ook niet tegen Miriam. Het waren zulke oprechte gevoelens. Maar nu ze gezegd waren, galmde het zo onnozel na in zijn hoofd. Hoe pathetisch. Hij wachtte bang af tot ze hem hard zou uitlachen.

Ze wenkte hem fluisterend om zijn aandacht:

'Hela.' Ze wachtte tot hij haar aankeek. 'Ik weet al lang wat je voor me voelt. Ik had daar geen zesde zintuig voor nodig, of vrouwelijke intuïtie. Het was zó duidelijk.' Hij

glimlachte schuchter en keek weer naar het glas voor hem.
'Ik mag je ook heel erg graag. En ik weet ook niet hoe dat komt of waar dat vandaan komt. Ik heb dit nooit eerder gevoeld dan voor mijn man. En ik weet niet wat ik ermee moet aanvangen, met dat gevoel.

Ik ben niet het onenightstand-type. Zelfs niet het flirt-en-val-doodtype. Ik kies zelfs heel zorgvuldig uit wie een hand of wie een kus van me krijgt. En voorts ben ik misschien aangeboren achterdochtig. En met die ongein van die filmpjes ben ik nog extra wantrouwig geworden.'

Hij knikte. 'Natuurlijk, nu begrijp ik je argwaan ook beter. Ik wist helemaal niets van een stalker, of zo.'

'Toen ik van mijn man hoorde dat jij mijn gsm had, moet ik toegeven, sloegen mijn stoppen door. En dat was zó'n ontgoocheling.'

Hij schudde onbegrijpend zijn hoofd.

Ze bleef zacht tegen hem praten, alsof ze hem wilde troosten. 'En ik vertrouw je wél. Zou ik je anders verteld hebben wat ik net heb verteld als ik je, zeg maar, slechts half vertrouwde?'

Hij keek in haar ogen, die plots een immense droefheid leken uit te stralen. Hij haalde zijn schouders op:

'Geen vragen en geen privégeneuzel. Als ik daarvan uitga, lijkt het me dat je me al veel te veel hebt verteld.'

'Dat moest ik wel, als ik je wilde uitleggen waarom ik niet op dat afspraakje ben geweest en waarom ik elk contact liever wil stopzetten.'

'Wilde of wil? Ingrid, je zou moeten weten dat ik dat laatste niet zal accepteren.'

'O nee? Dan word je een stalker?'

'Wel, dan heb je er twee!' riposteerde hij onverhoeds bits.

Nog terwijl hij die repliek uitsprak, besefte hij al hoe onheus die klonk. 'Sorry.' Hij bleef naar het kopje in zijn handen staren. Maar hoe langer de oorverdovende stilte tussen hen bleef aanhouden, hoe meer moeite hij had om zijn lach te bedwingen. Terwijl hij haar weer aankeek en iets als excuus wilde formuleren, zag hij hoe ook zij zat te gniffelen. Ze schoten allebei in de lach.

'Misschien kunnen jullie dan in shift werken.'

Ze lachte zelf zo uitbundig om die enormiteit, dat ze de tranen uit haar ogen moest deppen. Hij was er echter niet van overtuigd dat het alleen lachtranen waren.

'Zullen we iets sterkers nemen?' vroeg hij, toen ze allebei eindelijk uitgelachen waren.

'Ach, waarom ook niet? Een glaasje wijn dan maar.'

Hij keek de kaart in.

'Rood? Chianti? Of iets anders? Bardolino? Of een prosecco, bij wijze van aperitief?'

'Een prosecco? Mm, heerlijk. De naam alleen al, die brengt me weer helemaal terug in de vakantiesfeer van vorige week.'

Op dat moment wilde hij hartstochtelijk de smaak leren kennen van iedere ervaring die zij ooit had gehad. Hij wilde zien wat zij had gezien en horen wat zij had gehoord, en alles ontdekken wat zij ooit had beleefd.

Hij ging vanzelfsprekend mee in haar keuze. Terwijl de kelner de twee twintigcentiliterflesjes met een licht plofje opende en de fluitglazen vulde, zat ze daar met een hand voor haar mond een beetje verwezen naar te staren.

'Dat heb ik echt niet met opzet gedaan.'

'Wat dan?'

'Ik denk aan... ach niets. Die bubbels, het lijkt wel of we twee geliefden zijn die wat te vieren hebben.'

'O, dat bedoel je. Wees gerust, ik zou je nooit van voorbedachtheid in die richting durven verdenken. Maar ik zou het je ook kunnen vergeven als je het wél expres had gedaan.'

Ze leek ver weg met haar gedachten.

Daar voelde hij zich plots treurig om. Hij probeerde haar aandacht terug te krijgen met een plagerijtje:
'Misschien is het een aanzet.'
Ze had zich weer hersteld en glimlachte ondeugend. 'Ja, ongetwijfeld. De aanzet tot stomende seks vanavond,' zei ze, 'met onze eigen echtgenoten.'
'Exact. Dat bedoelde ik zeker, ja, daar moet je niet aan twijfelen. Maar nu we bubbels hebben, kunnen we toch evenzogoed toosten?'
Ze hieven hun glazen.
Ze keek hem onderzoekend aan. 'En waar zou jij dan wel op willen klinken?'
'Op de echte Ingrid Lund die ik heel graag wil leren kennen; wie ze echt is en wat ze echt denkt en echt doet.'
'Geen privégesnuffel hadden we gezegd.'
'Natuurlijk. Maar soms wil ik dat graag vergeten.'
Ze schudde haar hoofd en glimlachte zijn opmerking weg. 'Oké, dus: een toost. Op wat dan?'
Hij hief zijn glas. 'Dan: op ieder zalig moment dat ik in je ogen mag kijken.'
Hij wachtte niet tot ze daarmee instemde. Hij tikte met zijn glas voorzichtig tegen dat van haar en nam een grote slok. Ze liet in niets blijken wat ze daar van dacht, maar ze nam zonder woorden ook een slokje.
'Ik had vandaag een fan van jou aan de telefoon.'
'O ja? Welke van de twee was het?'
Daar moest ze om lachen. 'Wat kun je toch cynisch en hard voor jezelf zijn. Die ene van je twee fans, als je het dan zo wilt, die gaf nogal hoog op over jouw integriteit als politicus en als mens, en die vroeg om een kopie van een uitzending van *De Zevende Dag*.'
Hij knikte. 'Het politieke zondagochtenddebat. Ik mocht daar mijn nota over integratiebeleid voorstellen.' Hij zucht-

te. 'En het werd tegelijk ook mijn zwanenzang. Ik deed het ontzettend graag en heb er ook keihard aan gewerkt. Maar dat doet er allemaal niet toe in die ratrace. Want je werkt liever achter de schermen en je werkt liever aan zaken die ertoe doen. Maar dan kent het volk je kop niet meer en de partij geeft ook de voorkeur aan een fris meisjessnoetje op een verkiesbare plaats. En dus word je ook niet meer verkozen. En plots ben je totaal van geen nut meer voor de partij.

En ik had binnen de partij niet zo erg veel gesocialized – "slijmen" noemt mijn vrouw dat – en niet goed genoeg gelobbyd en niet genoeg vriendjes gemaakt die me nog een postje hadden kunnen bezorgen. En dan komt de vrije val in één dag. De maandag na de verkiezingen was ik plots niet meer waard dan de zool van een versleten schoen.' Hij zuchtte, maar glimlachte toen schalks. 'Maar wat zit ik je hier een inkijkje te geven in mijn verleden? Geen geneuzel, toch?'

'Zo is dat.'

Ze kletsten nog even door over de drukte bij haar op het werk, over zijn opzoekwerk van indertijd ook; niet over haar belager, niet over haar vakantie. Geen privégeneuzel; het was vast een lovenswaardig initiatief, maar wat bleef er dan over buiten nietszeggend gekeuvel: gewoon genieten van het moment zelf. Ze zaten vooral zwijgend te nippen van hun prosecco.

Vreemd genoeg vond hij de stiltes niet eens storend.

Hij raakte bewust haar pols met haar horloge aan toen hij vroeg hoe laat het was. Hij schrok ervan hoe intiem dat gebaar aanvoelde.

'Ik kan echt niet lang meer blijven', zei hij. 'Ik heb wel permissie vanavond, maar voor het donker wordt, moet ik binnen zijn.'

Daar moesten ze allebei zuinigjes om glimlachen.

'Weet je wat mijn moeder altijd zei?'

Hij schudde van nee.

'Dat je alles zo goed mag verbergen als je wilt. Dat het allemaal toch uitkomt. Al moeten de kraaien het uitbrengen.'

'Je stelt me wel heel erg gerust', grijnsde hij. 'Ik hoop van niet, maar ik vrees dat je moeder gelijk heeft.'

Hij schoof de grote enveloppe die hij de hele tijd voor zich had liggen naar haar toe.

'Is dat niet die enveloppe met de fake papieren?'

'Mm, dezelfde enveloppe, ja, maar er zit niet één papier in. En je mag hem pas openmaken als je in je wagen zit.'

'Ah zo!' Ze glimlachte. 'Een bompakket?'

'Zeer explosief, in ieder geval', antwoordde hij. 'Je gsm zit erin en iets, tja, een explosief verrassinkje eigenlijk. Maar toch, je kunt er jezelf niet aan kwetsen en je kunt er niemand anders pijn mee doen.'

'Je maakt me wel nieuwsgierig.' Ze betastte de enveloppe.

'Niet doen! Je maakt het ontstekingsmechanisme onklaar.'

Ze wandelden samen zwijgend naar buiten.

'Ik vrees dat mijn kinderen minder blij zullen zijn dat ik mijn gsm terug heb.'

'O?'

'Je ziet ze zo door de grond zakken van plaatsvervangende schaamte als ik dat ding tevoorschijn durf te halen waar hun vrienden bij staan.'

Hij keek haar niet-begrijpend aan en ze hield de enveloppe met de gsm voor zich uit:

'Dit ding is acht jaar oud! In gsm-termen blijkt dat prehistorisch te zijn. Of, dat willen ze me toch doen geloven.'

Die van hem was pas drie maanden oud en zo handzaam dat hij zich erop betrapte dat hij hem haast altijd in zijn handpalm hield.

'Zal ik even met je meelopen tot bij je wagen?'
'Bedoel je: om je ervan te overtuigen dat ik hem niet open heb achtergelaten?' Ze toonde hem triomfantelijk haar sleutel.
'Ik zal het anders formuleren: ik zou graag nog even met je meelopen. Mag dat?'
'Alleen omdat je het zo vriendelijk vraagt.'
Ze liepen zwijgend naast elkaar.
'Beetje frisjes,' zei hij, 'het was nogal warm daarbinnen', en hij wilde eigenlijk zijn jas over haar schouders hangen.
'Gaat wel.'
Haar auto stond op nauwelijks vijftig meter langs de straatkant geparkeerd en tegen de tijd dat hij had besloten om het haar voor te stellen waren ze er al aangekomen.
'Zo,' zei hij, 'het lijkt erop dat het hier eindigt.' Ze knikte. Hij stond onhandig naast haar, wist met zijn armen geen raad terwijl ze haar auto opende en het portier op een kiertje zette. Ze zette een pas naar hem toe en kuste hem op zijn wang. Hij glimlachte:
'Als ik me goed herinner wat je net over kussen zei, dan ben ik dus geprivilegieerd?'
Ze gniffelde. 'Als je dat maar weet.'
'Ik had je eigenlijk zelf willen vragen of ik je mocht kussen. Om je te bedanken dat je me toch wilde ontmoeten en...'
'Sst!' Ze hield een wijsvinger voor zijn mond zonder hem aan te raken. 'Alleen als je het over een onschuldige zoen hebt, dan mag het.' Ze schoof weer een pas dichter naar hem toe en bood hem haar wang aan.
Hij legde zijn arm om haar schouders, omhelsde haar alsof hij haar nooit meer wilde kwijtraken en drukte zijn lippen veel te hard tegen haar wang. Zoals oude mensen dat doen, dacht hij, alsof de onstuimigheid waarmee ze hun

lippen op een wang drukten alle intensiteit van hun liefde moest weerspiegelen.

Hij had willen herbeginnen, want dit was niet de tedere zoen die hij haar al zo lang had willen geven. Maar ze had alweer een pas achteruit gezet en glimlachte:

'Kom goed thuis.'

Hij knikte. 'En vanaf hier? Geen contact meer? Of mag ik je morgen een mailtje sturen?'

Ze ging in de auto zitten. Ze lachte schalks:

'Ik kan je niet tegenhouden. Je kunt altijd proberen. Misschien ben ik zo druk bezig dat ik mijn belofte vergeet. Misschien antwoord ik je wel.'

'In een moment van onoplettendheid?'

'In een moment van verstandsverbijstering! Ciao!'

'Wees voorzichtig.'

'Jij ook.' Ze sloeg de deur dicht en reed weg.

***

Onderweg naar huis hield ze voortdurend in haar achteruitkijkspiegel de weg in de gaten. Maar er was geen achtervolger te bekennen. Het was rustig na de spits. De grote enveloppe lag naast haar. Ze tastte ernaar en maakte hem pas open toen ze op de Ring rond Brussel in een gezapig tempo op de eerste rijstrook reed.

Ze haalde er haar gsm uit en een roos. Dat ontroerde haar. Ondanks zijn onhandigheid was hij eigenlijk een romantische ziel. Ze was een beetje boos op zichzelf dat ze hem zo hard had aangepakt. Diep in haar binnenste had ze altijd geweten dat hij niets te maken had met haar stalker. Natuurlijk niet.

Ze reed rustig met één hand op het stuur en hield met de andere de knop van de roos onder haar neus.

Eigenlijk mocht ze hem wel. Heel erg graag zelfs. Ze wist niet hoe dat kwam. Ze hadden elkaar nauwelijks ontmoet. Hoe kon je nu in 's hemelsnaam iemand zo graag mogen terwijl je die nauwelijks had ontmoet? Hij was een vertrouwd deeltje van haar dag geworden.

Het leek of hij wel altijd iets leuks te vertellen had. Hij was heel wat opener tegen haar geweest dan omgekeerd. Al verdacht ze hem ervan dat hij emotioneel een even gesloten oester was als zij. Ze was ervan overtuigd dat hij haar met zijn openheid duidelijk wilde maken hoezeer hij haar vertrouwde en hoe graag hij haar mocht. En graag zag! Ze vroeg zich af hoeveel moeite het hem had gekost om die woorden uit te spreken. Je kwam niet zonder gêne uit een generatie waarin 'Ik zie je graag' hopeloos oubollig klonk en 'Ik hou van jou' onnozel en 'I love you' als een flagrante leugen.

Daarnet, toen de prosecco feestelijk in de glazen vloeide, bekroop haar even het gevoel dat ze haar man bedroog. Vorige week nog had zij met hem geklonken, vandaag met een wildvreemde man die ze amper via e-mail kende.

Hoe eenvoudig moest het niet zijn voor malafide geesten om via het net kinderen te lokken? Als iemand van haar leeftijd al niet immuun bleek voor chat-emoties.

Hoe kwam het toch dat ze hem graag was gaan mogen? En wanneer was dat gebeurd? Van slechts één ding was ze zeker: ze zou hem eigenlijk niet meer kunnen missen.

De radio speelde, Rod Stewart zong *Love hurts*, alsof de programmamaker mee in het complot zat.

Ze liep met haar vingers langs de stengel van de roos. Er zaten geen doornen aan. Om er jezelf niet aan te kwetsen en niemand anders pijn mee te doen. Wat was hij toch een romantische ziel.

Wat was het heerlijk om begeerd te worden, om te weten

dat ergens op de wereld iemand om je geeft. Ze voelde zich plots heel intens vrouw.

Er speelden flarden tekst van een artikel dat ze kortgeleden had gelezen door haar hoofd. Het kon een citaat van Brel zijn, derdehands op zijn minst, maar ze was helemaal niet zeker:

'Finalement on est très mal élevé parce qu'on a beaucoup trop de pudeur et qu'on n'ose plus jamais dire aux gens qu'on les aime bien.'

Vanavond had ze hem willen zeggen:

'Alors ce soir j'en profite pour vous dire que finalement je vous aime bien.' Maar dat had ze niet gedurfd, want daar stak die verwenste pudeur natuurlijk zijn poot voor.

Ze reed de A12 af en nam de rijksweg in de richting van Bornem.

Haar zicht op de weg voor haar versluierde toen ze zich realiseerde dat er geen andere mogelijkheid was voor wat ze nu moest gaan doen. Nee, er was er echt geen. Hij zou het vast begrijpen. Had hij het dan niet zelf al gesuggereerd: een roos zonder doornen, zodat ze er zichzelf, noch iemand anders mee kon kwetsen.

Ze hield ze zo lang in haar hand geklemd als ze kon, maar net voor ze haar woonstraat zou inrijden, liet ze haar zijraampje naar beneden zakken, ze drukte een lange kus op de fluwelen blaadjes en gooide de bloem door het raampje op het asfalt.

Toen ze thuis de oprit van de garage opreed, trok ze een grimas, zodat de tranen niet uit haar ogen zouden rollen. Ze depte haar ooghoeken met een tissue voor ze naar binnen reed.

Het was fijn om thuis te komen en te weten dat iemand op je wachtte. Ze had nooit gedacht dat ze het ook nog fijn zou vinden als ergens op de wereld ook iemand anders haar beminde. Het leven is opwindend, dacht ze, beminnen... en bemind worden. Dat moet wel geluk zijn.

Ze vergat er even al haar andere zorgen bij.

***

'Ik ben er!'

Ze zat ongetwijfeld voor de televisie. Dat hoefde hij zich niet eens af te vragen. Hij droeg de bos bloemen, waaruit de enige roos die er in had gestoken ontbrak, de woonkamer in. Het was er donker. En stil.

'Hallo, waar is iedereen?'

Ze zat inderdaad voor de televisie, maar die stond niet aan. Hij kon haar nauwelijks zien zitten.

'Wat doe jij hier in het donker?'

'Hoe is het geweest?' De vraag klonk niet bulkend van interesse naar zijn antwoord.

Hij zuchtte in gedachten. Wat was er nu weer gebeurd waarvoor ze op hoge poten zou gaan staan? Aan zijn smoes kon het niet liggen en hij had haar bovendien tijdig gewaarschuwd dat hij vanavond later thuis zou komen.

'Goed, goed.'

'Dan heb je goede vooruitzichten?'

Hij liet zijn stem zo zakelijk mogelijk klinken. 'Ja, toch wel. Ik denk dat er nu gauw verandering komt in de toestand. Kijk, ik moest nog gaan tanken en ik dacht, ik neem mijn vrouwtje een bloemetje mee.'

Ze reageerde daar niet op.

'Waar was het dat die vergadering doorging?'

Dit gaat niet goed, dacht hij. 'Op kantoor, natuurlijk. Daarna zijn we nog iets gaan drinken in de bar van het Sofitel.'

'Ah ja, ik ruik de alcohollucht tot hier.'

'Tja, "socializen" met de partners van het kantoor hoort nu eenmaal bij dit soort vergaderingen. En daar hoort een drankje bij. Kwestie van de sfeer wat gemoedelijk te houden.'
'Om te slijmen.'
'Tja, dat is maar hoe je het wilt noemen. Je gaat op een veel gemoedelijker manier om met je collega's en...'
'Slijmen. Het was nog geen week geleden.'
Hij kreeg het op zijn heupen van haar toontje. 'Ja, een week geleden ook en ze verwachten van me dat ik dat nog meer ga doen', zei hij scherp. Hij legde de ruiker bloemen op de salontafel. 'Het is alsof deze je niet interesseren. Als je iets dwarszit, wil je het dan alsjeblieft zeggen. Ik ben goedgehumeurd thuisgekomen en ik heb vanavond geen zin in gekibbel.'
Hij zei vooral niet dat hij moe was. Vooral dán had ze de neiging hem aan te vallen als een complete oorlogsmachine. Het was al zo vaak gebeurd. Hij knipte het licht aan.
'*Goedgehumeurd*? Waarom dan?' vroeg ze uitdagend.
Hij zag nu dat ze had gehuild. Hij vloekte binnensmonds. Ze zag er opgefokt uit. Wild. Van de achterdocht, hoopte hij.
'Omdat ik eindelijk vooruitgang maak in dat kluwen waarin ik ben terechtgekomen. Omdat ze mijn werk eindelijk beginnen te waarderen.'
'Moet dat dan altijd in een hotel gebeuren, dat gesocialize? Een week geleden ook?'
Hij aarzelde niet. 'Ja.'
'Ook in Zaventem?'
Even zelfverzekerd: 'Ik denk dat ze dat altijd daar doen.'
'Aha.'
Hij vroeg zich radeloos af waar ze op aanstuurde. Wist ze dan toch ergens van? Maar hij kon nu niet anders dan volharden in zijn leugens. 'Wat aha?' vroeg hij met een nijdige mond.

Ze kwam overeind uit haar fauteuil. Hij zag dat ze tot het uiterste gespannen was. Ze streek met spastische bewegingen van haar vlakke handen de ingebeelde plooien uit haar pyjamabroek. Ze keek hem niet aan. Ze staarde naar de bos bloemen op het tafeltje.

'Heb je me niets te vertellen, Rick?'

'Euh, waarover dan?'

'Als er iemand anders is, heb ik liever dat je me dat eerlijk in mijn gezicht durft te zeggen. Ik ga niet graag door voor het huissloofje dat als laatste te weten komt dat haar man vreemdgaat.'

'Miriam, waar heb je het over?'

Ze nam de ruiker bloemen van de salontafel. Haar handen trilden. Ze nam een bloemknop tussen duim en wijsvinger.

'Dat weet je goed genoeg.'

Hij voelde hoe de warmte van zijn bloed zinderend naar zijn hoofd trok. Zijn oren gingen suizen. 'Néé!'

De bloemknop brak van de stengel en viel op de vloer.

'Het zou me niet eens verwonderen. Het gebeurt iedere dag: rijpere man dumpt zijn vrouw voor een groen blaadje.'

Ze blufte! Ze wist helemaal nergens van. Hij voelde zich plots een heel stuk beter worden:

'Of ben jij het die mij iets duidelijk wilt maken, Miriam?'

'Doe niet zo belachelijk hautain, Rickske.'

Op het moment waarop ze zijn naam minachtend tot een diminutief omvormde, was het opletten geblazen.

'Miriam, ik wil geen scène. En waar is Rebecca?'

'Bij Liesbeth. Ze blijft daar slapen.'

'Bij je zus? Waarom is ze bij je zus?'

'Ik vond het beter dat ze de avond niet hier doorbracht.'

'Maar waarom dan?'

'Antwoord me eerlijk: waar ben je vanavond geweest?'
'Dat heb ik al gezegd. Dat herhaal ik zelfs niet meer.'
'Vergadering met de vennoten over personeelzaken?'
'Ja.'
'En vorige week, waar was je toen zo laat?'
'Zo laat? Maar, enfin, ook vergadering met de vennoten.'
'En dan van het kantoor gewoon nog iets gaan drinken in de bar van het weet-ik-veel-welk hotel?'
'Ja.'
'In Zaventem?'
'Ja.'

Ze begon plots hevig te rillen. Haar gezicht verwrong in een huilgrimas, maar ze hield zich sterk. Haar handen wrongen zich om de stengels van de bloemen.

'Hé,' zei hij, 'die bloemen kunnen daar niets aan doen, hé.'

Maar ze wrong en draaide de stelen tot ze knapten. Ze stapte om de salontafel heen en haalde met de verminkte ruiker zo hard ze kon naar hem uit:

'Waarom lieg je tegen mij? Waarom? Waaraan heb ik dat verdiend?'

Hij weerde haar af en trachtte haar tot bedaren te brengen:

'Wil je alsjeblieft eens niet zo hysterisch doen. Ik weet niet wat jij ergens gehoord hebt. En ik weet ook niet waarom je denkt dat ik lieg. Waarschijnlijk is het simpelweg een misverstand.'

'Een misverstand?' schreeuwde ze. 'Een misverstand? Is het dan ook een misverstand dat men je vorige week om acht uur 's avonds nog op de Jan Van Rijswijcklaan in Antwerpen heeft gezien?' Ze haalde opnieuw uit met haar ruiker, die nu alleen nog uit de bloemstengels bestond.

Van Rijswijck? Ja, daar was hij geweest. Hij kreeg het ontzettend warm, maar er was nu geen enkele weg meer terug.

'Ja, natuurlijk. Dat kan alleen een misverstand zijn. Ik ben daar niet geweest.'

'Je durft dan nog blijven liegen ook!' gilde ze. 'Waarom doe je dat? Tegen mij? Ik ben je vrouw, weet je dat nog wel! Heb ik geen recht op een klein beetje meer respect dan dat?'

Hij bleef het ijskoud spelen. 'Ik was daar niet eens. Hoe kom jij daarbij?'

Ze draaide zich om naar de salontafel, waar ze een enveloppe afgriste die ze hem aanreikte:

'Ik kom daar niet zomaar bij. Zíj komen daar bij.' Ze sloeg de bos stengels in zijn armen, die hij met de enveloppe in zijn handen voor zich uit hield. 'Dacht je nu werkelijk dat je met een bos bloemen je leugens kon verbergen? Zo onnozel ben ik nu ook weer niet. Wilde zij je bloemen niet, misschien?'

'En wat bedoel je daar dan weer mee?' antwoordde hij erg kortaf.

Ze stoomde naar de keuken, maar draaide zich om in de deuropening, terwijl ze met een wijsvinger naar de enveloppe priemde.

'Ik vraag me af welke leugens je me daarover nog gaat vertellen. Voor mij moet je niets meer verzinnen. Als je nog je mond tegen mij opendoet, dan wil ik dat daar alleen de waarheid uit komt. Anders zwijg je beter. Je maakt het alleen maar erger.'

Politie, las hij op de enveloppe. Hij haalde de twee vellen papier uit de opengescheurde enveloppe. Hij had maar een oppervlakkige blik op de eerste bladzijde nodig om te beseffen hoe gegrond haar woede wel was. En hoe ernstig zijn situatie was. Zijn keel snoerde dicht. Hij hapte vertwijfeld naar frisse lucht en kreeg het tegelijk ontzettend warm.

Geflitst in Antwerpen om acht uur 's avonds, terwijl hij

onverzettelijk was blijven beweren dat hij op dat moment in Zaventem had gezeten.

***

Zelfs al moesten de kraaien het uitbrengen, de waarheid zou aan het licht komen. Ingrids woorden van geen twee uur geleden hadden een profetische nasmaak gekregen. Hij sloot zich op in zijn werkkamer. Hij draaide de deur op slot. Het zou niet de eerste keer zijn dat Miriam tijdens een hooglopend conflict als een furie zijn kamer binnenstormde. Het kalmeerde haar meestal wel, maar hij had er vanavond echt geen zin in.

Ze lag nu vast te huilen in bed.

Hij had echt geen zin om naar haar toe te gaan. Wat moest hij haar immers ook gaan zeggen? Dat zijn afspraakje toen toch niet was doorgegaan. Was dat dan een verzachtende omstandigheid?

Hij zuchtte. Hier kwam hij niet uit.

De kraaien viel niets te verwijten.

Maar wat had hij écht verkeerd gedaan?

Miriam bekeek de wereld door het venster van vrouwenbladen. Dat veroorzaakte dat ze vaak obsessioneel bezig was met de bekoringen waarvoor haar man op kantoor en onderweg naar huis zou kunnen vallen.

Ze had er altijd een probleem mee gehad. Ook tijdens zijn succesvolle politieke carrière. Ze leek iedere stem van een vrouw voor haar man te verwarren met een potje voetjevrijen. Nochtans, zo wist hij, werkte politiek niet erotiserend. Macht misschien wel, maar die had hij nooit gehad.

Miriam was gewoon veel te lang thuis gebleven. Voor de kinderen, hadden ze toen gezegd. Dat had hun een lovenswaardig doel geleken. Maar na Rebecca was het niet meer gelukt om nog kinderen te krijgen. Ze hadden jaren gependeld tussen dokters en specialisten en rustkuren en kwakzalvers. Ze was zich plots veel minder vrouw gaan voelen; niet in staat om het grote gezin te stichten waarvan zij altijd had gedroomd.

Hij had geen probleem met slechts één wolk van een dochter, en toen ze over adoptie was begonnen en hij dat resoluut had uitgesloten, was er ook tussen hen iets geknakt. Alsof hij geen begrip had gehad voor het verdriet dat zij zo alleen moest dragen.

Hij had het opgegeven om constant gelukkig te willen zijn. Dat was een verloren zaak.

Nu probeerde hij alleen nog maar wanhopig om zoveel mogelijk luttele momenten geluk te grijpen. Geluk kwam in bescheiden porties van soms niet meer dan een paar minuten. En niet eens iedere dag. Je moest die aanlengen om er je dagen mee door te komen. Als een bodempje whisky waar je een sloot water bij goot om een hele avond mee door te komen.

Hij stond op van zijn stoel en haalde de onaangebroken fles goedkope whisky van achter de ordner 'Diversen'. Hij hield er niet meer van om nog dronken te worden. Maar soms, op momenten als deze, liet hij zich graag gaan.

Hij wilde alleen nog maar genieten. Nee, gelukkig zijn, noemde hij het liever. Genieten was zonde. Je moest lijden om daarna in de eeuwigheid gelukkig te zijn. Wel, hij had schoon genoeg van het lijden. Je wist toch dat er hierna niets meer was. Je hoopte het natuurlijk stiekem, maar eigenlijk wist je dat het niet zo was.

Hij liep naar de keuken en haalde een fles mineraalwater uit de koelkast. Hij duwde enkele ijsblokken uit hun plastic vormpjes in een glas en liep ermee terug naar zijn werkkamer. Hij sloot de deur zorgvuldig weer af.

Hij klokte een scheut van de whisky over de ijsblokken, vulde het glas tot de rand met water en rook eraan. Hij was nooit echt een liefhebber van whisky geweest, behalve dan omdat het hem snel dronken maakte.

Wat had hij met zijn leven gedaan, vroeg hij zich voor de zoveelste keer af. Wat had hij ervan gemaakt? Niets, moest hij, net als altijd, toegeven. Alles wat hij had gedaan in zijn leven was tenietgegaan.

Hij was getrouwd en ja hoor, ze hadden nog wel eens seks, maar ze waren jaren geleden al opgehouden de liefde te bedrijven. Het was hem niet eens opgevallen, maar op een dag had hij het gewoon moeten vaststellen. De tragiek van de liefde was dat alleen het begin de moeite waard was.

En na vanavond was zelfs van wederzijds respect waarschijnlijk niets eens sprake meer.

Hij had een knappe dochter, die zowel intelligent als mooi was. Die niet eens iets goeds moest gaan studeren om een goede partij te trouwen. Al had hij haar die seksistische opmerking nooit durven maken.

Hij had een interessante carrière gehad waarin hij de successen had opgestapeld. Maar alles was tenietgegaan.

Hij zette zijn pc aan.

De weg vanaf hier was een rit naar de slachtbank. Onontkoombaar. Je wist alleen niet hoe lang de rit zou duren. Je kon een poging wagen om te ontsnappen als je ego daar behoefte aan had, maar een rund in de stad viel op en binnen de kortste keren stond het terug tussen de dranghekken op weg naar het fatale schot.

Hoe gelukkig hij zich enkele uren geleden bij Ingrid had gevoeld, herinnerde hij zich nauwelijks nog.

Hij startte zijn elektronische mail op. Niets.

'Ingrid! Ingrid! Ik zie je zo graag', fluisterde hij. Dat klonk nog altijd even stom als tegen Miriam vijfentwintig jaar geleden. Al herinnerde hij zich zelfs niet of hij dat ooit tegen Miriam had gezegd. Hij gleed met zijn mond langs de rand van zijn glas, alsof dat Ingrids vochtige lippen waren. 'Antwoord je me nog, morgenvroeg?'

Plots voelde hij een onwaarschijnlijke zin om haar te mailen. Al zou ze pas de volgende ochtend op kantoor het bericht lezen. Maar omdat hij niet eens echt zeker was of ze nog zou antwoorden en omdat hij haar niet wilde ergeren, kwam hij niet verder dan:

'Alles goed met je?'

Oké, hij moest toegeven, dat had beter en geïnspireerder gekund. Maar hij kreeg prompt antwoord:

'Zeg, wat is dit voor flauwekul? Om daar op te antwoorden moet ik niet aan verstandsverbijstering lijden, maar onderweg naar huis een hersenhelft hebben verloren.'

Hij glimlachte en schreef:

'Ik wilde gewoon weten of je me nog zou antwoorden. Wát, doet er helemaal niet toe. Nu ben ik gerustgesteld.'

'Aansteller', antwoordde ze.

Hij had zijn berichtje naar haar kantooradres gestuurd.

'Ben je dan terug naar kantoor gegaan?' vroeg hij.

'Nee hoor, ik heb net mijn pc thuis opgestart. Ik was van plan om nog wat werk in te halen. De techniek staat voor niets. Ik kan van thuis mijn mail op kantoor opvragen en gewoon verder werken.'

'Dat komt ervan, zie, als je met vreemde mannen op café gaat in plaats van door te werken.'

Ze zou hem er zelf vast ook met de neus op drukken als hij er niet als eerste over begon. Zo plagerig kon ze zelf ook wel zijn.

Maar ze antwoordde niet meer.

Ze had vast nog wel een heleboel achterstallig werk, stelde hij zich voor. Hij kon daarmee leven. Ze had geantwoord. En haar antwoord was net als voorheen: recht voor de raap en spannend en leuk. Er was niets veranderd op de wereld.

Hij surfte wat op het net.

Het was inmiddels twee uur geleden sinds Miriam was weggegaan en hij naar zijn werkkamer was getrokken. Hij had zich nog een bodempje whisky ingeschonken en daarna nog een en hij kon maar niet besluiten of hij hier op zijn bureaustoel in slaap zou sukkelen, of dat hij toch in bed bij Miriam zou gaan liggen. Geen van beide opties leek hem aangenaam genoeg om naar uit te kijken. Hij voelde zich een beetje aangeschoten en Miriam zou vast nog niet slapen en ze zou vragen stellen. En die kon hij missen.

Op dat moment klonk het geluid van een berichtje dat binnenkwam op de e-mail. Het was van Ingrid. Zo laat nog.

'Ben je daar nog?'

'Op dit uur is alleen het geboefte nog aan de slag. Zal ik een wachtwoord geven, zodat je zeker bent dat ik het ben? Wat denk je van *Venetië*?'

'Wat?!? Waarom zeg je dat?'

'Ha, dat is een doordenkertje! Omdat ik nog nageniet van de prosecco. Die komt uit de streek boven Venetië. Vandaar.'

Het duurde wat voor ze antwoordde:

'Ik ben ernstig. Weet je waar ik met vakantie was vorige week?'

Dat vond hij een vreemde vraag. 'Is dat een vraag van één of van drie kussen? Zal ik raden? Italië? De Veneto-regio? Venetië zelf, misschien? En omdat je me toch gaat vragen waarom ik dat denk: omdat je zei dat je er prosecco hebt gedronken. En omdat je die vraag nu, na mijn wachtwoord, stelt.'

Het duurde weer voor ze antwoordde. 'Mijn achtervolger was er ook.'

'Wat bedoel je??? Hoe, weet je dat nu pas?'
'Ik heb weer een e-mail gekregen met een link naar de website. Maar ik kreeg niet onze straat te zien, maar de lobby van het hotel waar we verbleven.'
'Hoe kon hij nu weten waar jullie waren?'
'Dat vraag ik me ook af.'
Hij werd boos. 'Vroeg je mij daarom of ik het wist???'
'Ik kwam er niet uit waarom je het zo plots zo nodig over een wachtwoord moest hebben. En waarom je uitgerekend *Venetië* koos. Sorry, als ik je gekwetst heb.'
'Dat heb je.' Maar hij besloot om er geen punt van te maken en schreef vergoelijkend: 'Maar je zult wel je hele leven achterdochtig blijven. En zolang die stalker niet gevat is, zul je voortdurend over je schouders kijken. Hij wist dus toch dat je op vakantie was. Waar kan hij die informatie vandaan hebben?'
'Ik kan mij niet eens herinneren aan wie ik gezegd heb dat we met vakantie gingen. Dus, zeker al niet aan wie ik gezegd zou hebben waar we precies naartoe gingen. Ofwel is hij ons gewoon gevolgd. Ik weet het ook niet meer.'
'Wat wil die stalker eigenlijk bereiken, dat hij zich zoveel moeite getroost om je tot op vakantie te achtervolgen? Stond er nog iets op dat filmpje? En dreigt hij ergens mee?'
'Nee, niets. Je ziet alleen de hotellobby en enkele mensen die voorbij wandelen. Niet iemand van ons of zo. Ik word echt bang van dit hele gedoe.'
Ondertussen waren ze ruim twintig minuten aan de praat. Ze hadden geen van beiden nog de energie om iets in te tikken. En hij kon geen manier bedenken om haar op te vrolijken. Dit ging wel erg ver. Wat was die kerel wérkelijk van plan?
'Wat zegt je man hiervan?' Misschien vond ze dat een onkiese vraag, bedacht hij te laat, maar ze antwoordde onmiddellijk.

'Hij bereidt een belangrijk en moeilijk congres voor. Hij is academicus. Ik wil hem hiermee voorlopig niet storen of hem ongerust maken. Hij zou zich vooral ongerust maken voor mij. En, toen ik het bericht kreeg, dacht ik eerst aan jou.'

'Omdat ik de dader kon zijn? Of omdat je hoopte dat ik een antwoord op je vragen had?'

'Eerst het tweede. Maar toen je mij dat wachtwoord gaf, begon ik weer te twijfelen en kwam het eerste naar boven.'

Dat had ze toch maar mooi gezegd. Eerlijk, maar lief. En nog voor hij kon reageren schreef ze een nieuw bericht.

'Ik ben bang.'

Dit was zijn kans. Nu kon hij de held uithangen. 'Ik ga achter je stalker aan. Ik zal hem voor je vinden. En dan kun je naar de politie om hem aan te geven.'

'Dat is erg lief van je. ☺ Maar een beetje onrealistisch, vind je ook niet?'

'Wacht maar eens af!!!'

'Niet doen, wat je ook in gedachten had. Ik ga nu afsluiten. Welterusten.'

'Dikke knuffel.'

'Een dikke knuffel van je? Dat is een nieuwe ervaring. Mm. Doet goed. Oké, e-mailsgewijs mag het wel. ☺'

Op dat moment had hij vastberaden het besluit genomen om zich grondig te gaan bezighouden met haar stalker. Tenslotte had híj hem al ontmoet. Dat was meer dan wat zíj kon zeggen.

Er waren twee dingen waar hij rekening mee moest houden: Miriam zou hem de volgende dagen extra in de gaten houden, dat was wel zeker. En de volgende dagen kon hij ook zijn werkgever niet al te zeer voor het hoofd stoten.

Het was een beetje onrealistisch, had ze zelf al gezegd.

Maar dat kwam gewoon omdat ze nog niet wist hoe doortastend Rick Bogaert kon zijn.

***

Nee, haar man zat geen belangrijk congres voor te bereiden – dat was gelogen. Victor lag al in bed.

Ingrid Lund staarde al de hele tijd in het donker voor zich uit. Alleen het computerscherm lichtte op in de kamer. Ze stak de bureaulamp aan. Maar het licht verdreef haar zwaarmoedigheid niet. Integendeel. Ze voelde zich zo hulpeloos.

Dat ze Victor niets had verteld omdat ze niet wilde dat hij zich zorgen over haar zou maken – ook dat was gelogen.

Want ze zou Victor helemaal niets vertellen.

Ze had een filmpje gekregen – dat was waar. Van hun vakantieverblijf, dat was ook waar. Wat een moeite getrooste die stalker zich. Waarom? Ze kon niet precies uitmaken wanneer het gefilmd was, want er stond deze keer geen tijdstip van opname in het beeld. Maar net als bij de vorige opnames was er helemaal niets te zien. Het enige verschil met de vorige filmpjes was dat er nu naast het kadertje met het beeld een tekst stond geschreven.

'Het was geen goed idee, Ingrid, om Rick onwetend achter te laten terwijl je op vakantie vertrok. Hij dacht zelfs even dat je ontvoerd was. Indien hij wat meer doortastendheid aan de dag had gelegd, had hij hierover de politie kunnen waarschuwen. Vervelend! En indien hij over de middelen had beschikt, was hij het misschien geweest die dit filmpje had gemaakt. Nog vervelender. In de toekomst kan ik dergelijke frivoliteiten niet meer dulden.'

Zolang die tekst er stond, kon ze Victor dat filmpje nooit laten zien. Ze zou hem nooit kunnen tonen dat haar stalker ook mee op vakantie was geweest. Victor zou vast wel begrip kunnen opbrengen voor de interpretaties die haar stalker aan haar professionele relatie met Rick gaf. Maar was ze zijn begrip wel waard, vroeg ze zich af. Ze gruwde van de huichelachtigheid die ze zou moeten aanwenden. Haar gedachten waren ook eerst naar Rick gegaan toen ze de tekst had gelezen. Dat had ze alvast niet tegen hem gelogen.

Ze zou dit helemaal alleen moeten zien te verwerken. Twee mannen die van haar hielden, maar ze was eenzamer en hulpelozer dan ooit.

Ze kruiste haar armen en legde haar handen op haar schouders. Met haar ogen dicht en haar hoofd tegen een hand gedrukt, trok ze haar schouders zo hard als ze kon naar voren. Het hielp een beetje om de opgekropte spanning die in haar lichaam zat, kwijt te raken. Tegelijkertijd kreeg ze hetzelfde gevoel als wanneer iemand haar een dikke knuffel gaf en stevig tegen zich aan trok.

Maar wie moest ze nu vragen om dat met haar te doen? Wie?

Dat wilde ze zo hard als ze kon schreeuwen tegen de vier muren van haar werkkamertje. Er gleed een mist van louter machteloosheid voor de gloed van het scherm.

Ze kreunde. Haar belager was er handig in geslaagd om haar enige echte troost, Victor, uit te schakelen. Waarom? Waarom wilde iemand haar met alle geweld op de knieën krijgen?

Ze stond op uit haar stoel. Ze was veel te nerveus om te gaan slapen. Ook veel te zenuwachtig om te blijven zitten. En als ze rondliep, wilde ze toch maar liever weer gaan zitten.

Ze koos een cd uit de kast. *The Cream of Clapton*. Ze stopte het schijfje in de cd-speler van de pc en zette het geluid zacht. Ze hoopte nu dat de muziek haar tot rust kon brengen.

Ze werd zich ervan bewust dat haar geregelde leventje haar uit handen glipte.

Ze zou op ieder moment nog kunnen bijsturen, had ze zich tot dusver altijd voorgehouden. Maar nu, meer dan ooit, vroeg ze zich af of ze dat echt nog wel kon.

Hoe had het zover kunnen komen?

Daar had ze geen antwoord op.

Haar correspondentie met Rick was plezieriger gebleken dan de gesprekken die ze in jaren met Victor had gehad. Rick en zij hadden elkaar nauwelijks gezien, elkaar amper ontmoet, niet eens aangeraakt. En net dát onderstreepte de afstand die tussen haar en Victor onmerkbaar was gegroeid.

Er was niet alleen niets fouts gebeurd, er was zelfs helemaal niets gebeurd. Maar ze moest toegeven dat er steeds meer onderhuidse erotische spanning in hun correspondentie was geslopen. Ook van haar kant. Het was ook wel opwindend om een beetje te flirten. Om de tinteling van weleer opnieuw te voelen. En nog opwindender werd het als dat in bedekte termen kon gebeuren. Je wist nooit of de ander het uitgegooide aas zou opmerken of niet.

Met een lange, slapeloze nacht voor de boeg besefte ze pas hoeveel Rick voor haar was gaan betekenen.

Terwijl ze zich uit een ver verleden herinnerde dat de nacht nooit lang genoeg kon duren als je bezig was verliefd te worden, voelde ze plots een onweerstaanbare drang om hem een bericht te sturen. Ze wist niet wat. Ze had helemaal niets te vertellen. Maar dat maakte ook niet uit. Iets. Gewoon 'Dag' of 'Hallo', om het even wat, maar iets, terwijl hij dat toch niet voor morgenvroeg zou lezen.

'Je bent een schurk', schreef ze. 'Ik ben emotioneel een wrak en jij maakt daar misbruik van om me met een knuffel te overrompelen.'

Ze herlas het. Nee, ze veegde alles weg, behalve 'Je bent een schurk.' Dat kon blijven staan. 'Ik klaag je aan wegens ongewenste knuffels.' Nee, dat 'aanklagen' was in de huidi-

ge context niet zo gepast. Ze veegde alles weg en maakte er
'Je bent een ongewenste knuffelschurk' van. Ze voegde er
nog een '☺' en een 'x' aan toe, veegde 'ongewenste' weer
weg en drukte op de verzendknop. Het voelde alsof ze net
iets heel erg spannends had gedaan.

Maar ze was toch wel verrast toen ze bijna onmiddellijk
een antwoord kreeg.

'Ben jij op dit uur van de nacht nog wakker? Nog aan het
werk? Of is er iets mis?'

Plots dacht ze niet meer aan die vervelende stalker. Ze lag
overhoop met zichzelf omdat ze zo blij was om hem te lezen.
Ze verzon een plagerige opmerking:

'Nee, ik slaapwandel alleen maar en iedere nacht rond dit
uur check ik mijn e-mail.'

Moest ze zichzelf haar blijdschap nu verwijten?

'Ah zo. Dat is dan jammer dat je nog slaapt. Anders had
ik je ook graag eens een e-mailtje gestuurd. Slaap rustig verder.'

Ze antwoordde gejaagd: 'DURF je pc maar niet af te sluiten!'
Ze drukte snel op de verzendknop. Maar toen ze het
herlas, voelde het vreemd genoeg flirteriger aan dan alles
wat ze hem ooit had gezegd.

'Kun je niet slapen? Zit dat laatste filmpje je nog altijd
dwars? Kan ook niet anders. Maar ik heb daarover zitten nadenken:
misschien moet je je daar toch maar niet zoveel
zorgen over maken. Tenslotte lijkt het er toch op dat die
stalker alleen maar wil dat je je gestalkt gaat *voelen*. Hij kickt
er waarschijnlijk gewoon op dat hij je bang kan maken.'

Wat lief van hem dat hij haar daarover wilde opmonteren.
Het deed haar dan ook pijn om hem op deze manier te
antwoorden: 'Geen persoonlijke vragen, geen privégeneuzel.
Jij bent toch ook nog wakker. Vraag ik naar het waarom?'

'Nee, maar ik zou niets liever willen dan dat je er naar vraagt.'

'Lekker niet. Je moet je aan de regels houden ☺.'

'Mooi is dat. En ik maar bezorgd zijn over jou. Maar als ik eens naar een aai over mijn bolletje hengel, hola, nee hoor, geen sprake daarvan. Dan kan ik daar mooi naar fluiten.'

'Zeg! Wat denk je wel? Dat dat de normale gang van zaken is van de documentatiedienst van de openbare omroep met zijn klanten?'

'Je zin voor medeleven, dat waardeer ik zo in jou ☺.'

'Arme, arme jongen, toch', antwoordde ze. 'Maar ik ben blij dat jou ook iets dwarszit ☺.' Ze liet enkele regels wit en schreef dan: 'Zodat je nog wakker bent en we nog een beetje kunnen praten.'

'Je bedoelt dat je *blij* bent om me te *lezen*? Ik was *ook* blij om jou te lezen.'

'Leg me geen woorden in de mail!' Ze liet weer enkele regels wit. 'Zoiets, ja.'

'Of was je misschien ook een klein beetje op zoek naar nog zo'n stevige pakkerd van een knuffel net als daarnet. ☺☺☺'

'Pardon? En wablief? Wat een rijke verbeelding heb jij! En hoe durf je zoiets ook maar te suggereren? Eerst probeer je een eerzaam maar weerloos meisje het hoofd op hol te brengen, zodat ze zou smelten, al bij het zien van een e-mailbericht van jou. Straks durf je nog te vragen wie achter wie aanloopt ☺. Of is dat niet duidelijk? ☺'

'Ik ben echt een open boek voor jou ☺. Werkelijk...'

Ze dwong zichzelf tot een glimlach. Het bleef de hele tijd stil. Het duurde een hele poos voor ze er klaar voor was. Misschien had hij al afgesloten. Dan las hij het morgen. Best zo. Toen schreef ze:

'Ik weet ook niet hoe het komt, maar ik zou dat ge-e-mail van ons nog moeilijk kunnen missen. Bye. x'

Ze sloot haar e-mailprogramma af, zodat ze een eventueel antwoord niet meer zou zien.

Ze ging opnieuw naar de website waar haar belager het filmpje met hun hotel had staan.

Ze las de tekst nog eens. De hoeveelste keer al? Was er dan echt geen mogelijkheid om die te wissen?

En wat dan nog? Onder de tekst stond een in het oog springende link naar nog een andere website. Die kón ze niet wissen.

Op die tweede website werd nog een filmpje vertoond, onder de volgende tekst:

'Opdat je niet onwetend zou zijn over wat tijdens je vakantie is gebeurd, informeren wij je graag. Hier klikken.'

Ze klikte er weer op. De hoeveelste keer al vanavond? De website vouwde open, het kadertje voor een filmpje verscheen en Rick Bogaert kwam in beeld. Hij liep naar zijn wagen. Ze vermoedde dat het in de straat bij hem thuis was gefilmd. Hij stapte in. Een knap meisje stapte aan de passagierszijde in de auto. Ze vermoedde dat het zijn dochter was. Toen reden ze samen weg. Het filmpje was wazig en de personen waren moeilijk herkenbaar. Maar over de identiteit van Rick Bogaert was geen twijfel mogelijk.

Sinds ze het filmpje had ontvangen, had ze het al zovele keren bekeken. Gewoon om hem te zien.

Het verwarde haar toen ze zich er in gedachten over beklaagde dat ze eigenlijk liever een foto van hem had gehad. Om als een verliefde puber af en toe stiekem te kunnen bekijken, verweet ze zichzelf.

Ze bleef gewoon voor zich uit staren en tikte de caleidoscoop van lijnen en kleuren in die op het ritme van de muziek op de cd bewogen. Rustig werd ze niet. Ze voelde zich alleen moe worden, doodmoe, uitgeput eigenlijk en slapeloos tegelijk.

De cd liep bijna op zijn eind. Ze zou toch maar naar bed gaan. Eric Clapton zong het refrein van *Wonderful tonight*:
'*I feel wonderful because I see the love light in your eyes.*'

Dat had ze vanavond in Ricks ogen gezien toen hij voorzichtig naar haar opkeek, nadat hij haar met neergeslagen ogen zijn bekentenis had gedaan. En nu, op dit moment, had zijzelf hem zo graag willen zeggen:
'*And the wonder of it all is that you just don't realize how much I love you.*'

De gedachte alleen al dat zij ernaar verlangde om hem dat te gaan vertellen, bracht haar compleet in verwarring. Ze kon het gewoon niet helpen. Wat er nu met haar gebeurde, bracht haar volledig van haar stuk. Ze kon niet eens helder meer denken en misschien had een huilbui alle vervloekte hersenspinsels ineens kunnen wegspoelen. Maar ondanks de weemoedige melodie kwam die niet eens aanzetten.

Maar ze gaf er niet om. Het leek of ze plots de energie niet meer had om nog érgens om te geven.

***

En de rest van de nacht in bed had geen rust gebracht. Ze had liggen woelen en toen Victor om vijf uur was opgestaan om tijdig op de luchthaven te zijn, was ze alweer klaarwakker.

En nu werd ze moe, natuurlijk. Ze stond 's ochtends gewoonlijk als eerste op. Zo kon ze de kinderen nog een gezond ontbijt serveren voor ze zelf naar de omroep reed.

De kinderen waren al naar school vertrokken met de fiets. Ze ruimde de tafel af en ze hield de twee partjes overgebleven appel opzij als konijnenvoer. Ingrid stond erop om ook de twee konijntjes in de tuin een gezond ontbijt voor te schotelen, met échte groenten en een mengsel droogvoer.

Want de *konijnen van tegenwoordig* bleken die van vroeger

niet meer. 's Avonds kregen de twee pluizenbollen van de kinderen een heel assortiment gezonde hapjes in de vorm van donuts, cakejes van wortel, *funny fitness sticks* en speciaal bronwater voor konijnen, *met essentiële mineralen voor een gezond metabolisme*, waarvan ze tot voor kort het bestaan niet eens kende.

Ingrid nam nog een portie *échte* worteltjes en liep met het voederbakje naar buiten, het trapje af tot in de tuin. Het hok stond achteraan, naast het terras.

Maar terwijl ze erheen liep, wist ze al dat er iets niet klopte. De twee witte pluizenbollen sprongen gewoonlijk al tegen het gaas van hun hok op als ze haar zagen aankomen. Nu gebeurde er helemaal niets. Ingrid hield haar pas in. Ze riep ze, maar er gebeurde niets. Ze werd bang en bleef staan. Misschien waren ze allebei moe, net als zij. Dat wilde ze graag denken, maar haar belager dook weer op in haar gedachten. Ze keek om zich heen. Er was niemand te zien en nee, niemand kon toch hun tuin in. Misschien waren de beestjes ziek. Ze vermande zich, maar het was met een bang voorgevoel dat ze verder naar het hok liep. Ze boog zich voorover om te kijken. Ze zag hoe beide konijntjes bewegingloos achteraan in een donkere hoek zaten.

Ze ritste met haar hand over het gaas. Er gebeurde niets. Ze was echt bang toen ze het dak van hun hok opendraaide. Toen ze in het hok keek, schrok ze zo erg dat het houten dak uit haar hand schoot, zodat het met een klap weer dichtviel. Wat ze had gezien, vervulde haar met afgrijzen. Ze kokhalsde. Hoe moest ze dit aan haar kinderen vertellen? Ze kon het niet opbrengen om het dak dadelijk opnieuw open te klappen.

In een hoek van hun hok zaten de twee konijntjes, met bange ogen te rillen, hun witte vachtje diep donkerrood onder... het bloed?

***

Rick Bogaert reed 's middags mee met een collega voor een lunch buiten kantoor. Om in alle rust ruggespraak te houden over de strategie in een dossier van een senior partner.

Ze hadden willekeurig een van de talrijke pizzeria's in het dorp uitgekozen en die zat ondertussen afgeladen vol. Luidruchtige obers snelden heen en weer tussen de keuken en de tafeltjes zodat iedereen zo ongeveer tegen tweeën terug op kantoor kon zijn. Rust was ver te zoeken.

'Ik denk,' had zijn collega net gezegd, 'ik denk dat we er in dit dossier op deze manier nooit uit komen', toen Rick met een schok de bezoeker aan het tafeltje aan de andere kant van de eetzaal opmerkte.

Rick Bogaert bleef met een stukje pizza aan zijn vork halverwege tussen zijn bord en zijn halfopen mond steken en keek gehypnotiseerd naar de andere kant van het restaurant. Hij vernauwde zijn ogen tot spleetjes. Zag hij dit wel goed? De man zat alleen, hij had een glas rode wijn voor zich. De man las een krant, die hij opgevouwen op ooghoogte voor zich hield.

Was dit dan de man die hij een week eerder ontmoet had bij de taverne in Antwerpen? De man die had beweerd dat hij de echtgenoot van Ingrid Lund was? Maar die in werkelijkheid haar stalker was? Was hij dit echt, vroeg hij zich af. Dit kon hij toch niet dromen?

'Als je haar nog lang gaat aangapen, ga je beginnen kwijlen.'

Rick klapte zijn mond dicht. 'Sorry, ik was even ver weg met mijn gedachten.'

Zijn collega draaide zich om naar de zaal. 'Waar zit ze?'

'Ik keek niet naar een vrouw', zei hij en liet dat een tikje verontwaardigd klinken. Hij liet het stukje pizza weer naar zijn bord zakken, sneed het in twee en stak een stukje in zijn mond.

'Oké, oké. Maar euh... nee, dan moet ik afhaken.' Hij knipoogde als een teken van verstandhouding.

Rick zuchtte en antwoordde humorloos. 'Ik bedoelde ook niet dat ik een man zat te begapen.'

'Nee, natuurlijk niet', haastte de collega zich gespeeld verontschuldigend te zeggen. Hij scheen zijn inbreng in de conversatie heel erg lollig te vinden.

'Ik dacht dat ik een oude kennis had gezien, maar ik moet me vergissen.'

De rest van de lunch verliep vrij stroef. Rick Bogaert was volstrekt niet meer met zijn gedachten bij zijn collega, die niet alleen zijn mond niet kon houden, maar bovendien regelmatig naar zijn mening hengelde. Waar hij niet één keer direct op kon antwoorden. Hij kon het niet helpen dat zijn blik steeds naar de man aan de andere kant van de zaal werd getrokken.

Die keek niet één keer zijn richting uit. De man kreeg zijn bestelde schotel. Hij keek rond in de zaal, maar niet in de richting van Rick Bogaert. Was hij het dan toch niet? Of toch? En had de man hem echt nog niet gezien? Of wilde hij alleen dat Rick hém zag?

Ze zaten aan de espresso toen de man opstond en naar het toilet liep. Rick Bogaert excuseerde zich abrupt en liep er ook naartoe. Toen hij het mannentoilet binnenliep, was hij niet eens verwonderd dat de man noch stond te plassen, noch zijn handen stond te wassen, maar hem met zijn handen in zijn broekzakken en lichtjes tegen de muur leunend opwachtte.

'Wat doet u hier?' vroeg Rick.

De man grijnsde. 'Eten misschien? Dit is toch een restaurant? Of heb ik dat verkeerd voor?'

'U weet goed genoeg wat ik bedoel.'

'Ik nam aan dat je mij zocht.'

'Dat ík ú zocht?'

'Mm.' De man knikte.

'Wat bedoelt u daarmee? Waarom zou ik u zoeken?'

'Ik heb je de moeite willen besparen. Overigens zou het niet eenvoudig geweest zijn om mij te vinden.'

Rick hield zich halsstarrig op de vlakte, maar besefte dat zijn woorden volkomen stupide klonken. 'Ik vraag me echt af wat u daarmee bedoelt. Ik zit in dit restaurant en u komt ook toevallig in hetzelfde restaurant. Dat is niet echt dat ík u – om het zo maar even te stellen – dat ik ú gevolgd ben, hè. Ik zou niet weten wat ik van u nodig zou hebben.'

'Antwoorden. Antwoorden op vragen.'

Rick stond even sprakeloos. 'U hebt me één keer een leugen verkocht. Dat was me genoeg. Ik zou niet weten wat ik u nog voor vragen wil stellen.'

'Ik zei "misschien".'

'Wat?'

'Ik zei: "Misschien ben ik haar man."'

'O ja, inderdaad. Nuance! Nuance!' zei hij smalend.

'Inderdaad, daar ligt de nuance.'

'Ik weet niet wat ik hier met u...'

'Nee, "hier" is inderdaad geen leuke plaats om te converseren. Laten we vanavond afspreken. Vanavond om twintig voor zes bij het Centraal Station in Brussel.'

'Bij het Centraal...? Waarom? Maar hoe weet u...?'
'Dat je vandaag met de trein bent? Omdat Miriam vandaag de wagen nodig had.'
'Hoe weet u dat mijn vrouw...'
'...Miriam heet? Omdat zij haar naam zegt als ze de telefoon opneemt.'
'Natuurlijk, maar... Hebt u dan naar mijn vrouw...'
'Getelefoneerd? Ja. Er is geen enkel probleem. Miriam is op de hoogte.'
'Van wat?'
'Miriam weet dat je vanavond nog een vergadering hebt om twintig voor zes.'

Rick dacht aan de heisa thuis. 'Geen sprake van. Ik heb mijn vrouw beloofd...'
'Ik zei je al dat ze op de hoogte is. Ze verwacht je niet voor kwart over zeven thuis.'

Dit was gewoon verbijsterend, maar dat was voor later. Rick was nog helder genoeg om terug tot de essentie te komen:
'Ik weet niet waarom ik met u zou willen praten. Er valt helemaal niets te zeggen.'
'O, jawel. Er valt zelfs heel wat te vertellen. En jij wilt bovendien je minnares imponeren met een verslag over haar stalker.'
'Zij is mijn minnares niet!' zei hij veel te heftig om waarachtig te klinken.
'Wat niet is, kan nog komen.'

Rick schudde zijn hoofd en vertoonde een walgend trekje om zijn mond, om de man duidelijk te maken dat hij zijn woorden stuitend vond.

'En ik zal je de kans geven om haar te verdienen. Ze kruipt nog voor je van dankbaarheid.'
'Maar hoe komt u er bij dat ik zoiets wil? Zij is een werkrelatie.'

'Natuurlijk.' Weer die grijns.

'En wie bent u dan wel?'

'Zie je wel dat je vragen hebt! Vanavond twintig voor zes bij het Centraal Station. Aan de ingang van de stationshal. Je trein komt aan om 17.38 uur.' Hij stak zijn rechterhand voor zich uit. 'En als u nu even opzij wilt gaan. Ik moet weg. En als u niet wilt dat uw collega u ervan verdenkt dat u mannen ontmoet in de toiletten, dan zou ik ook voortmaken, als ik u was.'

Rick Bogaert ging opzij en liet de man passeren. Hij bleef verbluft achter. Hij negeerde de druk in zijn blaas en liep terug de eetzaal in. Het tafeltje van de man was leeg. Had hij dan al eerder betaald – niet gezien – of was hij vaste klant? Hij hield de ober staande die het tafeltje afruimde. Nee, hij had de man nooit eerder gezien.

Hij ging opnieuw bij zijn collega zitten.

'Ik heb ondertussen afgerekend', zei die. 'Zullen we dan nu meteen ook weggaan?'

Ja, Miriam had inderdaad de gewoonte de telefoon op te nemen met haar naam. Dat was wel zo. Maar hoe was de man in eerste instantie aan zijn telefoonnummer thuis gekomen? Gewoon van Ingrid, misschien, ging het plots door hem heen. Hè? Had zij dat dan? Opgezocht? Hoogst onwaarschijnlijk. Hoe kwam hij aan dat weerzinwekkende idee? Dit was Ingrids stálker!

Zijn collega keek hem bedenkelijk aan. Rick kwam weer tot zichzelf. 'Pardon? Sorry, hoor, ik weet dat je iets vroeg, maar ik lette even niet op.'

Zijn collega stond op van zijn stoel. 'Of we konden gaan', en hield verder zijn mond.

***

Het was duidelijk niet naar de zin van een van de vennoten met wie hij in vergadering zat, dat Rick Bogaert om vijf uur stipt al wilde vertrekken.

'Tandarts,' loog hij, 'kan ik echt niet onderuit.'

De man keek hem sceptisch aan. 'Niks aan te doen. Dan moeten we dit gesprek morgenvroeg maar eens vervolgen. Denk er op de stoel van de tandarts maar eens verder over na. Morgen verwacht ik hapklare suggesties.'

Hij verliet de kamer en had het terechte gevoel dat hij niet zijn beste leugen had opgedist. 'Tandarts' klonk dan wel dwingender dan dat hij de trein moest halen om tijdig op een privéafspraak in een Brussels station te zijn, maar toch. Of hij geloofwaardig overkwam, was voorlopig even van absoluut ondergeschikt belang. Hij kon op dit moment maar één ding tegelijk aan zijn hoofd hebben. En dat was zijn ontmoeting van twintig voor zes.

Als dit opgehelderd was – vanaf morgen dus – konden ze op de firma weer op zijn volledige toewijding rekenen.

Toen hij boven aan de trappen in de stationshal kwam, zag hij hem al staan: de slanke, pronkerige figuur van de man van wie hij geen hoogte kon krijgen. Hij stond buiten in het portaal en rookte. Wie was hij, waar kwam hij vandaan en wat wilde hij? De man riep alleen maar vragen op.

'Ik wist dat je tijdig hier zou zijn', zei de man terwijl hij zijn sigaret doofde in de kom zand die daartoe was voorzien. 'Klokvaste treinen! Ik ben met de auto; ik was daarom maar wat eerder vertrokken. Noem het gerust *dienstbetoon*.'

Hij grijnsde terwijl hij rustig de stationshal binnenwandelde. Rick liep met hem mee.

'Wie bent u eigenlijk? En wat wilt u van mij? En waarom moest u mijn vrouw...'

De man scheen niet eens naar hem te luisteren en praatte erg zacht, zodat Rick zich genoodzaakt voelde te zwijgen om naar hem te luisteren. 'Is dat een vragenlijstje dat je uit je hoofd hebt geleerd? Toch niet in volgorde van belangrijkheid, hoop ik. Want dat zou me flink tegenvallen van een *ex-*' hij drukte daar op, 'politicus.'

Rick werd zenuwachtig: 'Luister eens...'

De man ging onverstoorbaar verder, alsof hij Rick niet eens had gehoord. 'Wat dacht je van: "Bent u dan niet de man van Ingrid Lund?" Beter, toch?'

'Als u die vraag dan graag eerst beantwoordt, ga uw gang. Maar ik moet zeggen dat ik het antwoord eigenlijk al ken.'

'Natuurlijk, dat weet ik wel. Dat heeft zíj je toch verteld? Toen je haar gsm teruggaf, niet?'

Rick probeerde onverschillig en verveeld voor zich uit te kijken. Maar het was hem duidelijk dat de man zijn hele trukendoos opentrok om hem er onmiskenbaar van te overtuigen dat hij een en ander over hem wist. Hoeveel precies, daar had Rick nog geen zicht op. Maar hij was bang dat het veel meer was dan hij zelf graag aan hem kwijt had gewild.

'En wat dacht je van "Bent u dan degene die al een tijdje met haar in contact wil komen?" Ook een relevante vraag, toch?'

Rick reageerde eindelijk ad rem. 'Bent u dan de stalker die haar de hele tijd al belaagt?'

De man reageerde met een meewarig lachje en klapte traag de handen tegen elkaar. 'Bravo! Bravo! Een beetje onzorgvuldig geformuleerd, maar dat is inderdaad een relevante vraag. Ik neem aan dat je háár formulering gebruikt?'

'Bestaat er dan een ander woord voor wat u doet? U zit haar niet alleen voortdurend op de hielen, u stuurt haar ook filmpjes. U bedreigt haar.'

De man reageerde gespeeld verontwaardigd. 'Wie bedreigt haar? Zullen we samen naar de politie gaan? Ik zal hun de filmpjes tonen en jij vraagt of ze de maker daarvan even willen arresteren.' Hij glimlachte weer meewarig.

Zijn spot werkte Rick op de zenuwen.

'Misschien heeft haar man een securitybedrijf gevraagd om regelmatig eens bij hen langs te gaan. Je kunt niet voorzichtig genoeg zijn, tegenwoordig. Die maken dan een filmpje. Tonen het via het net. Iedereen gerustgesteld. Klaar.'

'Bent u privédetective of zo?'

'Wat een aanfluiting. Zie ik er dan zo uit?'

'Ik weet niet hoe een privédetective eruitziet.'

De man glimlachte. 'Met een deukhoed en een versleten regenjas, natuurlijk.'

Rick ondervond dat hij de suggestie niet op prijs had gesteld.

'Maar ik heb me niet eens voorgesteld. Mijn naam is Carels, Bruno Carels.'

Rick verdacht de man ervan niet eens zijn echte naam te gebruiken. Nee, dacht hij, dat zou vloeken met de rest van zijn gedrag.

Ze stonden nu naast elkaar in het midden van de stationshal en keken in de richting van het grote bord met de vertrektijden. De man boog licht naar Rick toe terwijl hij sprak, zonder hem evenwel aan te kijken. Die moest zich ook naar hem toe buigen om hem te verstaan. Het leek wel of ze wat onguurs bedisselden.

'Zullen we het gezellig houden en samen iets drinken? Hier recht tegenover, in de bar van het Méridien.'

'Ik kan me niet voorstellen dat het gezellig wordt. Maar als u erop staat en u hebt veel te vertellen.'

'Ja.' Daarop schoot de man plots weg in de richting van de uitgang. Rick hield hem met moeite bij.

Ze installeerden zich aan een tafeltje voor twee, ver van de weinige andere gasten. Rick bestelde koffie, de man nam een spa rood. Rick probeerde de touwtjes van het gesprek in handen te krijgen, terwijl ze op hun bestelling wachtten.

'En wat doet u dan wel, als u geen detective bent?'

'Ik ben schrijver.'

'O. En is daarvan te leven?'

'Dat weet ik niet. Ik heb nog niets gepubliceerd. Maar dat laat nu niet lang meer op zich wachten.'

Ja, zo waren er wel meer fantasten, dacht Rick, die zich auteur avant la lettre noemden. Ze kregen hun bestelling.

'Ik schrijf op dit moment het verslag van een heroïsche veldtocht die de loop van de geschiedenis van dit land grondig zal veranderen. Ik heb de twee hoofdrolspelers al: jij en je minnares. Heb jij al eens een hoofdrol gespeeld in je leven, Rick?'

Rick zuchtte en schudde met zijn hoofd. Alleen in drama's. Een veldtocht? Dat klonk als oorlog. En een verslag, nog aan toe. En waarin hij meespeelde. Ook dat nog. Dit was een gespreksonderwerp dat nergens toe leidde.

Deze keer reageerde hij bezadigder, maar even geërgerd. 'Ingrid Lund is mijn minnares niet. Maar ik val in herhaling. Wat wilt u eigenlijk van haar?'

'Nee, ze is je minnares niet. Natuurlijk niet. Ach, vergeten. Laat ik het erop houden dat ik een kleine dienst van haar verlang. Ik zou haar een beetje kunnen helpen en zij zou mij een beetje kunnen helpen. Meer moet dat niet zijn.'

Wat de man uitkraamde, leek Rick steeds meer op onzin. Even vroeg hij zich af in hoeverre hij hier een ernstig – nou ja – gesprek voerde, of dat hij de pineut van dienst was in een opname voor de verborgen camera. Maar de gedachte bleef slechts even hangen, want zijn dan niet alle stalkers geschift, vroeg hij zich af.

'En kunt u haar dat niet gewóón vragen?' De gedachte dat hij misschien met een gek te maken had, gaf Rick genoeg zelfvertrouwen om te trachten de bovenhand te krijgen. 'Misschien vindt ze het wel een goed idee en hoeft u haar daarom nog niet met alle geweld te gaan stalken.'

'Mm, nee, dat denk ik niet. Ik kan me niet indenken dat zij vrijwillig wat voor me doet. Ze heeft wat druk van buitenaf nodig.'

'Zoals door haar voortdurend te achtervolgen bijvoorbeeld?'

'Bijvoorbeeld. Mensen hebben altijd een flink duwtje in de rug nodig, als je iets van ze gedaan wilt krijgen. Dat hebben bedrijven ook goed begrepen.'

'En waarom precies zij?'

'Toeval. Helemaal toevallig.'

'Toevallig? Maar hoe komt het... of, waarom zou precies Ingrid Lund u kunnen helpen en een ander niet?'

'O, maar, dat ziet u dan verkeerd. Zij of een ander. Dat maakt helemaal niet uit. Ik ontmoette haar een maand of twee geleden in de Thalys van Parijs naar Brussel. Wij begonnen te praten. Dat was een erg aangename ervaring. We ontmoetten elkaar daarna nog enkele keren voor een drankje. We gingen gewoonlijk tijdens haar middagpauze naar Le Bistro, daar in de buurt. Ik leerde een zeer intelligente vrouw kennen.'

Maar Rick luisterde al niet meer. Dat was de taverne waar ook hij haar twee maanden geleden één keer had ontmoet voor een cola. Deze kerel zei meer dan één keer! Hij voelde een vlaag van jaloezie opsteken.

'En ik zei toen bij mezelf: zodra ik de planning achter de rug heb en ik aan de praktische uitvoering van deze grootse missie begin, wordt zij mijn medewerkster.'

Rick Bogaert werd heen en weer geslingerd tussen jaloezie en de vraag of ze het wel waard was dat hij haar van haar stalker af zou helpen. Ze kénde hem, ze was met hem iets gaan drinken. Meer dan één keer. En hij had er vast niet zo lang om moeten zeuren als hij, dacht hij jaloers.

'En euh, hebt u haar dat gezegd? Of gevraagd of zij wilde meewerken?'

'Daar was het toen nog te vroeg voor.'

'En die euh, missie, weet zij waarover die gaat?'

'Voor die uitleg, daar is het zelfs nu nog te vroeg voor.'

'En het is bij u ook nooit opgekomen dat ze misschien helemaal niet gediend is van uw belangstelling voor haar? U weet niet eens of zij wel geïnteresseerd is in de euh, baan als medewerkster die u voor haar heeft?'

'Dat maakt niet uit, wat mij betreft.'

Die man deinsde voor niets terug.

'Weet zij dat de man met wie zij 's middags regelmatig afsprak, haar stalker is?'

'Nee, natuurlijk niet. Ach, ik zei het al, mensen hebben altijd een duwtje in de rug nodig als je wat van ze gedaan wilt krijgen. En dat geef je beter met een elektroshock dan met een fluwelen handschoen.' Rick schrok en keek hem verbluft aan. 'Echt waar, hoor. Mensen zijn net als dieren. Sommigen meer dan anderen.'

Die man is niet alleen geschift, maar bovendien gevaarlijk, moest hij vaststellen. 'En als zij niet wil meewerken?'

'Dat zal ze wel!'

'Ik betwijfel of u ooit op zoveel sympathie van haar zult kunnen rekenen.'

'Tegen de tijd dat ik haar nodig heb, is ze zo kneedbaar als plasticine. Ze zal smeken om te mógen meewerken. Neem dat maar van mij aan.'

Met iedere uitspraak van de man raakte hij er meer van overtuigd dat hij hier met een gevaarlijke gek te maken had.

'Waar denk je aan op dit moment? Nu? Dat ik gek ben?'

Hoe was het mogelijk dat hij dat precies op dit moment

ter sprake bracht? 'Heeft men u dat dan al vaker gezegd?'
'Dat is geen antwoord op mijn vraag.'
Rick deed weer een poging tot wat overwicht in het gesprek. 'Maakt niet uit wat ik daarover denk. Ik denk vooral dat zij sterk genoeg is om aan uw fantasietjes te weerstaan.'
'Ik heb die mogelijkheid ook overwogen.'
'Dan zijn we het daar al over eens.'
'Daarom ben jij ook hier.'
Hij dacht eerst echt dat hij dat verkeerd begrepen had. 'Pardon?' Daar kwam geen enkele reactie op. De man keek met een glimlach op de lippen voor zich uit. Rick kon niet anders dan zijn vraag opnieuw stellen. 'Wat bedoelt u daar dan mee?'
'Precies wat ik zei: daarom ben jij hier. Als ze, wanneer de tijd gekomen is, niet zo meegaand zou zijn, dan kun jij haar ervan overtuigen om dat wel...'
Rick stootte een honend gelach uit. 'U hebt een rijke fantasie, maar ik vrees dat we niet op dezelfde golflengte zitten.'
'Je bent niet de eerste die me dat vertelt. Maar ik ben erg blij dat jij dat al zo snel doorhebt. Althans, wat mijn fantasie betreft, bedoel ik. Die zelfde golflengte, dat komt nog.'
'Dat kan ik me niet voorstellen. Echt niet.'
'En toch... en toch...'
'Erg twijfelachtig.'
'Misschien sneller dan je vermoedt.'
'Enig idee hoe?'
'Laten we niet op de zaken vooruitlopen.'
'Wat zal ik haar nu vertellen? Dat ze gevolgd wordt door iemand die ze een paar maanden geleden op de Thalys vanuit Parijs heeft ontmoet?'
'Ik betwijfel of het een goed idee is om haar te zeggen dat je mij hebt ontmoet.'

'Dat was de enige reden waarom ik u wilde spreken.'

'Ja, dat weet ik. Je wilt bij je minnares natuurlijk graag pronken met informatie over haar belager.'

'Zij is helemaal mijn minnares niet. Zij is een werkrelatie.'

'Ja, juist, sorry, dat zei je al eerder, het was me weer even ontschoten. Maar je doet toch heel hard je best om bij haar in de gunst te komen.'

Rick antwoordde niet op die insinuatie. 'Zij is diep ongelukkig omdat u haar voortdurend achternazit. Zij weet niet wie u bent. Zij weet niet eens waarom u dat doet. Zij is bang. Zij heeft geen leven meer. Als ik daaraan iets kan veranderen, dan zal ik dat ook doen. Zoals haar belager vinden en erachter komen wat hij van haar wil.'

De man glimlachte spottend. 'Correctie: ik vond jóú!'

'Als ik haar van u kan afhelpen, op welke manier ook, dan zal ik dat zeker doen.'

Daar moest de man verbazend smakelijk om lachen. 'Was je dan van plan om voor haar in te springen? Of om me te vermoorden? En haar mijn hoofd op een schoteltje te presenteren, of zo?'

'Ik vertel haar gewoon wie degene is die haar belaagt.'

'Ah ja? En wie is dat dan?' De man grijnsde. 'En hoe ga je haar vertellen dat je mij hebt gevonden? Toevallig? In de telefoongids, waarom niet? Of, zoals het écht is gegaan: dat ik jou vond? Nee, nee, nee, fout bezig dan. Klinkt niet echt zo geweldig heroïsch als je dat zelf had gewild, toch?'

Rick Bogaert antwoordde niet. Hij dacht koortsachtig na. Was het belangrijk dat ze wist wie haar belager was? Hij wist alvast nog altijd niet wat die van haar wilde.

De man keek op zijn horloge. 'Ik denk dat het tijd wordt om te vertrekken. Miriam verwacht je tegen kwart over zeven. Stipt. Dan moet je hier de trein nemen van 18.39 uur. Komt aan in Lot om 18.56 uur.'

'Wat? Maar...'

'Ze maakt een varkensribstukje klaar, met verse boontjes.'

'Maar wat hebt u dan nog met haar besproken?'

'Dat versgeraspte muskaatnoot in de braadjus het ribstukje pas helemaal afmaakt.'

Rick was compleet uit het lood geslagen en staarde de man alleen maar aan.

Die grijnsde. 'Ik heb gezegd dat ik een collega ben en dat ik je tijdig zou waarschuwen wanneer je moest vertrekken.'

'Maar waarom?'

'Wordt het geen tijd om ook een wit voetje bij Miriam te halen? Ik weet het, het is lastig om tegelijk een vrouw en een minnares te dienen. Maar als je nu op tijd bent, krijg je misschien nog eens wat krediet van haar. En als je dat wilt,' hij wachtte even voor de spanning, 'als je dat wilt, regel ik het bij Miriam nog wel 'ns een paar keer voor je dat je enkele uurtjes moet overwerken, zodat je die met je minnares kunt doorbrengen.'

Rick keek hem verbluft aan. 'Maar, waar bemoeit u zich eigenlijk mee?' Hij voelde boosheid opkomen. 'Wat, wat beeldt u zich wel in? Dat u mij zomaar gaat zeggen... Ik wil helemaal niet dat u mijn vrouw...'

'Ik kan mij volstrekt niet indenken dat je dat níét zou willen.' Hij glimlachte samenzweerderig.

Rick antwoordde beledigd. 'Dan vergist u zich wel heel erg. Ik verbied u trouwens...'

'Komaan, komaan.' De man wuifde Ricks woorden weg. 'Ik zou een beetje voor jou kunnen doen en jij zou een beetje voor mij kunnen doen. Toch?'

'Maar...' Hij werd deze keer niet onderbroken. Hij was echter te zeer met die laatste woorden bezig om meteen met een vinnige repliek uit te halen – die waarschijnlijk toch de waarheid geweld zou aandoen.

'Wil je écht niet op tijd thuis zijn, vandaag?' vroeg de man badinerend.

Rick keek op zijn horloge. Als hij zich aan de afspraak hield die Bruno Carels voor hem had gemaakt, kon hij inderdaad misschien gauw op wat meer krediet bij Miriam rekenen. Rick Bogaert was zich er ook zeer goed van bewust dat Bruno Carels hem daar had waar hij hem hebben wilde. Ten goede, weliswaar, toch?

Hij stond op. Hij merkte op dat hij zijn koffie niet eens had aangeraakt.

De man grijnsde. 'Spoor vier.'

Rick deed nog een poging om zijn gezicht te redden. 'Ik ben beleefd gebleven. En ik heb naar u geluisterd. Maar ik had allang genoeg van dit gesprek. En de koffie is koud.' En hij liep door.

Hij was zich er niet van bewust dat vanaf dat moment het offensief op zijn vrije wil met succes was ingezet.

Bruno Carels strekte zijn benen en glimlachte alleen maar.

***

Hij zei niets toen hij de keuken inliep.

Miriam haalde net het deksel van een pan. 'O, je bent er al!'

Het leek hem of ze daar blij om was. Maar lijkt de aarde ook niet plat, vroeg hij zich af.

'Wat eten we?'

'Een varkensribstukje. Zit in de oven. En boontjes. Die zijn ook bijna gaar. Hoe heb je ze liefst? Warm, met tomaat en een sjalotje? Of liever met mayonaise? Dan spoel ik ze koud.'

Kun je van een platte aarde ook afvallen, vroeg hij zich af.

'Euh, koud, dat is misschien het eenvoudigste.'

'O, maar dat geeft niet, hoor.' Ze goot de boontjes met het

kookwater door een vergiet en liet ze schrikken onder de koude waterstraal in de spoelbak.

Ze keek op de keukenklok. 'De oven staat uit. Het vlees mag nog enkele minuutjes rusten. Zal ik de mayonaise zelf draaien?'

Had ze stiekem prozac in huis gehaald?

'Euh ja, dat is wel gezonder dan uit een potje.' Gezonder? Lekkerder! Lekkerder, had hij moeten zeggen.

Hij bleef zwijgend treuzelen, terwijl ze een eierdooier van het eiwit scheidde en de olie uit de kast haalde. Hij vroeg zich af of ze nog meer verrassingen in petto had.

'Alles goed op het werk vandaag?'

'Ja, ja.'

'Goed dat je me hebt laten waarschuwen.'

Hè? Ik? O ja, natuurlijk! 'Kleine moeite.' Alleen het getik van de klopper in de dikkende mayonaise verbrak de stilte.

Was deze gemoedswisseling alleen daar aan te danken?

'Ik weet dat je graag tijdig op de hoogte bent.'

Ze hield op met kloppen.

'Een bijzonder vriendelijke man, die collega die me heeft opgebeld.'

'Vind je?' Was die dan de oorzaak van haar stemming? Bruno Carels' 'ik heb dit even voor je geregeld, ouwe jongen'-grijns gleed nog eens over zijn netvlies. Nonsens. Of toch? Ja, maar wat had hij haar nog meer verteld dan het tijdstip waarop hij zou thuiskomen? Was Antwerpen plots vergeten?

Ze zaten tegenover elkaar aan tafel. Rebecca was nog bij Liesbeth. Ze aten zwijgend. De radio maakte de stilte leefbaar.

'Lekker!' Hij nam alleen wat van de zelfgemaakte mayonaise op zijn vork en proefde demonstratief.

Ze deed moeite om een glimlach te onderdrukken. 'Mm.'

'Ken je die dan al goed, die collega die me belde?'
'Nee, niet echt.' Hij sloeg ernaar. 'Euh, hij is ook nieuw.'
'Zo nieuw nu toch ook weer niet.'
Nee? Wat bedoel je? 'Ik ben er zelf nog maar drie maanden en ik ken hem zeker nog niet zo lang.'
'Sinds een week of twee ken je hem wat beter, hé?'
Wát? Wat was hier aan de hand?

Ze bleef zwijgend verder eten. Ze was eerder klaar met eten dan hij. Ze legde haar mes en vork op haar bord en kruiste haar armen. Ze bestudeerde hem terwijl hij verder at.

Hij voelde haar blik maar veinsde een en al concentratie op het botje op zijn bord. Toen ook hij mes en vork had neergelegd, stak ze onmiddellijk van wal:

'Waarom zei je niet dat je twee weken geleden 's avonds nog voor de zaak in Antwerpen was?'

Wát? Was dat dan zo? Hij keek haar maar aan.

'Waarom heb je me een hele nacht in onzekerheid gelaten met mijn valse vermoedens?'

Hè? Wat dacht ze? Wat wist ze? Stellig niet de waarheid.

'Weet je dan niet dat je me daar zoveel verdriet mee hebt gedaan?'

Wat kon hij hier op zeggen? Hij haalde zijn schouders op.

'Je bent een stijfkop. Je had me de waarheid kunnen vertellen. Nu heb ik het van een ander moeten horen. En het was niet eenvoudig om het te weten te komen. Maar je collega Bruno is gelukkig een alleraardigste man.'

O ja? Niet menéér Carels? Maar Bruno? *Bruno pour les dames?* Wat was hier aan de hand? Wat had hij haar nog meer verteld? 'En hoe ben je dat dan te weten gekomen?'

'Ik heb hem een beetje geprovoceerd, moet ik toegeven.' Ze glimlachte er nog om. 'Ik zei dat het erg vriendelijk was om mij iets te laten weten, want dat die vergadering van de vijftiende wel wat uitgelopen was en dat ik toen van niets had geweten. En dat je daarom veel te snel had gereden op de Jan Van Rijswijcklaan... Ja, toen hadden we die vergadering in Antwerpen, zei hij. Toen wist ik het natuurlijk. En hij zei ook nog dat je nochtans nog voor hem vertrokken was.'

Rick keek haar sprakeloos aan. Hij was zich ervan bewust dat hij haar zat aan te staren. Ze glimlachte alsof ze zich wilde verontschuldigen.

'Waarom heb je me dat eigenlijk niet verteld?'

Hij besefte plots dat hij hoog spel kon spelen. 'Had je me dan op mijn woord geloofd?'

Ze haalde haar schouders op. 'Je vertelt me ook nooit wat.' Ze stond op en ze kwam tot bij hem. Ze boog zich voorover, sloeg haar armen om hem heen. Ze drukte een kus op zijn wang en bleef zo even tegen hem aanleunen. 'Sorry,' zei ze, 'ik was verkeerd, ik had niet zo impulsief mogen reageren. Maar je begrijpt dat het nogal voor de hand lag met die verkeersboete.'

Hij knikte.

Ze ging weer overeind staan en keek hem aan. Zag hij dat haar ogen vochtig waren?

'Ik zou het nooit aankunnen als je iemand anders zou hebben.'

Hij schudde van nee. Het zou haar de gelegenheid geven om dat gebaar naar haar stemming van het moment te duiden. En zo hoefde hij ook niets te verzinnen dat hem als padden uit de mond zou springen.

Ze drukte nog een kus op zijn wang voor ze hun lege borden met bestek naar de spoelbak bracht.

De wekker wees één uur aan. Miriam naast hem lag op haar zij van hem afgewend en hij hoorde aan haar ademhaling dat ook zij veinsde dat ze sliep. Natuurlijk was ze gewoon alleen maar overbezorgd voor hem. Dat wist hij wel. Ze had al de liefde die ze al haar kinderen had willen geven, op hem geconcentreerd. Maar dat had soms extreem gedrag tot gevolg. En ze besefte niet genoeg dat ze hem met haar achterdochtige houding net verder weg dreef. Hij die nooit eerder wat verkeerd had gedaan. Maar als ze hem toch ten onrechte beschuldigde, dan kon het evengoed met reden zijn, dacht hij soms.

De zelfverzekerde glimlach van Bruno Carels bleef angstwekkend door zijn hoofd spoken. Hij mocht er niet aan denken dat die mooiprater met Ingrid in de taverne had gezeten waar híj haar voor het eerst had uitgenodigd.

Hij zag in het donker hoe Ingrid op een brug in Venetië naar hem stond te glimlachen. Hij kon zich inbeelden hoe hij haar in zijn armen sloot, hoe hij haar innig op de mond kuste. Hij kon zich zelfs veel meer inbeelden. Het knelde in zijn borst en hij kreeg een licht gevoel in zijn hoofd en het leek een eeuwigheid geleden dat hem zoiets nog was overkomen. En hij moest toegeven dat het heerlijk aanvoelde.

Hij betrapte er zichzelf op dat hij lag te glimlachen in bed. Dat deed hij wel vaker onbewust als hij aan haar dacht.

Hij zag twee uur op de wekker en drie uur ook nog, tot hij doodvermoeid in een zwijmelslaap sukkelde.

Nee, ze zouden vast nooit samen Venetië zien.

***

'Ben je tussen de middag vrij?'

Het duurde een tijdje voor ze antwoordde. Wilde ze niet antwoorden, zat ze een smoes te verzinnen of zat ze gewoon niet aan haar pc? Een mens raakt er zo aan gewend dat een e-mail net als de telefoon prompt wordt beantwoord.

'Ik zou het ook fijn vinden. Maar overdaad schaadt. Ik

denk dat het geen goed idee is om elkaar nu al opnieuw te ontmoeten.'

Toen ze dat schreef, zat híj dan weer niet aan zijn bureau. Het antwoord dat hij haar had willen geven, zou dan ook niet snoeihard bij haar aankomen, zoals hij het had gewild. Hij schreef dan maar:

'Ik heb een spoor in het onderzoek naar je stalker.'

Haar antwoord kwam wel prompt en snedig:

'WIE doet een onderzoek? Naar WAT? En onze afspraak? Waarom bemoei je je alweer met mijn privéleven? Ik ben teleurgesteld in je.'

Hij putte zich uit in verontschuldigingen:

'Het is allemaal erg toevallig gekomen. Ik heb wat zitten nadenken. Ik heb wat mensen gebeld en ik heb iets gevonden wat je misschien kan helpen. Ik wilde helemaal niet op onderzoek uit. Het is echt toevallig. Ik wilde me daar echt niet mee bemoeien. Laat staan dat ik echt in je privéleven wilde gluren. Ik kon het gewoon niet hebben dat je ongelukkig was. Daarom!'

Het duurde even voor ze antwoordde. Dat had hij ook niet anders verwacht. Ondertussen maakte hij niet veel vooruitgang met zijn werk. Hij betrapte zich erop dat hij voortdurend met zijn gedachten en zijn ogen naar zijn pc-scherm werd getrokken. Hij werd dringend verwacht voor een vergadering met collega's, maar hij bleef tot na het aanvangsuur op haar antwoord zitten wachten. Als ze wat stuurde, wilde hij er direct op reageren. Toen iedereen al in de vergaderzaal zat en hij een telefoontje kreeg dat hij als laatste nog verwacht werd, ontving hij haar antwoord.

'Al goed, al goed. Ik ga een broodje eten in 't Smoske. Waarschijnlijk tegen 12.45 daar.'

'Ik zal er zijn!' antwoordde hij snel voor hij het programma afsloot.

Zijn hart klopte wild in zijn borst toen hij eindelijk in de vergaderzaal kwam. Hij overwoog in gedachten hoe hij haar zou herinneren aan de man met wie ze enkele keren wat was gaan drinken. Hij had er nog altijd moeite mee, met die middagpauzes. Waarom *meerdere keren* met die mooiprater en – na veel moeite – één keer met hem? Maar Bruno Carels had haar vast met valse voorwendsels omgepraat en anderzijds was het met zichtbaar genoegen dat hij haar straks zou vertellen dat de man ook haar stalker was geworden.

Over zijn laatste ontmoeting met Bruno Carels zou hij voorlopig zwijgen. Die ontmoeting was zelfs voor hem nog omhuld met zoveel mysterie. Hoe hij dan aan zijn informatie kwam, zou hij ook geheim houden. Dat was evident. Daarbij kon hij haar toch niet gaan vertellen dat haar stalker hém had opgezocht. Dat was zo absurd. En hij meende begrepen te hebben dat hij misschien voor haar kon inspringen, zodat hij kon voorkomen dat zij nog verder werd gestalkt. Dat zou hij later vertellen. Als hij haar triomfantelijk zou kunnen aankondigen dat haar nachtmerrie voorbij was. Dat haar stalker uitgeschakeld was. Erg goed voor de indruk die ze van hem zou krijgen. Niet alleen een smoorverliefde puber, voelde hij zich, maar bovendien een koene ridder.

De vergadering ging helemaal aan zijn aandacht voorbij. Ze was afgelopen tegen de middagpauze en hij maakte aanstalten om te vertrekken. Toen hij de collega's kruiste die naar de kantine liepen, hielden die hem tegen:

'Hé Rick, eet je dan niet mee met ons? Er is taart voor iedereen, hoor.' Dat was Veerle van F&A die dat vroeg. Vergeten. Natuurlijk, ze had het gisteren nog gevraagd. Ze verjaarde en trakteerde met zelfgebakken taart waar ze al dagen hoog van opgaf.

'Nee, Veerle, echt niet. Ik kan niet. Ik heb een afspraak buitenshuis.'

'Maar je zei gisteren nog dat het oké was. 'k Heb nog speciaal voor jou een taart extra gebakken.' Daarmee kreeg ze de lachers in haar groepje op de hand.

In gewone omstandigheden had hij zich met een bon mot over zijn buikje uit de slag getrokken. Maar nu stuntelde hij.

'Sorry, hoor. Was ik vergeten. Echt. Je moet me verontschuldigen. Ik moet me haasten...'

Hij wachtte niet eens op de repliek van de jarige en maakte zich gauw uit de voeten.

***

De broodjeszaak telde slechts enkele kleine tafeltjes. Ingrid Lund zat aan een ervan en wenkte hem toen hij binnenkwam. Aan het buffet was het bijzonder druk en hij had haar niet dadelijk gezien. Hij liep naar haar tafeltje en boog zich naar haar toe. Ze strekte haar hals naar hem en hij kuste haar op de wang. Daarbij raakte hij met zijn hand haar schouder aan. Daarbij raakte ook zij even zijn arm aan. Het viel hem op dat de terloopsheid waarmee ze dat leek te doen hem een intenser gevoel van warmte bezorgde dan hun kus.

'Dag.'
'Dag.'

Gêne over wat hij haar eerder al had geschreven en wat nu een menselijke dimensie kreeg, weerhield hen ervan om op een spontane manier met elkaar om te gaan.

Ze wuifde naar het drukke buffet. 'Als je wilt, mag je daar gaan aanschuiven. Maar ik heb alvast een koffie en een broodje met kaas voor je meegenomen.' Ze schoof een bekertje koffie met een dekseltje en een bord met een belegde baguette in zijn richting.

Hij ging zitten op de gammele stoel. 'Kan ik beter zijn dan met jouw goede zorgen?'

Ze glimlachte. 'Retorische vraag.'

'Inderdaad. Nee, maar prima, dit is uitstekend. Lekker. Zal ik straks met je afrekenen?'

'Krijgen detectives gewoonlijk geen maaltijdvergoeding als ze op pad zijn? Beschouw dit maar als zodanig.'

Hij was wat teleurgesteld over die opmerking. 'Ingrid...'

'Nee, vergeet dat. Dat was niet grappig. Sorry.'

'Geen sorry. Zullen we eerst eten of eerst praten?'

Haar broodje kaas lag nog onaangeroerd op haar bord.

'Denk je nu werkelijk dat ik een hap brood doorgeslikt krijg zonder dat ik eerst je verhaal heb gehoord?'

'Oké.' Hij nam een paar tellen pauze om de chronologie van zijn uiteenzetting in gedachten door te nemen. 'Ik moet beginnen met je een vraag te stellen. Ik denk dat je dan al veel klaarder gaat zien en misschien zelfs al gaat weten wie achter je aan zit.'

'Jij weet ook wel hoe je een mens op het puntje van zijn stoel kunt krijgen.'

'Tja. Daarna vertel ik hoe ik eraan kom. Oké?' Dat was niet helemaal naar waarheid. Hij pauzeerde even en vernauwde zijn ogen tot spleetjes terwijl hij haar aankeek. 'Weet jij nog – het moet ongeveer twee maanden geleden zijn –, weet jij nog toen je met de Thalystrein uit Parijs terugkeerde?' Ze keek hem verbouwereerd aan. 'En je hebt toen een gesprek gehad met een van je medereizigers.' Ze keek hem nog altijd met ogen als schoteltjes aan. 'Een man, ik schat hem achter in...' Hij dacht even na.

'Nee.'

Haar abrupte antwoord terwijl hij over de leeftijd van Bruno Carels nadacht, ergerde hem. 'Wat nee?'

'Nee,' zei ze, 'nee, je moet niet verder vragen, ik kan mij

geen man herinneren die met mij hoe lang of kort ook geleden in de Thalys uit Parijs zat.'

'Maar je zou toch eens kunnen nadenken, ik heb niet eens iets over hem verteld.'

'Dat hoeft ook niet.'

Hij ergerde zich nu ook aan haar koppigheid. Hij had een spoor en ze ging er gewoon dwars overheen liggen. Was hier dan toch meer aan de hand? 'En waarom wíl je er niet eens even over nadenken?'

'Omdat het je geen stap verder zal brengen.'

'Mag ik daarover zelf oordelen, ja? Wat is er dan mis mee?'

Ze zuchtte. 'Ik ben nog nooit met de Thalys naar Parijs geweest of ermee van Parijs naar Brussel teruggekeerd.'

Nu was het zijn beurt om – enigszins overweldigd, moest hij toegeven, door dit even harde als onverwachte feit – zowat achterover te slaan van verbazing. Hij bleef haar nadenkend aanstaren.

'Ja, maar, wacht eens even. Misschien,' zei hij, 'het hoeft niet per se met de Thalys geweest te zijn.'

Ze zuchtte weer. Dat kon hij alleen maar zien, vanwege het rumoer in de broodjeszaak, maar zijn hoop was de grond al ingeboord toen ze zei:

'Het is sinds het laatste jaar van mijn humaniora geleden dat ik nog in Parijs ben geweest met de trein. Ik vrees dat je spoor doodloopt.'

Maar dit was toch niet mogelijk! Loog ze dit om haar affaire met de man uit de trein te verdoezelen? Nee! Hij was heel zeker. Daartoe was ze niet in staat. Punt.

'Ik ben trouwens niet zo erg gesteld op Parijs. Disneyland Parijs was – een jaar of zes geleden – de laatste keer dat ik er nog het dichtst in de buurt ben geweest.'

Had hij dat verhaal over die toevallige ontmoeting met Bruno Carels in de trein wel goed begrepen? Natuurlijk wel. Maar hij had uiteraard ook moeten weten dat de gewiekste Bruno Carels niet zomaar zijn dekmantel zou prijsgeven. Als Ingrid zich die ontmoeting ook werkelijk had herinnerd, dan had de politie dadelijk aan Carels' voordeur kunnen staan. Rick Bogaert vervloekte zichzelf om zijn kortzichtigheid, zijn goedgelovigheid, zijn... domheid.

Wat voor een stupide verhaal had deze man hem dan op de mouw gespeld? En waarom? Waarom deze onzin, waarvan hij toch wist dat Rick zich er hopeloos belachelijk mee zou maken? Gelukkig had hij haar nog geen opmerking gemaakt over die vermeende gezamenlijke drankjes in Le Bistro. Hoe had hij ook in dat verhaaltje kunnen trappen? Bruno Carels moest hen daar ongetwijfeld samen hebben gezien. Ook al beweerde Ingrid dat haar stalking pas een tweetal weken later was begonnen.

Wat bracht dit verhaal Bruno Carels op? In die termen moest hij ongetwijfeld over de man denken: met alles wat hij beweerde of deed, had de man beslist een goed doordacht doel voor ogen.

Ingrid keek hem nog altijd verwachtingsvol aan:

'En? Komt er nog een vervolg of loopt je spoor hier al dood?'

Hij wist zich geen houding te geven. Hij hield zijn hoofd achterover en blies de lucht uit zijn bolle wangen. 'Ik vrees dat ik niet verder kom dan dit.'

'Stelt niet veel voor, hè?'

'Nee, ik moet het toegeven.' Hij keek haar aan.

Ze keek streng terug. 'Je weet dat ik het niet geweldig op prijs stel dat je in mijn privéleven wroet.'

Hij antwoordde zacht. 'Dat heb ik ook niet gedaan.'

'Het tegendeel lijkt me nochtans voor de hand liggend. Je bent niet eerlijk.'

'Ingrid!'

'Misschien ben je niet op het goede spoor terechtgekomen. Dat is wat anders. Maar gegraven heb je!'
'Niet zoals jij denkt.'
'Wil je me ook zeggen hoe je aan die verkeerde informatie bent gekomen?'

Hij schudde zijn hoofd. 'Ik wilde je helpen.' Ik wilde de held uithangen, gaf hij voor zichzelf toe.

Ze boog zich wat voorover op haar stoel, zodat haar buren haar niet konden horen. 'Dat wil ik graag geloven. Zo ken ik je wel. Denk ik.' Ze had het dekseltje verwijderd en speelde wat met het plastic stokje in haar zwarte koffie.

Hij plukte aan het kruim van zijn broodje. 'Dit is wel een complete afgang.'

'Maar nee, zo zie ik dat niet.'

'Heb jij daar dan een ander woord voor, of zo?'

'Kijk, als we niet toevallig die avond een afspraak hadden gemaakt, dan had je niet eens geweten dat ik gestalkt word. Ik had het je zeker ook nooit verteld. Ik vertel dat ook aan niemand. Zelfs niet aan mijn beste collega op kantoor. Ik vind het wel interessant om te weten hoe jij wat mij overkomt vanuit een heel ander standpunt bekijkt. Ik waardeer je inbreng als buitenstaander, maar daarom moet je zélf nog niet achter mijn stalker aan gaan. Straks gaan we nog in konvooi rijden.'

Hij moest glimlachen bij die gedachte. Hij keek haar aan en zag hoe ook zij zich die totaal geschifte situatie inbeeldde. Ze proestten het allebei uit.

'Ach wat.' Hij rechtte zijn rug. 'Wat voor toestanden.'

'Kun je wel zeggen.'

'En op de duur heb je meer last om mij van de zaak af te houden dan om je achtervolger af te schudden.'

'Zoiets ja.' Ze keek hem nu gespeeld streng aan.

'Misschien moesten we maar eens gewoon ons broodje opeten en over wat anders praten?'

'Oké. Ik heb niet zoveel trek. Als je wilt, mag je dat van mij ook hebben.'

'Heb ik je lunch verknald?'

Ze nipte van haar bekertje zwarte koffie. 'O, nee hoor, ik eet al zelden 's middags. En als ik al eens grote honger heb, dan kom ik met een half broodje ruim toe.'

Hij knikte terwijl hij een hap van zijn broodje kaas nam. 'Lekker', zei hij. Het leverde hem een herinnering op aan de avond voordien. Toen hij die hap had doorgeslikt, zei hij:

'Ik heb altijd geweten dat engeltjes eigenlijk niet hoeven te eten. Dat ze alleen maar doen alsof, om niet te veel op te vallen tussen de gewone mensen.'

Ze keek hem met één opgetrokken wenkbrauw aan. Haar blik was een mengeling van ongeloof, gezond wantrouwen, op haar hoede zijn, een afwachtend 'zie ik daar geen monkellachje op zijn lippen verschijnen?' En die grijns kwam er vanzelfsprekend.

'Je bent gek!' zei ze lachend. 'Charmant, maar toch gek!' Ze kneep in zijn arm. Ze veinsde ingehouden woede en gromde. 'Soms heb ik zo'n zin om je eens goed te nijpen, zodat je wakker wordt. Dat je ziet dat het ideaalbeeld dat je van me hebt helemaal niet klopt. Erger, dat het helemaal nergens op slaat.'

Hij nam zijn tijd om de hap brood goed te kauwen en door te slikken. Dat bood hem wat tijd om na te denken.

'Dat kan wel zo zijn. Maar ik wil het even niet weten. We mogen ook nooit gaan denken dat we in het echte leven samen gelukkig zouden zijn.'

Haar hand lag nog op zijn arm. Ze keken er allebei tegelijk naar en toen trok ze die terug. Het was vreemd hoe weinig lichamelijk ze allebei waren en hoe gauw gêne zich met hun gevoelens vermengde.

Ze kruiste haar armen en steunde met haar ellebogen op

het tafeltje. Zo bleef ze hem nadenkend observeren terwijl hij at. Eén broodje was gauw op en hij dronk van zijn koffie. Hij zag haar mijmerende blik en nam een muntje wisselgeld dat nog op het dienblad lag. Hij keek ernaar en schoof het over het tafeltje naar haar toe. 'Tien cent om me alles te vertellen waar je op dit moment aan denkt.'

Ze ontwaakte uit haar gemijmer en pruilde gemaakt teleurgesteld. 'Zijn mijn diepste zielenroerselen je echt niet meer waard? Het is bovendien mijn eigen geld.'

Hij deed alsof hij nadacht: 'Oké dan, een kus erbovenop om me alles te vertellen.'

Ze repliceerde gevat: 'Bedoel je dan dat ik mijn diepste gedachten gratis moet prijsgeven en me bovendien door jou nog moet laten kussen ook? Hoe noem jij dat? Toch geen eerlijke handel?'

'Tja, economie is niet zo nobel als die Zweedse prijs wil doen geloven. Bovendien brand je van verlangen om je gedachten op me los te laten.'

'Wat een rijke fantasie heb jij, zeg. Wil je weten wat ik écht denk?'

'Zie je wel!'

'Dat je eigenlijk helemaal geen spoor had van die vervelende stalker. Hoe zou je er ook aan gekomen zijn? Maar dat je me met die smoes hierheen hebt gelokt.'

'Hola, hola, dat is wel een sterk staaltje van eigendunk, vind je niet?' Ze hield er wel van dat hij wat weerwerk bood op haar geplaag. 'Zo graag zie ik je nu ook weer niet dat ik je iedere dag wil zien.'

'Zie je wel', lachte ze. 'Wat ben je toch een ongelofelijke intrigant.'

Ja, dacht hij, maar er is er één die daar nog veel beter in is dan ik. En die zou ik nu erg graag en liefst heel gauw willen weerzien.

Ze bleven prettig napraten, hij wist later niet eens meer waarover, maar dat deed er ook niet toe. Ze bleven elkaar soms ook gewoon even aankijken. Hij vooral om dat beeld van haar goed in zijn geheugen te prenten.

Toen het tijd werd – veel te snel naar zijn zin – om naar kantoor terug te keren, vertrokken ze samen en hij liep met haar mee naar haar wagen. De wind voelde frisjes aan, want binnen was het warm geweest. Hij dacht dat ze rilde.

'Heb je graag mijn jas tegen de wind?'

'Nee hoor, ik kan er tegen en zo ver staat de auto niet.'

'Ev'rytime we say goodbye, I die a little' wilde hij haar een oude songtekst van Cole Porter nazeggen, en *'When you're near, there's such an air of spring about it'*, maar die kreeg hij niet over zijn lippen. Ter vervanging kon hij niets beters bedenken dan:

'Hier eindigt het dan weer, zeker?'

Als het te onnozel is om te zeggen, kun je het nog altijd mailen. Daarmee nam hij zich voor om haar de liedjestekst straks te mailen.

'Zit maar niet te veel over mij in.'

'Nee hoor, vanaf nu kun je me niet meer schelen.'

Daar moest ze treurig om glimlachen. 'Dank je wel om me te willen helpen. Ik weet dat je vast veel moeite hebt gedaan – veel te veel trouwens.'

'Niets voor jou zal me ooit "te veel" moeite zijn.'

Hij legde een hand tegen haar bovenarm terwijl hij zich naar haar toe boog. Ze bood hem haar wang aan. Hij kuste ze, nu zacht, zoals hij dat in gedachten wel vaker had gedaan en hield zijn lippen net even langer dan welvoeglijk was tegen haar wang. Ze glimlachte met een berispende blik toen hij weer overeind kwam en ze aanstalten maakte om te vertrekken. Maar net toen hij haar los zou moeten laten, kneep hij zacht in haar schouder en zei:

'Wacht. Nog eentje.'

Hij legde nog een hand op haar andere schouder en trok haar weer zacht naar zich toe. Ze stonden nu recht tegenover elkaar. Maar ongeacht of ze dat had toegestaan of niet, de schroom, waarvan hij zijn ziel sinds zijn kennismaking met de tien geboden doordrongen wist, weerhield hem ervan zijn lippen even op die van haar te drukken. In de plaats daarvan zag hij zichzelf een zoen in haar haren drukken.

In haar haar!

Ze maakte zich los uit zijn handen en opende het portier om in haar auto te stappen. Maar van achter het portier draaide ze zich nog even om.

'Nog eentje voor onderweg?'

Hij knikte gretig, zette een stap dichterbij.

Ze drukte een kus op haar wijsvinger. Ze reikte met haar hand naar hem en drukte het topje van haar wijsvinger tegen zijn lippen. Dit gebaar, dat hij zich plots vaag uit zijn kindertijd herinnerde – hij wist niet meer van waar – voelde net zo intiem aan als de kus die hij haar had willen geven. Toen ging ze achter het stuur zitten, sloeg het portier dicht en reed weg.

Hij likte met zijn lippen de ingebeelde zoetigheid van zijn mond. Nu wist hij het zeker, ze had er beslist geen bezwaar tegen gehad als hij haar op haar mond had gekust. Volgende keer. Maar ze zou vast niet bereid zijn om hem morgen opnieuw te ontmoeten!

Hoe lang dan nog, vroeg hij zich af, terwijl hij in zijn auto stapte. Hoe lang nog, terwijl hij onderweg was. Hoe lang nog, terwijl hij zijn kantoor binnenliep.

'Ev'rytime we say goodbye I die a little.'

Simpele versjes lijken plots diepzinnige literatuur als de hartstocht wordt beknot.

***

Toen hij de computer op zijn werkplek had opgestart en zijn e-mail opvroeg, zag hij dat het laatste berichtje al van haar was. Dat verraste hem, hij dacht eerst aan slecht nieuws, maar er was gelukkig niets mis. Integendeel:

'Ik heb me sinds lang niet meer zo ontspannen en goed gevoeld als tijdens dit uurtje. Bedankt. ☺'

Hij antwoordde onmiddellijk:

'Wat gek van je om me te bedanken. Terwijl ik daareven niet eens aan woorden toekwam.

Ik had je nog zoveel willen vragen en zeggen, ik had mijn jas over je schouders willen hangen en een arm om je heen willen slaan tegen de kou en een onschuldige zoen op je lippen willen drukken.

Maar e-mailsgewijs ben ik een echte held en zend ik je 100 knuffels en 100 zoenen.

Ik voel me ontzettend prettig met jou.

Ik wil dit heel graag heel snel overdoen. En niet alleen omdat jij mijn broodje betaalt. ☺'

Hij tikte op de verzendknop.

'Mag ik jouw notities over het Dedecker-dossier eens inkijken?'

Rick Bogaert schrok zich rot. Achter hem stond Yann Desmet. Het Dedecker-dossier? Hoe lang stond Yann daar al? Had hij het bericht gezien dat hij had verstuurd? En naar wie? Het was bekend dat Yann een arendsblik had. En bovendien heel snel kon lezen. Het Dedecker-dossier? Rick moest diep nadenken.

'Momentje, je overvalt me. Ik was met wat anders bezig.'

'Ja.'

Lag daar niet een afkeurend toontje in dat 'ja'? Of was het eerder een samenzweerderige intonatie? Of deed schuldgevoel zijn verbeelding op hol slaan? Hij voelde zich als een kind dat was betrapt.

'Kan ik er straks mee langskomen?'

'Straks? Rick, we moeten over een halfuur bij Nagelmakers zijn. Zou het niet goed zijn als we van elkaars argumenten al wat op de hoogte waren? Hier heb je die van mij.

Hij boog zich naar Ricks werktafel en schoof er zijn bundel papier op. Op datzelfde ogenblik deed de laptop van Rick 'ping' en een e-mailbericht verscheen over de volledige breedte van het scherm. De titel luidde:

"k Voel me ook heel goed bij jou.'

Yann keek ernaar. Net iets te lang om het níét te lezen, vond Rick. Zelfs hij had het in een oogwenk kunnen lezen. Hij vloekte in gedachten en zei het eerste wat in hem opkwam om de aandacht af te leiden:

'Heb jij suggesties voor het dossier Dedecker?'

Yann ging weer overeind staan en keek hem fronsend aan. Hij wees naar het dossier dat hij net op Ricks tafel had gelegd. 'Daar staat alles in. Ik heb je mijn belangrijkste suggesties vorige vrijdag al gegeven, weet je nog wel?'

Rick had geen flauw idee, maar knikte toch. 'Ik kom nog maar net binnen. Heb me moeten haasten. Nog een beetje in de war.' Was er dan niets wat hij kon zeggen als verklaring voor deze e-mail? 'Mijn dochter heeft het emotioneel moeilijk de laatste tijd. Ik probeer er soms voor haar te zijn.'

Yann keerde zich om en vertrok.

Zijn dochter!

Waarom reageerde Yann niet op zijn onzin? Zijn dochter? Was dit niet de stomste opmerking die hij had kunnen bedenken? De afzender was duidelijk leesbaar: 'Ingrid Lund'. Had Yann nu 'Ja, ja, je dochter, dat zal wel' gezegd, dan had hij tenminste nog de indruk gewekt dat hij mee in het complot zat. Maar niets, geen woord. Hij geloofde niets van zijn dochterverhaal, maar keurde een ander verhaal ook niet goed. Zoveel was zeker.

Verdomme man, zei hij bij zichzelf, dit gaat niet goed; het wordt de hoogste tijd dat je deze baan ernstig gaat nemen, of hier komen problemen van.

Rick deed het bericht open:

'Hoe ontroerend mooi zeg je dat. Ik voelde me ook heel goed. De zoete nasmaak van vanmiddag blijft me vast nog lang bij.'

En waar ging dat vervloekte Dedecker-dossier ook weer over?

***

De rest van de middag op kantoor was navenant. Hij was er met zijn gedachten niet bij en daarbovenop leek Yann Desmet hem ook nog eens te ontwijken. Een duidelijk teken dat hij de e-mail maar al te best begrepen had en met die informatie geen raad wist. Hij kon er Yann toch niet over aanklampen en hem tekst en uitleg geven? Dan lag het er wel erg dik op dat hij zich krampachtig wilde verontschuldigen. Hij was vroeg naar huis gereden. Maar vanwege de vrijdagmiddagdrukte was hij niet eens vroeger thuis.

In wezen was hij blij dat hij eindelijk thuis zat en een weekend voor de boeg had. Het was een gevoel dat hij sinds lang niet meer had ervaren. Miriam zag er bijzonder opgewekt uit. Rebecca had net telefoon gekregen van haar aanbidder en zat met een gelukzalige glimlach te eten. Eindelijk rust. Straks met Miriam voor de televisie kon hij rustig nagenieten van zijn middagpauze.

Miriam nam een laatste hapje witloof in ham met kaassaus in haar mond. Ze had zich alweer echt ingespannen om hem een smakelijk gerecht voor te zetten.

'Prima kok', zei hij.

Miriam leek te gaan stralen. 'Vind je?'

'Echt heel lekker. Wat vind jij, Rebecca?'

'Mm, valt wel mee.'

Hij wisselde een blik van verstandhouding met zijn vrouw. Zie je wel, wilde hij zeggen. 'Valt mee' was Rebecca's manier om duidelijk te maken dat ze het echt wel onvoorstelbaar lekker vond.

Hij genoot van de kalmte. Hij wilde dit voor geen geld opgeven, dit kleine beetje zekerheid – zolang hij geen domme dingen uithaalde –, de geborgenheid, al het mooie van een gezin. Jammer genoeg was de sfeer niet elke dag zo sereen. Maar als het moest, zou hij hier toch voor vechten. Hoe hij ook tegenover Ingrid stond, zijn gezin stond daar volledig buiten.

Ingrid was een verhaal van hartstocht, van soms, zoals nu, hartverscheurende passie. Dat had hij voor Miriam ook gevoeld. Voor even wilde hij dat gevoel terug, misschien voor enkele weken, misschien werden het maanden: alleen de passie. Dat moest Miriam toch kunnen begrijpen? Hij wilde met niemand anders dan met haar oud worden. Maar ze moest hem even deze passie laten beleven. Hij zou er haar niet minder graag om zien.

De telefoon in de hal rinkelde.

'Ik ga wel', zei ze. 'Ik heb een hele dag geprobeerd om mijn moeder te bereiken.' Ze keek op de klok. 'En net op tijd voor het goedkopere avondtarief. Dat kan niemand anders dan zij zijn.' Ze liep naar de hal.

'Hoe was het bij tante Liesbeth?' vroeg hij Rebecca.

Ze nam ook haar laatste hap. 'Gaat wel.' Toen ze doorgeslikt had, ging ze verder. 'Ik vond het vervelend om uit huis gestuurd te worden omdat jullie wat "te bespreken" hadden.' Ze maakte aanhalingstekens met twee vingers in de lucht. 'Alsof tante Liesbeth dat ook niet doorheeft dat er hier weer harde woorden vallen. En een dag later, dan zitten jullie hier alsof er geen vuiltje aan de lucht is.'

133

'Tja,' zei hij, 'mama kan soms impulsief reageren, terwijl ze meer veronderstellingen heeft dan informatie.'

Hij hoorde hoe Miriam in de hal een levendige conversatie voerde. Dat was dan vast niet haar moeder aan de telefoon.

'Ik had nochtans de indruk dat er een serieuze haar in de boter zat.'

Hij hoorde hoe Miriam schaterlachte en iets zei als: 'Maar hoe kunt u op dit moment weten...'

'Tja, ik zei het al, je kunt overal altijd het slechtste in zien. Het laatste jaar hebben we hier ook niet veel echt goed nieuws gehad. Dat wreekt zich. Jij zult het trouwens ook niet gemakkelijk gehad hebben.'

Met één oor luisterde hij naar het gesprek in de hal. Hij verstond niet wat ze zei, maar hij hoorde Miriam tateren als een tienermeisje. Plots kwam ze met een brede glimlach de kamer ingelopen en zei:

'Voor jou, Rick. Het kantoor.'

De verrassing was compleet. 'Het kantoor voor mij? Op dit uur nog?'

Ze ging zitten. 'Ja, 't is die Bruno Carels weer.' Ze gniffelde terwijl ze zijn naam uitsprak en richtte zich tot Rebecca. 'Dat is werkelijk ongelooflijk. Die man is zó grappig. Onvoorstelbaar. Hoe lang heb ik hem aan de lijn gehad? Een minuutje of twee, drie? Die slaagt erin om je in die tijd drie keer te laten lachen. Die heeft over alles altijd wel iets te vertellen.'

Rick zat nog altijd aan tafel, zich afvragend wat dit te betekenen had. Miriam keek hem verwonderd aan:

'Wel? Hij wil jóú spreken, hoor. Hij wacht aan de lijn.'

Rick kwam als een robot overeind. Bruno Carels aan de telefoon. Bij hem thuis? Blijkbaar erg goede maatjes met zijn vrouw? En hij vroeg naar hem!

Hij hoorde Miriam tegen Rebecca verder vertellen:

'Hij belde hier van de week, nee, gisteren, ook al. Toen moest hij gewoon vertellen dat je pa wat later zou zijn. Hij is toen, ik geloof wel een halfuur aan de lijn gebleven. En ik kan je verzekeren, ik had tranen in de ogen van het lachen. Tránen! Echt, ik kwam niet meer bij.'

Rick Bogaert trok de deur van de hal zorgvuldig achter zich dicht, nam de hoorn van de tafel en zei verveeld:

'Hallo.'

'Hé, Rick! Goed je te horen. Ik heb de indruk dat Miriam in een opperbeste stemming is!'

Rick bleef stil. Daar wilde hij niet op ingaan. Hij liet zijn stem emotieloos klinken. 'Ik zou het waarderen als u mij hier niet meer belt.'

'O?'

'U schendt de privacy van mij en van mijn gezin.'

'O, o, o! Ik had eigenlijk een ander onthaal verwacht.'

'Dan hebt u verkeerd gedacht.'

'Dank je wel voor de hulp van gisteren en rot nu maar op. Is het dat waaraan jij had gedacht?'

'Zoiets, ja.'

'Die "dank je wel" heb ik ook niet eens gehoord. Dankbaarheid is niet je sterkste karaktertrek?'

'Hangt ervan af voor wie.'

'Voor iemand die je met één vingerknip van een bittere echtgenote afhielp, de potten voor je lijmde en je dan de hemel in prees, kun je maar beter een leuk bedankje reserveren. Of ben je niet tevreden over mijn service? Doet Miriam dan nog altijd stekelig tegen je? Ik had niet die indruk daarnet. Vertel mij eens, daarom bel ik je. Hoe is het zo met je gezinsleven vandaag de dag?'

Rick bond wat in maar het bleef cynisch klinken. 'Goed. Oprecht bedankt voor uw counseling.' Hij hoopte op die manier sneller van de man af te raken dan door hem tegen te werken. Vanmiddag had hij hem nog zo gauw mogelijk willen spreken. Maar niet nu aan de telefoon bij hem thuis. Het gevaar bestond dat Miriam of Rebecca flarden van het gesprek opvingen. En conclusies trokken. Zodat de poppen weer aan het dansen gingen.

'Mm, dat klinkt al redelijk wat beter.'

'Ja.'

'Ga verder. Wat zei ze nog? Wat zei ze over mij? Heeft ze gisteren seks gezocht met je?'

'Hè? Denkt u niet dat u nu de grens van het fatsoen wel hebt bereikt?'

'In ruil voor seks zou je haar die onterechte verdachtmakingen van haar kunnen vergeven? Schitterend, toch? Plots worden de rollen omgedraaid: word jij de arme martelaar en zij de zondares. Hilarisch, toch?' Hij ging nu samenzweerderig stil praten. 'Terwijl jij nog even lustig als voorheen aanpapt met Ingrid Lund. Ik wil alles weten, Rick. Alles.'

Rick Bogaert maakte geen aanstalten om daar op in te gaan. In plaats daarvan vroeg hij:

'Ik wil eigenlijk best ook alles over u weten.'

'Ik heb je alles al verteld. Alles wat je op dit moment mag weten, heb ik je verteld.'

'Maar is dat ook de waarheid?'

'Welke waarheid? De waarheid is wat jij graag wilt geloven.'

'Wie is Bruno Carels?'

'O, dat. Een naam die ik best mooi vind.'

'Dacht ik al.'

'Dacht je dan werkelijk dat je me in de telefoongids had kunnen vinden? Of dat je gewoon naar de politie had kunnen stappen en zeggen: wilt u even die vervelende Bruno Carels oppakken, want hij stalkt mijn minnares?'

'Dát woord zou ik zeker niet gebruiken.'

'Werkrelatie! Meneer de agent, die man stalkt mijn werkrelatie. Rick, je bent onbetaalbaar.'

Rick hoorde hoe geweldig grappig Bruno Carels dat scheen te vinden. 'En er is niet alleen die naam. Ik denk dat alles wat u mij al vertelde ook gewoon vals is.'

Het bleef even stil. 'Heb je klachten, wend je tot de klantendienst. Ik luister. Ja?'

Rick hoorde hoe dat misschien grappig moest klinken, maar het werd met een donkere, zelfs dreigende stem uitgesproken. Hij lette ervoor op om haar naam niet uit te spreken: 'Eerst maakte u me wijs dat u haar man was. Maar ook dat u haar *geheel toevallig* in de trein tussen Parijs en Brussel hebt ontmoet, was een flagrante leugen. Hoe kan ik geloven in...'

'Stop! Stop, Rick. Ai, dat valt me nu werkelijk erg van je tegen, mijn beste. Werkelijk. Rick toch, had ik je niet gevraagd om het daar met haar niet over te hebben? Je bent niet bij de les. Je hebt te veel aan je hoofd. Je zult zeker dringend eens moeten wieden.

Maar dat had je toch kunnen verwachten. In iedere psychologische proef zitten toch strikvraagjes zodat de experts dadelijk kunnen nagaan of je de andere vragen eerlijk hebt beantwoord. Hier net hetzelfde.'

Hij deed zijn best om ironisch te klinken. 'Ik wist niet dat ik meedeed aan een psychologische test.'

'Ik moet je toch testen, als je wilt worden aangeworven om Ingrid te vervangen.'

'Vast wel. Het stelt me al helemaal gerust', spotte Rick. 'Want als dit in uw ogen de werkelijkheid was geweest, dan ben ik bang dat er een steekje bij u loszit.'

'Rick, toch. Je wilde bij haar aankomen met haar belager op een schoteltje gepresenteerd. Let wel op, ik begrijp dat, hoor, het is een normale menselijke reactie. En gezien je huidige hormonenhuishouding dus helemaal niet zo verwonderlijk, natuurlijk. Ik kan je je driften echt niet eens kwalijk nemen.'

'Zullen we ernstig blijven?'

'Ik wist dat je boos zou worden als je voor schut zou worden gezet. Daarom had ik je ook gevraagd om het niet met haar te bespreken. Maar ach, niks meer aan te doen, het is je eigen schuld. Maar ik weet plots niet meer of ik het nog wel zo graag wil dat je voor haar inspringt.'

Hij moest nu toch niet gaan smeken, of wat? Rick Bogaert deed er het zwijgen toe. Bruno Carels had het zo handig gemanoeuvreerd dat híj nu de schuldige was die de afspraken had overtreden. Waardoor hij de unieke gelegenheid om voor Ingrid in de bres te springen op het spel zette. Na het debacle vanmiddag bij haar, wilde hij als tegengewicht nu liefst een eclatant succes boeken.

Als hij nu maar eens wilde ophangen, dacht Rick.

Bruno Carels sprak mijmerend. 'Je kunt je dus niet aan afspraken houden. Vervelend. Erg vervelend.'

Rick begon het op de heupen te krijgen. 'O, houd nu toch eens op met dat gedoe. Zeg me eerst maar eens waarom u mij zo dringend bij me thuis belt, of ik hang gewoon op.'

'Dat laatste zou ik nu net niet doen. Ten eerste verspeel je dan al je krediet bij mij, zodat je niet eens meer de kans krijgt om de held uit te hangen bij Ingrid.' Hij zweeg verder.

Rick zuchtte. 'En ten tweede?'

'Dat kun je zelf toch wel bedenken.'

'Is dat een dreigement?'

'Heb ík iets in die zin gezegd? Niet eens aan gedacht!'

Het woord *manipulator* deed eindelijk vanzelf zijn intrede in Ricks hoofd, terwijl Bruno Carels de stilte liet hangen.

'Oké.' Het klonk alsof Bruno Carels eindelijk tot een besluit was gekomen. 'Al bij al wil ik je nog een kans geven. Maar ik moet hier eerst over nadenken. Ik zie je dinsdagochtend om negen uur stipt voor een koffie in het Gossethotel, op het bedrijventerrein in Groot-Bijgaarden.'

Ricks antwoord kwam snel en sec. 'Dat zal spijtig genoeg niet gaan. Ik heb toevallig ook nog een baan en dinsdag om negen uur geef ik een presentatie voor het hele kantoor.'

Hij wachtte op een reactie, maar die kwam er niet. Hij hoorde alleen de bezettoon. Bruno Carels had niet op zijn antwoord gewacht en de verbinding gewoon verbroken.

Denk maar niet dat ik dinsdag op die afspraak zal zijn. Rick vloekte. O nee, zeker niet. Op mij hoef je niet te rekenen.

***

Ingrid Lund had zich ook dit jaar weer als vrijwilliger opgegeven voor het jaarlijkse Sinkseneetfestijn van de school van haar kinderen.

Ze stond net als andere jaren in voor de verkoop van de drankbonnetjes. Met drie meisjes uit het laatste jaar zat ze aan een tafel bij de ingang. Zij hield toezicht op de vlotte verkoop en zorgde ervoor dat de rekening klopte. Het was ieder jaar weer hetzelfde. Maar nu toch niet.

Het waren de mannen tegen wie ze anders aankeek. Het was ook de eerste keer dat het haar opviel: bijna uitsluitend mannen lieten zich in met de aanschaf van drankbonnetjes. Maar toen ze de vaders aan de tafel zag aanschuiven, voelde ze zich, of ze nu wilde of niet, oud en onaantrekkelijk – zoals ze beleefd 'dank u wel, mevrouw' tegen haar zeiden, terwijl de laatstejaarsmeisjes voortdurend aan het lachen werden gebracht door grapjes van de vaders in hún rij. Ze had meestal een hekel aan dat soort geinigheden, dat ze associeerde met morsige mannen en dat ze herkende als een opstapje naar platvloersheid en ongewenste intimiteiten. Maar vandaag zou het haar niet hebben gestoord. Het kwam haar voor dat in haar rijtje uitsluitend opa's kwamen aanschuiven; dat de jongere mannen bij de laatstejaarsmeisjes gingen.

Hoe komt het toch, vroeg ze zich af, dat je iemand graag gaat mogen die je alleen kent van wat heen-en-weergemail. Ze gaf er zich wel degelijk rekenschap van dat ze via de e-mail soms dingen had gezegd die ze, recht in zijn ogen kijkend, nooit had durven zeggen. Maar het was nooit haar bedoeling geweest om flirterig te doen met hem.

Tegelijkertijd voelde ze een onverwachte aantrekking tot deze man. Hij was ook altijd zo lief. En niet eens onaantrekkelijk, zo vond ze. Hij was niet wat zij onweerstaanbaar knap zou noemen, niet haar stijl, maar hij had iets. Ja, iets *je-ne-sais-quoi*.

En sinds hij wel bezeten leek om haar van haar belager af te helpen, liet hij haar helemaal niet meer onverschillig.

Maar waaróm wilde hij zo graag helpen?

Door zoveel aandacht waren wel meer naïeve meisjes in een bed voor één nacht beland. Al vond ze hem zo voorkomend dat hij haar vermoedelijk nog niet in bed zou durven vragen als ze naakt en smachtend voor hem stond.

Ze glimlachte bij die gedachte. Maar die glimlach verdween ineens toen de opa die ze zijn bonnetjes overhandigde haar een vette knipoog gaf. Het viel haar in dat ze wel vaker voor zich uit zat te glimlachen als ze aan hem dacht. Grappig was hij wel. En toch wist ze zeker dat hij een immense droefheid met zich meedroeg.

Terwijl ze aan hun laatste gesprek terugdacht, gleed haar aandacht weer af naar haar belager. Haar vragen bleven altijd dezelfde. De antwoorden kwamen niet, hoezeer ze zich ook inspande. Ze voelde zich met haar rug tegen de muur gedrukt. En plots wou ze dat Rick nu bij haar was. En als hij er dan niet in het echt kon zijn, eigenlijk nog liever met de mail. Ze verlangde nu, op dit moment, zo naar een berichtje van hem. Niet dat ze haar hart bij hem wilde uitstorten, maar omdat een mailtje van hem op dit moment voor troost en verstrooiing zou kunnen zorgen.

Die gedachte ergerde haar tegelijkertijd. Waarom was het haar op dit moment ontgaan om naar de aanwezigheid van Victor te verlangen; toch haar man?

Wat voelde ze zich plots ontzettend alleen te midden van de aanschuivende rijen wachtenden, de aan- en aflopende scholieren, het oorverdovende lawaai in de kantine. Ze kreeg het plots benauwd.

En plotseling werd ze zich bewust van iets wat haar ontzettende angst inboezemde. Iets wat ze perfect van hem kon verwachten, realiseerde ze zich.

Misschien. Ze voelde zich duizelen. Ze was bang dat ze geen lucht meer zou krijgen. Misschien liep hij hier nu rond, haar stalker, misschien stond hij op dit ogenblik naar haar te kijken.

Misschien had ze hem zelfs al drankbonnetjes verkocht!

En dat, zonder dat ze ook maar in de verste verte vermoedde wat hij echt van haar wilde. En op slag besefte ze het heel scherp: net zoals hij de twee konijntjes had verschalkt.

De angst greep haar naar de keel. Ze moest hier weg. Maar waarheen? Naar buiten? Alleen? Misschien had hij dat al voorzien. Misschien stond hij haar buiten op te wachten. Ze duizelde.

Ze wilde weg! Weg van alle ellende!
Maar ze kon nergens heen!

***

Rick Bogaert liep de trappen op naar de lobby van het kantoorgebouw en wachtte ongeduldig op de lift. Zijn schoenen zaten onder de modder. Hij had gelukkig nog een van de schaarse parkeerplaatsen vrij aangetroffen. Maar het parkeerterrein buiten werd met dit weer nog altijd herschapen in één grote modderpoel. De ondergrondse garage was bestemd voor een personeelsniveau hoger. Vroeger had hij zijn auto altijd in de bedrijfsgarage mogen stallen.

Hij was wat laat. Files, natuurlijk, maar deze ochtend was toch weer uitzonderlijk heftig geweest. Waarschijnlijk kwam het door de regen.

Maar regen of niet, die verkeersknoop zou natuurlijk nooit ontward worden. Niet in zíjn leven. Omdat niemand echt baat had bij een oplossing van het fileprobleem. Vast niet de olieproducenten of de autoindustrie, maar ook niet de werkgevers, die steen en been klaagden, maar die het eigenlijk worst kon wezen, want de werkuren moesten toch gemaakt worden. In die termen had hij vroeger ook gedacht. En de sukkels in de file, die vormden niet echt een homogene pressiegroep die de politiek onder druk kon zetten.

Hij had vooraf zijn dochter naar het station gebracht. Gewoonlijk reed ze met een vriendin mee naar haar colleges op de universiteit. Vroeger reed Rebecca zelf ook en nam ze beurtelings haar vriendin mee. Maar sinds hij zelf die kleine gezinsauto gebruikte, in afwachting van een bedrijfswagen, moest ze noodgedwongen met de trein. En, zoals vandaag, nog een eind te voet door de regen.

Ze verlangde ongetwijfeld opnieuw naar vroeger, veronderstelde hij. Maar daar repte ze met geen woord over. "'t Is zo ook wel ça va', had ze geantwoord, toen hij er haar in een vlaag van zelfverwijt ooit naar had gevraagd.

Nadat hij eindelijk op zijn bestemming, op de vierde etage, was aangekomen, hoopte hij dat niemand behalve Naima hem zou zien binnenkomen. Maar het toeval wilde dat de koffiemachine druk beklant was en dat hij dus helemaal niet onopgemerkt naar zijn plaats kon schuifelen.

'Ha, Rick,' zei iemand, 'we wachtten alleen nog op jou om eraan te beginnen.'

'Loop je mee door, Rick. 't Is in de grote vergaderzaal te doen', zei een ander.

'Koffie, Rick? Ik zal er eentje voor je meenemen.' Dat was Jeanine, die niets met de roedel juristen te maken had, maar in haar eentje de personeelsdienst uitmaakte en altijd wel bezorgd leek om iedereen.

Maar ondanks de assistentie waar hij op kon rekenen, slaagde hij er toch in om, na een dringende passage langs het toilet, toch nog als laatste de vergaderzaal binnen te stormen. Nagelmakers merkte het uiteraard op.

Rick had zijn laptop aangelogd op het bedrijfsnetwerk. Hij stelde vast dat er geen nieuwe e-mails, op een spam na, waren binnengekomen. Hij prutste nog met de verbinding tussen zijn laptop en de projector, toen Nagelmakers de aanwezigen tot zwijgen maande en de vergadering met een sneer opende.

'Rick, we wachten enkel nog op jou. Ik hoop dat je niet met dusdanig buitenissige declaraties aankomt, dat we de strategie van de firma zullen moeten aanpassen.'

Er werd gegniffeld.

Rick werd in de verdediging gedrukt. 'Het was ook niet mijn intentie om dit zo laat voor te stellen.'

Hij kreeg nog altijd geen beeld op de projector. Zijn Powerpoint-presentatie was niet geweldig te noemen en zonder begeleidende kleurtjes op het scherm zou hij al helemaal geen professionele indruk maken.

Op dat moment rinkelde de telefoon in de zaal.

Hij had geprobeerd om er voor Miriam een fijn pinksterweekend van te maken. Rebecca bleef thuis studeren en ze hadden met hun tweetjes lange wandelingen gemaakt. Ze hadden samen pannenkoeken gegeten en om extra in een goed blaadje te komen, had hij de avonden samen met haar televisie gekeken en pas toen Miriam naar bed was gegaan, was hij maandagavond aan de voorbereiding van zijn presentatie begonnen. Hij had er rond halftwee vannacht de laatste hand aan gelegd en had de tekst niet eens meer herlezen. Hij kon alleen maar hopen dat er geen echt grote blunders in stonden.

Nagelmakers werd nerveus en zei:

'Misschien moet je maar eens gewoon je uitleg geven zonder de plaatjes. We weten toch allemaal waarover het in de grond gaat.'

Op dat moment werd er op de deur van de zaal geklopt. Jeanine van de personeelsdienst stak haar hoofd naar binnen.

Nagelmakers was zichtbaar ontstemd: 'Jeanine, ik had gevraagd om niet gestoord te worden.'

'Ik weet het, meneer, maar het is een spoedgeval.'

'Natuurlijk! Ik kan me niet indenken dat je hier voor minder dan dat komt binnenvallen. Vooruit, zeg maar.'

'Euh... ik heb een boodschap voor Rick Bogaert.'

Pas toe hij zijn naam hoorde noemen, keek hij op van de pluggen in zijn laptop. 'Hè?'

Nagelmakers gaf een teken dat Jeanine binnen kon komen. Ze trok een zorgelijk gezicht. Dat kon Rick goed merken terwijl ze op hem toe stapte. Ze had een briefje in de hand. Ze boog zich naar hem toe en fluisterde: 'Ik heb niet zo'n goed nieuws, Rick.' Ze legde haar hand op zijn bovenarm. 'Maar je moet rustig blijven. Oké?'

De vergadering luisterde muisstil en aandachtig mee.

Hij knikte. Wat kon hij anders doen? 'Wat is er dan?'

'Kom je mee?'

Hij kon zich totaal niets voorstellen bij deze situatie. 'Ja, maar wat is er dan? Zeg het maar.'

Omdat ze eigenlijk op hem wachtten, had niemand een reden om het woord te nemen. Bovendien had ook niemand het fatsoen om te kuchen of met een ander lawaai Jeanines gefluister te overstemmen. Haar woorden klonken als een presentatie voor de voltallige vergadering.

'Je dochter', zei ze.

Hij keek haar stomverwonderd aan en knikte.

'Je dochter. Ze heeft een ongeval gehad.' Ze haastte zich om er aan toe te voegen: 'Maar wees gerust, ze is niet meer in levensgevaar. Alles is onder controle.'

Het duizelde in zijn hoofd. Het duurde geruime tijd voor hij zich bewust werd van die enkele korte zinnen. Maar eindelijk reageerden zijn hersenen toch: met een schok zag hij plots bewust de ernst van de situatie in. 'Wat is onder controle?'

Jeanine suste hem. 'Rustig, Rick, de dokter zegt, ze is buiten levensgevaar.'

'Buiten levensgevaar?' Hij hoorde het zichzelf zeggen in de grote vergaderruimte. 'Weet je... weet je wanneer ze dat zeggen, buiten levensgevaar?' Hij voelde zichzelf alle controle verliezen. 'Als ze halfdood is geweest. Dan zeggen ze dat. Rebecca, een ongeval? En waar is ze dan? Jeanine!' Hij trok het briefje uit haar handen.

'Rustig, Rick. De dokter zegt dat alles goed komt.'

Hij kwam overeind van zijn stoel. Hij voelde een krop in zijn keel zwellen. 'Maar enfin, zeg mij gewoon waar ze is!'

'Op de intensive care...'

'Van wat, van waar?'

'Van het Academisch Ziekenhuis van de VUB.'

Hij las wat er op het Post-itbriefje stond. 'En wat is dit?'
'Dat is de gsm van de dokter. Hij vraagt om hem...'
Rick liep om haar heen, draaide zich opzij naar Nagelmakers. 'Sorry, ik kan echt niet... Ik moet dringend weg.'
Ze hield zijn arm nog vast. 'Wacht, Rick...'
Toen klonk de stem van Nagelmakers gebiedend:
'Rick! Wacht! Jeanine!'
Ze stopten allebei en keken hem aan.
'Rick, jij mag zo niet met de auto rijden! Jeanine, neem jij een vrije wagen en rijd met hem naar het ziekenhuis.'
Maar Rick weerde dat aanbod met uitgestoken arm af en liep door. 'Nee, nee, ik moet daar zelf naartoe. Nu!' Hij liep naar de deur en verliet de vergaderzaal, met Jeanine achter hem aan.
'Rick', zei ze. Maar hij liep door. 'Rick!' Ze trok aan zijn arm. Hij hield zijn pas in. 'Rick, stop. Wacht even. Denk toch eerst eens na. Je bent veel te nerveus. Laat mij rijden, toe. Voor je bestwil.'
Voor je bestwil. Waar had hij dat nog gehoord? Iedereen leek alles altijd te doen voor zíjn hoogstpersoonlijke bestwil.
Hij nam opeens een opmerkelijk serene houding aan. Hij ging pal voor haar staan en vroeg, alsof het nieuws hem volledig onaangedaan liet:
'Wat hebben ze nog meer gezegd, Jeanine? Zeg het maar. Ik kan er tegen.'
'Eigenlijk niets. Ze heeft een verkeersongeval gehad, zei de dokter, maar dat ze niet meer in levensgevaar is. Dat is alles. En waar ze is. En hij vroeg, die dokter dus, om hem op te bellen, op dit nummer, zodra je onderweg bent.'
'Zodra ik onderweg ben?'
'Ja, daar stond hij wel op. Waarschijnlijk om je het laatste nieuws over haar te kunnen geven. Denk ik.'

'Mm.' Hij keek haar aan. Met een vastberaden blik, hoopte hij. En hij dwong zichzelf te zeggen: 'Zie ik eruit of ik niet zonder gevaar met de auto kan rijden, Jeanine?'

Ze aarzelde. 'En toch denk ik dat het geen goed idee is. Laat mij je ernaartoe rijden. We willen je allemaal graag helpen, Rick.'

Maar hij draaide zich om, liep naar de liften en drukte op de knop. 'Ik waardeer dat heel erg. Echt waar.' Hij zei het rustig, haast met een trillende onderlip. 'Maar dit moet ik alleen doen. Toch bedankt.'

Hij stapte in de lift en drukte op de nul naar de gelijkvloerse verdieping. Terwijl de deuren dichtschoven, zag hij nog hoe Jeanine haar schouders ophaalde en waarschijnlijk diep zuchtte.

Hij vloekte. Waarom? Waarom? En hoe erg was ze eraan toe? Verbloemden dokters de toestand van de patiënt ook niet altijd aan de telefoon?

Hij liep haastig naar zijn wagen. De opspattende modder op zijn broek maakte hem niets uit. Rebecca, bleef hij in gedachten herhalen, Rebecca, houd het vol, meisje, houd het vol, laat je niet wegglijden.

'Verdomme!' schreeuwde hij en beukte van pure frustratie met zijn beide vuisten op zijn stuurwiel. 'Verdomme!' God, verdomme, wat doe Je nu weer met mij? Wil Je me echt helemaal op mijn knieën krijgen? Waarom? Omdat ik me soms een heel klein beetje gelukkig voel? Omdat ik dat beetje geluk bij een andere vrouw vind, misschien? Is dit dan mijn straf?

Hij starttte de motor. Die maakte een snerpend hoog kabaal. Hij had hem net al gestart. Hij moest diep nadenken. Het was alsof zijn hersenen helemaal niet meer wilden functioneren. Hoe moest hij daar ook alweer naartoe rijden? Hij wist het wel, maar het kostte hem een inspanning om in gedachten de weg ernaartoe uit te stippelen. Hij reed het bedrijventerrein af en reed in de richting van Vilvoorde om bij Brucargo de Ring richting Groot-Bijgaarden te nemen.

En plots verlangde hij zo naar Ingrids aanwezigheid. En als ze er toch niet in het echt kon zijn, dan eigenlijk nog liever met de mail. Hij verlangde nu, op dit moment, zo naar een berichtje van haar. Dat was het enige wat op dit moment voor een beetje afleiding en troost zou kunnen zorgen.

Nog voor hij op de Brusselse Ring op het viaduct van Vilvoorde reed, pakte hij zijn gsm en haalde het gele Post-itvelletje met het telefoonnummer uit het borstzakje van zijn hemd. Hij plakte het tegen het dashboard op de snelheidsmeter. Of zou hij eerst nog Miriam bellen?

Miriam? Was zij op de hoogte? Of wist ze nog helemaal nergens van?

Hoe was het hem op dit hartverscheurende moment ontgaan om aan Miriam te denken, de moeder van zijn kind? Die gedachte ergerde hem danig, maar hij besloot om toch eerst de dokter te bellen, zodat hij haar de meest recente informatie zou kunnen geven. Of beter, hij zou haar helemaal niet telefoneren. Nee, dit nieuws was te verschrikkelijk om het langs de telefoon te vertellen, dit was gewoon te gruwelijk. Hij zou thuis langsgaan en haar oppikken. Terwijl hij zijn aandacht verdeelde tussen het verkeer in de opspattende waternevel voor hem en het intoetsen van de cijfers, passeerden de doemgedachten over wat hij te horen zou krijgen.

Hij ging op de eerste rijstrook rijden en haalde een paar keer diep adem voor hij op 'bellen' drukte en de gsm aan zijn oor bracht. Er stond geen naam bij van de dokter. Hij probeerde zijn geest helemaal leeg te maken, nam zich voor de informatie die hij zou krijgen vooral kalm en rustig te analyseren. Hij ademde goed uit. Om zeker niet te gaan hyperventileren. Wat hij nooit eerder had gedaan, maar oké. Hij was nu op alles voorbereid.

De gsm aan de andere kant werd opgenomen.

'Ja.'

Hij aarzelde. 'Hallo?'

Hij dacht op alles voorbereid te zijn.

'Ja.'

Maar niet op dit!

***

Als hij zich niet zo goed had voorbereid op het allerslechtste nieuws, dan had het hem niet verwonderd als hij op dat moment een complete black-out zou hebben gehad.

Hij kon niet ordentelijk meer nadenken, hij kon evenmin nog iets gezegd krijgen. Hij wilde slikken, maar zijn mond voelde kurkdroog aan, zijn hersenen konden niets beters verzinnen dan 'Euh', maar zelfs dat kwam niet over zijn lippen.

'Ben je zo blij me te horen dat je er sprakeloos van wordt?'

Rick had toch nog getwijfeld. Niet zeker of zijn verbeelding geen loopje met hem nam. Maar dat was dus niet het geval. Nu had hij absolute zekerheid.

De stem ging gewoon verder. 'Ik houd niet van surprises, Rick. En ook niet van mensen die hun afspraken niet nakomen.'

Even kreeg hij in een schicht een hoopvol gevoel. Van deze man kon hij alles verwachten. Maar dat gevoel liet hij onmiddellijk varen. Zo onvoorstelbaar slecht kon toch niemand zijn. Hij kreeg eindelijk iets zinnigs gezegd:

'Ik heb nu geen tijd. Sorry, ik moet het gesprek beëindigen.'

'O, sorry. Ik heb nu geen tijd, ik moet het gesprek beëindigen', echode de stem zangerig en flemend. 'Je hebt me zeker niet goed gehoord: dat ik niet van mensen houd die zich niet aan de afspraken kunnen houden.'

De sprankel hoop die even had geknetterd, doofde meteen weer. Jeanine had de Post-its verwisseld. Natuurlijk. Bruno Carels was niet te beroerd geweest om vanochtend weer naar kantoor te bellen om hem naar de plaats van afspraak te sommeren. En hij had zijn nummer achtergelaten. En daarna had de dokter van de intensive care gebeld. Dat kon.

'We hadden een afspraak, Rick. Weet je nog? Ik zit hier op je te wachten.'

Rick had alle hoop op goed nieuws nu opgegeven en hij was wanhopig op zoek naar een beetje houvast. Maar daarom moest hij nu eerst naar Jeanine bellen, om het nummer van de dokter te vragen.

Hij was erg geagiteerd geraakt en riep nu uit: 'Ik heb geen tijd!' Hij vervolgde enigszins gekalmeerd: 'Ik moet nu dringend zelf bellen. Begrijpt u?'

'Ik kan niet tegen mensen die tegen me roepen, Rick. En ook niet tegen mensen die me laten wachten. Wachten duurt zo lang, Rick. Het is zo onproductief.'

Ineens baalde hij van het zeurderige egoïsme van Bruno Carels. Hij besloot om hem uitleg te geven:

'Maar enfin, zeg, ik heb op dit moment wel andere dingen aan mijn hoofd dan die afspraak met u. Mijn dochter ligt op intensive care. Zij heeft een verkeersongeval gehad. Ik kon helemaal niet op die afspraak zijn. Kunt u dat dan niet begrijpen?'

Het antwoord kwam even snel als ontnuchterend:

'Rebecca heeft haar ongeval gehad ná dat wij een afspraak hadden.'

Rick zweeg. Hoe? Wist Bruno Carels er dan al van? Of wat? Hoe was dat mogelijk? Even koesterde hij weer een sprankel hoop.

Omdat hij een ontgoochelend antwoord niet zou aankunnen als hij de vraag die in zijn hoofd brandde zonder omwegen zou stellen; daarom stelde hij ze helemaal niet en zocht naar een uitweg.

Maar Bruno Carels onderbrak zijn gedachtegang:

'Je probeert je verantwoordelijkheid te ontlopen, Rick.'

Daarop werd hij boos. 'Zwijg! Maar zwijg dan toch eens! Begrijpt u dan niet wat ik u net zei? Mijn dochter ligt te vechten voor haar leven en u komt me de les lezen over afspraken die ík nooit gemaakt heb. Ik houd op met dit gesprek. Ik heb andere dingen te doen.'

'Naar Miriam bellen, bijvoorbeeld? Of wat zei ze?'

'Wat?'

'Wat?' echode hij weer. 'Wat Miriam ervan zegt dat haar dochter een ongeluk heeft gehad?'

'Dat gaat u maar dan ook helemaal geen ene barst aan.'

'Of ben je haar vergeten?'

De man haalde hem het bloed van onder de nagels. Hoe kwam het toch dat hij er altijd in slaagde om zijn vinger op de zere plek te leggen? Rick besloot om niet te reageren.

Plots schrok hij op van een langgerekte, oorverdovende claxonstoot achter hem. Hij keek in zijn achteruitkijkspiegel. Een vrachtwagen die heel zijn achterruit vulde, plakte tegen zijn achterbumper. Hij realiseerde zich dat zijn snelheid tijdens het telefoongesprek aanzienlijk was geslonken. De snelheidsmeter wees amper zestig aan. Hij schakelde en ging weer harder rijden. Tegelijk stond hij opnieuw met beide benen stevig op de wereld.

'Waar zit je nu al?' vroeg Bruno Carels nog.

'En waarom wilt u dat weten?'

'Waar zit je nu al?'
'Op de Ring.'
'Exacter?'
'Waarom wilt u dat weten?'
Dan een schreeuw, harder dan de knal van een zweep: 'Waar?'

Even twijfelde hij of hij nog zou antwoorden en niet gewoon het gesprek zou afbreken. Maar misschien kon hij het snelst van Bruno Carels afkomen door hem zijn zin te geven. 'Op het viaduct in Vilvoorde.'

'Neem dan de volgende afrit, dat is de 6, naar het Militair Hospitaal. Ik wacht nog wel even.'

Rick vroeg zich af of hij dat wel goed gehoord had. Was die man dan gewoon geschift? Of had hij gewoon niet geluisterd toen hij had gezegd dat zijn dochter ernstig gewond was geraakt? In ieder geval besloot hij om niet te antwoorden. Maar ook de verbinding werd niet verbroken, zoals Bruno Carels gisteren na zijn bevel tot de afspraak wel had gedaan.

Rick kreeg er genoeg van – dacht: de boom in – en zei:

'Mijn dochter ligt niet in het Militair Hospitaal.' En dan met de tanden op elkaar geklemd en elke lettergreep articulerend: 'Niet, dus. Ik rijd nu naar het A-Z in Jet-te. Punt!'

Bruno Carels vervolgde weer op zijn gewone, badinerende toon: 'Daar tref je niemand aan.'

Consternatie. Hoop. De sprankel hoop was tot vuur opgelaaid. Verwachting: 'Wat bedoelt u?'

'Wat ik bedoel is dat je dochter, als ze de meerkeuzevragen niet lukraak in twee minuten heeft ingevuld – maar dat zou ik je niet zeggen, zelfs als ik het wist –, dat ze op dit ogenblik een schriftelijk examen aflegt voor het vak "Meetschalen en beschrijvende statistiek".'

Hij kreeg het amper over zijn lippen: 'Wat bedoelt u?'

'Wat bedoelt u?' echode Bruno Carels weer zangerig en flemend. 'Bedoel je misschien dat je niet wist dat je dochter vandaag examen statistiek had?'

Nee, dat was Rick inderdaad ontschoten, maar dat was niet het antwoord waar hij naar hengelde.

'Houd jij je nu toch werkelijk van de domme, Rick Bogaert? Of wat? Het betekent gewoon dat je dochter geen ongeval heeft gehad, natuurlijk, wat anders?'

'Wat?'

'Zal ik er ook een tekeningetje bij maken?'

'Wat?' dacht hij dat hij zei. Maar hij besefte niet eens meer dat er geen geluid uit zijn mond kwam. Een immense last viel van hem af. Hij reed zwijgend afrit 6 af, naar het Militair Hospitaal van Neder-over-Heembeek en hield daar halt aan de kant van de weg.

Hij voelde zich als een heteluchtballon waar alle lucht uit wegvloeit. Hij lag uitgeteld in zijn stoel.

Goed nieuws. Dit was goed nieuws. Intensive care kon uit zijn gedachten. De aanblik van zijn bebloede en gekneusde dochter kon uit zijn hoofd. De dood was niet meer aan de orde.

Dit was ontzettend, ontzettend goed, goed nieuws, zei hij bij zichzelf. Maar tegelijkertijd ook zo onmenselijk gruwelijk, dacht hij, als je even maar besefte dat iemand hem dit had aangedaan. Iemand had het leuk gevonden om hem te vertellen dat zijn dochter was verongelukt. En waarom? Alleen maar om hem naar een afspraak te sommeren, waar hij niet eens mee had ingestemd.

Ineens voelde hij razende woede opkomen, als een verzengende hitte die uit alle poriën van zijn vel wilde barsten. Hij omklemde zijn stuurwiel met zijn ene hand zo hard dat zijn knokkels wit werden. Alle spieren in zijn lichaam spanden zich.

'Waarom? Waarom doet u mij dit aan?' riep hij.

'Een afspraak is een afspraak, dat zou je moeten leren.'

'Leren? Ik denk echt dat u niet goed bij uw hoofd bent.'

'Zoveel minachting. Ik ben het die jou zou moeten minachten. Jij wilt de opdracht van je *minnares* overnemen, maar je kunt je niet eens aan heldere afspraken houden. Zonde.'

Over die *minnares* wilde Rick niet eens meer redetwisten. 'Weet je wat? Stop die opdracht van u maar 'ns daar waar de zon nooit schijnt.' Dat was een onbesuisde opmerking. Hij hoopte nog altijd op haar eeuwige dankbaarheid omdat hij haar plaats zou innemen.

'Ach, Rick toch, wat klink je zielig. En een beetje ordinair ook. Wat zou je minnares van een taaltje als dat wel denken?'

Hoe kwam het dat hij weer helemaal correct zat met die opmerking? En hij wilde de opdracht helemaal niet mislopen.

'Bovendien zou ze het, denk ik, ook niet echt fijn vinden mocht je nu plots terugkrabbelen. Liefde is...' hij declameerde dat met een zuchtje in zijn stem, 'voor haar de kastanjes uit het vuur halen.'

Wat een onvoorstelbare intrigant, moest hij weer eens vaststellen, je dacht er de cartoon met het jongetje en het meisje zo bij.

Plots voelde hij een ander probleem opborrelen. 'En wat vertel ik nu straks op de firma?' Hij werd nog bozer en riep in de telefoon. 'Hebt u er wel eens aan gedacht dat ik straks terug moet naar kantoor? Dat iedereen in de vergadering heeft gehoord dat mijn dochter op intensive care ligt. Dat iedereen me straks vraagt wat er is gebeurd? Wat moet ik zeggen? Sorry, iemand maakte een grapje met mij! Om je te bescheuren! Vooral meester Nagelmakers dan! Of zeg ik dat het nog meevalt? Hoe lang nog gaan ze me vragen hoe het met haar gaat? En bij de eerste gelegenheid dat ze mijn vrouw of mijn dochter ooit ontmoeten, vragen ze haar met een meelevende rimpel boven één oog hoe ze het nu stelt. Bedankt voor deze surprise.'

'Mm, ik houd daar ook niet zo van, van surprises', zei Bruno Carels op zakelijke toon.

'Hebt u dan een oplossing voor het probleem dat u gecreëerd hebt?'

'Dat ík gecreëerd heb? Nee, nee, nee, jíj was niet op de afspraak!'

'Ach, zwijg toch. Intrigant! Ik weet niet wat me tegenhoudt om u bij de politie aan te geven.'

'Zal ik je eens haarfijn uitleggen wat je tegenhoudt?'

'U bent een bedrieger en een intrigant.'

'Ik vind dat ik me door jou niet verder hoef te laten schofferen. Ik vind mezelf net iets meer waard. Weet je wat, Rick? Ik vind je plots een echte smiecht. Ik kan er niet eens aan denken om iemand als jij een verheven taak toe te vertrouwen als die van Ingrid Lund. Misschien ben ik te goedgelovig geweest. Net als zij, overigens. Ik dacht werkelijk dat je verliefd op haar was. Niet dus. Ze zal het niet leuk vinden als ze van me hoort dat je haar onzin hebt verteld. Je wilde haar gewoon in bed, is het niet, Rick Bogaert?'

'Houd daar nu toch eens mee op! Ik verbied het u!' riep Rick nog in zijn gsm, maar Bruno Carels had de verbinding al verbroken.

Wat een extreem ergerlijke gewoonte had die ellendeling.

Rick toetste enkele keren de *redial*-knop in, maar de gsm aan de andere kant werd niet opgenomen en er zat geen aanhef in de voicemail.

Uiteraard niet. Het zou hem niet verwonderen als de telefoonkaart met dit nummer nu al ergens op de straat lag, verbrijzeld tussen het asfalt en de hak van een schoen.

Rick reed nog naar het Gosset-hotel in Groot-Bijgaarden. Hij liep door het restaurant naar de kleine lobby, maar Bruno Carels was nergens meer te zien. Al was het zeer de vraag of hij er vanochtend ook werkelijk was geweest. Hij had vast al geweten dat Rick niet op de afspraak zou zijn. Daarvoor leek hij veel te goed op de hoogte van zijn reilen en zeilen, in zijn gezin en op de advocatenassociatie. Maar hoe kwam hij aan die informatie?

***

Dit was een redelijk uitzichtloze situatie, moest Rick Bogaert toegeven. Met welk verhaal hij ook uitpakte, hij kwam altijd tot dezelfde slotsom. Er was maar één verliezer en dat was hij zelf. De waarheid was zelfs de minst geloofwaardige keuze. Wie zou immers geloven dat iemand een wansmakelijke *practical joke* als deze met hem had uitgehaald? Daar viel niet eens over na te denken. Niemand. Punt. Niet nadat het al een paar keer had geleken of hij op alle mogelijke manieren onder die vervloekte presentatie had willen uitkomen. En de aanzet vanochtend was ook niet echt schitterend geweest. Ze zouden hem er vast van verdenken een maatje te hebben ingeschakeld om Jeanine een erg overtuigende leugen aan te praten.

Dan maar dit: de leugen verder opblazen tot gigantische proporties. Maar welke draai hij dat verhaal ook gaf, hoe lichtgewond hij zijn dochter ook verzon, of hoe gelukkig hij de afloop ook uit zijn duim zoog, hij zou er voor de rest van zijn carrière door zijn collega's op worden aangesproken. Bovendien moest hij onvermijdelijk ook Miriam en Rebecca op de hoogte brengen. En wel snel. Met welke smoezen zou hij daar voor de dag moeten komen? Maakte niet uit, als het maar snel gebeurde. Hij mocht er niet aan denken dat een van beiden hem op kantoor probeerde te bereiken. Het gebeurde nooit. Maar je wist ook maar nooit. De kraaien deden altijd wat je van hen kon verwachten, wist hij van Ingrid én uit ervaring.

Ingrid! Wat voor een weerzinwekkende stalker was het die daar achter haar aan liep. Daar kon hij niet bij. En wat had die nog meer aan verrassingen in petto? En wat zou hij Ingrid al aangedaan hebben, mocht hij zich niet met hem hebben kunnen uitleven. Hij moest en hij zou Ingrid zo gauw mogelijk afhelpen van die misselijkmakende Bruno Carels. Dit werd nu ook een zaak van eer voor hem.

Hij sloot zijn gsm af. In een ziekenhuis moest die uit. Hij keek op zijn horloge. Het was nog te vroeg om nu al naar kantoor terug te keren. Hij zou zeker nog een uur wachten. Dan teruggaan, zijn verhaal doen en beleefd weigeren als Nagelmakers hem zou voorstellen om naar huis te gaan. Zijn presentatie was nu toch helemaal overbodig geworden.

Hij vroeg zich af hoe hij de tijd tot dan zou doden. Hij kon Ingrid bellen. Zodat hij haar zijn verhaal kon doen? Maar hij was er helemaal niet van overtuigd of hij haar wel moest inlichten over het spelletje dat haar stalker vanochtend met hem had gespeeld.

Was dat dan noodzakelijk? Ze zou ongetwijfeld niet gelukkig zijn met het idee dat hij zich weer zo intens met de zaak van haar belager had bemoeid.

Nee, hij mocht haar dit echt niet vertellen. Ze zou zich zorgen om hem maken, maar ook om haar gezin en zichzelf. Want dat Bruno Carels tot alles in staat was, dat leed nu geen twijfel meer. En precies dat wilde hij voorkomen. De dag dat hij Bruno Carels had uitgeschakeld, zou hij haar alles kunnen vertellen.

Het was nog altijd niet opgehouden met regenen. En hij

had ook geen zin om in een bewasemde auto te blijven zitten. Hij reed naar het Basilix Shopping Center in Koekelberg. Het was lang geleden dat hij er nog was geweest. Miriam vroeg het hem met de regelmaat van de klok om mee te gaan, maar hij gaf er de voorkeur aan dat ze met Rebecca ging. Het interesseerde hem niet zo erg. Ook nu niet.

Hij kocht een krant in de kiosk en liep een bistro binnen die in de aanloop naar de middag net zijn deuren had geopend. Hij twijfelde over wat hij zou bestellen. De koffie op kantoor had hem zure oprispingen bezorgd.

Hij nam een glas rode wijn. Toen dat halverwege zijn krant al leeg was, bestelde hij er een nieuw en toostte in gedachten op zijn strijd tegen Ingrids stalker, die hij nu 1-0 voor gaf.

***

Ook toen hij voor de tweede keer die dag de lift naar zijn kantoor op de vierde verdieping nam, hoopte hij – maar nu nog net iets intenser – dat niemand hem zou zien binnen komen lopen. Maar de grote vergadering bleek net te zijn afgelopen en de koffiemachine was weer drukbeklant. De sfeer leek opperbest. Nieuwe cliënten, langlopende opdrachten, uitstekende toekomstperspectieven, nieuwe bonussen in het verschiet, ja, hij had het allemaal al eens eerder gezien.

De sfeer sloeg om toen iemand hem in de gaten kreeg.

'Rick?' De verwelkoming was heel wat minder uitbundig dan 's ochtends. 'En?' Alle ogen waren op hem gericht.

Hij knikte enkele keren en trok zijn mondhoeken wat omhoog in een poging tot een flauwe glimlach. 'Gaat wel goed.' Op die eerste zin had hij in de auto flink geoefend.

'Wat bedoel je, Rick? Gaat wel goed. Góéd? Of, eigenlijk niet zo goed?'

Hij knikte weer: 'Ja, toch. Ze komt er wel weer bovenop.'

'Ha, oef. Dat is toch al iets.' Er werden zuchten geslaakt en de vragen kwamen van overal.

'Is ze bij bewustzijn, Rick?'

'Ja, ja, ze is niet zo lang weg geweest.'

'En is ze erg gewond, of zo?'

'Eigenlijk, de dokters vreesden vooral voor interne verwondingen. Interne bloedingen, breuken en zo. Maar ze hebben foto's genomen en een scan en er zouden geen vitale organen geraakt zijn.'

'Zeg Rick, hoe is dat eigenlijk gebeurd?'

'In de stad gegrepen door een auto die veel te hard reed. Ze stak de straat over op het zebrapad. Maar die auto reed dus te snel en wilde nog voor haar langsschieten. Maar zij was ook gehaast. Hij heeft haar geraakt en zij is achteruit gesmeten en dan met haar hoofd achterover op straat neergevallen. En hij is dan van zijn koers afgeweken en tegen een auto gebotst die vanuit de tegenovergestelde richting kwam.'

'Misschien nog een geluk bij een ongeluk. Anders was die misschien gewoon doorgereden.'

'Dat zou goed kunnen.'

Hij vond zichzelf goed op dreef zijn.

'Heb je haar al kunnen spreken?'

'Nee, nee, ze is nog helemaal van de kaart. En ze hebben haar daar iets gegeven, hè. Tegen de pijn en zo, denk ik.'

De vragen en het geklets verstomden toen Nagelmakers verscheen.

Hij nam Rick bij de arm. 'En?'

Rick herhaalde het kunstje dat hij even tevoren al had vertoond. Hij knikte wat en zei met een meewarige glimlach:

'Gaat wel.'

'Blij dat te horen, man. Is ze bij bewustzijn?'

Nagelmakers stond helemaal over hem heen gebogen, zoals hij altijd deed als hij een kort maar intens gesprek voerde. Zijn neus was nauwelijks een centimeter van Rick verwijderd. Die hield het bij een instemmende hoofdknik. Zo bewust was hij zich van de wijnwalm die hij nog verspreidde.

'Het komt goed?'

Rick knikte weer. Hij hield zijn mond stijf dicht. Alsof hij een trillende onderlip in bedwang hield.

'Uitstekend. Maar wat doe jij hier eigenlijk op kantoor, man? Dit is geen moment om hier rond te hangen. Jij moet nu bij je vrouw en je kind zijn.'

Rick waagde het zijn hand op te steken zonder zijn mond te openen. Maar als hij die al had geopend, werd die hem toch gesnoerd.

'Rick, hierin duld ik geen tegenspraak.' Hij was met Rick enkele passen in de richting van de receptie gewandeld.

'Rick!'

Het was Naima, de receptioniste, die hem aansprak. Hij keek in haar richting.

'Je vrouw heeft opgebeld.'

'Wat?' Het kwam eruit als een aangeboren schrikreactie.

Nagelmakers keek hem een seconde verbaasd aan. Verbaasd van zijn hevige reactie? Of had hij de alcohollucht geroken?

'Zie je nou wel!'

Hij liep met hem tot bij Naima.

'Wanneer?' was zowat de enige vraag die hij dacht te kunnen stellen zonder aangebrande antwoorden te krijgen. Maar ze bleek evengoed fout te zijn.

Naima keek op haar briefje. 'Twee keer. Een uur geleden en een halfuurtje geleden. Ze vroeg om haar op te bellen. Zeer dringend.'

Rick zag gedurende een seconde dezelfde blik bij Nagelmakers. Hij beval:

'Doen! Nu onmiddellijk. En dan naar huis. In welk ziekenhuis ligt je dochter ook alweer?'

Rick vertelde het hem.

Naima reikte hem het WHEN YOU WERE OUT-briefje aan zonder hem een blik te gunnen. Maar daar gaf hij nu niet om. Miriam had gebeld, spookte het door zijn hoofd. Ze had het nooit eerder gedaan. Zodoende moest er beslist iets ernstigs aan de hand zijn. Hij liep naar zijn werkplek. Hij toetste het nummer van thuis in. Ze nam vrijwel onmiddellijk op, nog voor hij een eerste oproepsignaal had gehoord.

'Hallo?'

Een angstige stem. Niet haar naam.

'Ik ben het. Wat is er?'

Een uitbarsting. 'Eindelijk!' Vreugde. 'Je leeft toch nog! Wat is er gebeurd?' Bezorgdheid.

Verbaasd. 'Wat bedoel je? Was er iets mis met mij?'

'Iets mis? Dat zal wel. Niemand wist waar je was. En ik ook niet. En Rebecca, wat is er met haar?'

'Rebecca? Euh... niets.' Hij hield zich in. Kartonnen muren van anderhalve meter hoog hebben oren als olifanten. Kon hij dan zeggen dat er niets mis was met Rebecca? Waarom was hij haar niet buiten gaan bellen met zijn gsm?

'Waarom vraag je dat?'

'Waarom? Omdat iedereen op kantoor je zocht. Je kwam niet terug. En ze dachten dat je thuis zat. Waar ben je nu?'

'Op kantoor, natuurlijk.'

'Ze hebben mij dan opgebeld omdat je had gezegd dat je naar Rebecca moest.'

Hij voelde de hitte van de angst in zijn bloed naar zijn haar trekken. Hij vloekte. Hadden ze haar iets gezegd? Wat had zij hun verteld? De collega's hadden net toch geen stukje gespeeld? Of waren ze ervan uitgegaan dat ze nog niets wist over het ongeval? Maar waarom hadden ze haar gebeld? Dat hadden ze nog nooit gedaan. En dat hadden ze hem daarnet ook niet gezegd. En waarom had zij naar kantoor teruggebeld? Nooit eerder gedaan.

'Wacht eens, Miriam. Even recapituleren. Ik volg je niet.' Hij sprak zacht en woog zijn woorden op interpreteerbaarheid voor hij ze uitsprak. 'Wat zeiden ze precies?'

'Het was Bruno die belde...'

Een ingehouden gil. 'Bruno?' Ja, maar dat verklaarde alles!

'Ja. En deze keer kon er helemaal geen grapje af. Hij zei dat je plots van kantoor was vertrokken. Dat je iets had gezegd van een ongeluk met Rebecca. Rick! Er is toch niets met haar? Ik wil dat je het me zegt!'

'Nee, nee, echt waar.'

'Hij dacht dus dat je thuis zat. En hij belde om te horen wat er was gebeurd en of hij iets kon doen. Dat is toch een crème van een collega.'

'Zeer zeker', zei hij zacht. Hij luisterde met een half oor en dacht ondertussen koortsachtig na. Waar zat het voordeel voor Bruno Carels?

'Maar waarom heb je dan zoiets gezegd?'

'Dat was nodig. Maar ik zal je dat straks uitleggen.'

'Wat bedoel je?'

'Dat Bruno dat verkeerd begrepen heeft.'

'Rick?'

'Mm.'

'Je bent toch heel zeker dat er niets mis is met Rebecca?'

'Natuurlijk niet. Ik zei het toch: hij heeft dat verkeerd...'

'Want ik zou niet willen dat je iets voor me achterhoudt. Als er iets is, wil ik het nu weten.'

'Nee, niets.'

Ze ging zeuren. 'Ik kon haar op haar gsm niet bereiken. Ik kon jouw gsm ook niet bereiken, trouwens.'

'Ja, dat is waar. Ik had die uitgezet.'

'Waarom?'

Omdat ik de indruk wilde wekken dat ik in het ziekenhuis zat; dat kon hij haar moeilijk zeggen. 'Goed! We praten er straks thuis verder over. Tot straks... Miriam!' antwoordde hij.

'Ja?'

Hoe kon hij dit het best formuleren? 'Heb je nog naar Bruno Carels gevraagd toen je mij hier probeerde te bereiken?'

'Nee, nee, hij had me gewaarschuwd toen hij me belde; dat hij direct moest vertrekken.'

'Ah zo.' Die kerel was zó leep. 'Ik zag 'm hier ook niet rondlopen. Tot straks dan.'

'Ja... Rick!' Ze riep hem op haar beurt terug.

'Ja?'

'Ik ben zo bang geweest dat er iets met je gebeurd was.'

Hij beet op zijn lip. Het had haar ongetwijfeld ontzettend veel moed gekost om dit gezegd te krijgen. Nu kon hij haar iets aardigs terugzeggen.

'En met Rebecca', zei hij.

Wat speet het hem tegelijkertijd dat hij haar hint negeerde.

'Ook', zei ze.

Dat hij haar niet eens een bedankje voor haar bezorgdheid had gegund. Wat vond hij zichzelf een vreselijke ploert.

Ze verbraken de verbinding en hij zuchtte.

Hoe ging hij de smoes nu inkleden dat ze ooit nog van zijn collega's vragen kon krijgen over het vermeende ongeluk van Rebecca? Geen idee. Hij zuchtte nog dieper.

***

Zijn werktafel leek bijzonder kaal zonder zijn laptop. Alsof er helemaal niet gewerkt kon worden aan een bureau zonder pc. Wat natuurlijk wel een beetje zo was.

Hij wilde zijn laptop terughalen en dan vertrekken. Het was nog geen middag. Hij voelde zo'n behoefte om Ingrids stem te horen, om een berichtje van haar te lezen. Dat zou de stress verlichten, op dit moment.

'Ja, zeer zeker', zei hij zacht, terwijl hij voor zich uit staarde. Hij voelde zijn aangezichtsspieren in een gelukzalige glimlach trekken. Op dat moment stapte Yann in zijn gezichtsveld.

'Ha, heb je al wat beter nieuws?'

'Nee, waarom?'

'Ik dacht dat ik je een beetje zag glimlachen.'

'Nee.' Het ergerde hem dat hij zijn gevoelens zo gemakkelijk prijsgaf. 'Maar ik wilde net bij je langskomen.'

'Moet ik mij nu vereerd voelen?'

Hij reageerde daar niet op. 'Ik wilde je vragen: heb jij misschien mijn laptop uit de vergaderzaal meegenomen?'

'Ik? Nee. Daarom kwam ík eigenlijk hier naartoe, om je dat te zeggen. Jeanine van HR heeft die meegenomen. Je zult die bij haar moeten gaan halen. En nog iets...' Hij boog zich voorover, plaatste zijn handen op Ricks werktafel en praatte extra zacht. 'Toen je vertrokken was, hebben een paar collega's geprobeerd om die presentatie toch op gang te krijgen. Dat is niet gelukt. Maar daar gaat het niet om. Ze zijn met hun tweeën een tijdje op je pc bezig geweest en ik vermoed dat je e-mailprogramma openstond?'

'Ja, natuurlijk... O nee', kreunde hij.

'Ik weet het niet, maar ik had de indruk dat ze het niet zo nauw namen met je privacy.'

'Ook dat nog.'

'Ik weet het niet, hè, maar er werd volgens mij toch net iets te hard gegniffeld.'

'En wie heeft mijn laptop dan naar HR gebracht?'
'Ze is er zelf om gekomen tijdens de pauze. En ik had de indruk – ik weet het natuurlijk niet zeker, hè – dat ze die niet heeft afgesloten. Ze heeft ook je papieren meegenomen.'
'Bedankt, Yann', zei hij nog.

Hij liep met lood in de schoenen naar de personeelsdienst.

'Jeanine, ik hoorde dat jij mijn laptop voor me in bewaring hebt genomen.'
'Klopt.' Ze wees naar de hoek van haar kantoor, een van de weinige werkplekken met een deur en wanden tot tegen het plafond. 'Hij ligt daar. Je papieren van je presentatie liggen er onder.'
'Dank je.' Hij nam laptop en papieren en hoopte stiekem om zonder interpellatie te kunnen vertrekken.

Jeanine zat voor haar pc. Zij had een van de weinige vaste computers in het kantoor. Zij was ook rechtstreeks via een kabel en niet draadloos verbonden met de centrale computer. Dat was vanwege de personeelsgegevens die zij beheerde.

'Nagelmakers had me tijdens de eerste pauze gevraagd om je laptop mee te nemen. Ze hebben nog geprobeerd om je presentatie toch te vertonen, maar dat is niet gelukt. En Nagelmakers had de indruk dat ze zich vrolijk maakten over je bestanden.'
'O, dat mag', zei hij luchtig. 'Daar is niet veel aan gelegen. Ik denk niet dat ze daar veel aan hebben gehad.' Hij bereidde zich voor om rustig haar kantoor uit te wandelen.
'Die indruk had ik nochtans niet', zei ze.

Hij keek haar vragend aan.
'Wil je de deur even dichtdoen?'
Goed, dacht hij, laat me vandaag dan maar alle rottigheid

over mijn hoofd krijgen; dan kan morgen alleen maar beter worden.

'Rick,' zei ze, 'ik heb het goed met je voor. Ik weet dat je een moeilijke periode achter de rug hebt. Wat je vandaag meemaakt zal je ook geen goed doen. Maar, er zijn twee zaken die ik je wil zeggen. Ten eerste: we hebben de indruk – en ik moet meneer Nagelmakers daar ook bij rekenen –, we hebben de indruk dat je niet altijd voor honderd procent bij de zaak bent. Dat je niet echt gemotiveerd rondloopt. Collega's beamen dat.'

'Ah ja? En wie kent mij dan...'

Ze wuifde dat met een hand weg. 'Doet er niet toe. Een goed voorbeeld is – volgens meneer Nagelmakers alweer – dat de presentatie die je moest geven al dagen aansleepte. Dat je die ook vandaag in extremis niet kon geven, daar tillen we niet aan. Dat is overmacht. Begrijp je?'

Hij knikte.

'Denk je dat je iets aan je inzet kunt gaan doen?' Ze pauzeerde. 'Ondanks de problemen met je dochter die je thuis wachten?'

Hij knikte weer.

'We geloven echt wel in je. We denken dat je echt een groot potentieel hebt. Dat je weer de successen van vroeger kunt boeken. Daar geloven we in. Maar van jouw kant moet er de wil en de inspanning komen.'

Hij knikte.

'En nog iets. Mijn tweede punt. Ik vrees dat een paar van je collega's toch iets hebben opgestoken van hun surfwerk op je pc. Je weet, Rick, de laptop is eigendom van de firma en mag enkel en alleen gebruikt worden voor taken gerelateerd aan je job. Die moet je op elk ogenblik kunnen teruggeven of op elk ogenblik moet daar een andere werknemer gebruik van kunnen maken. Net als met de auto's in de pool. Daarmee ben je akkoord gegaan toen je 'm kreeg. We zijn daar erg soepel in. Als jij 's avonds wilt surfen met deze laptop of je correspondeert privé via deze laptop, dan hebben we daar geen probleem mee, maar we hebben graag dat privé en professioneel strikt gescheiden worden.

We vinden het niet kunnen dat je overdag privé gaat corresponderen, niet tijdens je werkuren en niet op deze laptop. Maak ik mezelf duidelijk?'

Hij knikte nederig.

'Ik heb je privécorrespondentie niet gelezen, maar ik heb wel gezien dat er in je e-mailprogramma bijzonder veel niet-professionele strings zitten en dat de meeste ervan overdag werden verstuurd. Wil je die daar zo gauw mogelijk uit halen, Rick? Je hoeft dat niet voor morgen te doen. Maar de enige reden waarom ik dat niet hier en nu eis, zijn de omstandigheden. Zullen we eind van deze week als deadline vastleggen; dat dan alles eruit is gewist?'

Hij knikte.

'En ga nu maar. Je dochter en je vrouw hebben je nu nodig. Je had eigenlijk niet eens terug naar kantoor moeten komen.'

Hij haalde zijn schouders op. Hij draaide zich om en had de deurknop al in zijn hand.

'En, Rick! Toch nog iets.' Ze kwam van achter haar bureau vandaan en stapte op hem toe. 'Wat ik je nu ga zeggen, zeg ik niet als lid van de personeelsdienst. Oké? Toen ik vluchtig je e-mailprogramma bekeek, kon ik niet anders dan je laatste privémail lezen. Die stond natuurlijk open.

Ik weet wat je me gaat zeggen: het is uit zijn context gerukt en als buitenstaander kan ik alleen maar gissen naar de betekenis. Maar, doe niet gek, Rick. Ik heb je vanmorgen als een gek zien wegstuiven om je dochter bij te staan. Ik heb gezien hoe graag je je gezin wel moet zien. Ik ben er zeker van dat je vrouw en je dochter evenveel van je houden. Een liefhebbende vader en man is een kostbaar bezit. Maar alstublieft, doe niet gek, Rick. Je moest eens weten hoeveel ik er al in jouw schoenen heb zien rondlopen. Tot over hun oren verliefd op een groen blaadje.'

Waarom hadden vrouwen het toch altijd over groene blaadjes als ze het over een affaire hadden? Zat dat er genetisch ingebakken, die collectieve angst om voor jonger vlees te worden gedumpt?

'Het leidt nergens toe, Rick. Nergens.'

Misschien hoeft dat voor mij ook niet, maar hij zweeg.

Ze keek hem somber aan. 'Vergooi al het mooie dat je hebt niet voor een luchtspiegeling, Rick.' Ze glimlachte naar hem.

O, is er dan nog meer dat ik kan verliezen?

'Dat wilde ik je toch zeggen. Ik houd op met preken. Ik heb me heel ver buiten het mij toevertrouwde terrein gewaagd. Preken hoort echt niet tot mijn takenpakket. Maar net daarom hoop ik dat je begrijpt dat dit uit de grond van mijn hart komt.'

Hij knikte weer en perste moeizaam een schuldige glimlach op zijn lippen.

Zij, met een priemende vinger en een gemaakt boze blik, zei: 'En nu naar huis, jij!'

***

Hij was niet ouder meer dan twaalf jaar toen hij weer in zijn auto op de bedrijfsparking zat.

Zijn gevoelens balanceerden tussen verontwaardiging, 'Waar bemoei jij je mee?', en een diep schaamtegevoel.

Als hij hier al wat langer had gewerkt, was ze in staat geweest om er ook 'Het is nog niet te laat om je te bekeren!' aan toe te voegen. Zoals de rechtstreekse afgezanten van

God op het college, die hem op het hart drukten dat hij zich niet door de zonde moest laten leiden. Maar dat hij nog wel een toekomst had als hij terstond berouw toonde en zich bekeerde. Wat had iedereen toch dat ze hem altijd de les wilden lezen?

Hij was geneigd om Jeanine haar bemoeienissen te vergeven. Hij was zelfs bereid om aan te nemen dat het haar evenveel moeite had gekost om haar gêne te overwinnen om hem dit te zeggen, als dat het hem moeite had gekost om er naar te luisteren zonder dat hij ter plekke tot een nietig hoopje geile man was verschrompeld.

Geilheid was vast het enige waar ze aan had gedacht, toch?

Maar niet alleen Jeanine, ook een paar collega's hadden in zijn bestanden gesnuffeld. En die hadden beslist net hetzelfde vermoed. Maar als ze zijn correspondentie met Ingrid hadden gelezen, dan hadden ze gegarandeerd ontdekt dat daar geen schunnige dingen in stonden, maar – in hun ogen ongetwijfeld – puberale onzin als *dkk knffls* en *zcht kssn* en andere flauwiteiten. Je had geen MBA-diploma nodig om dat te begrijpen. Hij zou verder als een watje worden gezien door die macho's die grieten versieren tot kunst hadden verheven, op dezelfde avond kennismaakten, een tong draaiden en de koffer indoken. En ze zouden hun opinie stellig niet voor zichzelf kunnen houden. Kon hij ooit nog op enig aanzien rekenen op kantoor, vroeg hij zich af.

Het was natuurlijk onvoorstelbaar dom van hem geweest om te veronderstellen dat niemand ooit aan zijn computer zou komen.

Morgen terug op kantoor. Hij wilde er liever niet aan denken. Niet alleen opnieuw met het probleem van een verongelukte dochter, maar ook met een ontevreden manager en hiermee.

Hij had zich wel eens afgevraagd hoeveel ellende een mens kon hebben. Soms vroeg hij zich ook af hoeveel schaamte een mens kon verwerken.

Hele bakken vol, moest hij nu toegeven.

Als eenmaal een bepaalde grens was overschreden, maakte het eigenlijk niet meer uit hoeveel je nog over je hoofd kreeg. Dat kon hij als zelfgeproclameerde ervaringsdeskundige gerust stellen.

'Into each life some rain must fall, but too much is falling in mine.' Beter dan Ella en The Ink Spots kon hij het niet verwoorden. Het viel er echt met bakken uit.

Hij liet van pure wanhoop zijn hoofd tegen het stuur rusten.

'Soms ben ik het zo beu, hè!' zei hij met zijn ogen dicht. 'Zo beu, allemaal! Dat ik er geen zin meer in heb.'

Wie in het leven verwond raakt, kan levensgevaarlijk worden voor anderen, maar in de eerste plaats voor zichzelf.

Het was niet de eerste keer dat hij die bedenking maakte. De gedachte kwam met enige regelmaat opzetten. Het laatste jaar was het rotste ooit geweest, maar Ingrid had het – dat wist ze natuurlijk niet – nog leefbaar gemaakt.

Het was vreemd, vond hij, ze hadden elkaar nog maar pas voor het weekend gezien en het leek alweer een eeuwigheid geleden.

Hij startte zijn auto en reed van de bedrijfsparking weg. Als iemand in het kantoor zijn auto in de gaten hield, dan was het beter dat hij zo gauw mogelijk weg was. Hij wilde vast wel zo snel als kon terug bij zijn gezin zijn. Alsof iemand op kantoor... Hij werd behoorlijk paranoïde van dit gedoe.

Hij reed in de richting van het omroepgebouw. Onderweg hield hij op een parkeerterrein halt en stuurde haar een sms. 'Kan ik je even bellen?' Toen hij na vijf minuten nog geen antwoord had gekregen, besloot hij om dat toch maar te doen. Hij had niet echt verwacht dat ze de sms zou zien, maar hij wilde haar liever niet bruuskeren. Op haar rechtstreekse nummer werd niet opgenomen. Dan het algemene nummer maar.

'Nee. Mevrouw Lund is hier net voorbijgekomen. Zij luncht buitenshuis. Ik verwacht dat ze iets na tweeen terug zal zijn. Zal ik een boodschap aannemen?'

Nee, geen boodschap.

Daar werd hij stil van. Hij had er niet eens rekening mee gehouden dat het haar ook eens níét goed zou uitkomen. Haar op ieder moment te kunnen spreken, bleek wishful thinking. Ze had een eigen baan, een eigen leven.

En wat nu, vroeg hij zich af.

***

Hij zou de middag moederziel alleen moeten zien door te komen. Dat was heel wat anders dan hij had gepland. Een shopping center had hij vandaag al gehad. De winkelstraten in de stad interesseerden hem niet. En toeren met de wagen in dit weer was ook geen aantrekkelijk vooruitzicht.

Hij reed dan maar naar de andere kant van de stad, in de richting van thuis, en zou onderweg iets eten. Hij mocht er niet aan denken dat iemand van zijn collega's hem in zijn eentje in de buurt van het kantoor zag eten.

Hij hield halt bij het restaurant van het MAKRO-warenhuis in Sint-Pieters-Leeuw. Hij nam een goedkope dagschotel, maar trakteerde zichzelf op een royale karaf rode wijn.

Het was er ruim en hij zocht zich een tafeltje alleen in een uithoek van het restaurant. Hij ging zitten met uitzicht op het parkeerterrein. Hij begon met een grote slok wijn en prikte dan wat afwezig in zijn vol-au-vent. Hij betrapte er zichzelf op dat hij geen honger had, maar dat hij naar hier was gekomen om een stevige slok goedkope wijn te drinken. Hij schrok ervan dat die oude duivel weer de kop opstak. Dronken worden interesseerde hem niet meer, hield hij zich nog maar eens voor. Maakte hij dat zichzelf wijs?

Hij dacht aan Miriam. Op dit ogenblik zaten ze op nauwelijks drie kilometer van elkaar. Waarschijnlijk zat zij aan de keukentafel een boterham te eten.

Hij vond zichzelf een ploert. Een ander woord kon hij niet bedenken.

Misschien moest hij haar bellen. Zeggen dat hij vrij nam. Dat was niet eens zo'n slecht idee. Dat ze naar een of ander shopping center konden gaan. Zelfs Basilix mocht ze van hem kiezen. Of ze konden naar de film! Hij zou haar bellen. Nu meteen.

Hij schonk zich een tweede bel wijn in, maar bracht de rest van de karaf en zijn onaangeroerde vol-au-vent naar de band voor de afwas. Hij belde haar vanuit de auto.

Ze hield van verrassingen. Van de leuke, welteverstaan. Hij viel daarom met de deur in huis.

'En wat zou je zeggen als ik je meenam naar de film?'

Ze antwoordde niet meteen. Stomverwonderd vanzelfsprekend. Zo aardig kwam hij natuurlijk ook niet alle dagen uit de hoek.

'Je zou paf staan van 't verschieten, is het niet waar?'

Ze kwam tergend traag op gang. 'Euh, eigenlijk wel, ja.'

'Prima, meer moet dat niet zijn. Dan neem ik de rest van de dag vrij. Trek je jas aan en ik ben er over een halfuurtje.'

Dat was de tijd waarmee hij doorgaans rekening hield om buiten de spits naar huis te rijden. Hij kon haar toch moeilijk vertellen dat hij er over vijf minuten kon zijn? Hij had al genoeg smoezen te verzinnen dat hij er niet nog eentje bij nam dat hij kon vermijden. 'Als we ons haasten, kunnen we de eerste vertoning na de middag nog halen.'

Ze leek het nog altijd moeilijk te kunnen geloven. 'Nu?'

'Nu! Tot subiet.' Hij zei het alsof hij zou afsluiten.

'Ja maar, hé... wacht.'

'Ja maar, hé... wat?' echode hij met een glimlach in zijn stem. 'Ga je liever naar de winkels? Dan kunnen we achteraf naar de film. Wat denk je van het shopping center in Anderlecht? Goed droog. Belangrijk vandaag! We wandelen een beetje en we kunnen een stukje gaan eten en dan naar Kinepolis.'

'Rebecca blijft straks bij haar vriendin, maar ze moet voor het avondeten gehaald worden.'

Daar had hij niets van gehoord. 'Geen erg, we kunnen tegen zes uur zeker terug zijn. Dan gaan we vanmiddag alleen naar het shopping center of alleen naar de film. Maakt mij niet uit. En we halen een bereide schotel om thuis te eten.'

Ze bleef stil. Waarom zei ze niets? Hij voelde ongenoegen opborrelen. 'Allez vooruit, over een halfuur. Zorg dat je klaar bent.'

Het bleef eerst nog even stil. 'Rick?'

'Ja.'

Ze praatte zacht. 'Ik kan hier niet weg.'

'O?' Hij wachtte, maar ze zei niets meer. 'Waarom niet?'

Weer een pauze. 'Ik moet wachten op de dokter.'

'Momentje. Nu kan ik je niet meer volgen. Dokter? Voor wie? Voor wat?'

'Ik voel me niet goed.'

'Van 't verschieten dat ik je mee op stap neem?' vroeg hij met een gemaakte glimlach die hem plots heel veel moeite kostte, omdat hij de bui al zag hangen.

Ze zei zonder boosheid: 'Lach me niet uit, Rick. Door wat er vanmorgen is gebeurd, natuurlijk.'

'Van deze morgen? Daar heb je toch de bibberaties niet meer van, zeker?'

Ze werd gespannen. 'Rick, besef je dan niet dat het hier om tegen de muren op te lopen was, zolang je vermist was?'

'Vermist? Je overdrijft nu wel een beetje, zeker, Miriam?'

'O ja? Ze zeiden dat je iets gezegd had over Rebecca en over een ongeval. Ik dacht dat ik ging sterven van de schrik. Ik wist van niets! Ik wist helemaal niet wat er aan de hand was. En Rebecca kon ik ook al niet bereiken.'

Hij wilde het nog altijd gezellig houden. 'Miriam, ik apprecieer het dat je zo bezorgd was over ons, maar dat was gewoon een spijtig misverstand.' Hij vreesde dat hij hiermee niet zo gemakkelijk zou wegkomen als met het misverstand dat hij Victor Bergman had geserveerd.

'Als ze zich op kantoor al zorgen maakten, denk je niet dat ík mij dan ook zorgen mocht maken?'

Hij raakte zelf ook geïrriteerd bij de gedachte aan Bruno Carels. 'Ik kan er ook niets aan doen dat ze vergeten waren dat ik weg moest. Daarbij, het was alleen Bruno Carels die weer van niets wist. En ik vraag mij af waarom hij naar huis belde. Dat was absoluut niet nodig.'

'Begrijp je dan echt niet dat ik uit mijn vel kon springen van je gedoe?'

'Van míjn gedoe? Van Bruno Carels zijn fabeltjes, zul je bedoelen.'

'Was er dan toch echt niets met Rebecca?'

Hij kon alleen maar een kortaf 'Maar nee!' uitbrengen.

'Maar wat zei je dan op kantoor over haar?'

'Dat leg ik je uit als ik thuis ben.' Hij had nog niet het geringste idee van wat hij haar zou gaan uitleggen.

'Waar moest je dan naartoe?'

'Straks, Miriam.' Ook de tekst met die uitleg was nog een blanco blad in zijn hoofd.

Ze zei niets meer.

Hij werd zenuwachtig.

'Maar enfin, Miriam, ik ben maar een uurtje weggeweest.'

'En wáár ben je dan een uurtje geweest?'

Hij blies lucht uit zijn bolle wangen. 'Kunnen we dit voor één keer eens niet laten escaleren, Miriam? Ik wil het daar nu even niet meer over hebben.' Dan kortaf: 'Ben je geïnteresseerd in een wandeling langs de winkels of in een film?'

'Rick, ik heb de dokter moeten bellen. Die komt straks, ik kan niet zomaar weggaan. Ik voel me echt nog niet goed.'

'Oké.' Nu kon hij de verbinding abrupt verbreken en haar laten ontploffen of het net iets eleganter afwerken. 'Dan is het misschien beter dat ik een andere keer een halve dag vrij neem om eens op stap te gaan. Misschien als het eens wat beter weer is.'

Ze antwoordde niet.

Hij zei: 'Tot vanavond dan maar.'

Toen pas antwoordde ze: 'Dat zou ik graag hebben, Rick, dat we dat nog eens samen zouden doen.'

Hij voelde plots een krop in zijn keel zwellen. Hij zei zacht: 'Allez, tot straks', en verbrak de verbinding.

Er komt altijd een keer een eind aan geluk hebben. Dat was zeker. Dat had hij ondervonden. Maar kwam er ook eens een keer een eind aan ellende?

Had hij nu nog maar de rest van die karaf wijn om hem gezelschap te houden.

Hij had een vreemd gevoel overgehouden aan het gesprek met Miriam. Ze deed ook zo raar, vond hij nu. Alsof ze net van de tandarts terug was en met een slapende wang en een opgezwollen tong praatte.

Sinds Rebecca door haar studie veel meer van huis was, was Miriam vast ook gaan beseffen hoe leeg haar leven was geweest. Vast wel. Het besef van het verspilde bestaan, ze praatten daar niet over.

Waren ze niet allebei op zoek – allebei wanhopig aan het proberen om nog een beetje gelukkig te zijn?

Hoe moest hij zijn middag nu verder doorbrengen?

Hij zocht in gedachten naar een publieke gelegenheid met een draadloos netwerk om zijn laptop mee te verbinden. Hij kon bezwaarlijk terug naar de luchthaven rijden aan de andere kant van Brussel. Daar kon hij bovendien iemand van kantoor tegen het lijf lopen. Aan deze kant van Brussel was contact houden met de wereld niet zo eenvoudig. Op tien kilometer ten zuiden van de hoofdstad van Europa kon het leven nog opvallend landelijk zijn.

Plots werd hij zich meer dan ooit bewust van de oneindige leegheid die zijn leven was geweest.

Verkeerde keuzes en gemiste kansen hadden het pad geëffend voor zijn verspilde bestaan.

Hoeveel keer had hij al niet geprobeerd om uit te zoeken wanneer die fatale seconde was geweest, dat ene moment waarop hij een beslissing had genomen of waarop het lot hem de beslissing had toegeschoven die verder alles overheerste. En evenveel keren was hij tot dezelfde conclusie gekomen: dat er niet één maar ontzettend veel fatale seconden waren geweest.

Hoeveel keer had hij na zo'n zelfonderzoek niet gedacht: wat zou ik er niet voor willen geven om terug te gaan in de tijd, om mijn leven opnieuw te mogen beginnen.

Maar die introspectie maakte nu al een hele tijd geen energie meer vrij. Iedereen wordt natuurlijk ooit geconfronteerd met het puin dat hij sinds zijn jeugd heeft opgestapeld.

Maar hij had al te veel vergeefse pogingen ondernomen om te herrijzen uit de as van het puin dat stilaan helemaal opgebrand raakte. Was de puinhoop te groot of brandde zijn vuur niet sterk genoeg, dat wilde hij niet meer weten.

Wat had het voor zin om de rest van de middag op straat door te brengen? Nog een middag erbij op de stapel verkwiste dagen? Hij kon toch gewoon naar huis gaan en Miriam zeggen dat hij thuis verder zou werken? Ze zou dan beseffen dat het hem menens was toen hij haar mee uit vroeg. En bovendien kon hij, hoe eerder hij thuis was, zijn laptop met het net verbinden om te kijken of er een berichtje van Ingrid tussen zijn mail zat.

***

'Ik ben er!'

Hij kreeg geen antwoord. Hij sloop met zijn laptop direct naar zijn werkkamer en sloot hem aan. Terwijl die opstartte liep hij naar de keuken. Niemand. Van daar naar de woonkamer. 'Miriam?' Ze lag op de bank en sliep. Ze had zich vast zo opgewonden over dat telefoontje van Bruno Carels vanmorgen dat ze er helemaal overspannen van was geraakt. En nadat ze van hem gehoord had dat er niets aan de hand was met Rebecca, was ze vast van opluchting in slaap gesukkeld.

Hij liep op zijn tenen naar haar toe. Hij zou haar niet wakker maken. Maar er was iets in haar houding dat niet klopte. Hij bekeek haar. Nee, ze lag niet rustig een dutje te doen. Haar ene arm lag ver naast haar zij en haar hoofd lag naar de andere kant afgewend, alsof ze niet sliep maar bewusteloos lag. Hij fluisterde:

'Miriam!' Dan iets harder: 'Miriam!'

Ze verroerde zich niet.

Hij twijfelde nog een moment of hij haar wel wakker zou maken, maar hij was te zeer verontrust geraakt. Hij raakte haar hand aan. Die was ijskoud. Ze werd niet wakker van zijn aanraking. Hij kneep nu in haar hand. Ze bewoog niet eens. Hij werd bang. Hij nam haar schouder vast en schudde. Ze gorgelde.

Hij zuchtte van opluchting: ze leefde.

Hij liep om zijn gsm en belde de huisarts. Die was al onderweg op huisbezoek. Hij arriveerde nog geen vijf minuten later.

Rick had ondertussen al gecheckt waar hij voor vreesde. Het doosje tranquillizers stond vooraan in haar medicijnkastje. Hij kon niet zien hoeveel er recent uit waren genomen, maar in totaal waren niet meer dan een vijftal pillen uit de strip gehaald.

Hij droeg haar samen met de dokter naar boven en legde haar op bed.

'Gewoon de pillen laten uitwerken', zei de dokter rustig. 'Waarschijnlijk zal ze er ook morgen de hele dag nog wat suf bij lopen. Maar verder zullen er geen gevolgen zijn. De pillen die ik haar had voorgeschreven, zijn zeer licht. En ze werken bovendien met een lange aanlooptijd.

Ze kreeg vast en zeker de indruk dat haar eerste pilletje niet hielp en toen heeft ze een tweede genomen en een derde. Maar cumulatief was dat natuurlijk te veel. Zeker voor iemand als zij, die nooit of zeer zelden iets slikt.'

Rick liet de dokter uit en liep terug naar boven. Hij deed haar bovenkleren uit. Hierdoor kwam ze even bij bewustzijn en ze zei amper verstaanbaar:

'Sorry, sorry, Rick... voor de last, sorry.'

Het enige waaraan ze dacht was om zich te verontschuldigen omdat ze last bezorgde. Hij kreeg een krop in de keel en een erg raar gevoel.

Ze voelde nog altijd ijskoud aan. Hij voelde geen enkele begeerte terwijl hij haar uitkleedde. Het was alsof hij haar dode lichaam onder de deken stopte. Hij bedacht dat, mocht dit Ingrid zijn, hij zich niet zou kunnen bedwingen om dit koude lichaam warm te strelen en te kussen. Hij schaamde zich diep voor die vaststelling.

En hij werd bijna misselijk toen bleek, nadat hij zijn e-mailprogramma had opgestart, dat hij nog geen enkel bericht van Ingrid had ontvangen.

Had ze het dan zo druk? Was er misschien iets mis? Had hij iets verkeerds gezegd? Had de receptioniste haar niet gezegd dat hij had gebeld? Had Bruno Carels met haar contact opgenomen? Wat? Hoe kwam hij daarbij, vroeg hij zich af. Bruno Carels hoefde toch geen rechtstreeks contact met haar te zoeken, zolang hij Rick ter vervanging van haar gebruikte? Maar was dat nog wel zo? In hoeverre was Bruno Carels te vertrouwen? Niet. Punt.

Hij tikte wat aan een tekstje.

Hoe kwam het dat Miriam die onruststoker niet doorzag? En dat was hij wel, een onruststoker die haar voor zich innam, haar vandaag voor zijn kar spande en haar zou laten vallen zodra hij haar niet meer nodig had.

Hij kon er niets tegen beginnen. Bruno Carels had hem in de tang.

'Je moet niet bang zijn. Mocht je me er dan al van verdenken dat ik op een dag niets meer om je zou geven, dat ik je op een dag alleen zou laten, dat ik je in je eentje zou laten verwelken, dan ken je me nog niet. Bijlange niet. Je moet daar echt niet bang voor zijn. Ik zal altijd van je blijven houden. Ik zal altijd voor je blijven zorgen. Tot een van ons...'

Zijn vloek knetterde in zijn hoofd. Kon hij Miriam dit nu maar eens met een e-mail sturen, wenste hij wanhopig.

Maar Miriam las geen e-mail, schreef geen e-mail, zat nooit on-line. Hoe moest hij haar dan in 's hemelsnaam duidelijk maken dat hij haar nog altijd graag zag; dat hij haar geen verdriet wilde aandoen?

***

Zijn entree op kantoor verliep in alle stilte. Anders dan de vorige dagen stond er niemand aan de koffiemachine. Naima zat nog niet achter haar ontvangstbalie en in de open ruimte waarin hij naar zijn hoekje liep, was het nog muisstil.

Rick Bogaert was vandaag dan ook ongewoon vroeg. Dat was niet ingegeven door een onweerstaanbare drang om aan de slag te gaan. Hij had nauwelijks geslapen. Hij had de dag proberen uit te stellen, maar de uren snelden voorbij. En tegen de ochtend vreesde hij om alsnog in slaap te dommelen en was dan maar opgestaan. Liever dan een uur later met barstende hoofdpijn door de wekker te worden gewekt.

Rebecca had aangeboden om haar moeder overdag gezelschap te houden terwijl ze studeerde.

Rick hield zijn hoofd nu met beide handen vast, zijn ellebogen op zijn werktafel. Hij geeuwde. Hij was al moe. Nog voor hij een vinger naar werk had uitgestoken.

Mijn leven is een puinhoop, drong het op deze koele ochtend weer in alle intensiteit tot hem door.

De collega's sijpelden een voor een binnen en informeerden ook elk op hun beurt naar Rebecca. Hij haatte hen erom. Hij wilde hun toeschreeuwen dat het allemaal doorgestoken kaart was, een opgezet spelletje dat iemand anders in elkaar had gezet! Maar hij knikte stijfjes en mompelde bedankjes. Hij mocht er niet aan denken dat iemand de waarheid hierover ooit vernam. En hij had Miriam noch Rebecca gisteren kunnen inlichten. Zou Miriam hem vandaag ook nog hier opbellen? Ze had het nu al een keer gedaan. Maar hij was er al aan gewend geraakt: de misère die hij verwachtte bleef doorgaans uit. De werkelijkheid bleek altijd nog een stuk erger te kunnen.

Jeanine was de laatste die bij hem langskwam. 'Is er al een beetje verbetering?' vroeg ze. Na zijn schouderophalen ging ze fluisterend verder, zodat niemand anders haar kon verstaan: 'Zeg, wat hoor ik? Dat je hier de eerste was vandaag? Ik hoop dat je dat niet deed om wat ik je gisteren zei. Of toch? We begrijpen dat wel, dat je onder de huidige omstandigheden niet echt voor honderd procent functioneert. Zorg er eerst voor dat het thuis weer gestabiliseerd is en toon dan wat je kunt. Dat is gewoon een goede raad. Oké?'

De scholier in hem knikte plichtbewust.

Hij checkte zijn e-mail. Niets van Ingrid. Vreemd. Had hij toch écht iets fout gezegd? Hij zou nog tot vanavond wachten.

Yann Desmet kwam bij hem aanlopen en meldde zich discreet aan met drie klopjes op de kartonnen wand van zijn werkplek. Meestal stond hij naast Rick zonder dat die hem had horen aankomen. Kon hij dan plots rekenen op een speciale behandeling, ingegeven door medeleven, vroeg hij zich af. Vandaag waarschijnlijk nog wel.

'Jij hebt vast dat Dedecker-dossier nog niet kunnen doornemen?'

Rick Bogaert perste zijn lippen op elkaar van gespeelde spijt en schudde met zijn hoofd. 'Nee, sorry, dat is er gisteren echt niet meer van gekomen.'

'Nee, natuurlijk niet, dat dacht ik al. Sorry dat ik het vroeg. Ik zou zelf niet eens in staat zijn om, zoals jij, hier vandaag op post te zijn. Maar je begrijpt allicht dat er van de kant van de cliënt nogal wat druk wordt uitgeoefend op dit dossier om die zaak zo snel mogelijk voor te brengen.'

'Natuurlijk, natuurlijk.'

'Wat denk je, kun je de druk aan of prefereer je dat ik een collega inschakel? Opgelet! Het wordt wel hard tegen hard. Je kent ze wel, die van Brown, Rowling & French. Meedogenloos. Ik heb er echt geen probleem mee als je een tijdje voor je gezin kiest. Dat zou ik in jouw plaats ook doen. Maar als je er bij betrokken wilt blijven, oké, graag, maar dan kan het alleen voor honderd procent en meer. Sorry dat ik het zo cru stel, maar het kantoor kan het zich niet veroorloven om deze zaak te verliezen.'

Hij keek Yann aan met een air dat de indruk van kracht en vastberadenheid moest wekken. 'Ik doe mee. Zeker weten.'

Yann keek hem onderzoekend aan. 'Zoals je wilt. Dan zijn we vanaf nu een team.' Het leek of Yann dat zonder veel enthousiasme zei. Had hij op een ander antwoord gehoopt? Maar hij reikte Rick de hand. 'Ik bewonder je vechtlust, Rick. Oprecht. Ik wou dat ik jouw weerstandsvermogen had.' Ze schudden elkaar de hand op de verdere samenwerking.

Misschien was dit wel een mooie kans om door te breken op het kantoor. Ze waren ervan overtuigd dat hij gebukt ging onder de privéproblemen. Maar toch zette hij het kantoor resoluut op de eerste plaats. Wat was hij een schitterende en loyale werknemer.

Yann Desmet wilde graag vooruit. 'Kunnen we nu dan al het voorbereidingswerk op een rijtje zetten?'

Hij veinsde slagvaardigheid. 'Hoe eerder, hoe liever.'

'Prima, over een kwartier? Ik vraag Naima of we een vergaderzaaltje kunnen krijgen. En ik denk dat ik die stagiair van Bedrijfsovernames erbij neem. Laurent, geloof ik, heet hij. Die zijn daar aan het eind van een zaak.'

'Geschikte kerel!' Al had Rick in de verste verte geen idee over wie Yann het had. Maar het moest Yann overtuigen dat hij de keuze van diens medewerkers voortreffelijk vond.

'Ja, vind ik ook. Ik heb hem aan het werk gezien. Echt top.'

Yann vertrok.

Een kwartier! Vijftien minuten om het dossier Dedecker door te nemen, onbegonnen werk. Op dit ogenblik was zijn kennis over dat dossier zo goed als nihil, dus als hij aan het begin van de vergadering al wist waarover het ging, zou hij al erg blij zijn.

Hij had een kopie van het dossier in zijn lade liggen. Hij begon er in te lezen, maar zelfs oppervlakkig kon hij er zijn gedachten niet bij houden. Miriam kreeg zichzelf vast wel weer in de hand. Maar Bruno Carels was met geen stokken uit zijn hoofd te krijgen. En dan was er nu ook Ingrid, of was dat geen probleem?

Hij zou haar iets sturen. Hij wilde van de onzekerheid af. Hij zou haar zelf eerst iets sturen. Een aanzet, waarop ze kon reageren. Hij tikte:

'Een dag zonder groet
lijkt een dag dat je niet geliefd bent
lijkt een dag dat je niet geleefd hebt.'

Mm, echt wel redelijk zwaarwichtig, vond hij. Hij wiste de tekst weg. 'Alles goed met je?' zou hij zeker niet meer schrijven.

Wat anders dan: 'Geen nieuws, goed nieuws? Of *no news, bad news?*'

Ja, dat kon ermee door. Hij stuurde de cursor naar het blokje met *Verzenden* en klikte dat aan.

'Meneer Bogaert!'

Rick schrok op. De stem klonk hard, helder, galmend. Of misschien galmde die alleen maar zo in het heelal dat buiten zijn hoogstpersoonlijke wereldje met Ingrid was ontstaan.

Hij keek op tegen een lange jongeman die hem de hand reikte.

'Ik ben Laurent de Thibault.'

Rick Bogaert stond op en ze schudden elkaar de hand. Hij kon niet direct op een goede openingszin komen. Omdat een kameleon maar beter niet in de verkeerde kleur verschiet, hield hij het bij: 'Aangenaam.'

'We zullen samenwerken, zei meester Desmet.'

Norsheid was altijd een goede camouflage. 'Hij heeft mij daarover geïnformeerd, ja.' Hij boog zich voorover naar het scherm van zijn laptop. Hij deed of hij dringend de taak moest afwerken waarmee hij bezig was geweest voor de stagiair hem uit zijn concentratie had gehaald. Het werkte.

'Mijn excuses, ik stoorde u.'

Niet afslaan, niet accepteren. 'Ik werk dit straks wel verder af. Anders blijf ik toch maar te zeer in deze zaak verdiept.' De kans was groot dat de jongeman ervan uitging dat het om een moeilijk dossier van het kantoor ging. 'Is het nu al tijd voor de vergadering?'

'Ik vrees van wel.'

'Ga maar! Ik kom direct. Nog mijn papieren nemen.'

De jongeman liep door.

Rick Bogaert drukte voor de zekerheid nog eens op de *Verzenden*-knop. Nog geen berichten van Ingrid. Dat had hij ook niet verwacht. Deze keer nam hij zijn voorzorgen: hij schakelde zijn laptop zorgvuldig uit en klikte hem dicht. Hij nam het dossier en een schrijfblok en liep naar de vergaderzaal.

Op een of andere manier voelde hij zich opgeladen, vol energie. Hij voelde de stroomstoot door zijn lichaam gaan, net als ten tijde van zijn grote successen. 't Zit 'm in de kop, zei hij tot zichzelf, 't zit 'm altijd alleen maar in de kop. Hij was er klaar voor om grote dossiers aan te pakken. Wel even jammer dat hij net dit hier nog niet had gelezen.

Gelukkig nam Yann Desmet zijn tijd om het dossier nog eens haarfijn uit de doeken te doen voor nieuwkomer Laurent de Thibault. Rick Bogaert noteerde de belangrijkste gegevens en zag vrij gauw een invalshoek die hem niet alleen origineel leek, maar tevens de kans liet aan de tegenstrever om de zaak mogelijk buiten de rechtbank om op te lossen.

Hij zou net zijn standpunt gaan toelichten toen zijn gsm ging. Hij was die niet vergeten uit te zetten. Het was voor het geval Miriam belde. Die zou nu toch – hoopte hij – áls ze al zou bellen, eerst op zijn gsm proberen. En pas als die geen gehoor gaf, zou ze ongetwijfeld rechtstreeks het kantoor bellen. En bijvoorbeeld naar Bruno Carels vragen! Met de situatie thuis zou niemand het hem kwalijk nemen dat hij zijn gsm liet aanstaan.

'Sorry, ik heb deze laten aanstaan. Voor het geval.'
'Natuurlijk.'
Hij klapte het toestel open, geen nummerweergave.
'Hallo?'
Een vrouwenstem. 'Goedemorgen. Is dat meneer Bogaert?'
'Spreekt u mee.'
'Academisch Ziekenhuis, Vrije Universiteit Brussel. Een ogenblik, alstublieft, u wordt gevraagd.'
Stilte.
Rick Bogaert wist totaal niet wat hem overkwam. Hij was volledig van de kaart. Hij staarde sprakeloos en met grote ogen voor zich uit. Hij voelde zich wegglijden in een diep zwart gat. Hij zag Yann heel ver van zich af, die 'Het ziekenhuis?' vroeg. De vraag echode in zijn hoofd. Hij knikte traag. Werd de nachtmerrie toch werkelijkheid? Wat was nu realiteit? Waar begon de hel?
Yann en Laurent keken hem angstig afwachtend aan. Ze waren zo veraf, zo veraf.
De lijn werd doorgeschakeld, het muziekje hield op, een mannenstem kwam aan de lijn:
'Hallo.'
Rick Bogaert kon niets uitbrengen. Hij dacht dat hij 'Ja' zei, maar er kwam geen geluid uit zijn keel.
'Stupéfait?'
'Pardon?' rolde ook helemaal geluidloos uit zijn mond.

'Je herkent me toch nog wel? Dokter Bruno Carels van het AZ van de VUB.'

'Dokter Carels?' Dat hadden zijn collega's kunnen horen.

Het was alsof het plafond op hem neerkwam. Hij had iets schunnigs in de telefoon willen roepen. Net nog, toen hij, opgeladen, Bruno Carels in een glimp in zijn gedachten zag, had hij zich voorgenomen om ieder telefoontje dat hij van hem kreeg te beantwoorden met 'U belt op een ongelegen moment. Over een halfuur kan het wel weer' en de hoorn naast de haak te leggen. Hoe kwam hij nu aan het nummer van zijn gsm?

'Luister je wel?'

'Ja.'

'Ben je nog altijd van zins om afspraken te negeren?'

Hij schudde krachtig met zijn hoofd. 'Nee.'

'Goed, zeer goed. Want dan wil ik je nog een kans geven om je minnares te helpen.'

Rick Bogaert deed zijn mond open, maar zweeg.

'Ik wil je een eerste opdracht geven.'

'De eerste?'

Bruno Carels reageerde daar niet op. 'Ik zal je straks je instructies geven. Ik verwacht je om 12.00 uur precies op de luchthaven. Bij de ingang van het Sheraton Airport-hotel. Recht tegenover de vertrekhal.'

'Nu?'

'Niet nu, nee. Twaalf uur, dat is over twee uur. Tijd zat.'

'Dat kan niet. Ik kan niet voor twaalven hier weg.'

'Rick, nee hoor, luister eens.' Dat was Yann Desmet die dat zei en naar hem zwaaide, dat hij even naar hem moest luisteren. 'Als het nodig is, vertrek je gewoon wat vroeger. Dat is echt geen enkel probleem. Regel het met Jeanine. Ik neem de verantwoordelijkheid.'

Rick haalde zijn schouders op.

'Dat heb ik ook gehoord', zei Bruno Carels door de telefoon. 'Zie je nou wel! Als je een brave jongen bent en je doet flink je best – of je houdt die schijn althans op –, dan kun je op heel wat toeschietelijkheid rekenen. Brussels Airport, twaalf uur.'

De lijn werd verbroken. Rick Bogaert had niet anders verwacht. Voor zijn publiek zei hij nog:

'Ik zal er zijn, dokter. Ja. Ja, tot straks.'

Dit was zo ontzettend afmattend. Het enige wat hij wilde, was zo gauw mogelijk van die Bruno Carels afkomen. Voor hem en voor Ingrid.

Maar die Bruno deed zoveel moeite. Nu hoorde hij dat het daarenboven over meerdere opdrachten ging. Hij wist niet eens of Bruno hem ooit met rust zou laten. Dit was zo uitputtend. En zo uitzichtloos. Alleen Bruno zélf kende de agenda.

En wie was die Bruno?

'En?' vroeg Yann.

'Niet zoveel verbetering.' Wat moest hij zeggen? Hij moest weg kunnen tijdens de middag. Dat was alles. Hoe moest hij in 's hemelsnaam iets verzinnen over gezondheidstoestanden waar hij helemaal niets van kende. 'Haar toestand blijft gunstig evolueren. Maar ze voelt zich vooral erg eenzaam. De dokter zegt dat het goed is als er regelmatig iemand bij haar kan zijn. Het kan het genezingsproces alleen maar versnellen.'

'Is je vrouw niet bij haar?'

'Dat is op dit moment een beetje moeilijk. We hebben voorlopig maar één wagen. Tot de tijd dat ik weer over een bedrijfswagen beschik, ga ik geen wagen kopen.'

'Mm, misschien kan ik tijdelijk wat regelen met HR. Ik zal zien wat ik kan doen.'

'Dat hoeft niet, Yann, echt niet. Ik heb zelf al een paar ideeën om dat mobiliteitsprobleem op te lossen.'

'Ik zal toch eens informeren', hield Yann vol. 'Ik weet niet of het me wel lukt. Pleiten is het enige wat ik kan.'

'Dan is meneer Bogaert er alvast zeker van dat zijn probleem opgelost wordt', kwam Laurent de Thibault tussenbeide.

Aan zijn subtiliteit inzake vleierij was nog wat te schaven. De schijn hoog houden nu, dacht Rick. 'Zullen we dan nu maar verder gaan met het Dedecker-dossier? Ik moet er pas tegen de middag zijn. Voor die tijd kunnen we nog heel wat afwerken.'

'Oké,' zei Yann Desmet, 'zoals je wilt.'

Rick Bogaert legde in grote lijnen zijn mogelijke aanpak uit. Maar hij kon niet genoeg gloed in zijn betoog steken om zijn beide collega's te overtuigen.

Hij was de energie die plots was vrijgekomen, alweer kwijt. Daadkracht zakte snel naar een dieptepunt als een verdorven manipulator je leven voor jou ging leiden. Het was niet gemakkelijk functioneren met een stalker achter je aan.

Brooks & Nagelmakers was een firma met deadlines en belangen die van de juristen vrijwel de klok rond toewijding en inzet vereisten. Als je wilde opvallen, moest je gewoon 's middags buiten lunchen of 's avonds om vijf uur vertrekken. Dit was de laatste keer dat hij ertussenuit kneep; bevel van Bruno Carels, of niet. Hij zou zijn collega's laten zien wat hij waard was.

Rick hoopte straks alvast duidelijkheid te krijgen. Hij had nogal wat vragen. Op de dubbele vraag wat Bruno Carels eigenlijk van Ingrid gewild had, en wat hij daarom nu van hem gedaan wilde krijgen, zou hij straks misschien een antwoord krijgen.

Maar hij vermoedde dat hij ook straks geen antwoord zou krijgen op cruciale vragen als: Wie was de man die zich Bruno Carels noemde in werkelijkheid? Waar kwam hij vandaan en hoe kwam hij bij Ingrid Lund terecht? En wat wilde hij écht?

En vooral, waarom deed de man zoveel moeite om iemand anders een opdracht – meerdere, zo bleek nu – te laten uitvoeren die hij vast veel beter zelf kon doen? Hoogstwaarschijnlijk had hij ze immers zelf helemaal in scène gezet.

***

Rick Bogaert stond maar wat rond te hangen bij de ingang van het Sheraton Airport-hotel. Hij stond met zijn rug naar het hotel en keek in de richting van de vertrekhal. Hij keek voor de zoveelste keer op de klok van zijn gsm. Hij was ruim te vroeg op de afspraak.

Toen zijn inbreng in het dossier weinig enthousiasme teweegbracht bij zijn collega's, had Yann de vergadering opgeheven. Laurent de Thibault was onervaren en te nieuw op de zaak om een goede invalshoek aan te brengen. Ze zouden alle drie vierentwintig uur nemen om de zaak opnieuw te bekijken. Dat kwam Rick ook goed uit. Hij zou het dossier dan ten minste al eens kunnen lezen. Hij had het nu zelfs meegenomen en in de wagen liggen. Onzin natuurlijk te denken dat hij er voor zijn afspraak al in zou beginnen. Zijn hoofd zat vol met maar één gedachte: wat wilde Bruno Carels nu van hem?

Rick Bogaert hield de reizigers in de gaten die tussen de af en aan rijdende auto's naar de vertrekhal liepen. Maar hij zag niemand die op Bruno Carels leek. Het leek of hij zich moest inspannen om zich zijn gezicht weer voor de geest te halen; of hij zich Bruno Carels niet meer wílde herinneren.

Zijn gsm ging over. Hij klapte hem open, geen nummerweergave – Bruno hoogstwaarschijnlijk. Hij toetste de verbinding open.

'Hallo?'

Een ogenblik stilte. 'Zie je wel dat het geen probleem kan zijn om afspraken te respecteren.'

Rick negeerde die sneer. 'Hoe bent u achter mijn gsm-nummer gekomen?'

'Jij belde de dokter! Weet je nog wel?'

Natuurlijk! Toen was zijn nummer bij Bruno op diens telefoonschermpje verschenen.

'Ik wacht hier al lang.'

'Ja, dat weet ik.'

'Ah zo?' Hij voelde zich plots bespied. 'Is dat zo?' Rick keek om zich heen. In een stilstaande auto, of achter de spiegelende ramen van de vertrekhal, natuurlijk; een bespieder kon zich hier perfect schuilhouden. 'Houdt u mij dan in het oog, misschien?'

'Ja.'

'Ah. En bent u van plan om ook nog hierheen te komen om verder te praten?'

'Misschien.'

Toch niet weer een spelletje? Rick zuchtte. 'En waarvan zal dat afhankelijk zijn?'

'Je toontje bijvoorbeeld. Als dat mij niet aanstaat...'

Rick hield zijn mond. Hij zuchtte. Puberaal, dat was het woord dat in Ricks gedachten opkwam toen hij het gedrag van Bruno Carels probeerde te duiden. Hij speurde opnieuw aandachtig naar mogelijke schuilplaatsen van zijn gsm-correspondent.

'Unheimisch, niet?'

'Wat bedoelt u?'

'Dat weet je wel: je wordt in de gaten gehouden, dat is zeker, maar je weet niet door wie en van waar en hoe lang al.'

'Door wie is me redelijk duidelijk.'

'Dat dacht je maar... Maar goed, stel je dan eens voor wat het voor je minnares moet zijn om ook op díé vraag geen antwoord te hebben.'

Het was een vraag die hem inderdaad nog meer angst zou inboezemen. Hij had met haar te doen, nu hij dacht aan de last die ze droeg. 'Dat ze mijn minnares niet is, heb ik al eerder gezegd.'

'Ach, dat is waar ook. Vergeten. Sorry.'

Het klonk zo schimpend. Hij reageerde niet.

'In ieder geval, hoe sneller ze van haar achtervolger wordt afgeholpen, hoe sneller ze bereid zal zijn om je minnares te wórden.'

Uiteraard was dat iets te sterk uitgedrukt, maar Rick moest toegeven dat Bruno Carels het weer haarfijn doorhad. Hij ging daar niet op in. Er was wat anders dat hem was opgevallen:

'Maar wat bedoelt u met "dat dacht je maar"?'

'Ik bedoel dat je op dit moment misschien door een paar honderd mensen in de gaten wordt gehouden.'

'Ja, natuurlijk, hier loopt veel volk rond.'

'Nee, nee, dat is niet exact wat ik bedoel. Kijk eens links van je naar omhoog.'

Rick deed het. Zijn eerste reactie was verbazing. Teleurstelling ook. O, was het dat maar. Iedereen werd er iedere dag door begluurd. Hij keek recht in de lens van een bewakingscamera.

'Die camera waar je nu in kijkt, geeft misschien continu een beeld door op het internet. Misschien zit ik op dit moment wel in Australië en zie ik je nu angstig in de lens kijken.'

Rick Bogaert zuchtte. 'Ja, natuurlijk. Angstig. Juist, ja.'

Wat zou Bruno Carels hem nog meer wijsmaken? Hij begon het op de heupen te krijgen. Steeds meer kreeg hij de indruk dat Bruno niet meer was dan een overjarige, losgeslagen puber die er plezier in vond om mensen te pesten. Hen te treiteren tot ze om het even wat voor hem zouden doen om – alstublieft – zo gauw mogelijk van hem af te komen.

Zoals hij zelf puberale neigingen vertoonde met Ingrid, dacht hij erbij, maar dan wel op een heel ander gebied.

Bruno zou vast niet ergens anders op de wereld zitten dan hier in de buurt, vermoedde Rick. Anders hadden ze elkaar gewoon kunnen telefoneren en had Rick niet noodzakelijk naar hier hoeven te komen. Er zat altijd wel een bedoeling achter wat Bruno deed. Hoewel, gewoon pesten kon natuurlijk ook.

'Als we elkaar op deze manier moeten blijven spreken, dan was ik beter op kantoor gebleven. Of bent ú bang om in míjn buurt te komen?'

Daar volgde een jakhalsachtig lachje op. 'Bang? Leg uit.'

'Omdat ik wel eens zin zou kunnen hebben om op uw gezicht te slaan na wat u mij gisteren hebt aangedaan.'

'Ik beef als een riet.'

'Maar ik ben te goed opgevoed om op u te gaan kloppen.'

'Wat een geruststelling. Het zweet brak me al uit.'

'Kunnen we nu eindelijk ter zake komen? Ik heb trouwens nog enkele vragen te stellen voor ik Ingrids taak echt overneem. En daarbij eis ik de garantie dat u haar dan ook definitief met rust laat.'

Lange stilte. 'Ik heb niet de indruk dat jij in een positie bent om vragen te stellen en al helemaal niet om eisen te stellen.'

Rick Bogaert kon het plots niet meer aan:

'Luister eens. Ik begin nu echt genoeg te krijgen van deze

kul. Is het de bedoeling dat ik hier nog lang voor clown sta? Of kunnen we eindelijk vooruit? Ik heb een baan en ik moet straks terug naar kantoor, maar ik wil mevrouw Lund graag helpen. Willen we het over die opdracht hebben?'

Stilte. 'Herinner jij je nog wat ik daarnet over dat toontje van je zei? Als dat me niet beviel?'

Rick luisterde. De bezettoon klonk. De verdorven schoft had de lijn weer dichtgegooid.

'Carels!' riep hij nog in zijn toestel. En met een felle vloek klapte hij zijn gsm dicht. Hij was het beu, zó beu! Hij draaide zich met een hevige zwier om en wilde terug naar zijn auto lopen, maar botste daarbij tegen iemand op die vlak achter hem stond. Hij schrok en mompelde: 'O, excuseert u mij.'

Maar de man bleef pal staan en zei: 'Als je nu wegloopt, dan kan ik je ook geen uitleg meer geven. Dat zul je toch wel begrijpen?'

Rick Bogaert zette een stap achteruit en keek hem recht in de ogen. Hij stond op nauwelijks een meter afstand van hem:

'Bruno Carels?' Het was half vragend.

'Herken je me al niet meer?'

'Natuurlijk wel! Het is maar...'

'Dat je me hier niet meer verwachtte? Is het niet? *Verrassing is de beste aanval*. Sun Tzu. De kunst van het oorlog voeren.'

Rick Bogaert was de eerste verwarring te boven gekomen en schikte zijn jasje goed. 'En tegen wie voert u dan oorlog?'

'Goede vraag, goede vraag', knikte Bruno Carels goedkeurend. 'Helaas kan ik u daar niet op antwoorden.'

Rick Bogaert zuchtte en zei zacht: 'Verras me anders eens.'

Carels opende zijn armen. 'Wat zal het zijn? Ga je niet eerst op mijn gezicht slaan voor we verder gaan? Hè?' Hij herhaalde dat laatste met het hoofd in de nek. 'Hè?' Hij knikte naar de camera achter hem. 'Hè? Onder het toeziende oog van, wat zouden we zeggen, enkele miljoenen getuigen? Hè?' Hij keek Rick zelfingenomen aan. Hij opende zijn jasje en hield de panden wijd open. 'Doe je het? Of durf je niet? Hè, hè?'

Rick Bogaert keek hem met stijgende verbazing, maar zwijgend en doordringend aan. Hij zuchtte. Wat kon die kerel hem ongelofelijk op de zenuwen werken.

'O, ja', zei Bruno, nadat hij zijn jasje weer keurig had dichtgeknoopt. Hij knikte weer in de richting van de camera. 'Mocht je er ooit aan denken om me bij de politie aan te geven als belager; het heeft geen zin om te zeggen dat ze me hierop nog kunnen zien. De beelden – als die er al zijn – worden namelijk niet bewaard.' En dan, terwijl hij vooroverboog en scherp articulerend fluisterde: 'Ook niet die in het Centraal Station. Probleempje met het onderhoud van de camera's. De facturen zijn al een tijdje onbetaald gebleven. Weet je het nog van de mp3-moord? En voor niets komt alleen de zon op, nietwaar?'

Rick keek op zijn horloge. Hij wilde nu liefst ter zake komen:

'Kunnen we ergens gaan zitten? Iets drinken, misschien? Ik wil nu liefst snel weten wat me te doen staat. Ik kan het niet langer aanzien hoe u Ingrid Lund op de rand van een zenuwinzinking brengt.'

'Geef toe dat je je eigenlijk niets zou hoeven aan te trekken van Ingrid Lund, maar dat je eerder over Miriam bezorgd zou moeten zijn. Doe ik het goed? Ze heeft toch niet de minste achterdocht meer als ík haar vertel dat je wat later zult zijn?'

'Ja, maar uw telefoontje van gisteren heeft haar gek van angst gemaakt.'

'O, wat ontzettend jammer. Maar dat is natuurlijk volledig voor jouw rekening. We hadden een afspraak. Je had trouwens sinds gisteren alles al kunnen weten, maar toen bleek je niet zo gehaast als vandaag.'

'Ik kon nooit op die afspraak zijn.'

'O, jawel. Niet flauw doen.'

'Hoe komt het toch dat u zo zelfverzekerd bent? U manipuleert mensen, u konkelt, u spant intriges, u zet mensen tegen elkaar op...'

Bruno stak zijn hand op en onderbrak hem: 'Stop! Als ik het zo hoor vertellen, lijkt het me allemaal zo negatief! Er zit ook zoveel negatieve energie in je, beste Rick. Je zou afstand moeten kunnen nemen, weet je wel. Relaxen!'

'Niet eenvoudig als u me stalkt.'

'Ik jou stalken? Hola, nuance, nuance! Je zou toch ook wel kunnen begrijpen dat ik helemaal niets met jou te maken wilde hebben. Maar jij vond het zo beestig leuk om de minnaar van Ingrid Lund te worden. Dus krijg ik daar plots een probleem in de schoot geworpen dat Rick Bogaert heet. En een probleemgeval ben je wel, Rick. Trouwens, heb je haar al lang niet meer gesproken of gehoord, je minnares?'

'Al een paar dagen niet meer. Waarom?'

'Nee, niets, zo maar een vraag.'

'Er is nooit iets *zo maar* bij Bruno Carels.'

'Dat heb je dan goed begrepen, maar het betekent niet dat ik je overal de achterliggende reden van moet vertellen.'

'Wie bent u eigenlijk?'

'Voor jou ben ik Bruno Carels.'

'En voor Ingrid Lund?'

'Haar stalker.'

'Ja, ja, maar...'

'Haar stalker.'

'En wat wilt u eigenlijk van haar? En hoe bent u eigenlijk bij haar terechtgekomen?'

'Niet in de trein, dat zal wel duidelijk zijn. Toevallig. Laten we het voorlopig daarop houden. En wat ik van haar wil, is eenvoudig. Maar als jij erop staat om het van haar over te nemen...' Hij laste een lange stilte in. 'Dan vind ik dat zeer euh... fideel van je. Onnozel, maar fideel. Een extreme vorm van galanterie, vind ik dat.'

'Ik vind het totaal irrelevant wat u daarvan denkt.'

'Zal best.'

'De opdracht?'

'U moet een pakje voor me bezorgen in Antwerpen.'

Rick keek hem verbluft aan. 'Een pakje? Bezorgen in Antwerpen? En dat is het?'

'Je bent wel een snelle verstaander. Ik sta versteld.'

Rick Bogaert bleef Bruno Carels verbaasd aanstaren. 'Bent u nu ernstig of doet u de waarheid weer enig geweld aan?'

'Niemand ernstiger dan ik op dit moment.'

'Ah zo.'

Bruno bleef belangstellend op vragen wachten.

'En u kunt dat pakje om een of andere reden dus niet zelf naar Antwerpen brengen?'

'Inderdaad, dat is onmogelijk.'

'En wat is de reden, als ik vragen mag?'

'Vragen mag, maar ik kan je helaas geen antwoord geven.'

Rick bleef hem verbaasd aankijken.

'*Top secret.*'

'Natuurlijk. En mag ik ook vragen wat er in dat pakketje zit. Of is dat ook...'

'Helaas! Ook dat is *top secret*. Inderdaad.'

'Dus dat kan – voor de vuist weg – een pakje cocaïne zijn, of een stapel bankbiljetten, of een lading diamanten – tenslotte moet het pakje naar Antwerpen – of het kan een lading explosieven zijn, semtex?'

'Tenslotte moet je ermee naar Antwerpen, inderdaad.'

Bruno lachte uitbundig. Dat vond hij een geweldige grap.

'En over hoeveel van dergelijke leveringen gaat het dan? Want ik hoorde dat u zei dat dit de eerste opdracht is. Dus is er in elk geval ook een tweede.'

'Helemaal goed. Als alles goed gaat bij het eerste transport, dan komt er niet meer dan een tweede keer. Anders ook een derde. En dan zit je taak erop en dan hoor je de rest van je leven nooit meer van Bruno Carels. Het zal lijken of wij elkaar nooit hebben ontmoet.'

Rick Bogaert bleef Bruno Carels weer een hele tijd verbaasd aanstaren. 'Wat is de bedoeling eigenlijk van deze leverantie? Wat is het uiteindelijke doel? Probeert u mij echt te doen geloven dat u zoveel moeite doet om een koerier te vinden, terwijl u toch bezig moet zijn met de hele logistiek hier achter; en dat allemaal gewoon om een pakje naar Antwerpen te brengen?'

Bruno knikte glimlachend: 'Helemaal goed.'

'Daarbij moet geen grensovergang genomen worden. Daar komt geen sleuren aan te pas, veronderstel ik, aangezien u de opdracht voor Ingrid Lund had voorzien. Daar is geen gevaar mee gemoeid, als ik het zo zie. Wat is dan het probleem? Waarom stapt u niet een uitzendbureau binnen en u vraagt een jongen of een meisje die wat wil bijverdienen? Of u belt een taxi, u legt uw pakketje naast de chauffeur, u doet het een gordel om en u geeft een flinke fooi om het pakketje met extra zorg ter plekke te brengen. Of DHL? Nooit van gehoord?'

Bruno filosofeerde. 'Vele vragen, vele vragen, helaas, weinig antwoorden.'

'Wat ik me nu afvraag is waarom u voor een eenvoudige opdracht als deze - tenslotte gaat het simpelweg om de levering van een pakketje - een intelligente vrouw als Ingrid...'

Bruno onderbrak hem. 'Je hebt niet goed geluisterd. Dat

vervelende trekje van je begint me behoorlijk te ergeren. Het kan de opdracht volledig in de war sturen. Ik zei al dat ik Ingrid Lund *toevallig* heb gekozen. Als zij het niet was geweest, was het een Marina met een legging en een te kort T-shirt geweest, met een IQ op zeebodemniveau, wat mij betreft. Mag ik je een goede raad geven?'

'Goede raad sla ik nooit af.'

'Luister goed en voer precies uit wat wordt gevraagd. Dan loopt alles gesmeerd.'

'Dat is het?'

Bruno knikte. 'Oké, dan, kijk nou even hier.' Bruno haalde een donkerrood gladleren etui uit zijn broekzak en hield het Rick voor. Het was een sleutelhouder. Van Cartier, zo te zien, en nieuw, recht uit de doos, want Bruno hield het in zijn hand in een beige doekje met het Cartier-logo erop.

Rick Bogaert nam het etuitje aan en opende het. Er hing één roestige sleutel aan.

'Luister goed, ik ga het niet herhalen, omdat het zelfs voor idioten te vatten is. Met deze sleutel open je een garage waarin het bedoelde pakketje nu in een diplomatenkoffertje wordt bewaard.'

'En ik kan zo maar in andermans garage zonder dat iemand dat verdacht gaat vinden?'

'Die garagebox werd op jouw naam gehuurd.'

'Wat?'

'Ga je ineens ook echt alles geloven wat ik je zeg?'

Rick keek Bruno Carels beduusd aan.

'Goed zo! Dat maakt het leven voor iedereen alleen maar eenvoudiger! Bruno Carels grijnsde. De buurt heeft het niet zo begrepen op sociale controle. Laten we het daarop houden.

Je brengt het pakketje dan naar de plek die ik je zal opgeven. Daar zul je een contactpersoon met dezelfde diploma-

tenkoffer aantreffen. Jullie ruilen de koffertjes en je dumpt het koffertje dat je in ruil krijgt.'
'Waar moet ik dat laten?'
'Van geen belang. Je mag het koffertje, wat mij betreft, ook als souvenir bewaren. Ja?'
'Oké.'
'Goed. Zorg ervoor dat je morgen om negen uur hier terug bent. Ik herhaal: negen uur, heel precies. Alle instructies over wat en hoe en waar precies, hoor je morgen via je gsm. Niet vergeten op te laden, vannacht, die batterij.'
'En ik neem aan dat u met al uw charmes mijn vrouw er weer van op de hoogte brengt dat ik morgen na het avondeten nog eventjes naar Zaventem en dan naar Antwerpen rijd voor een boodschapje? In opdracht van het kantoor, misschien? Waarom ook niet.'
'Correctie: morgen negen uur 's óchtends!'
'Pardon? Maar dat is absoluut onmogelijk. Komaan, ik werk ook nog, weet u wel. Met uw fratsen van gisteren sta ik op kantoor wel in het middelpunt van de belangstelling, hè. Ik kan geen stap verzetten of het wordt opgemerkt. En ik heb niet eens recht op vakantiedagen. Ik kan hier morgen om negen uur absoluut niet zijn!'
'O, maar, jawel, dat kun je zeker. O, jawel, dat zal geen enkel probleem zijn.'
Bruno Carels keek naar iets achter Rick en stak een hand op. Rick keek hem verbaasd aan. Vreemd. Groette hij dan iemand? Rick keek achterom. Naast hen hield een taxi halt. Bruno stapte achter in. Voor Rick er erg in had, verdween Bruno Carels net zoals hij was gekomen.
Hoe doet hij het, hoe doet hij het, vroeg Rick zich af; dat hij een conversatie naar zijn hand kan zetten en even abrupt kan beëindigen als hij dat met een telefoongesprek kan.

**

Hij moest er nog om glimlachen, toen hij voor de tweede keer die dag de lift nam naar kantoor op de vierde verdieping.

Hij was nog vrij snel terug, oordeelde hij. De luchthaven was van hieruit natuurlijk veel dichterbij dan het Academisch Ziekenhuis in Jette. Hij was na het gesprek met Bruno daarom zelfs nog even in zijn wagen blijven zitten. Het moest allemaal immers geloofwaardig blijven op kantoor. Maar aan de lectuur van zijn dossier was hij toch niet toegekomen. En die afspraak van morgen om negen uur 's ochtends, daar kon Bruno Carels vrolijk naar fluiten. Alleen buiten kantoortijd kon het nog wel. Het was genoeg geweest, hij had een baan waar hij zich voor wilde inzetten.

De koffiemachine stond er eenzaam bij. Dat was niet eens zo ongewoon rond de middag. Naima was de enige die hem zag binnenkomen. Ze handelde een telefoontje af, maar wuifde naar hem dat hij tot bij haar moest komen.

Ze beëindigde het gesprek. 'Yes, sir, of course. I will ask him to call you back as soon as possible. Bye now.' Ze maakte een korte notitie en zei hem ondertussen: 'Meneer Nagelmakers heeft gevraagd om bij hem langs te gaan.'

'Nu meteen?'

Ze streek een weerbarstige lok uit haar ogen en keek hem aan. 'Ik denk van wel. Het is Jeanine van de personeelsdienst die het vroeg. Een kwartier geleden ongeveer. Ik denk dat zij ook nog altijd bij hem is.'

'Oké, ik loop er direct langs. Anders geen telefoontjes?'

'Nee, niets.'

Hij vroeg zich af of hij eerst naar zijn werkplek zou lopen om zijn e-mail te checken, maar hij gaf er de voorkeur aan het gesprek met Nagelmakers vooraf te hebben. Als Ingrid iets had gestuurd, kon hij er daarna in alle rust op antwoorden.

Hij klopte aan bij Nagelmakers, er werd 'Ja' geroepen, hij opende de deur, stak zijn neus binnen, wilde 'U had naar mij gevraagd' zeggen, maar kwam niet zo ver.

'Ah, Bogaert! Wacht buiten! Ik roep u!' Nagelmakers sprak gewoonlijk al met een galmende stem, nu klonk ze bovendien bars en kortaf. Daar was Rick – wellicht – niet de oorzaak van, maar doorgaans was het wel 'Rick' en niet 'Bogaert'.

Hij bleef met zijn handen op zijn rug voor het raam staan. In de verte zag hij een vliegtuig van Zaventem opstijgen. Jeanine zat nog bij Nagelmakers, had hij gezien. Ze zouden waarschijnlijk de personeelszaken eerst verder bespreken en als Jeanine wegging, kon hij naar binnen.

Er vertrok nog een vliegtuig. Een klein zakenvliegtuig voor mensen die het zich konden veroorloven om niet bang te hoeven zijn voor terroristische aanslagen. Hoewel, je wist maar nooit, natuurlijk.

Plots sloeg de schrik hem om het hart. Die eerste levering die hij voor Bruno Carels moest doen, ging naar Antwerpen. Maar had hij gezegd dat de volgende levering niet met het vliegtuig kon gebeuren? Wie garandeerde dat er op dat moment geen explosieven in zijn pakketje zouden zitten? Als er iets was wat hij van Bruno Carels nooit zou aannemen, dan was het wel zijn garantie op wat dan ook. Hij kon alleen maar hopen dat men dan de explosieven al aan de grenscontrole zou vinden. Anders was het dag met het handje.

Wilde hij dan echt zijn leven riskeren voor een liefde? Vanuit dat perspectief was zijn voorstel om Ingrid te vervangen wel erg onbesuisd geweest. Hij wilde graag haar eeuwige dankbaarheid verdienen, niet het eeuwige leven.

Er vertrok nog een passagiersvliegtuig.

Het duurde daarbinnen blijkbaar net iets langer dan gepland. Naar zijn werkplek durfde hij niet. Nagelmakers had duidelijk gezegd dat hij buiten moest wachten. Dus lang kon het niet duren.

Natuurlijk kon hij het hele avontuur nog altijd afblazen. Alleen de hoon van Bruno Carels zou hij over zich heen krijgen. Die kon hem gestolen worden. Bij Ingrid kon Bruno met het smeuïge verhaal niet meteen terecht, maar hij zou hem achteraf ongetwijfeld nog op een of andere onaangename verrassing trakteren.

Beter blode Jan, dan dode Jan. Die ouderwetse spreuk had hij sinds zijn lagere school niet meer gehoord, maar ze dook op dit moment verrassend genoeg weer op.

Hij vroeg zich af, indien Ingrid op dit moment zijn overwegingen kon horen, of ze zich niet de vraag zou stellen of hij wel echt zo veel van haar hield als hij haar wilde doen geloven. Jazeker, hij hield van haar en jazeker hij zou alles voor haar doen waar ze gelukkig door werd. Maar deze vaudeville van Bruno Carels beviel hem niet. Helemaal niet, zelfs. Er was iets mis mee.

De stalker waarover Ingrid hem had verteld, had hij wel degelijk als gevaarlijk beschouwd. Ook de eerste keer dat hij Bruno Carels had ontmoet en hem had verward met de echtgenoot van Ingrid, had hij als onheilspellend ervaren.

Maar sindsdien leek het of Bruno Carels een spelletje speelde, een wreed spel weliswaar, maar eentje dat nergens op sloeg. Er gebeurde niets. Bruno pestte hem gewoon. Dat was alles. Voor de rest leek hij geen enkel ander doel na te streven. Er was een gebrek aan ernst in het gedrag van Bruno. En sinds vanmiddag was het helemaal puberaal geworden. Bovendien kon hij zich echt niet voorstellen dat hij zoveel moeite deed om iemand te volgen – tot in Venetië toe – om haar dan te vragen om een pakketje af te leveren in Antwerpen. Ergens klopte het niet. Maar waar in het spel zat de foute pion?

Hij wilde er niet aan denken en nog voor de gedachte goed en wel was doorgedrongen, weerde hij die steeds weer uit zijn hoofd. Maar plots was ze er toch weer in knipperend neonlicht: Wie was Ingrid Lund?

Vertaald naar de bedenkingen die hij zich net had gemaakt, heette dat: was Ingrid Lund wel zo zuiver als hij haar graag wilde zien?

Hij kreeg niet de kans om daar verder over te piekeren. Hij hoorde dat de deur van Nagelmakers' kantoor achter hem werd geopend. Hij draaide zich om.

Jeanine verscheen in de deuropening. Ze kwam echter niet naar buiten zoals Rick had verwacht, maar ze zei: 'Kom binnen', draaide zich weer om en liep terug.

Rick klopte op de open deur voor hij naar binnen liep. Nagelmakers zat nog altijd achter zijn werktafel. Jeanine ging weer op de stoel aan de rechterzijde van het ruime bureau zitten. Links op het bureau stond een buitenmaatse mand bloemen. Rick sloot de deur achter zich. Hij liep tot bij het bureau. Nagelmakers keek hem zwijgend aan. Jeanine hield haar ogen op de papieren voor haar op het bureau gericht.

Nagelmakers maakte geen aanstalten om hem een stoel aan te bieden. Ouderwetse wellevendheid weerhield hem ervan om ongenood te gaan zitten. Nagelmakers maakte een beweging met een vinger naar de mand met bloemen.

Rick knikte. Bij zijn weten had hij nog nooit enige verfraaiing van deze omvang in het kantoor van Nagelmakers gezien. De man had veeleer een voorkeur voor spartaanse of zenachtige toestanden. Hij wist nu niet goed wat hij moest zeggen.

'Zeer mooi', knikte hij.

Daar had hij vast niets mis mee gezegd. Hij had Nagelmakers zelden zien lachen, maar diens mondhoeken stonden op dit moment wel degelijk op twintig over acht.

Nagelmakers zuchtte. 'Er hangt een kaartje aan.' Hij wees opnieuw met zijn vinger naar de bloemen.

Rick Bogaert zette een stap vooruit en zag inderdaad een kaartje, vastgebonden aan een schitterende, zachtroze protea. Het was een firmakaartje. Hij nam het tussen zijn vingers en draaide het om.

'O!' zei hij en keek verwonderd naar Nagelmakers.

Hij las: 'We wensen je spoedige beterschap', in het handschrift van Jeanine.

'Voor Rebecca?' vroeg Rick. 'Voor mijn dochter?' Hij keek van Nagelmakers naar Jeanine – die staarde nog altijd naar de papieren voor zich – en terug.

Nagelmakers knikte.

'Dank u wel, meneer Nagelmakers, dat is zeer attent van u. Ze zal daar zeer blij mee zijn. Rebecca houdt heel erg veel van bloemen. Maar dat had u echt niet moeten doen.'

'Nee. Dat weet ik', antwoordde Nagelmakers.

'Ik zal de mand hier nog laten staan, als u dat goed vindt, en dan neem ik ze straks mee naar huis.'

'U mag ze ook onmiddellijk meenemen.'

Waarschijnlijk denkt hij dat ze zijn concentratievermogen verstoren, dacht Rick. 'Zoals u verkiest.' Hij zocht naar enig houvast.

'Ze zijn helaas niet meer zo vers als ik ze had gewild.'

Rick Bogaert wist niet of hij dat wel goed had verstaan. En of hij daar nu om moest lachen, of daarentegen een boom opzetten over werkethiek bij bloemverkopers.

'Maar zij zal er zeker evenveel plezier...'

'Ik bedoel dat ze al een tijdje onderweg zijn geweest. Reizen doet bloemen geen goed.'

Ja, die protea kwam natuurlijk uit Zuid-Afrika. Maar waar bekommerde die man zich om? Kweekte die in zijn vrije tijd dan orchideeën, of wat? Hij kwam niet direct op een gepaste repliek en zocht steun bij Jeanine, maar die zat nog altijd achter haar laptop en haar papieren die ze inkeek. Laptop? Jeanine had toch geen laptop, maar was vast aangesloten op het netwerk. Maar verder kwam hij niet met zijn gedachtegang. Nagelmakers ging verder:

'Ze zijn al eens een keer heen en weer naar het Academisch Ziekenhuis in Jette geweest.'

Nagelmakers en Jeanine keken hem nu aandachtig aan.

Hij voelde de vloer bijna letterlijk onder zijn voeten wegzakken.

'Ja,' deed hij een laatste poging, 'ze is thuis, natuurlijk.' Hij kon er zelfs een lichte glimlach bij vertonen. Maar die poging zou jammer genoeg geen zoden aan de dijk zetten.

'Niet eens weggeweest, bedoel je toch?'

Praten kostte hem een krachtsinspanning. 'Ik kan dit perfect uitleggen, meneer Nagelmakers. Hier is een logische verklaring voor. Staat u me toe...'

'Nee, Bogaert, daar is het echt wel te laat voor.'

Rick keek naar Jeanine. 'Jeanine, mag ik het aan jou...'

'Het spijt me, meneer Bogaert. En vanaf nu is het mevrouw De Coster.'

Haar antwoord raakte hem spijkerhard. Hij voelde zijn benen helemaal slap worden. 'Mag ik even gaan zitten? Ik voel me niet goed worden. Laat me alstublieft toch proberen om u uit te leggen...'

'Zitten mag u, toch voor even. Uw uitleg is overbodig.'

Hij ging zitten. 'Ik ben het slachtoffer van een grappenmaker, begrijpt u? De persoon die jou opgebeld heeft, Jeanine, sorry, u, mevrouw De Coster, die zogenaamde dokter, was geen dokter, maar iemand die een nichtje van mij stalkt.'

'Uw nichtje?'

'Ingrid. Ingrid Lund. U kunt daarover met haar contact

opnemen. Haar e-mailadres staat in mijn e-mailprogramma.'

'Als dat nichtje Ingrid Lund heet, dan houdt u wel erg vrijmoedige e-mailchatsessies met uw nichtje', zei Jeanine. 'Ik vrees dat u er echt niets mee opschiet als wij haar naar uw ongewettigde afwezigheden gaan vragen. De informatie die wij ontvingen, spreekt voor zich.

Wij hadden deze bloemen naar het AZ in Jette gestuurd, maar de koerier liet ons weten dat de bloemen er niet aan de geadresseerde op intensive care konden worden afgeleverd. Omdat ik dacht dat ze misschien naar een gewone kamer was verhuisd, belde ik met het ziekenhuis. Maar de laatste week was er geen Rebecca Bogaert opgenomen, wist men mij te vertellen. Toen dacht ik nog dat het misschien een ziekenhuis betrof met dezelfde naam maar in een andere gemeente. Dus heb ik bij u thuis gebeld.'

Ook dat nog, kon Rick alleen maar denken.

'En raad eens wie ik daar aan de lijn kreeg. Rebecca Bogaert. Van een verrassing gesproken. Voor allebei. Hé, ze mocht al naar huis, dacht ik eerst, maar zij wist niet eens dat ze na een auto-ongeluk in het ziekenhuis had gelegen.'

'Was het echt nodig om haar daarnaar te vragen?' kreunde Rick bijna onhoorbaar.

Jeanine ging door op hetzelfde badinerende toontje: 'Natuurlijk, nu komt geheugenverlies wel vaker voor na een coma. Maar na inspectie van zichzelf, kon zij ook geen schrammen of kneuzingen ontdekken.' Jeanine voegde er boos aan toe: 'Ik ben echt wel erg teleurgesteld in u, meneer Bogaert, echt waar. En niet alleen omdat u een slechte leugenaar bent.'

Hij begreep natuurlijk haar boosheid. Hij had haar ook behoorlijk voor schut gezet.

Nagelmakers nam het van haar over. 'En als we nog lang

naar nog meer van uw verhalen luisteren, Bogaert, dan worden wij ook slachtoffer van een grappenmaker. Van u, met name. Ik vrees dat we afscheid van u moeten nemen, Bogaert. U had vast wel begrepen dat we al een tijdje niet zo gelukkig waren met uw inzet. Natuurlijk had u een loeihard excuus nodig om een paar keer onder uw presentaties uit te komen. Of dat was om uw nichtje te ontmoeten, dat laat ik in het midden. Maar dat excuus, Bogaert, alstublieft, dat leek toch nergens naar? U had nog één slechter excuus kunnen bedenken: uw schoonmoeder bijvoorbeeld twee keer laten overlijden.'

Rick zat murw op de stoel voor zich uit te staren. Hij deed geen poging meer. Het had geen zin. Zijn uitleg was ook zo idioot dat hij er zelf al moeite mee had.

'Het is jammer dat het op deze manier moet eindigen, Bogaert. Ik had een goed gevoel toen ik u in dienst nam. Mannen met de littekens van hun verleden zijn meestal geneigd om te proberen hun verleden te vergeten door nieuwe successen te behalen. U blijkbaar niet.

Ik kan u ontslaan met een opzegvergoeding van zeven dagen. Of zelfs helemaal zonder. Want dit is een zwaarwichtige fout. Maar ik wil een geste doen en het kantoor zal u tot het eind van volgende maand uw salaris betalen.' Hij wachtte.

'Dank u', fluisterde Rick.

'Maar we zien liefst dat u onmiddellijk vertrekt. Jeanine zal met u de administratieve kant van de zaak afhandelen.'

'En het vervelende karwei met uw laptop', voegde ze eraan toe.

'Inderdaad.' Nagelmakers nam de telefoon en toetste twee cijfers in. 'Stuur eens iemand van IT naar mijn kantoor.'

'Ik had u gevraagd om uw privébestanden te wissen, meneer Bogaert', zei ze.

Tegen het eind van de week, wilde hij antwoorden, maar ach, dacht hij, dat had toch geen zin.

'Wilt u uw e-mailverkeer dat niets met het kantoor van doen heeft behouden?'

Hij fluisterde. 'Ja, liever wel, ja.'

'Zijn er bestanden die u bij de documenten bewaard hebt die u wilt behouden?'

'Dat zijn er niet zo erg veel. Mag ik even kijken. Ik...'

'Nee! Het spijt me, de laptop is eigendom van het kantoor. Wij willen voorkomen dat u met opzet bestanden op uw laptop zou wissen die belangrijk zijn voor het kantoor. Al heb ik de indruk dat op uw laptop erg weinig kantoorwerk is verricht. Of vergis ik mij?'

Rick haalde ongeïnteresseerd zijn schouders op.

'U mag wel toekijken hoe iemand van IT de bestanden die strikt privé zijn zal downloaden en voor u op een schijfje zal zetten. Zo gevoelloos willen we ons niet opstellen dat wij u dat niet willen teruggeven. Ook al had ik u gezegd dat u het zelf moest doen.'

De man van IT was ondertussen gearriveerd. Hij ging voor het scherm zitten en tokkelde erop los.

Hij moest niets anders hebben dan de e-mails van en met haar. Het was echter behoorlijk gênant toen bleek dat in de drie maanden dat hij er werkte meer dan vijfhonderd mails tussen INGRID.LUND@... en hem heen en weer waren gegaan.'

'Kunt u mij zeggen of sinds vanochtend een mail van haar is binnengekomen?'

Maar dat was niet het geval. Hij was teleurgesteld en tegelijk blij, omdat hij toch niet kon reageren.

'Ik zal ook uw privémailadres ontkoppelen. U moet dat dan maar gewoon op uw pc thuis configureren en dan ontvangt u ook alle mails die tussen nu en dan binnengekomen zijn. Die worden bewaard tot u weer aansluit.'

Rick kreeg een schijfje mee.

Ondertussen had hij ook de papieren van Jeanine 'voor ontvangst' getekend.

Hij hoorde hoe Nagelmakers telefonisch om Beveiliging vroeg. Ze wachtten gedrieën even in stilte tot een potige kerel de kamer binnenkwam.

'Bogaert, ik wens u, ondanks dit, toch een goede voortzetting van uw carrière. Maar waar u ook terechtkomt, de interesse en uw inzet zullen veel groter moeten zijn dan deze die u hier bij ons tentoonspreidde.' Hij reikte hem de hand. Rick beantwoordde de uitgestoken hand en knikte.

Jeanine zei: 'U kunt nu met mij en met Thierry van Beveiliging naar uw werkplek gaan. U kunt daar uw persoonlijke bezittingen uit de lade van uw werktafel halen.'

Jeanine liep voorop, ze had een kartonnen doos bij zich, dan kwam Rick en de wel erg breedgeschouderde Thierry volgde daarna, klaar om, bij de minste poging van Rick om te vluchten of om een gummetje te stelen, in te grijpen.

De collega's die hem vanmorgen nog beterschap waren komen wensen met zijn dochter, keken het drietal verwonderd na. Wat het betekende, daar hadden ze geen tekeningetje bij nodig, maar het waarom ontging hen natuurlijk compleet.

Rick had wel door de grond kunnen zinken van schaamte.

Op zijn werkplek nam hij zijn persoonlijke bezittingen mee. Het waren er niet veel. Een foto van zijn gezin, een tijdschrift, een boek, een strip kauwgom, een busje deodorant. Wat vond hij dit gênant. Hij had amper de kans gehad om zich hier te vestigen, of hij kon alweer opkrassen.

Yann Desmet was er op een afstand bij komen staan, samen met de jonge De Thibault.

Toen zijn bureau leeg was, nam Thierry de kartonnen doos. Jeanine liep met hem naar de lift.

'We zien elkaar nog', zei Yann en stak een hand op.

'Nu nog je badge', zei ze. 'En je tankkaart.' Ze nam die aan en duwde daarop op de knop van de lift. Thierry overhandigde hem de kartonnen doos.

'Rick', zei ze, terwijl ze op een lift wachtten.

'Ja, mevrouw De Coster.'

'Rick, dit zeg ik je van mens tot mens, niet van...'

'Tien minuten geleden had ik een mens nodig. Nu niet meer.'

'Rick...'

'Het is meneer Bogaert. Al vergeten? Dat schijnheilige gedoe doet me walgen.'

'Zoals je wilt.'

De liftdeuren gingen open. Rick stapte in, draaide zich om en tikte bij wijze van groet met zijn hand tegen zijn hoofd naar Naima. Terwijl de liftdeuren dichtgingen, keek hij Jeanine fel in de ogen. Als hij dan toch moest vertrekken, dan zou het met opgeheven hoofd zijn.

Toen de lift zich in beweging zette, leek het of de vloer voor de zoveelste keer bijna letterlijk onder zijn voeten werd weggetrokken.

Beneden zette hij er flink de pas in naar zijn auto. Hij kon wel vermoeden dat verscheidene paren ogen hem nu van achter de ramen nastaarden. De geruchtenmolen was nu al op gang gekomen.

Hij vertrok onmiddellijk. Bedaard. Alsof hij al goed wist waar hij heen wilde. Wat alleen maar wishful thinking was en een pose voor de ramptoeristen aan het raam daarboven.

Hij reed de straat uit.

Hij moest zich zo snel mogelijk ergens een parkeerplaats zien te vinden waar hij kon stoppen om op adem te komen, om alles op een rij te zetten, om te zien wat hij nu moest gaan doen, en om... over te geven.

***

'Ik ben er!'

'Ssst!'

'Wat?' nu veel zachter.

Rebecca kwam vanuit de keuken naar de hal gelopen. Zijn borstkas snoerde dicht. Ze gaf hem een kus op zijn wang.

'Je bent zo vroeg? Mama is net nog wat gaan rusten.'

Hij kon de angst niet uit zijn stem bannen. 'Gaat het niet met haar?'

'Ja, toch wel. Ze wilde er graag ontspannen uitzien tegen de tijd dat je thuiskwam.'

Hij knikte maar wat. 'Typisch. Zo attent van haar. Dat ze me graag wil doen geloven dat alles in orde is. Maar eigenlijk voelt ze zich nog helemaal niet zo goed. Of wel?'

'Ja, toch wel. Alleen, ik denk dat ze zich gisteren gewoon ontzettend heeft opgewonden.'

'Ja, dat was niet erg verstandig van Bruno om uitgerekend bij me thuis op te bellen over iets waar hij maar de helft van had verstaan.'

'Maar vandaag heeft hier nog iemand anders van kantoor gebeld. Iemand van de personeelsdienst, een vrouw.'

'Mevrouw De Coster.'

'Ja, kan. Die kon het ook maar niet begrijpen dat ik levend en ongedeerd hier thuis zat.'

'Ik weet het. Ze heeft het mij verteld.'

'Ah zo, je weet er al van?'

'Natuurlijk. Zij had het verhaal ook opgevangen en ze wilde blijkbaar bloemen sturen. Maar ik zat een hele ochtend in vergadering. En dus vond ze er ook niet beter op dan naar hier te bellen. Omdat ze wilde weten in welk ziekenhuis je lag.'

'Maar goed dat mama de telefoon niet heeft aangenomen.'

'Heb je er haar over verteld?'
'Nee, hoor.'
'Ah goed. Best zo.'
'Ik dacht eerst nog van wel, omdat ik het zo lachwekkend vond, maar ik denk niet dat zij de grap ervan zou hebben ingezien.'
'Toch ongelofelijk hoe een halve zin een heel eigen leven gaat leiden.'
'Ja, hoe is dat eigenlijk gegaan, want ik snap het allemaal toch niet zo goed, hoor.'
'Ik had gisterochtend een afspraak bij een cliënt buiten het kantoor en ik wilde daarna graag een half dagje vrij nemen. Ik wilde mama eens mee uit nemen naar een film of zo. Ik dacht dat zoiets wel kon, na alle extra uren die ik op kantoor doorbreng. Maar, nee hoor, uitgerekend gistermiddag moest er nog een vergadering worden gehouden, waarop ik ab-so-luut niet mocht ontbreken.'
'Dat wil altijd wel lukken.'
'Terwijl ik het kantoor verliet om naar mijn cliënt te gaan, heb ik dan iets gezegd zoals: "Zelfs als mijn dochter verongelukt en halfdood op Spoed ligt, krijg ik hier geen half dagje vrij". Nu had iedereen aan de koffiemachine dat natuurlijk gehoord. Maar, je weet hoe het gaat als je iets moet doorvertellen dat je niet precies hebt gehoord, die kwade opmerking van mij is een eigen leven gaan leiden.'
'En iedereen dacht dat je dus het kantoor verliet om bij je dochter te zijn. Ja, natuurlijk.'
'Precies, zo is het gegaan.'
Ze glimlachte. 'Dan dachten je collega's vast: die vader ziet zijn dochter wel erg graag.'
'Zeker weten.'
'Helemaal fout zaten ze.'
'Over je ongeluk wel, maar niet over dat ik je zo graag zie.'

'Een hele eer.'
'Lach me maar uit.'
Ze gaf hem een zoen op zijn wang. 'Maar nee, vadertje. Ik zie je toch óók graag', waarna ze een proestlach acteerde.
Hij zuchtte en volgde haar naar de keuken.
'Maak jij eten klaar?'
'Zeg maar van yes.'
'En welk diepvriesgerecht ga je in de microgolfoven tot een culinair hoogstandje opwarmen?'
'Ja, ja, lach jij me nu maar uit. Het wordt een pasta – fettuccine om precies te zijn – Alfredo.' Ze toonde de bladzijde in het kookboek waarop een prachtige foto van het afgewerkte gerecht prijkte.
'In het boek lijkt het alvast lekker.'
'Wacht maar af', zei ze strijdvaardig en gaf hem een klap op zijn schouders.
'Oudermishandeling', riep hij te luid.
'Ssst.'
'Oké, sorry. Zeg, Rebecca, mag ik straks je pc eens even hebben?'
'Straks? Ai, dat is moeilijk. Wil je 'm lang hebben? Anders, nu is geen probleem.'
'Wel, ik weet niet hoe lang precies. Ik wilde graag mijn e-mailprogramma daarop installeren en wat achterstallige mails verwerken.'
'Oei. Ben je je laptop op kantoor vergeten?'
'Wel, het is te zeggen, ze hebben op kantoor liever niet meer dat de laptops mee naar huis worden genomen.'
'Wat is dat voor een stupide regel? Een laptop dient nu toch precies om ermee rond te lopen?'
'Ja, maar nee, ik bedoel dat die op kantoor allemaal vervangen worden door vaste computers op de werkplek. En er wordt van ons verwacht dat we thuis een eigen pc hebben

waarmee we op het netwerk van het kantoor kunnen inloggen.'

'Kan het morgen niet? Het probleem is dat ik vandaag een hele dag op mama heb gepast en dat ik helemaal niets voor mijn volgende examen heb gedaan. En nu nog wat eten maken. Ik denk dat ik direct na het eten en waarschijnlijk tot nog een stuk in de nacht achter mijn computer ga kruipen.'

'Ja, maar, dat is geen probleem, hoor. Eerst je studie natuurlijk. Dat is belangrijker dan mijn mail.'

'Ja, sorry hoor.'

'Nee, echt niet. Ik ga wat anders aantrekken.'

Hij zou vandaag niet meer te weten komen of Ingrid hem nog iets had gestuurd.

Rick Bogaert keerde terug naar de hal en wilde voorzichtig de trap oplopen toen hij zijn gezicht zag in de spiegel in de hal. Hij keek zichzelf recht in de ogen en vroeg aan zijn spiegelbeeld hoe het zover had kunnen komen. Dat hij deze komedie als een meester had gespeeld. Dat hij geen werk meer had, dat hij was ontslagen, dat hij straks geen inkomen meer had om zijn gezin te onderhouden en hij deed hier alsof er geen vuiltje aan de lucht was. Erger, hij beloog en bedroog zijn dochter, alsof het de gewoonste zaak van de wereld was. Dat hij eerst aan een gemist berichtje van Ingrid dacht en dan pas aan zijn vrouw die hierboven in bed lag.

Terwijl hij zich dat afvroeg, voelde hij zich misselijk worden. Hij vluchtte de wc in en kokhalsde.

***

Rick Bogaert had zijn auto op het parkeerterrein van het AC-hotel in Ruisbroek gereden. Hij stond naast zijn auto met zijn handen in zijn zakken te staren naar de auto's op de

Brusselse Ring. Die raasden voorbij in de richting van Brussel. De inzittenden konden niet wachten om te mogen gaan werken.

Het was iets na zeven uur en hij wilde roepen naar de zon dat ze onder moest blijven. Hij wilde niet dat een nieuwe dag aanbrak.

Hij was doodmoe. Hij had nauwelijks geslapen, was telkens wakker geworden met het vreselijk holle gevoel dat hij zijn baan was kwijtgeraakt. En hoe. Omdat iemand anders zijn leven voor hem was gaan leiden. En hij kon uit die klauwen niet wegkomen zonder zich eerst nog meer te laten gebruiken. Hij voelde zich het bezit van een door en door verdorven individu.

Hoe kon hij dat ooit op een zinnige manier aan iemand uitleggen? Hij kon zichzelf vanochtend slechts zien als een doortrapte schoft, de namen vader en echtgenoot onwaardig.

Hij had het gisteravond niet over zijn hart kunnen krijgen om zijn vrouw over zijn ontslag in te lichten en vanochtend was hij gewoon naar kantoor vertrokken. Nee, eigenlijk had hij niets gezegd. Ze had gewoon verondersteld dat hij naar kantoor ging. Hoe zou ze het ook anders kunnen denken? Het was een waanzinnig verhaal.

Iemand deed er alles aan om hem genadeloos te gebruiken en schuwde daarbij niet eens zulke smerige trucs dat hij er zijn baan door verloor. Vroeger zou hij zich hiertegen hebben verzet, van zich hebben afgebeten. Vandaag liet hij betijen. Om een vrouw die niet de zijne was en die ook nooit de zijne zou worden.

Hij voelde zich ellendig.

Maar hij zou dit niet over zich heen blijven laten gaan. Hij zou terugvechten. Dan zou hij Bruno Carels in een hoek drijven en de politie op zijn dak sturen, hield hij zichzelf voor. Maar eerst moest hij nog gehoorzamen. Er moesten een paar klusjes opgeknapt worden en dan zou hij terugslaan. Onverbiddelijk.

Hij had bovendien nog altijd niets van Ingrid gehoord of gelezen. Hij kon niet bij zijn mails. Misschien had ze hem al berichten gestuurd, misschien had ze hem al iets willen zeggen, misschien wachtte ze op zijn antwoord, misschien maakte ze zich wel zorgen omdat hij nog niet had geantwoord. Hij wist nergens van. Dat was zo onnoemelijk frustrerend. Hij had haar gisteren een sms gestuurd. Tevergeefs. Niet verwonderlijk, gezien haar relatie tot haar gsm. Maar alles bij elkaar veroorzaakte het dat hij tegen de muren kon opvliegen van frustratie.

Hij wilde haar zien, of horen, of lezen, het maakte niet uit, hij verlangde zo naar íéts van haar. Vanavond zou hij haar bellen, vanavond als zijn eerste opdracht voor haar stalker achter de rug was, op haar gsm, of misschien nog op kantoor, of zelfs thuis als het niet anders kon, maar hij moest haar spreken, hij wilde haar stem horen, tot elke prijs. Hij werd gek van haar stilte.

Om negen uur moest hij op de luchthaven in Zaventem zijn. Welke verrassing zou Bruno Carels daar voor hem in petto hebben, vroeg hij zich af.

***

Geen enkele verrassing op de luchthaven, moest Rick Bogaert tot zijn niet geringe verbazing constateren. Bruno Carels had hem daarvandaan zonder veel omwegen naar Antwerpen, naar een adres op het Zuid geleid. Daar was hij via een smalle doorgang aan de Haantjeslei een binnenplaats op gereden met een twintigtal garageboxen.

De roestige sleutel paste op box nummer zeventien. Hij

trok het metalen rolluik ratelend omhoog. Het lawaai werd tientallen keren weerkaatst tegen de achtergevels van de gebouwen rondom.

De garagebox was vrijwel leeg. In het midden van de ruimte stond een zwart diplomatenkoffertje dat hij moest meenemen. Hij tilde het koffertje op. Het woog vederlicht. Dus toch geen drugs of een bom, dacht hij. Diamant kon nog wel. Maar hij bleef er verder niet bij stilstaan. Tegen de wand achteraan stonden een tiental gesloten kartonnen dozen gestapeld. Daarbovenop lag een rode nylon rugzak. De vloer was groezelig en zat vol oude olievlekken, maar het koffertje, de dozen en de rugzak leken nieuw. Hij had geen tijd om die van naderbij te bekijken, want hij kreeg dadelijk al de opdracht om voort te maken en een openbare parkeerplaats voor zijn auto te zoeken. Het viel hem op dat het handvat van het rolluik blinkend gepoetst was, toen hij de garagedeur weer naar beneden liet. Hij draaide de deur zorgvuldig op slot en morrelde er nog even aan voor de zekerheid.

Op zijn parkeerplaats kreeg hij verdere instructies, die zelfs een koffiepauze inhielden op het terras van een brasserie aan de De Keyserlei.

En nu liep hij doelloos tussen de bomen op het Steenplein in de richting van de burcht. Het ijsstalletje op de hoek deed gouden zaken. Hij hield zijn gsm in zijn ene hand, het koffertje in de andere.

Waarop moest hij nu nog wachten? Daar had hij het raden naar. Hij hield halt en keek om zich heen. Naar wie moest hij nu uitkijken? Hij sloeg de mensen die om hem heen liepen nauwgezet gade. Zou iemand hem aanspreken? Iemand met een identiek koffertje als dat van hem.

Maar hij zag vooral flanerende toeristen. Hij kon best zelf ook wat meer in het zicht lopen, vond hij. Hij kon beter de helling naar het Steen op lopen. Bij de toegangspoort van de burcht zou hij een betere kijk op de omgeving hebben. Of was dat niet eens nodig? Hoogstwaarschijnlijk hield zijn contactpersoon hem op dit ogenblik al in de gaten.

Toen kreeg hij het metalen trapje in het oog dat over de waterwering voerde. Daarboven zou hij kunnen zien en gezien worden. Hij liep de houten treden op naar het platformpje op zowat een meter boven de straat en bleef daar op de uitkijk staan.

Hij zag niemand met een koffertje over het plein lopen. Hij liet zijn blik verder glijden naar de toegangspoort van de oude gevangenisburcht.

En plots trof de bliksem hem vol in zijn hart.

Plots hield beneden hem iedereen op met lopen. Alle geluiden rondom hem vielen weg. De hele wereld hield op met draaien. De snijdende pijn in zijn borst was nauwelijks te harden.

Dit kan niet, dacht hij. Maar zijn ogen bedrogen hem niet.

Wat deed zíj hier?

Onder de toegangspoort van de burcht liep Ingrid Lund langzaam over de hellende kasseiweg van het Steen naar beneden.

Dit kan niet, dacht hij. Dit mág niet!

Maar het meest misselijkmakende wat hij zag, was dat ze in haar ene hand een identiek koffertje droeg als dat van hem.

Was dit dan een wereld geworden waarin iedereen constant iedereen bedroog? Was zij dan een handlanger van Bruno Carels?

'Nee! Kan niet. Nee!' Uitgesloten. Daar wilde hij niet eens verder aan denken.

Maar er leek in elk geval geen twijfel over te bestaan dat

zij de contactpersoon was die hij moest ontmoeten. Hij begreep er niets meer van.

Ze hield halt en hij zag hoe ze haar blik over het Steenplein liet gaan. En plots leek het of die blik op hem bleef rusten. Ze bracht haar vrije hand boven haar ogen tegen de zon en toen leek ze te verstarren. Maar dat kon een indruk van hem zijn.

Toen verbaasde ze hem nog meer.

Ze draaide zich met een ruk om en haastte zich terug de helling op. Ze hees haar koffertje onder haar arm en liep onder de poort van Semini door en over de binnenplaats weg naar de achterzijde van het Steen.

Toen begreep hij er helemaal niets meer van.

Hé! Nee, dacht hij. Ingrid! Blijf staan! Loop niet weg!

'Hé!' riep hij.

Hij wilde ernaartoe, haar achterna. Maar eer hij beneden aan het trapje stond, was de wereld opnieuw in gang geschoten. De mensen liepen voor zijn voeten, ze botsten tegen hem op. Hij baande zich een weg langs de groep toeristen heen die zich aan het beeld van Lange Wapper stonden te vergapen.

Hij zag haar pas opnieuw toen hij over de binnenplaats de andere poort van het Steen uit liep.

'Hé!'

Ze keek achterom. Ze vluchtte gehaast de trapjes op naar het Noorderwandelterras. Hij moest haar koste wat kost tegenhouden. Hij moest haar spreken.

Kom hier, Ingrid, lieve Ingrid, ik wil je terugzien. Hij wilde zich opgewonden gelukkig voelen.

Maar waarom liep ze nu van hem weg?

Was ze ook een koerier? Had Bruno haar ook ingeschakeld? Had hij haar een tweede levering toevertrouwd? Dat zou betekenen dat zijn goede daad voor haar maar een halve waard was. Hij voelde teleurstelling opkomen. Stopten de opdrachten hier dan? Of moesten ze nu samen ergens heen?

Van slechts één zaak was hij honderd procent overtuigd: in deze ontmoeting had Bruno Carels de hand.

En nee, het was ondenkbaar dat Ingrid een handlanger van Bruno was. Maar was dat niet precies waar zíj hem nu van verdacht?

Het was niet echt een wilde achtervolging in filmstijl. Ze liep niet echt, het was eerder snelwandelen wat ze deed. Hij was ook geen hardloper. Daarenboven hield hij zijn pas ook in. Waarom hij dat deed wist hij niet zo goed. Hij wilde in elk geval de aandacht niet op zich vestigen. En hij moest haar ook niet echt met een karpersprong in haar nek staande houden. Ondertussen verkleinde toch de afstand tussen hen.

Toen hij op enkele meters achter haar liep, riep hij haar: 'Ingrid. Ingrid, stop!'

En hoewel hij dat helemaal niet had verwacht, hield ze abrupt halt. Ze had ongetwijfeld begrepen dat ze nergens heen kon en dat ze toch zou worden ingehaald.

Ze draaide zich om en hield het koffertje als bescherming voor zich uit, terwijl ze traag achteruitdeinsde.

'Ingrid!'

Hij zag dat ze bang was. Er lag radeloze angst in haar ogen, woede en pijn.

'Ingrid! Wat doe jij hier?'

Hij reikte een hand naar haar.

Ze hield het koffertje hoger en nog steeds beschermend voor zich uit. 'Ga weg!' riep ze, maar ingehouden genoeg zodat niemand naar haar zou kijken.

'Ingrid, wat is er?'

Ze keek verwilderd om zich heen. Het leek of ze alle

moeite van de wereld had om niet te gaan schreeuwen. Hij zag weer haar woede en haar pijn.

'Ga weg! Alstublieft, ga weg!' Ze bleef traag achteruitlopen. 'Waarom?' vroeg ze. 'Waarom, Rick?'

Dat was de eerste keer dat hij haar zijn naam hoorde uitspreken.

Ze klonk vertwijfeld. 'Ik vertróúwde je!'

Toen botste ze achteruit tegen een zitbank en zonk neer. Schijnbaar uitgeput liet ze zich op de bank zakken. 'En ik vertrouwde je nog!' fluisterde ze opnieuw. Ze hield het koffertje nu met beide handen omklemd tegen haar borst en boog haar hoofd diep voorover als wilde ze hem niet meer zien.

Rick stak zijn hand naar haar uit. Hij raakte even haar schouder aan. 'Ingrid, alsjeblieft.'

Ze trok haar schouder achteruit en schudde krachtig met haar hoofd zodat haar haren voor haar ogen gingen hangen. 'Ga weg! Ga weg! Ga weg!'

'Ingrid, toe, luister 'ns.'

Ze keek naar hem op. De wind van over de Schelde blies haar haren weer uit haar ogen. Toen zag hij iets in die ogen dat hem aan doodsangst deed denken. Als bij een aangereden dier dat nog even de kop optilt.

'Ik heb gedaan wat je wilde. Maar laat me nu met rust, ja? Alstublieft. Als je mij niet los kunt laten, laat er dan toch mijn kinderen buiten. Alstublieft?'

'Ingrid, ik weet niet waarover je het hebt.'

'Dit had ik echt niet verwacht.' Dat zei ze met zo'n blik die overliep van eindeloze droefheid.

'Wat dan?'

'Er is zoveel gewicht dat nu van mijn schouders valt, omdat ik het eindelijk weet.'

'O, wat weet je dan eindelijk?'

'Of je het nu zelf een onvoorstelbaar goede grap vindt, weet ik niet. Maar in ieder geval ben ik zo onvoorstelbaar verschrikkelijk boos dat ik niet weet wat me tegenhoudt om je met dit koffertje een klap in je gezicht te geven.'

Hij reageerde zelf plots geïrriteerd. 'Zal ik je eens haarfijn uitleggen wat je tegenhoudt?' Waar had hij die uitdrukking vandaan? 'Je durft me geen klap te geven omdat je niet weet of alles wat je nu over me verzint wel klopt met de realiteit. Of wat niet. Ik weet in de verste verte niet wat er nu door dat kopje van je gaat, maar, laat ik het je maar eens goed duidelijk maken: als je dan zó onvoorstelbaar boos op me bent, dan weet ík in ieder geval dat er helemaal niets kan kloppen van wat je over me denkt.

Want je kunt me helemaal niets verwijten. Integendeel, ik heb alleen maar getracht om die gek van jouw rug af te krijgen en om zélf alles te doen wat hij van plan was om jou te vragen. Dát is het enige wat ik gedaan heb. En dat is alles wat ík ervan weet. En als je me nu toch nog absoluut als de slechterik wilt zien, dan doe je maar. Ík weet in ieder geval dat me niets te verwijten valt.'

Rick Bogaert had zich zo opgewonden dat hij zijn redevoering ondersteunde met brede gebaren en een stemvolume dat almaar toenam. Enkele passanten keken in het voorbijlopen gegeneerd de andere kant op. Een troepje jongelui gaapte hen aan en gaf lawaaierig commentaar: 'Klopt erop!'

Rick Bogaert ging ook op de bank zitten, aan de andere kant van de armleuning in het midden van de bank. Hij zette zijn koffertje vast tussen zijn voeten. Hij was geschrokken van zijn eigen opgewonden gedrag. Diep beschaamd ook. Hij liet zijn hoofd in zijn handen zakken. Hij sprak haar aarzelend weer aan:

'Ingrid?'

'Mm.' Het was zacht uitgesproken en ze knikte en hij begreep het als 'ja, zeg maar, ik luister wel'.

Hij liet zijn ellebogen op zijn knieën rusten en sprak haar handenwringend toe:

'Ingrid. Ik... ik ben zo blij je te zien, hè.' Hij schaamde er zich voor dat hij de droogte in zijn mond moest wegslikken. 'Ik heb er twee dagen zo naar uitgekeken om je weer te zien of om alleen maar iets van je te lezen. Je hebt er geen gedacht van hoe ik daar naar uitgekeken heb. Maar nu, hè... na dit... als je me nu niet gelooft, als je me nu nog altijd niet vertrouwt, hè, als je... als je me niet de kans geeft om je alles te vertellen wat er gebeurd is. Dan...' hij zuchtte diep, 'dan vertrek ik nu en dan zien we elkaar nooit meer terug en beloof ik je dat je nooit meer iets van mij hoort. Ik kan niet meer tegen die achterdocht. Ik kan daar niet meer tegen.'

Ze zweeg. Hij smeekte in gedachten dat ze hem zou vragen om te blijven, maar ze zweeg. Hij keek haar van opzij aan. Ze zat met een verkrampte mond voor zich uit naar de grond te staren. Haar haren waaiden weer in haar ogen. Ze hield haar koffertje nog altijd dicht tegen zich aan gedrukt, alsof het een laatste stuk van een harnas was. Ze schudde met haar hoofd, eerst een klein beetje, daarna krachtiger.

Zonder hem aan te kijken, liet ze haar koffertje los en ze legde het op de zitbank tussen hen in. En terwijl ze nog altijd voor zich uit staarde, schoof ze het koffertje naar hem toe. Tot tegen de armleuning in het midden van de bank. Ze schudde een laatste keer van nee.

Rick Bogaert zuchtte. Oké, dit was het dan, moest hij toegeven. Hij duizelde, het was alsof er een steen in zijn borstkas geprangd zat. Hij kon niets bedenken als afscheid. Ik gooi dit moment ook maar op de vracht bagger die de gigantische puinhoop van mijn verleden heeft gevormd, dacht hij. Hij schoof het koffertje dat ze naar hem toe had geduwd terug in haar richting.

'Dump jij het maar. Als je wilt, kun je het gewoon hier op de bank achterlaten.'

Het was het beste wat hij had weten te verzinnen. Hij ging overeind staan. Hij keek nog even uit over de Schelde. Misschien riep ze hem nog terug. Maar nee, tevergeefs. Hij nam het koffertje dat hij zelf had vervoerd weer mee. Hij zou het straks openmaken. Hij wilde weten wat er in stak. Hij vertrok in de richting van waar hij was gekomen.

Dit was het dan, moest hij toegeven.

Hij liep het trapje van de waterwering over en nam aan de overkant van de straat de Zilversmidstraat, die onder de appartementenblokken door naar de Grote Markt liep.

Oké, dit was het dan, herhaalde hij in zichzelf. Misschien was het ook beter zo. Het zou nooit anders geworden zijn dan een uitzichtloze relatie. Daarmee probeerde hij zichzelf op te monteren.

Het was een mooie tijd geweest in zijn leven. Hij had zich even weer een verliefde jongen gevoeld. Ze hadden niemand verdriet aangedaan. Dat was toch ook belangrijk geweest. Hoe langer hun relatie zou duren, hoe verder ze ging, des te meer bestond de kans dat ergens een lek zou ontstaan. En dan... Misschien was het beter zoals het nu was, zoals het nu was geëindigd.

Achteromkijken naar wat hij met haar had beleefd, gaf hem een warm gevoel. Hij had nooit eerder achterom willen kijken in zijn leven. Dat was iets voor oude mensen en voor mensen die voor zichzelf geen toekomst meer weglegden. Dat had hij altijd gedacht. Maar nu niet.

Jammer, dacht hij, dat hij met Ingrid niet zoiets als één onvoorstelbaar gelukkig moment had meegemaakt waar hij nog jaren op zou kunnen terugblikken. Vooruitkijken was uitzichtloos geworden, dat was het. Ze zouden nooit samen Venetië zien.

Hij liep slenterend over de Grote Markt.

Plotseling besefte hij weer meer dan ooit de oneindige

leegheid die zijn leven was geweest. Misschien moest hij nu maar eens opnieuw de draad van zijn leven oppikken. Maar nee, dacht hij, dat lukt toch niet meer. Sinds zo-even was zijn leven pas echt uitzichtloos geworden. Hoop op een nieuw begin leek vergeefs.

Hij was in één jaar al eens tien jaar ouder geworden. In enkele minuten waren er zopas weer tien jaar bij gekomen.

Hij liep langs de Onze-Lieve-Vrouwekathedraal. Hij hield even halt en keek steil naar omhoog, naar de blauwe lucht, en knipperde met zijn ogen door de zon die op de honderd en drieëntwintig meter hoge toren scheen. Hij voelde zich weer duizelen. Dat dit hem op een stralende dag als deze moest overkomen, dacht hij en liep verder.

Hierheen was een van zijn eerste schoolreizen gegaan. Hadden ze toen met de klas de trappen van de toren niet beklommen, tot in de spits? Dat herinnerde hij zich niet meer. Menslief, wat was dat een eeuwigheid geleden. 'Het jongetje dat altijd lachte', zei zijn meester van toen over hem, jaren later tijdens een schoolreünie. Vandaag zou hij de oude man 'Toen nog wel, ja' antwoorden. 'Maar als ik al had geweten wat ik nu weet, dan had ik me toen zonder twijfel van de Onze-Lieve-Vrouwetoren naar beneden gegooid. Zodat ik dit leven niet tot hier had hoeven meemaken.'

Rick Bogaert sleepte zich terug naar zijn wagen. Hij had dorst, maar geen zin om helemaal alleen op een terrasje iets te gaan drinken. Trouwens, hier in het straatje stonden alleen tafeltjes van restaurants; tafeltjes voor twee. Hij zou op de Groenplaats een zitje op een bank in de zon zoeken.

Kuddes mensen, dacht hij, misschien zou er wel eens gewied mogen worden in hun aantallen. Hij wrong zich tussen de mensenmenigte, met het nodige duwwerk.

Iemand trok hem zelfs aan de arm om langs hem heen te komen.

***

Het lukte Ingrid Lund niet om naast hem te gaan lopen. Maar ze liet zich achter hem meedrijven in de mensenzee, terwijl ze zijn arm vasthield.

'Dacht jij vanmiddag ergens iets te gaan eten?'

Hij wist geen weg met zijn gevoelens. Hij was zo blij dat ze hier plots zo volstrekt onverwachts aan zijn arm hing, dat hij haar wel had kunnen zoenen. Maar tegelijkertijd vroeg hij zich af of het nu werkelijk haar bedoeling was om zijn uitleg te horen. Of was het gewoon om het afscheid niet zo abrupt te maken.

Hij draaide zich, zo goed als dat kon, naar haar om en zei:

'Ik dacht dat jij 's middags nooit at?'

'Zelden. Maar er zijn gelegenheden dat het gezelschap opweegt tegen een zelf opgelegd dieet.'

Wat had ze toch altijd het juiste antwoord op het juiste moment, dacht hij.

Ze liepen door tot ze op de Groenplaats meer ruimte om zich heen kregen en toen bleven ze allebei staan. Ze had zijn arm ondertussen losgelaten. Ze knipperde tegen de zon en zocht een zonnebril in haar tas. Ze had haar koffertje nog bij zich.

'Als je mijn gezelschap bedoelt, dan zeg ik je: merci voor het compliment.'

Ze ontweek zijn vraag en keek hem nu door donkere brilglazen aan, zodat hij niet zag wat haar ogen vertelden:

'Misschien moeten we gewoon eens praten. Wat denk je?'

'Is dat een vraag?'

'Als we de draad nu eens opnieuw oppakten waar ik die lang geleden hebben laten vallen.'

'Je bedoelt de taverne bij het Nachtegalenpark?'

Ze knikte.

Haar auto stond in de parking bij de Grote Markt gestald. Zij moest terug. Ze was hem dus vanaf het Steen de hele tijd blijven volgen. Hij had nog een eindje te lopen naar de Frankrijklei. Waarom was ze plots van gedachte veranderd?

Hij zette die vragen uit zijn hoofd. Toen hij in zijn wagen zat en de deur hard had dichtgeslagen, schreeuwde hij:

'Yes!'

Hij reed weg van zijn parkeerplaats, maakte rechtsomkeert en reed over de Mechelsesteenweg richting Singel. Hij toetste de radio aan en floot mee op de tonen van *Fly me to the Moon*. En hij kweelde uit volle borst mee '*In other words: I love you...*'

Sinds de dag dat hij zijn rijbewijs had gehaald en hij voor het eerst alleen een auto had mogen besturen, had hij zich waarschijnlijk niet meer zo kinderlijk gelukkig gevoeld achter het stuur als nu.

Hé, mannen van Brooks & Nagelmakers, had hij willen roepen, terwijl jullie verkleumen in de airco en kreunen onder de dossiers die vanmiddag nog afgewerkt moeten worden, hoor eens hier: ik ga op een terrasje een hapje eten met de vrouw van wie ik houd en ik blijf daar zolang ik daar zin in heb.

Even besloop hem de kinderlijke aandrang om het kantoor – zijn éx-kantoor – op te bellen en naar Nagelmakers te vragen. Maar hij moest toch voorzichtig zijn. Hij wilde graag aan het eind van deze maand nog zijn cheque krijgen.

***

Hij zag haar auto al staan op het parkeerterrein van de taverne. Deze keer had ze niet gekozen voor een parkeerplaats tussen de bomen langs de weg. Hij reed zijn auto achteruit tot naast die van haar en ze stapten allebei uit.

Rick opende de koffer van zijn auto. Hij haalde een schroevendraaier uit het gereedschapskistje. Hij zette het koffertje dat hij had vervoerd schrap in de kofferbak en stak de schroevendraaier onder het slot. Eén krachtige draaibeweging en het slot begaf het. Hetzelfde gebeurde met het slot aan de andere kant.

Wat hij zag, verwonderde hem niet eens. Het koffertje zat vol pornografische tijdschriften van het hardste kaliber. Hij keek ze niet in. Met Ingrid erbij voelde hij te veel schroom om dat te doen. Maar de sadomasochistische gruweltaferelen die op de kaften prijkten, spraken vast ook voor de inhoud van de blaadjes. Boven op de boekjes lag een wit A4'tje met één zin erop geprint: *Nieuwsgierigheid is een doodzonde.*

Maar wat hem meer verwonderde en bovendien deed huiveren was het plastic pasje dat binnen in het koffertje aan een leren bandje hing. Hij las:

'Deze koffer is eigendom van Rick Bogaert. Deze koffer heeft geen waarde voor u, maar indien u deze vindt, gelieve deze, port betaald door de geadresseerde, te bezorgen op volgend adres ... in 1651 Lot.'

Hij keek Ingrid aan: 'Wat een afschuwelijke zet alweer. Moest jij dit koffertje misschien ook gewoon dumpen?'

Ze knikte sprakeloos.

'Net als ik met dat koffertje van jou moest doen. Stel dat je het ergens had achtergelaten, en iemand vond het en dacht: Hé, dit moet terug. Stel je voor dat dit thuis bij mijn vrouw wordt bezorgd.'

'Ik ben benieuwd welke verrassing hij voor mij had.' Ze reikte hem het koffertje aan dat zij had vervoerd.

'In dat van jou zullen we vast ook het antwoord op onze vragen niet vinden.'

'Nee, vast niet.'

'Mij heeft hij gevraagd om mijn koffertje te ruilen en het koffertje dat ik terugkreeg gewoon te dumpen.'

'Ik kreeg dezelfde instructie ge-sms't.'
'Wel, dan zijn we eraan voor de moeite. Want dan steekt in geen van beide koffertjes iets waardevols.'
Ingrid was zichtbaar verontwaardigd. 'En dat betekent ook dat wij hier vandaag met twee waardeloze koffertjes hebben rondgezeuld. Was dat dan voor de grap, of wat?'
'Noch ik, noch jij – vermoed ik – hebben sinds onze ontmoeting daarnet nog instructies gekregen. Als daar tóch – ik zeg maar wat – diamanten in een van beide koffertjes zaten, dan kan ik mij niet voorstellen dat jouw stalker ons hier rustig laat staan kletsen voor de koffertjes op hun plaats van bestemming zijn aangekomen.'
'Wat een perverse geest moet die man hebben om ons zo'n zinloze tocht te laten maken.'
'En voor geen haar te vertrouwen, bovendien.'
'Zullen we het openmaken en kijken wat er bij mij in zit?'
'Ik vraag niets liever.'
'Al moeten we niets essentieels verwachten.'
Rick maakte ook bij Ingrids koffertje de sloten met zijn schroevendraaier brutaal kapot. Naast een A4'tje met dezelfde tekst: *Nieuwsgierigheid is een doodzonde*, zaten in de koffer afdrukken van foto's waarop Ingrid samen met Rick stond. Een plastic kaartje met de tekst: ... *eigendom van Ingrid Lund... te bezorgen op volgend adres ... in 2880 Bornem*, completeerde de inhoud.
'Onvoorstelbaar! Niet te geloven!' Dat was het enige wat Ingrid kon bedenken.
Op het eerste gezicht leken het foto's die waren genomen in en buiten de broodjeszaak. Rick nam ze door. Het zou kunnen, dacht hij, dat de binnenopnames ook van buitenaf met een telelens waren genomen. Er was ook een foto van buiten bij waarop Ingrid haar vinger op zijn lippen legde. Voor iemand die niet beter wist zou dit ongetwijfeld een frappant bewijs van een overspelige relatie zijn.

'Denk je niet dat we op dit moment ook in de gaten worden gehouden?' vroeg ze.

'Daar ben ik vrijwel zeker van.'

'Dacht ik ook.'

'Als het niet door een fotograaf met een telelens is, dan op z'n minst door een satelliet van Google Earth die het ziet als de scheiding in je haar niet recht ligt.'

'Of als mijn coniferenhaag niet geknipt is.' Ze grijnsde.

'Ja, precies.' Hij was er blij om dat ze er zelf een grapje over maakte. 'Maar zou je deze foto's toch niet beter vernietigen?'

'Natuurlijk. Ik jaag ze straks door de papierversnipperaar op kantoor. Maar dat verandert niets. Hij maakt er toch zoveel bij als hij wil. En als hij weer zo'n "Operatie Beschadiging" als chantagemiddel wil gebruiken, dan krijgt hij er zonder veel moeite wel enkele bij onze echtgenoten.'

'Daar zal hij inderdaad zijn hand niet voor omdraaien. Dat hij meedogenloos is, ja, dat heb ik al ondervonden.'

'Wat bedoel je?'

'Dat vertel ik je nog. Maar hij wist vanzelfsprekend dat we ons niet zouden kunnen bedwingen om de koffertjes toch open te maken. Vandaar dat die *"Nieuwsgierigheid is een doodzonde"* duidelijk voor ons was bestemd. Al wil hij ons – denk ik – toch vooral duidelijk maken dat hij het voor het zeggen heeft. Dat hij ons allebei op elk moment met één vingerknip kan laten doen wat hij wil.'

'Is dat geen reden om aan te nemen dat hij ons echt nodig heeft? Als hij ons zomaar zou kunnen vervangen door een andere koerier, dan hoeft hij toch al die moeite niet te doen?'

'En wat besluit je daaruit?'

'Dat hij ons niet lukraak heeft gekozen.'

'Dat hij jóú niet lukraak heeft gekozen. Ik ben er pas later bij gekomen.'

'Ik word ook pas achternagezeten nadat we ons eerste afspraakje hadden.'

Rick dacht terug aan het verzinsel van Carels over zijn afspraakjes met Ingrid in Le Bistro.

'Hij had je vast al langer in de gaten.'

'Mm, wellicht.'

'Je denkt dat de reden waarom hij dit met je doet... eigenlijk bij jou ligt?'

'Bij ons, bij mij...'

'Dat jíj eigenlijk op een of andere manier zijn doel dient?' vroeg Rick.

'Zoiets, ja.'

'Zou kunnen. We zullen het gauw genoeg weten. Ik denk niet dat hij lang wacht om opnieuw contact op te nemen. En zodra dat is gebeurd en we weten dat hij doorgaat met zijn plan, waarschuw ik de politie zodat die achter hem aan kan gaan.'

'Mm, de politie?'

Hij knikte.

'Mm. Lijkt dat jou een goed idee?'

'Dat lijkt het me inderdaad, ja. Maar met hem weet je nooit. Het zou me niet verwonderen dat hij daar zelf ook al aan heeft gedacht, dat wij daaraan zouden denken...' Hij fronste zijn wenkbrauwen. 'Snap je?'

Ze lachte. 'Ja, ja, toch wel.'

***

Ze liepen zwijgend naast elkaar naar de taverne.

'Is buiten goed voor je?' vroeg hij.

Ze knikte. 'Met dit mooie weer kan het wel voor mij.'

'In de zon? Of liever wat meer in de schaduw?'

'Zo hard brandt ze nu ook weer niet, maar maakt niet uit.'

Hij legde zijn vlakke hand tegen haar rug en wees naar een tafeltje dat wat apart stond met een parasol erbij. Hij leidde haar erheen. Hij lette op om haar met zijn hand niet te nadrukkelijk aan te raken. Hij wilde gewoon álle verkeerde interpretaties uitsluiten.

Het was een vierkant tafeltje met vier stoelen en hij liet haar op de stoel met uitzicht op het terras plaatsnemen.

'Is het goed dat ik naast je kom zitten? Dat praat gezelliger dan recht tegenover elkaar, toch?'

'Maakt niet uit.'

De ober kwam langs. Ze koos voor een glas rode huiswijn en hij volgde haar in haar keuze. Ze keken de kaart in. Hij had het deze keer niet over prosecco of welke wijn dan ook. Niet het juiste moment, vond hij. Zij koos voor een slaatje met fetakaas en spekreepjes. Hij nam een steak met bearnaisesaus.

'En, waarom...' begon hij, nadat de ober de wijn had gebracht en hun bestelling had genoteerd. Hij dacht te vragen waarom ze van gedachte was veranderd, maar hield zich tijdig in. Dat was geen goede openingsvraag, vond hij. Te confronterend. Maar ze zei:

'Omdat ik toch besloten heb om je te vertrouwen.'

Hij glimlachte. 'En als dat nu eens niet mijn vraag was?'

'Dan ben je gelijk gerustgesteld.'

'Dat wel, ja. Hoe ben je daartoe gekomen? En is het voor écht en definitief, deze keer?'

'Het komt door een combinatie van indrukken. De intense manier waarop je zei hoe je op dat moment, op dat weerzien met mij, had gewacht.

Toen je dan zei dat ik mijn koffertje zélf kon dumpen, vermoedde ik al dat we er waarschijnlijk allebei waren ingeluisd en met nepkoffertjes op pad waren gestuurd. Míjn instructie luidde namelijk ook dat ik het koffertje dat ík in ruil zou krijgen moest dumpen.

En dan, toen ik je achternaliep, leek het of je alle last van de hele wereld op je schouders torste. Terwijl je helemaal niet wist dat ik achter je aan kwam, hè. Ik vermoed dat niemand zoiets op een dergelijke, geloofwaardige manier kan spélen.'

Hij knikte. Bij wijze van grapje zou hij nu zoiets als 'Jij weet niet wat voor een fantastische acteur ik ben' hebben gezegd. Maar dat deed hij nu niet.

'Ik wilde je alleen maar helpen, Ingrid.'

'Maar waarom?'

Hij zuchtte en nam zijn glas wijn. 'Zullen we eerst klinken?'

Ze nam ook haar glas en hield het afwachtend naast dat van hem. 'Oké. Waarop dan?'

'Op ieder zalig moment dat ik in je ogen mag kijken.'

'Daar heb je al eens op getoost.'

'En dat zal ik blijven doen, zolang we samen een glas wijn zullen drinken.' Hij tikte zijn glas tegen dat van haar en nam een slok. 'Dát is de reden waarom ik je wilde helpen.'

Ze deed een poging om te glimlachen. 'Je bent gek. Maar dat is een zorg voor later.' Ze dacht even na. 'Je hebt die stalker van mij dan toch nog weergezien na die eerste keer hier in de dreef?'

'Meer dan één keer zelfs.'

'Ah zo?'

'En niet altijd met plezier.'

'Was hij het dan die je dat kletsverhaaltje heeft verteld over mijn zogenaamde ontmoeting met hem in de trein?'

Rick knikte. 'Mm, zodat hij direct wist of ik je op de hoogte had gebracht. Het is een ongelofelijk geslepen kerel.'

'Ik denk, hè, dat hij ons eigenlijk toevallig heeft gezien toen wij die eerste keer een fout – nou ja, een béétje fout – afspraakje hadden en dat hij zich toen vastgebeten heeft in jou om mij beter te kunnen chanteren.'

Rick dacht terug aan de ontmoeting in de toiletten van de pizzeria. 'Waarschijnlijk is het zoiets geweest. Maar hij suggereerde dat ik jou kon helpen door jouw opdrachten over te nemen. En nu heeft hij me goed in zijn greep.'

Rick vertelde haar in het kort over de telefoontjes naar zijn vrouw, de weerzinwekkende, valse berichten over zijn verongelukte dochter, tot aan zijn ontslag.

'Maar dat is vreselijk', kon ze slechts uitbrengen. 'De man gaat dus werkelijk over lijken om zijn doel te bereiken.'

'Dat is duidelijk. Maar het punt is dat we niet eens zijn doel kennen. En na dit neptransport kan ik er helemaal geen touw meer aan vastknopen. Hoe heeft hij jou trouwens zover gekregen dat je met zijn koffertje bent gaan zeulen?'

Ze zuchtte en keek strak voor zich uit over het terras. 'Ik had me voorgenomen om niet te buigen voor chantage. Maar vanaf die avond nadat wij elkaar na mijn vakantie hadden ontmoet, had hij me echt in de tang. Wij houden in de tuin een paar konijntjes. Toen ik ze de volgende ochtend eten bracht, schrok ik me rot en verging ik haast van de angst toen ik meende te zien dat ze helemaal onder het bloed zaten. Ze hadden allebei een dikke kwak rode verf op hun vachtje. Het was me wel duidelijk wie dat had gedaan. Maar met zoiets kun je natuurlijk ook weer niet naar de politie. En in de loop van de dag kreeg ik een bericht. Iets in de zin van: "Dit is dan het allerlaatste wat je jouw echtgenoot over mij zult kunnen vertellen. Geniet ervan!" En dat maakte me pas echt bang.'

'Wat bedoelde hij?'

'Mijn man was tot dan van alles op de hoogte, steunde mij ook echt. Maar mijn stalker speelde het erg subtiel. Ik kon eigenlijk al vermoeden waar het over ging, hij had het de avond voordien al eens gedaan. Vanaf toen stuurde hij alleen nog filmpjes in duplo. Aan de ene kant was er het gebruikelijke filmpje van elke dag en aan de andere kant een... een filmpje waar jij op stond.'

'Ik?'

'Mm.'

'Waar? Hoe werd dat dan gefilmd? En wanneer werd dat dan gemaakt?'

'Daar kan ik allemaal niet op antwoorden. Ik weet alleen dat er een tekstje bij stond dat een verband legde tussen ons. Dingen als: "Terwijl jij dit deed, was je minnaar hier mee bezig", zodat ik Victor de volgende filmpjes niet eens meer kon laten zien. Ik kon alleen nog maar zeggen dat...' Ze had moeite om dat te verwoorden. 'Ik kon Victor alleen nog zeggen dat ik geen filmpjes meer kreeg.' Ze sloeg van frustratie met haar vlakke hand op de tafel.

'Hij isoleerde je. Kan ik die filmpjes zelf nog bekijken?'

'Ik denk dat die allang van die websites verdwenen zijn. Maar nadat hij me – precies zoals je zegt – "geïsoleerd" had, stuurde hij me filmpjes waar een van mijn kinderen of allebei op stonden.'

'Laag. Zo laag.'

'De hint was duidelijk. En ik kon het niet eens meer aan Victor vertellen, want de stalker dreigde in een mail om hem alles te vertellen over die paar ontmoetingen tussen jou en mij. Nu is Victor helemaal niet jaloers, maar ik wilde in geen geval slapende honden wakker maken. Om niets dan nog.'

Rick zat sprakeloos te luisteren. 'Die man is zo door en door slecht. Een vakman op zijn gebied.'

'Het werd me wel duidelijk dat hij nooit zou opgeven. Altijd verder zou gaan, tot ik uiteindelijk zou toegeven.'

'Wat je gedaan hebt. Wat was jouw opdracht nu eigenlijk?'

'Een pakketje afleveren. Ik mocht kiezen wanneer. Ik moest vrij nemen op kantoor en hem een sms sturen zodra dat in orde was. Erg meegaand allemaal.'

'Zo kreeg hij het nummer van je gsm te pakken.'

'Het was de eerste keer dat ik de kans kreeg om hém iets te zeggen. En ja, onderweg kreeg ik mijn instructies per sms. Tot jij me vertelde dat je hem had ontmoet, wist ik zelfs niet eens met zekerheid of mijn stalker wel een man was. Maar waarom doet hij ons dit toch aan? Wat kan er nu zo belangrijk zijn dat hij daar iemands leven voor moet gaan sturen?'

'Geen idee. Bruno Carels is gewoon een door en door verdorven figuur.'

'Is dat zijn naam?'

'Beslist niet. Maar zo heeft hij zich wel aan me voorgesteld.'

'Natuurlijk. Zijn e-mails waren altijd ondertekend met ABC. Zijn sms'jes met mijn instructies ook trouwens.'

'Ik vraag me toch af wat er écht op het spel staat. Het moet toch iets zijn dat onvoorstelbaar belangrijk is?'

Dat leek hun geen geruststellende gedachte.

Haar slaatje en zijn steak werden gebracht. Rick bestelde nog een karaf rode huiswijn en ze aten een tijdje in stilte. Rick tikte met zijn glas tegen dat van haar, telkens als hij een slokje wijn nam. Hij maakte er een spelletje van. Het verzachtte de sfeer. Hij was dan ook door het dolle heen dat ze opnieuw bij elkaar waren.

'Heb jij me eigenlijk nog gemaild de laatste dagen?'

Ze schudde haar hoofd. 'Ik had een verbod gekregen op alle contact met jou, als ik niet wilde dat mijn man daarvan op de hoogte werd gebracht.'

'Handig. Die kerel is werkelijk uitgekookt.'

Nu moest hij nog zien af te spreken hoe ze in de toekomst

contact konden houden. Met een pc die hij alleen 's avonds als hij thuis was, kon gebruiken, was dat moeilijk. Bovendien werkte ook Rebecca er het vaakst 's avonds op.

'We mailden elkaar in het verleden toch ook wel eens een hele tijd niet?' zei ze.

'Ik kan mij die tijd niet herinneren en me die vandaag al zeker niet meer voorstellen.'

'Ik herinner het me nog.' Ze staarde voor zich uit. 'Het leven leek toen stukken eenvoudiger.'

'Sinds wanneer wist je eigenlijk dat iemand achter je aan zat?'

'Niet voor ik het eerste filmpje kreeg. De eerste april, dat was een zondag en eerst dacht ik trouwens ook nog dat het om een grap ging. Maar toen moest hij me al een hele tijd bespioneerd hebben. Hij wist veel te goed hoe mijn leven in elkaar zat. Nu ja, dat moet je ook in de juiste proporties zien, natuurlijk. Een leven als dat van mij is gewoon erg gemakkelijk in kaart te brengen.'

'En je hebt niet het minste idee hoe hij precies bij jou terecht is gekomen?'

'Nee. En nog minder waarom. Zeker nu, na deze vaudeville, begrijp ik er niets meer van. Iemand die zoveel moeite doet om mij te stalken, om jou te manipuleren; iemand die er niet voor terugdeinst om een carrière kapot te maken of om een huwelijk op het spel te zetten, zolang het zijn zaak maar dient, die heeft een hoger doel, een heilig doel bijna.'

'En dat staat in schril contrast met twee nepleren diplomatenkoffertjes vol euh, bedrukt papier. Bedoel je dat?'

'Onder andere. Erger is: dat zou gewoon betekenen dat dit niet het einde is van die Bruno Carels. Die kerel is van plan om ook hierna mijn en jouw leven te blijven manipuleren.'

'Een grap is het allang niet meer, dat is wel duidelijk. En dat hij het goed vond dat ik jouw plaats zou innemen, is al evenmin nog aan de orde.'

'Precies. Door ons met die twee koffertjes samen te brengen, is het onderhand wel duidelijk dat hij twee volwaardige handlangers heeft gerekruteerd.'

'Ik vraag me af wat hij nu gaat doen. Denk jij dat er spoedig een nieuwe opdracht komt?'

'Of die er spóédig komt, weet ik niet, maar dát die er komt, staat toch vast? En dat we allebei ingeschakeld zullen worden, staat al evenzeer vast. Misschien ziet hij vandaag als een algemene repetitie.'

'Om te checken of we allebei de instructies goed opvolgden.'

'Alleen maak ik me echt wel zorgen over wat die échte opdracht zal inhouden.'

'Gezien de moeite die hij zich getroost, bedoel je?'

Ingrid Lund knikte en tuurde peinzend voor zich uit.

Rick dacht haar gedachten te raden. 'Je bent bang dat er volgende keer ook wel wat anders in de koffertjes zal zitten dan bedrukt papier?'

Ze knikte weer. 'Een lading cocaïne lijkt me nog van de minst gevaarlijke leveranties die ik me kan indenken.'

Hij zuchtte. 'Ik denk dat je het té zwart inziet. Maar je hebt gelijk. Gerust ben ik er ook niet op. En ik heb er ook al aan gedacht dat het geen slecht idee zou zijn om toch contact op te nemen met de politie.'

'Ik ook. En ik heb me ook daarnet al, toen je de koffertjes openmaakte en zei de politie in te schakelen, afgevraagd of we niet beter de Staatsveiligheid kunnen waarschuwen voor het te laat is.'

'De Staatsveiligheid? Vind je niet dat we ons een stuk belangrijker wanen dan we zijn?'

'Naar jou als ex-politicus zal toch net iets aandachtiger geluisterd worden dan naar mij.'

'Vast wel', zei hij smalend. 'Ik was wereldberoemd in mijn dorp.'

'Die buitensporige inspanningen die hij zich getroost...
En ik wilde eigenlijk zeggen: die zíj zich getroostén! Ik kan me voorstellen dat hier een hele organisatie achter zit.'

'Ingrid. Nu overdrijf je toch.'

'Echt?'

Hij moest hier over nadenken. 'Ik twijfel, maar je kunt gelijk hebben. Het is niet ondenkbaar.'

'En als ons volgende koffertje een bompakket is?'

Daar antwoordde hij niet direct op. Ze had natuurlijk gelijk. Hij had die mogelijkheid ook overwogen, maar was er verder niet bij blijven stilstaan. Dat ging hem net te ver:

'Dat fundamentalisten van om het even welke overtuiging een van de Europese gebouwen in Brussel opblazen, daar hoeft niemand echt bang voor te zijn. Als ze zoiets doen, lopen ze alleen kans op een staande ovatie van een kwart miljard Europeanen die de bemoeienissen van Brussel stilaan de oren uitkomen. Europa kan volgens zijn eigen inwoners niet gauw genoeg opgeblazen worden. Niet dom, hoor.'

'Daarin heb je gelijk. Maar waar ik echt bang voor ben, is dat ieder clubje dat zich wat tekortgedaan voelt, het niet eens abnormaal meer vindt om terreur te zaaien om zijn eisen kracht bij te zetten.

En dan heb ik het nog niet eens over alle gekken die denken dat zij de wereld moeten redden en daarbij zo nodig alle mensen op hun weg moeten elimineren, of in het bijzonder alle mensen met een kleurtje.'

Hij had zijn handen onder zijn kin gevouwen en keek haar nauwlettend aan. Bruno had ook iets in die zin gezegd over een boek waaraan hij schreef, over een grootse missie die de loop van de geschiedenis zou veranderen.

Ze leek geschrokken van haar eigen betoog. 'Dat is mijn persoonlijke mening hierover.'

'Is de persoonlijke mening niet de enige die telt?'

'Zegt de ex-politicus.'

Hij zuchtte en rechtte zijn rug. 'Wellicht. Je raakt de leugenachtige trekjes jammer genoeg niet gauw kwijt.'

'Ja, ik heb die uitzending van *De Zevende Dag* nu zelf ook nog eens bekeken.'

'O, dus jíj bent die tweede fan?'

'Komaan, houd daar nu mee op. Dat wordt cynisme met een zielig kantje; dat vind ik niet meer grappig.'

Hij slikte dat weg. 'Heb jij daar dan tijd voor?'

'Ik doe het wel eens, hoogst uitzonderlijk. En alleen als ik echt geïnteresseerd ben.'

'Dank je', zei hij zacht.

'Ik wilde zeggen dat het leek of je bij niemand van je collega's, niet van de eigen en niet van de andere partijen, op begrip kon rekenen.'

'Mm, dat was ook zo. Ik ben er nog altijd van overtuigd dat het een zeer evenwichtig voorstel was. Ook economisch zat het goed in elkaar. Bovendien kostte het de schatkist geen eurocent extra, integendeel. Maar iedereen moest water bij de wijn doen. En dat zinde niemand. Dus ging ik aan het eind van het debat door voor een fantast die hier alleen maar de poorten van het land wagenwijd open wilde zetten.'

'Ja, zo leek het wel. Heb jij eigenlijk altijd politicus willen worden?'

Daar moest hij hard om lachen. 'Zie ik er dan zo uit?'

'Je hebt er in alle soorten en maten...'

'...en gewichten. Toen ik achttien was, wilde ik vooral schrijver worden. Maar daar bestaat niet direct een studierichting voor en de keuze die het dichtst in de buurt kwam, vonden mijn ouders niet geschikt en wilden ze niet financieren. Dus koos ik ervoor om iets banaals als rechten te gaan studeren. Ik had er een hekel aan, maar na vijf jaar was zelfs de maandelijkse aalmoes van advocaat-stagiair voor mij genoeg om financieel onafhankelijk van mijn ouders te worden. En de advocatuur nadien betaalde goed, want ondanks mijn haat-liefdeverhouding met het vak behaalde ik behoorlijk wat successen. Maar de advocatuur, maakte ik mezelf toen wijs, was om poen te pakken waarmee ik tijd kon kopen die ik dan aan het schrijven zou kunnen besteden.'

'Maar toen kwam de politiek?'

Hij knikte. 'En ja, ik wilde iets beters doen dan pleidooien voeren die in het beste geval anderhalve minuut mochten duren en in het slechtste geval gereduceerd werden tot het feit dat je aanwezig was op de zitting.

Ik werd de eerste keer al verkozen. En de rest is geschiedenis: van de steile klim in de partij tot het moment dat je niet meer nuttig bent.'

'En je was te lang uit de advocatuur om direct weer aan de slag te kunnen?'

'De advocatuur was ik sinds járen ontgroeid. Maar nu, sinds drie maanden, had ik eindelijk een kantoor gevonden waar ik, slecht betaald, als jurist aan de slag kon. Waar ik zelfs mijn ervaring uit mijn politieke carrière kon gebruiken. Maar daar is dus sinds gisteren een eind aan gekomen.'

'En nu?'

'Die vraag stel ik mij al meer dan een jaar. Ik blijf erin geloven dat me in dit leven iets belangrijkers te doen staat dan wat ik tot dusver heb gedaan. Maar ik heb absoluut geen idee wat dat zou kunnen zijn.'

'Spijt?'

'Ik heb gezien dat alles waar ik tijdens mijn politieke carrière aan heb gewerkt, van de tafel is geveegd. Wat mijn leven als politicus en mijn leven in het algemeen dus redelijk irrelevant maakt, nietwaar.'

Ze nipte van een nieuw glas wijn dat hij haar had ingeschonken en keek hem peinzend aan.

Hij ging verder. 'Maar hadden we niet gezegd: geen vragen? Weet je wat het betekent om al deze vragen te stellen?'

'Ja, dat heb je me al gezegd. Ik weet het nog zeer goed: alleen van diegene van wie je houdt, wil je alles te weten komen, toch?'

'En dat maakt je niet bang? Voor de toekomst?'

'Ik weet het niet. Eerlijk gezegd, ik weet het niet. Het leven dat me nu overkomt, is zo onvoorstelbaar dat ik opgehouden heb met erover na te denken.'

'There may be trouble ahead. But while there's music and moonlight and love and romance, let's face the music and dance.'

Ze had hem met open mond aangestaard en proestte het net niet uit. 'Waar haal je dát nu in vredesnaam zo ineens vandaan?'

'Uit een musical met Fred Astaire en Ginger Rogers.'

Ze bleef er verbaasd om glimlachen. 'Fred Astaire? Is dat niet een beetje van voor jouw tijd?'

Hij speelde mee. 'Nauwelijks een paar jaar.'

'Maar hoe kom je erbij?'

'Ik dacht daar zomaar aan. Dat is film en muziek om je prettig bij te voelen.'

'Dat is waar. Uit de Tweede Wereldoorlog, niet?'

'En er net voor, zo'n onzekere periode, net als nu: een economische depressie die niet wil wijken, ondanks het politieke geblaat, een tijd van angst ook, een gevoel van onveiligheid, angst voor een onherkenbare vijand. Je weet dat er iets op til is, je weet dat de boel op springen staat. Alleen weet je niet wanneer het zover zal zijn. En ondertussen swingen we vrolijk verder.'

Ze bleef hem lang aankijken. Haar glimlach was verdwenen. 'Dat is wel erg zwaar op de hand wat je daar vertelt.'

'Maar de liedjes toen waren vrolijk.'

Daar moest ze weer om lachen. 'Wat ben jij toch een onvoorstelbaar melancholische romanticus.'

Hij haalde zijn schouders op. 'Ik vraag me wel eens af hoe ze het in die periode deden: naar zekerheden zoeken. Hoe ze het deden om gelukkig te zijn. Om te beminnen.'

'Net als wij, toch? Nee?'

Bedoelde ze *wij*, de mensheid nu? Of *wij*, wij tweeën? 'Het is toch verbazingwekkend dat alle mensen altijd achter hetzelfde aanhollen.'

'Weet je wat ík verbazingwekkend vind? Dat sinds ik jou ken, al mijn zekerheden danig door elkaar werden geschud. En dat ik niet eens meer weet hoe ik het zover heb kunnen laten komen.'

Hoewel hij dat het mooiste vond wat ze hem ooit had gezegd, reageerde hij daar niet op. Hij vroeg zich niet eens af waarom hij haar hint liet liggen.

Het leek hem of ze nog iets wilde zeggen, maar zich inhield. Ze dronken de rest van de karaf wijn leeg. Hij voelde zich slaperig worden. Hij had vannacht nauwelijks een oog dichtgedaan en de ochtend was behoorlijk spannend geweest.

'Zoals alle oude mannen, zou ik nu gerust een middagtukje kunnen doen.'

'Ik moet nog terug naar de omroep.'

Daar schrok hij van. 'Ik bedoelde helemaal niet dat we weg moesten. Integendeel.'

'Nee, ze wisten dat ze vandaag niet de hele dag op mij moesten rekenen, maar ze denken vast niet dat ik zo lang wegblijf.'

'Meen je dat echt? Anders, misschien kun je bellen dat je toch niet meer komt. En kunnen we ergens anders naartoe. Naar binnen als het je wat te fris wordt, ergens een pannenkoek eten, naar de bioscoop gaan, naar de winkels, om het even wat?'

Hij zag hoe ze haar lippen in een glimlach dwong, maar

hij zag alleen droefenis in haar ogen. Ze schudde zachtjes van nee terwijl ze haar oogleden even gesloten hield.

'Nee, natuurlijk niet,' zei hij, 'jij hebt ook nog een baan.'

'Ik loop even langs het toilet en dan moet ik echt weg. Blijf jij niet liever nog wat hier?' vroeg ze zacht.

'Nee, nee, ik loop met je mee tot bij je wagen.'

***

Hij rekende af en ze wandelden naast elkaar terug naar de parking. De zon had de hele tijd op hun auto's geschenen en binnen was het zo warm geworden dat ze even wachtten en de deuren open lieten voor wat afkoeling voor ze zouden instappen.

'Nu moet ik gaan.'

Ze sloeg het kofferdeksel van haar auto dicht. Het gehavende diplomatenkoffertje legde ze op de passagiersstoel. 'Die ga ik toch maar door de versnipperaar jagen.'

'Jammer, die ene met dat kusje op je vinger had ik graag willen bewaren.'

'In een ander leven dan.'

'Weet je waar ik daarnet aan liep te denken toen, nou ja, je weet wel, toen je me alleen liet vertrekken?'

'Vertel het nou maar gauw.'

'Wel, sinds je me had verteld dat je in Venetië was geweest tijdens het hemelvaartweekend, sindsdien liep ik met één treurige gedachte in mijn hoofd: dat we nooit samen Venetië zouden zien. Maar toen ik daar bij je wegwandelde, besefte ik pas dat het echt, écht nooit zou gebeuren.'

Ze had een vreemde glimlach om haar mond. Ze staarde hem vreemd aan met ogen waarin hij weer zoveel droefheid zag.

'Begrijp je? Het leek of ik de hele tijd ervoor toch nog

hoopte, of er tóch nog een waterkansje bestond om tóch samen,' hij fluisterde nu haast omdat hij zijn betoog zo onzinnig vond, 'om tóch samen hand in hand...'

Ze stonden naast elkaar geparkeerd, maar omdat hij zijn wagen achteruit in de parkeerplaats had gereden, stonden ze vlak bij elkaar nog wat te dralen.

Zij stond achter de deur van haar auto, klaar om in te stappen. Hij zou ook vertrekken. Waarheen wist hij nog niet.

'Sorry, dat klonk vast erg weeïg. Zien we elkaar nog eens terug?'

Hij boog zich over het portier van haar auto om haar een afscheidskus te geven. Hij verwachtte dat ze hem haar wang zou aanbieden. Maar ze wendde haar hoofd niet af. Zijn lippen raakten die van haar. Hij was verrast hoe gemakkelijk dat ging.

Hoe vaak had hij dit niet in gedachten gedaan. Hij was dus niet eens verwonderd hoe aangenaam hij haar vond smaken.

Hij gleed met zijn lippen langzaam over haar halfgeopende mond, aangemoedigd door de streling van háár lippen, waarmee ze aarzelend naar die van hem hapte.

Hij was vergeten dat een kus zo bevredigend kon zijn, iets om voorzichtig van te genieten. Een einddoel op zich, veel meer dan een opstapje naar de ultieme bevrediging. Alleen zijn ingebakken vasthouden aan fatsoen weerhield hem ervan om ook zijn tong in het spel te brengen.

Hij kreeg maar niet genoeg van haar mond. Er was de zachtheid van haar lippen en de aanraking van zijn vingers met de zijdezachte huid van haar wang, die hem begerig maakten.

Dit is seks, dacht hij.

Hij had zich al de hele tijd gerustgesteld geweten omdat

hij aannam dat ze niet erg seksueel was aangelegd. Maar met die eerste kus verwees hij dat idee regelrecht naar de prullenbak.

Ze maakte zich traag los uit zijn omhelzing, ze trok zich met een zucht terug, kwam toen weer naar voren om weer haar lippen op die van hem te drukken en dook weg in haar auto toen hij die kus probeerde te beantwoorden.

Ze lachte ondeugend. 'De mensen gaan met ons lachen.'

Hij keek om zich heen en ook nog recht omhoog. Naar de satellieten. Daar bracht hij haar mee aan het lachen.

'Terwijl er helemaal niemand in de buurt is? Of wordt een kus in wezen altijd belachelijk als je ouder dan achttien bent?'

Ze had geen zin in ernst. 'Zouden we goed op de foto's staan?'

'Jij in ieder geval.'

'Jij ook, hoor.' Maar hij herkende weer die droefheid van daarnet in haar ogen.

'Misschien moeten we dit eens overdoen. Ergens waar er geen gluurders zijn.'

Ze aarzelde niet en knikte. 'Ja. Dat is goed', zei ze.

Hij begreep dat ze met die vier woorden de wetten en de praktische bezwaren tussen droom en daad had weggespoeld.

Ze glimlachte en streelde en kneep in de rug van zijn hand waarmee hij nu haar autodeur vasthield. Door de intensiteit waarmee ze dat deed, ging in dat gebaar haast de intimiteit van een vrijpartij schuil.

'Ik ben weg, nu', fluisterde ze dan.

Ze trok haar hand terug, drukte een kus op haar vinger en reikte omhoog naar zijn mond. In een vlaag van hybris likte hij met zijn tong de kus van haar vinger.

***

Waarom?

Waarom had ze dit nu toegezegd, vroeg ze zich af.

Natuurlijk wilde ze het dolgraag. Ze gaf er niet eens meer om dat het misschien te flirterig had geklonken. Of net te nuchter. Zodat hij misschien zou gaan denken dat er voor haar niets aan gelegen was, dat ze het iedere week met een andere man deed.

Bij die gedachte moest ze zich inhouden om niet in de lach te schieten. Ze had dit nooit eerder gedaan.

Ja, ja, dacht ze, dat zeggen ze ook allemaal. Maar het wás wel waar, hè. Ze voelde zich ook helemaal geen 'femme fatale'. Ze had trouwens ook nooit de behoefte gevoeld om een glamour girl te zijn. Ze was máár 'het meisje van het beeldarchief'. Bleek van in de kelders rond te struinen en de zon nooit te zien. In dienst van veel belangrijkere onderzoekers en redacteuren en journalisten. Die mannen en vrouwen keken los door haar heen.

Nu ze ouder werd, leek het zelfs of de mannen bang werden voor haar eruditie. En hoewel ze graag mocht genieten van mannelijke galanterie, kon ze - als een man haar toch te nabij kwam of te grootsprakerig werd naar haar zin - vlot uitpakken met een straffe feministische uitspraak. Niets was efficiënter om mannen een toontje lager te doen zingen. Ritsigheid verging er op slag mee.

Mannen hadden nooit aan haar voeten gelegen. Het leek zelfs of ze hen onverschillig liet. Behalve eentje natuurlijk, Victor, erg lang geleden. En nu nog een.

Alleen in de boekjes en in de films pakte het altijd anders uit tussen mannen en vrouwen.

En nu ook bij haar.

Blijkbaar was er voor alles altijd een eerste keer.

En een laatste keer. Was het daarom dat ze er nu aan toegaf, vroeg ze zich af. Omdat het misschien de laatste keer, de enige keer in haar leven zou zijn dat hartstocht zich nog eens aandiende? En wilde ze weten hoe dat er verder aan toeging? Zodat ze later, als ze de dood in de ogen keek, geen spijt zou hebben. Spijt, omdat die allesoverheersende pudeur haar ervan had weerhouden om de passie die zich toen had aangeboden, te omhelzen?

Was het dat? Voelde ze de passie? Of reageerde ze alleen maar op die van hem? Of maakte dat nu wat uit?

Ze besefte ook wel dat het hier bovendien om een soort gijzelaarsintimiteit ging. Twee vreemden die zich aan elkaar vastklampen voor de gijzelnemer een van hen als slachtoffer uitkiest.

Toen ze hem daar beneden aan het Steen met dat koffertje had zien staan, was dat niet alleen een immense teleurstelling geweest, maar de grootste ontgoocheling die haar op dat moment had kunnen overkomen. Ondanks haar achterdocht, had ze diep vanbinnen nooit geloofd dat hij iets met haar stalker te maken had. Behalve dan dat hij het op een onhandige manier voor haar wilde opnemen. Waarom? Waarom deed hij dat? Hij had het al eens proberen uit te leggen, maar dat lukte gewoon niet.

Zo ook bij haar. Waarom? Ze wist het niet.

Ze wist dat hij ontzettend veel ellende had doorgemaakt. Erge dingen die een mens graag in boeken mag lezen, maar nooit zelf wil meemaken. En toch had hij haar altijd leuke dingen te vertellen gehad in zijn mails, grappige ook, terwijl ze vaak voelde dat hij verging van de wanhoop. Humor was misschien zijn manier om met zijn wanhoop nog onder de mensen te komen.

En ondanks zijn ellende was hij er ook altijd geweest met ontzettend lieve mails.

Alsof alleen zij voor hem bestond. Hij had haar verteld dat haar mails hem opvrolijkten, terwijl ze hem ervan verdacht juist háár te willen opvrolijken.

En de laatste tijd had ze het er inderdaad ook steeds lastiger mee om haar werk, dat ze niettemin dolgraag deed, te combineren met de tijd die ze liever voor haar gezinsleven had uitgetrokken.

Misschien had ze ook wel een beetje zin om haar leven opnieuw te beginnen. Ai, wat klonk dat zwaar op de hand. Zoals iedereen daar ooit wel eens zin in had, veronderstelde ze. Ze piekerde er alleen maar over dat, als je aan het begin van je carrière zou weten dat je een heel leven lang, dag in dag uit, aan je werk gebonden bent; als je zou weten dat dát je verdere leven is, dat je eraan bent vastgeketend, dat van vrijheid eigenlijk absoluut geen sprake is – als je dat zou beseffen op het moment dat je aan je loopbaan begint, dan was dat toch om gek te worden?

De klok terugdraaien kon nu eenmaal niet en dit soort levenswijsheid kwam ook maar tegen een hoge prijs: leeftijd.

Maar misschien wilde ze dat besef over gebrek aan vrijheid wel compenseren. Misschien was dit een manier voor haar om te ontsnappen aan de sleur. Passie had haar overvallen; als ze er niet aan toegaf, zou het ouder worden haar nog zwaarder vallen.

Het was nochtans erg onverstandig om verliefd te worden, en onfatsoenlijk, en het kwam bovendien ook niet goed uit, gezien het simpele feit dat ze beiden getrouwd waren.

Ze besefte ook dat ze door dat ene instemmende zinnetje uit te spreken daarnet, een weg waren ingeslagen die geplaveid was met heimelijkheid en bedrog.

Maar de herinnering aan zijn onvoorstelbaar zachte lippen waaide dat nare toekomstperspectief weg, als een ademwolkje bij vriesweer.

Haar huid tintelde er nog van. Ze wilde meer. Nu onmiddellijk, als het had gekund. Maar helaas. Ze hoopte dat hij de nieuwe ontmoeting voor gauw zou plannen. Maar daar twijfelde ze niet aan.

Ze kreeg weer diezelfde tinteling in haar buik, telkens als ze bij hem was geweest. Ze voelde zich weer zo intens vrouw, zo vereerd, bewonderd, geliefd, begeerd door de man die haar vochtig kon maken met woorden langs het internet.

Maar in wezen – die uitdrukking had ze net van hem –, objectief gezien, was het goed fout wat ze deed. Dat kon ze niet ontkennen.

Die bedenking zette ze onmiddellijk van zich af toen ze een sms'je van hem kreeg. Ze hield haar gsm nu dicht in de buurt. Zijn bericht luidde als volgt:

'Heb voor morgen werkvergadering gepland in Crowne Plaza-hotel Antwerpen. Jij beslist over tijdstip. Kan hele dag.'

Ze ging langs de kant staan en beantwoordde de sms onmiddellijk met:

'Zodra je 's morgens in de meeting room mag.'

'9 uur.'

'Afgesproken! X!'

En hij sms'te terug:

'Mm! Eso beso! Ooh, that kiss! Kiss me mucho, I love your kiss. Ay, ay caramba!'

***

Het was een week geleden dat ze elkaar hadden ontmoet op de twaalfde verdieping van het Crowne Plaza-hotel in Antwerpen.

Het leek al een eeuwigheid voorbij.

En het zou vast nog een eeuwigheid duren voor ze opnieuw konden afspreken. Hoe lang nog, vroeg hij zich af.

Rick Bogaert was teruggekeerd naar de twaalfde verdieping van het Crowne Plaza en keek door het raam van de hal waarin de liften uitkwamen. Hij was hier naartoe gekomen om herinneringen op te halen aan zeven dagen geleden en om rust te vinden. En omdat hij niets anders te doen had.

Hij was niet van plan geweest om tot hierboven te komen. Hij had eerst in het restaurant van het hotel uitgebreid ontbeten en tot halfelf een krant gelezen. Geplaagd door weemoed had hij de lift naar de twaalfde verdieping genomen. En nu kon hij maar niet genoeg krijgen van het uitzicht.

De wolken hingen als een grijze, natte dweil boven de stad en boven de Schelde, die hij in de verte wist liggen. En de wind beukte hard tegen de ramen. De regen roffelde in vlagen tegen het glas.

Dat was toen wel even anders geweest. Toen stond de zon aan een nagenoeg helderblauwe hemel. Toen had hij samen met Ingrid ook voor het raam gestaan en naar het panorama gekeken. Met zijn armen om haar heen geslagen, had hij de warmte van haar naakte rug tegen zijn borst voelen gloeien. Toen ze uitgekeken waren, had hij met zijn gezicht in haar haren gewoeld, tot zij haar hoofd achterover had gegooid en hij zijn lippen langs haar hals had laten glijden en ze zich kronkelend naar hem had omgedraaid en met haar mond zijn mond had gezocht.

Wat konden zeven dagen een eeuwigheid lijken als hartstocht slechts gevoed wordt door herinneringen.

Ze hadden gekust, telkens opnieuw, alsof het de laatste kus was die ze elkaar ooit zouden geven. Ze hadden elkaar lang en zonder woorden aangekeken, om het beeld in hun geheugen te prenten dat niemand hen kon afnemen.

'Deze herinneringen zullen nooit vervagen, Ingrid. Dit is pas het begin.'

'Dit zal altijd óns moment blijven.'

'Het Crowne Plaza is het mooiste wat ons samen kon overkomen.'

Een week later dronk hij nog met volle teugen van de herinnering aan hun tedere omstrengelingen.

Hij ontdekte dat hij echt was vergeten hoe intiem een kus kon zijn, hoe ontzettend bevredigend een streling kon voelen.

Hij ontdekte hoe de herinnering aan de geur van haar huid op zijn huid ook een dag later nog lust in hem opwekte, hoe een vinger die hij over zijn lippen liet glijden haar wel heel erg nabij bracht.

Hij wist nu hoe hartstocht smaakte, voelde, geurde. Zij wás de hartstocht in zijn leven.

Wat was hij graag naast haar wakker geworden, nadat ze, moe van het strelen en het zoenen, in elkaars armen waren ingedommeld.

Terwijl ze met haar ogen nog toe naast hem zou liggen,

had hij haar willen vertellen hoe intens gelukkig hij op dat moment wel was. Dat deze omstrengeling niet alleen lust voor hem betekende, maar intense liefde die hij al lang voor haar voelde.

Hij had haar vooral ook willen zeggen wat een ontzettend mooi lichaam ze had, wat een onvoorstelbaar zachte huid hij had mogen strelen. Wat voor mooie, zachte handen hij liefkozend in de zijne had genomen om ze te strelen en te kussen en liefst nooit meer los te laten. Hoe bevoorrecht hij zich voelde om van dat alles te mogen genieten. En hoe hij nooit zou willen ophouden met het verkennen van al die schoonheid.

Hij had samen met haar besloten om zelf niet tot het ultieme einde te gaan. Nog niet. Bang als hij was dat dat het verlangen naar een volgende ontmoeting zou temperen. Hij wilde met Ingrid vooral passioneel gekke zoenen wisselen, hartstochtelijke strelingen, smachtende omhelzingen en stomende liefkozingen delen, champagne uit haar navel drinken. Hij wilde alles doen waarvan een mens allang vergeten is hoe gek en prettig het wel kan zijn als je verliefd bent.

Toen hij Miriam pas had leren kennen, hadden zij dat ook allemaal gedaan en ervan genoten, maar als ze zich er nu aan waagden, leken ze twee dementerende bejaarden.

Niet zo, als hij het met Ingrid deed. Dan waren ze allebei voor elkaar de pubers die ze weer wilden zijn en hun wederzijdse pudeur gaf de minste aanraking zelfs een extra erotische gloed.

Maar wat kon een dag ontzettend lang duren.

Liefde was het enige wat het leven de moeite waard maakte. Maar deze liefde was verboden.

De wind die hierboven verbeten telkens weer uithaalde naar het raam, was beangstigend. En plots duizelde hij. Hij had totaal geen idee wat de orzaak was of wat er in zijn hoofd was gebeurd. Gedurende een fractie van een seconde had hij gevoeld hoe het zou zijn om te rouwen om haar. Het was een hartverscheurend gevoel te weten dat ze er misschien ooit niet meer zou zijn.

Ze hadden eerst samen naar buiten over de stad uitgekeken. Hij voelde nog hoe zijn handen onder haar oksels gingen en haar weke vlees beroerden en hoe ze daarvan rilde.

En plots werd zij van hem weggerukt, ze werd opgetild, haar voeten raakten de grond niet meer, ze trippelde in het ijle, hulpeloos. En plots werd het raam opengemaakt en het volgende ogenblik werd ze door het open raam geduwd. Van de twaalfde verdieping. En het laatste wat hij van haar zag, waren haar ogen waarin hij mocht kijken, ogen vol verbijstering en met één smeekbede: 'Rick, help mij!'

Maar hij had haar niet kunnen tegenhouden! Zijn borstkas trok samen, hij moest naar adem happen en hij duizelde weer. Hij sloeg het gordijn open tot tegen de muur en rukte als een gek aan het raam, dat stram weerstand bood, maar een halve meter openschoof. Hij wilde niet naar beneden kijken. Hij voelde angst die hem naar de keel greep. Het was mogelijk. Een rukwind liet de gordijnen opwaaien en blies een striem regen naar binnen.

Hij kon zich Ingrid dood niet voorstellen. Een sprong, haar achterna, leek hem in dat geval de enige keuze.

Hij kon wel gaan huilen toen hij zich daarop een toekomst verbeeldde waarin zij nog slechts een verre herinnering zou zijn. Hij zou melancholisch terugkijken, dat was wel zeker. Maar hij zag dat hij haar vooral ook dankbaar zou zijn voor ieder woord, voor iedere kus, voor ieder moment... dat hij in haar ogen had mogen kijken. Hij zou het haar blijven herhalen, telkens als ze elkaar zagen.

Hij verbeeldde zich niet dat het gebeurde nadat ze samen

oud waren geworden. Zo helder konden ze allebei nog wel denken dat ze er niet in geloofden dat ze een beter leven zouden hebben als ze dat volledig met elkaar konden delen.

De slokjes geluk die ze nu samen deelden, konden ze aanlengen tot ze er een hele dag of veel langer mee toekwamen. De geserveerde hoeveelheden geluk zouden echt niet evenredig groter worden als ze nu opeens de hele dag met elkaar zouden doorbrengen.

Toen hij Miriam pas had leren kennen, hadden ze ook hun geluk gedeeld om het dan dagenlang ver van elkaar te koesteren. Zoals elk onervaren stelletje, hadden ze verondersteld dat hun leven samen een drinkgelag van geluk zou worden.

Niet dus.

Wat kon een dag ontzettend lang duren. Niet te verwonderen dat Miriam gek werd nu Rebecca ouder werd en ze steeds minder voor haar moest zorgen.

Hoe moest dit nu verder?

Met zijn leven?

Met zijn baan?

Hij had al dagen niets meer van Bruno Carels gehoord. Ook Ingrid had geen filmpjes meer ontvangen. Ze hadden de indruk dat hij het had opgegeven. Moesten ze dan toch geloven dat hij een morbide grappenmaker was die zijn slachtoffers eerst het bloed onder de nagels vandaan treiterde, om hen daarna gewoon te laten vallen?

Ondertussen beleefden zijn slachtoffers iedere dag opnieuw de macabere nachtmerrie die nooit zou eindigen. Hield hij hen nog steeds in de gaten? Of niet? De vraag was: zou Bruno Carels opnieuw toeslaan? Of net niet?

De schoft had sinistere verwoestingen aangericht in hun leven, nee, voorlopig alleen in zíjn leven. Maar hij had hen ook finaal in elkaars armen gejaagd. Zou hun hartstocht overleven, wanneer hij die hen in elkaars armen had gedreven, geen dwingende aanleiding meer zou zijn om elkaar te ontmoeten?

Zouden ze stapsgewijs hun band verbreken en terugkeren naar hun echtgenoten? Of hoe zou het gaan, vroeg hij zich af.

Wat kon een dag ontzettend lang duren als je alleen maar had te piekeren over hoe dit nu verder moest.

En morgen kwam opnieuw een lege dag van rondhangen en piekeren en vragen zonder antwoord. Wanneer zou hij Miriam vertellen dat hij geen werk meer had? Dat ze zou instorten als hij het bekende, was een argument geweest om het haar niet onmiddellijk te zeggen. Maar hij kon zich daar niet eeuwig achter blijven verschuilen.

Zijn gsm trilde in zijn hand. Hij klapte hem open. Hij had een sms ontvangen. Van Ingrid.

'Mag ik je nu bellen?'

Het kwam van haar gsm. Zou ze dan toch ooit nog goede maatjes worden met haar sms-machine?

Hij belde haar direct zelf terug.

Hij riep: 'Ja, dat mag je.' Hij hoorde vaag hoe ze gniffelde. 'Kan ik dan wat voor je betekenen?'

'Misschien', antwoordde ze mysterieus. 'Waar zit je? Er is daar zoveel wind.'

'Momentje.' Rick duwde het opengeschoven raam weer dicht.

'Boven, op de twaalfde verdieping van het Crowne Plaza.'

'Wat? Je meent het. Wat doe je daar?'

'Genieten van hetzelfde uitzicht als vorige week vrijdag met jou.'

'Met dit weer? Daar moet je een sentimentele romanticus voor zijn.'

'Ben ik ook. Maar de ambiance is... net wat anders.'

'Mis ik wat?'
'Jij? Dat weet ik niet.' Hij aarzelde. 'Denk jij dat je iets mist?'
'Wat denk je?'
'Ik kan alleen voor mezelf spreken.'
Ze zweeg. Waarschijnlijk hoorde ze het hem graag zeggen. Hij hoefde niet gedempt te praten, hij stond alleen voor het raam in het halletje. Toch zei hij het zacht.
'Ja, ik mis jou hier bij mij.'
'Je weet dat ik hoogtevrees heb.'
De angst van de beelden die hij in gedachten had gezien, kwamen weer in hem op.
'Dat heb je me vorige keer niet verteld. Dan heb ik nog een goede reden erbovenop om je extra stevig vast te houden.'
'Nóg een goede reden?' Ze viste naar bevestiging.
'Wel, naast het feit dat ik je graag zie, natuurlijk.' Hij speelde alsof hij dat al moe was gezegd.
'Dat treft. Ik kan vanmiddag vrij nemen. Jij?'
Het duurde even voor dat was doorgedrongen. Hij werd gek van opwinding en blijdschap. Zijn toon sloeg direct om:
'Mm, laat eens kijken. Misschien kan ik me een uurtje vrijmaken. Hooguit. Druk, druk, weet je wel. Om snel iets te gaan drinken?'
'Ja natuurlijk. Thee, koffie of een frisdrankje.'
'Ik weet een leuk etablissementje in Antwerpen. Crowne Plaza of zoiets heet het, als ik me goed herinner, op de – laat me even denken – twaalfde verdieping, geloof ik, knus en gezellig plekje. Ik heb het ook maar van horen zeggen.' Nu verwachtte hij een kordaat 'nee!'
'Mm, lijkt me wel wat. Het proberen waard.'
Hij werd uitzinnig van blijdschap, maar toomde zich in, bang dat hij het maar droomde. 'Hoe laat kun je er zijn?'
'Tegen één uur al.'

'Ik sms je straks het kamernummer.'

Hij klapte zijn gsm dicht, spreidde zijn armen ver open en ging voor het raam staan, waartegen regen en wind tekeergingen. 'Ingrid, I love you!'

Hij begon uitgelaten *I've got you under my skin* te fluiten zodra hij in de lift stond op weg naar beneden. Hij tapdanste met één voet op het ritme van de inspirerende Cole Porter-song.

'I've got you under my skin
I've got you deep in the heart of me
So deep in my heart, that you're really a part of me
I've got you under my skin'

Toen hij tussen twee strofen in nonchalant met de handen in zijn broekzakken uit de lift de lobby inliep, en terwijl de blazers van het Grand Orchestra in zijn hoofd een schetterend intermezzo inzetten, deinsde hij als een volleerde musicalster een paar pasjes weer achteruit, draaide zich om, knipte met zijn vingers en liep dan weer door naar de receptiebalie.

Gelukkig was de lobby, op de twee dames achter de balie na – die overigens op hun computerschermen keken – verder verlaten, zodat schaamrood hem bespaard bleef.

'I've tried so not to give in
I've said to myself this affair never will go so well
But why should I try to resist, when baby I know so well
That I've got you under my skin'

Aan de balie boekte hij een kamer voor overdag. Hij deed dat met de zelfverzekerdheid van een oude rot. Het was ook al de tweede keer. Een van de receptionistes die een naamkaartje met Belinda droeg, regelde dat voor hem. Ja, hij kon zeker tot vijf uur op de kamer blijven. En nee, men keek echt niet op een halfuurtje.

'Voor hoeveel personen?' Dat hadden ze hem vorige keer

niet gevraagd. Ze had waarschijnlijk zijn aarzeling gezien en vervolgde: 'Voor de veiligheid. In het geval van een mogelijke evacuatie willen we graag weten hoeveel mensen er in het hotel verblijven.'

'Ja, natuurlijk', alsof niets vanzelfsprekender was. 'Voor twee.'

Hij hield zich in om uitleg te gaan geven. Als ze speciale dagprijzen hadden, dan was dat vast niet alleen om piloten van de luchthaven van Deurne een middaguiltje te laten vangen. Of het moest om een uiltje van de andere kunne gaan.

Hij nam de plastic sleutelkaart met magneetstrip aan.

Toen hij door de grote draaideuren weer naar buiten kwam en aan de overkant van de Gerard Le Grellelaan zijn auto wilde halen om die in de overdekte parkeergarage te stallen, had hij een onbedaarlijke zin om uitbundig met beide voeten tegelijk in de plassen te gaan stuiteren en er *Singing in the rain* bij te zingen.

Alleen de zekerheid dat hij dan zijn kousen en schoenen op de hotelkamer te drogen zou moeten hangen, hield hem zo lang mogelijk onder de luifel en tegen de gevel van het hotel.

***

Eindelijk een knus plekje binnen met dit weer, dacht hij. Hij reed zijn auto langs de ingang van het hotel tot aan de slagboom en nam een ticket voor de ondergrondse parkeergarage. Hij had meer dan genoeg van het ronddwalen. De eerste dagen waren nog leuk geweest. 's Morgens thuis vertrekken, ergens een koffie gaan drinken, uitgebreid zijn krant lezen tot de spits voorbij was.

Hij had maandenlang wanhopig naar werk gezocht. Maandenlang tegen de muren kunnen opvliegen omdat hij niets om handen had. Maar na drie maanden bij Brooks & Nagelmakers was de eerste dag na zijn ontslag als een geschenk uit de hemel geweest.

Die eerste dag was hij naar zee gereden, in alle rust, zonder files. Heerlijk uitwaaien in de zon, op de dijk van Blankenberge. De volgende dag reed hij naar de Ardennen, naar Maredsous, waar hij al lang nog eens had willen terugkeren. Rustig aan, hij was niet gehaast. Een fikse wandeling langs de rand van het bos. Hij zorgde er nu voor dat hij altijd zijn sportschoenen in de wagen had liggen. Dan een glas vers getapt patersbier op het door zon overgoten terras, met een boterham met kaas. Hij voelde zich de koning te rijk.

Tot de derde dag het weer omsloeg. Regen maakte de autorit al niet gemakkelijk. Hij had naar de ochtendradio geluisterd: de opklaringen zouden vanaf 's middags uit het westen komen aanzetten. Naar Brugge dus, de wind zou vast te hard waaien aan zee. Maar het KMI zat er – niet eens voor het eerst – enkele uren naast met die voorspelling. Brugge verkennen in de gietende regen is als een kat die in een zwembad wordt gekeild. Oké, zijn Aspeaanse vergelijking klopte niet, moest hij toegeven, maar tot daaraan toe. Gietende regen bediert de pret aanzienlijk. Hij ging iets warms drinken, maar er kwam een luidruchtige kudde toeristen binnengedreven. Hij bleef de rest van de dag grotendeels in zijn auto zitten. En van toen was het bergaf gegaan.

Hij wilde zo graag weer stabiliteit in zijn leven brengen. Misschien betekende dat een nieuwe baan. Maar voorlopig genoot hij van zijn vrijheid. Hij zou uiteraard weer thuis moeten blijven, zodra hij Miriam vertelde dat hij was ontslagen. Hij zou Ingrid dan nog wel kunnen mailen, maar hun relatie was euh, een beetje geëvolueerd – dat was het minste wat je kon zeggen – en een onverwachte afspraak die, net als deze, ineens uit de lucht kwam vallen, zou dan absoluut uitgesloten zijn.

Hij vroeg zich af of hij daar wel klaar voor was. Zijn antwoord kwam even hard als duidelijk: néé. Hij haalde zijn schouders op.

'Day and night, night and day, why is it so
That this longing for you follows wherever I go
In the roaring traffics boom
In the silence of my lonely room
I think of you
Night and day'

Muziek bij een goed gevoel kwam bij Rick steevast uit zijn prilste jeugdherinneringen, terwijl hij daar toen zeker niet bewust mee bezig was geweest. Hij had ze allemaal gezien, de Hollywood-musicals in zwart-wit, op de televisie bij zijn grootmoeder, op de zender Rijsel. Er zat nog altijd zoveel warmte rond die herinneringen.

Rick liep langs de trap van de garage naar de lobby. Hij haalde een *International Herald Tribune* uit het rek in de lobby en stapte in een van de drie liften, die aan de binnenzijde rondom bezet waren met spiegels. Hij drukte op het knopje van de twaalfde verdieping. Uit de luidsprekers kwam een instrumentale versie van *As time goes by*. Hij keek naar zijn spiegelbeeld tussen de contouren van een geslepen diamant die op de spiegel tegen de achterste wand was gezandstraald. Hij zag er verwaaid uit. Oud ook. Wat hem niet eens verbaasde.

De kamer was ingericht met een groot bed, een rond tafeltje met een clubstoel, een wandtafel met nog een stoel en een tv die in teletekst *Mr. & Mrs. Bogaert* verwelkomde. Hij opende de oranje geruite overgordijnen en controleerde onmiddellijk het raam. De angst greep hem weer naar de keel. Zijn ongerustheid was gegrond. Dit was hem de vorige keer ontgaan: het raam schoof helemaal open.

Maar zijn verontruste gevoel verdween toen hij naar het panorama op de Antwerpse Ring en het Nachtegalenpark keek. Hij kon niet wachten om haar hier voor het raam opnieuw in zijn armen te nemen, haar blouse open te maken, haar in haar hals te zoeken.

Hij keek op de klok van zijn gsm, hij had nog ruimschoots de tijd. Hij zou eerst uitgebreid een bad nemen. Hij keek in de badkamer. Er lagen genoeg hagelwitte handdoeken, maar een badmantel ontbrak. Hij toetste de 11 in op de telefoon.

'Kunt u mij een badmantel naar boven laten brengen? Of nee, wacht, maakt u er maar twee van.'

Toen toetste hij op zijn gsm een sms in voor haar:

'Kamer 1219. Ik kan niet wachten.'

Hij floot verder op de melodie van *As time goes by* waarop hij straks met haar wiegend bij het raam wilde staan.

'And when two lovers woo
they still say 'I love you',
on that you can rely.
No matter what the future brings,
as time goes by.'

***

Ingrid Lund reed de ondergrondse parkeergarage van het Crowne Plaza in. Achter de slagboom maakte de smalle toegangsweg een ruime bocht rond het fitnesscenter van het hotel om in de ondergrondse parkeerruimte van het hotel uit te komen.

Er stonden nauwelijks enkele wagens. Ze reed tot achteraan, zo dicht mogelijk bij de enige deur die naar de lobby leidde – zo goed kende ze het hier inmiddels al – en parkeerde tegen de muur waar de ventilatieturbines uitmondden. Ze sloot de motor af en haalde haar gsm uit haar tas. Het kamernummer – 1219 dacht ze – maar voor alle zekerheid zou ze nog eens kijken.

Achter haar kwam nog een auto traag aangereden, zag ze met één oog in haar achteruitkijkspiegel. Maar die reed voorbij de ingang van de garage en bleef blijkbaar buiten staan.

De turbine maakte vreselijk hard kabaal. Voor ze de sleutel uit het contactslot haalde, draaide ze het volume van de radio boven dat van de ventilatie uit en neuriede mee met het begin van een song van Louis Armstrong, die zong dat *French lovers* het op *C'est si bon* hielden

'*When they thrill to romance.*
Every word, every sigh, every kiss, dear,
Leads to only one thought and it's this dear:
C'est si bon.'

Een erg vreemd gevoel had zich van haar meester gemaakt sinds de dag dat ze met Rick mee was gegaan naar de hotelkamer.

Hoe strikt en supergeheim ze dit ook moest houden, ze kreeg er zo'n warm en zalig ijl gevoel bij dat ze het tegen zo veel mogelijk mensen had willen uitschreeuwen. Ze had de hele wereld willen vertellen dat ze met Rick alleen was geweest op een hotelkamer. Uitgerekend zíj, die van zichzelf had gedacht dat ze wel de allerlaatste op deze aarde zou zijn om met een andere man dan die van haar op een hotelkamer af te spreken. Zij had hét gedaan. Terwijl hij zo galant was geweest om zelf niet tot het einde te gaan, had hij haar onbeperkt laten genieten. Ze stond er nog steeds versteld van hoe gemakkelijk het was gegaan. Hoe gemakkelijk ze van haar ethische principes was afgestapt, haar grenzen had verlegd. Ja, haar grenzen had ze wel een heel eind verlegd. Misschien zou niet eens iemand haar geloven als ze het vertelde.

Ze kon er zélf maar amper bij. Ze keek nu telkens verbaasd op als ze daar opnieuw de zestienjarige Ingrid Lund in de badkamerspiegel tegenkwam. En ze had nooit eerder, zoals vanochtend, overwogen welke lingerie een andere man dan haar eigen man het mooist zou vinden. Het waren zulke vreemde gevoelens, gevoelens die ze nooit eerder had gekend.

Had iedereen dat dan, vroeg ze zich af. *Iedereen*, ja, ze was niet de enige op deze wereld die weleens voor de passie boven de rede had gekozen. Niets buitengewoons. Vanaf nu behoorde ze tot die helft van de mensheid die het niet helemaal monogaam hield.

Maar vreemd genoeg – ook nu niet – had ze zich niet één moment schuldig gevoeld. Integendeel, ze had zelfs de vreemde indruk dat haar gevoelsleven thuis erop vooruit was gegaan. Het was te gek voor woorden en ze mocht hier niet te diep over nadenken om haar geluk niet stuk te analyseren, maar ze hield op dit ogenblik oprecht van twee mannen tegelijk.

Ze toetste de *inkomende berichten* op haar gsm aan. 1219. Dat had ze goed onthouden.

Ze haalde de sleutel uit het contact en Louis Armstrong uit de lucht. Ze ging nu op weg naar *the real thing*.

Wat had ze gekke uitdrukkingen in haar hoofd, de laatste dagen, vond ze. Ze nam de smalle trap naar boven. Ze kwam uit in de lange gang die van de lobby naar de feestzalen leidde. Ze liep naar de liften, tegenover de receptiebalie. Het duurde nauwelijks enkele seconden voor een van de drie liften er was. Ze stapte in en drukte op de twaalf, maar net toen de liftdeuren bijna gesloten waren, stak een man zijn attachécase ertussen, zodat ze sputterden en langzaam weer opengingen. Geërgerd drukte Ingrid Lund op de sluitknop, zodat de deuren térgend langzaam weer sloten.

Ze haatte dat soort gedrag. Ze vond het een vorm van onwellevendheid. Alsof zíj niet gehaast was maar hij wel, let maar eens op.

De man die was ingestapt, bekeek het knoppenpaneel en het ene lichtje dat brandde. 'Twaalfde? Ah zo, u ook.' En hij ging met zijn gezicht naar de gesloten deuren staan en keek hoe de nummers van de verdiepingen op de display erboven passeerden. Toen de deuren op de twaalfde verdieping opengingen, maakte hij haar met een elegant gebaar duidelijk dat ze kon voorgaan. Oké, daar maakte hij zijn gedrag van daarnet mee goed. Toen ze uitstapte, viel het haar op hoe sterk alle geluiden gedempt werden.

Ze moest even opletten welke gang ze moest nemen. Kamers 1201 tot 1215 naar links, van 1216 tot 1223 naar rechts. Ze vond 1219 en klopte aan. Ze schrok toen de man uit de lift achter haar voorbijliep en 'Nog een goede dag' zei. Ze had niet eens gehoord dat hij haar achterna was gekomen. Wat was ze het gauw gewoon geraakt om niet meer achterom te kijken naar Bruno Carels.

***

Ze merkte het slechts op vanuit een ooghoek: de man van in de lift was helemaal niet verder doorgelopen. Hij was hooguit een meter of twee verder toen hij halt hield en zijn jaszakken doorzocht. Ongetwijfeld op zoek naar zijn sleutelkaart.

Haar aandacht werd weer naar de kamerdeur getrokken die geopend werd. Alleen Ricks hoofd verscheen van achter de deur. Hij glimlachte naar haar:

'Ingrid! Kom binnen.'

Ze glimlachte terug. Ze had bij verrassing achter de deur willen graaien. Maar ze kwam niet verder dan de intentie.

Want op dat moment voelde ze een harde duw in haar rug en ze zag een schoen die met de volle kracht van de zool tegen de deur schopte, zodat Rick achteroverviel en de kamerdeur wagenwijd openzwaaide. Terwijl ze Rick zag vallen, kreeg ze nog een veel hardere stomp in de rug, waardoor ze vooroverstruikelde en op handen en voeten in de smalle gang van de hotelkamer terechtkwam. Ze botste tegen Rick aan, die ongelovig naar de deur achter haar staarde. Ze hoorde dat die onmiddellijk dichtviel. Gedempt, zoals alle geluiden in dit hotel.

Ingrid Lund kwam onmiddellijk overeind en draaide zich boos om. 'Wat is dat allemaal?' Ze stond oog in oog met de man uit de lift die nu met zijn rug tegen de kamerdeur aanleunde en haar met een monkellachje op de lippen aankeek. Hij zette zijn attachécase naast zich neer op het kamerbreed tapijt.

'Nogmaals een goede dag gewenst, Ingrid Lund', zei hij.

Ingrid was verbaasd haar naam te horen. Ze keek hem strak aan. 'En wie bent ú dan?' vroeg ze kortaf.

De man antwoordde niet, maar keek van haar weg naar Rick, die ondertussen ook was opgekrabbeld.

'Rick?' zei hij op een toon van komt-er-nog-wat-van.

Ingrid keek verwonderd om naar Rick. Die zei:

'Ingrid, mag ik je... och, zeg – laat maar zitten – dit is Bruno Carels.'

Wat? Dat had ze willen roepen. Het uitschreeuwen. Ze had het zich altijd zo voorgesteld: de dag dat ze haar belager op deze afstand voor zich zou hebben, zou ze gillend 'Crapuul!' schreeuwen en hem aanvliegen. Ze zou haar nagels in het vlees van zijn gezicht zetten en trekken, klauwen, zijn ogen uitkrabben. En ze zou hem schoppen en op hem spuwen als hij kronkelend van de pijn op de vloer lag.

Maar er gebeurde niets. Ze verroerde niet. Ze stond bewegingloos naar de man te kijken. Het viel haar op dat hij geen monstertronie had, dat hij geen bloeddoorlopen ogen had, geen kwijlende mond. Het was eerder een gewone man van normaal postuur, in een grijs en saai, maar goedzittend pak, een man van het soort zoals er in dit hotel wel meer rondliepen.

'Aangenaam u van zó dichtbij te ontmoeten.'

'Niet wederzijds', zei ze kortaf.

'Ach, dat komt nog wel.'

'Dat betwijfel ik sterk', zei ze even kortaangebonden.

'Excuseert u mij één moment', zei hij voorkomend. Hij haalde een gsm uit het borstzakje van zijn jas, ging met zijn duim over het toetsenbord en stak het toestel dan terug. 'Zo,' zei hij, 'de grote dag is aangebroken. We gaan geschiedenis schrijven vandaag. Jullie opdrachten liggen te wachten.'

'En wie zegt dat we daar zomaar genoegen mee nemen?' vroeg ze snibbig.

Bruno Carels haalde een grote zakdoek uit zijn broekzak en schudde hem open. 'Ach, nog even en jullie zijn van me af.' Hij begon secuur de deurknop te poetsen. 'Ik zal míjn vingerafdrukken maar beter niet achterlaten, vind je ook niet, Ingrid? Anders haalt iemand het nog in zijn hoofd om te denken dat je het tussen de middag met twee mannen tegelijk doet.'

Ingrid stond, met Rick de hele tijd half achter haar, in de gang tussen de deur en de kamerruimte achter hen. Links van haar in de smalle gang kwam de badkamerdeur uit, rechts was er een inbouwkleerkast en de minibar.

'Wil je na het poetswerk dan de kamer verlaten', zei ze

bits. 'We kunnen zelfs overwegen om hier tegen niemand iets over te zeggen. Je loopt gewoon naar buiten en we doen alsof er niets gebeurd is.'

'Nee,' zei hij langgerekt, 'dat denk ik niet.' Hij vouwde de zakdoek, mooi op de gestreken vouwlijntjes weer op en keek haar uitdagend aan. 'Arme Victor. Hij weet vast niet waar hij het aan verdiend heeft, als hij zou vernemen waar zijn vrouwtje nu uithangt.'

Hij haalde zijn gsm weer uit het borstzakje van zijn jas, hield hem voor zich uit, zei: 'Lachen allebei, nu', en voor ze er erg in hadden, had hij een foto genomen. Hij grijnsde bij het resultaat. 'Ziet er prima uit. Vooral jij, Rick, om te stelen. Werkelijk. Wil je het zien?' stelde hij Ingrid voor. 'En Victor is toch perfect uitgerust om dit beeld op dit moment te ontvangen, nietwaar? Zal ik?'

'Houd op', zei ze.

'O? Het kan ook gewoon zonder dreigementen, begrijp ik?'

'Houd op!' schreeuwde ze.

'Oké, oké,' zei hij rustig en hij stak de gsm weer weg, 'geen probleem. Maar Rick weet dat ik er niet tegen kan als mensen tegen me staan te schreeuwen. En hij weet ook wat de gevolgen kunnen zijn. Is het niet, Rick?' vroeg hij, terwijl hij Ingrid zonder te knipperen doordringend bleef aankijken. 'Kunnen we afspreken dat dat vanaf nu níét meer gebeurt?'

Ingrid negeerde dat. 'Waarom heb je mij of ons nodig om een idioot diplomatenkoffertje, gevuld met rotzooi, van Brussel naar Antwerpen te brengen?'

'Hola, niet zo vlug. Dat was maar voorbereiding. Een oefening. Eens kijken of jullie in staat waren om zonder tegenwerking instructies op te volgen. Vandaag gaat het om het serieuze werk.'

'En waarom doe je dat zelf niet?'

'Ach, het gaat zo gauw vervelen, dat gesjouw. Een goede manager moet kunnen delegeren.'
'Zullen we dan voortmaken, zodat het gauw afgelopen is?'
'Nog even geduld. We beginnen er zo aan.'
'En was het echt nodig om mij daarom te stalken?'
Bruno Carels spreidde zijn armen in vertwijfeling, kreunde, knikte met zijn hoofd, zocht schijnbaar een smoes en zei:
'Nee!' Hij lachte een rij hagelwit gebleekte tanden bloot. 'Nee, eigenlijk helemaal niet!' Daarop barstte hij in een schaterlach uit, alsof hij zich in die rol van humorist oeverloos grappig had gevonden.
Ingrid gaf geen krimp.
'Is enige toelichting mogelijk?' vroeg ze stijfjes.
Bruno Carels hikte nog na. 'Toelichting? Natuurlijk, natuurlijk.' Hij knipte met zijn vingers naar haar. 'Die verbazing op je gezicht daarnet was echt kostelijk.' Hij herstelde zich: 'Een toelichting, dus? Jazeker. Als ik vanaf het begin had geweten dat je een minnaar had, dan had ik je helemaal niet hoeven te achtervolgen. Het was amusant, daar niet van, maar wel jammer dat ik er flink wat tijd en energie in heb gestoken.'
'Dat begrijp ik niet. Ik volg je niet', zei ze. 'Oké, stel dat ik een minnaar had...'
'Stellen dat?' gilde Bruno. 'Stellen dat?' Hij kon het amper gezegd krijgen van de lach. 'Wat bedoel je? Wat is dat dan?' Hij priemde met zijn vinger naar Rick. 'Je engelbewaarder? Of je bodyguard?'
Ingrid negeerde hem. 'Wat kom je hier eigenlijk concreet doen? En waarom moest je hier zo brutaal komen binnenvallen. Ik begrijp de reden voor al dat geweld niet.'
'Noem jij dat geweld?' Bruno Carels lachte weer zijn gebleekte tanden bloot en leek op het punt te staan weer iets gevats te gaan antwoorden.

Maar op dat ogenblik werd op de kamerdeur geklopt. Bruno Carels verstijfde. De lach gleed van zijn gezicht. Hij keek gejaagd van Rick naar Ingrid en terug.

'Verwachten jullie dan bezoek?' Hij ging plat met zijn rug tegen de deur staan. Alsof hij die wilde dichtdrukken als er van buitenaf tegen geduwd werd. 'Rick, heb jij iets besteld?'

Rick kwam tegen Ingrid aanleunen, terwijl hij Bruno Carels fixeerde. Hij nam Ingrid bij de arm en trok haar zachtjes naar achter.

'Ja, inderdaad, ik heb wat naar boven laten brengen.'

Bruno leek radeloos, hij rolde met zijn ogen. 'Nee!'

'En ik zou u willen vragen om de kamer te verlaten terwijl u toch de deur openmaakt om het kamermeisje binnen te laten.'

'Nee, nee, nee! Waarom overkomt me dit?'

'Als u dat niet doet, vraag ik het kamermeisje om de security te waarschuwen. Ik zeg dat u zich met geweld tot deze kamer toegang hebt verschaft.' Met het gebruik van zijn gerechtstaaltje groeide zijn zelfvertrouwen. 'Daar lachen ze hier niet mee. Ze houden u in bedwang tot de politie er is.'

Bruno Carels staarde, zo te zien de wanhoop nabij, naar het plafond. 'Nee!' Hij leek duizenden pijnen te lijden.

'En ik vertel de politie dat je de stalker bent over wie ik een klacht heb ingediend', mengde Ingrid zich in het gesprek. 'En dat is iets waar de politie zich tegenwoordig ook niet met een makkie van afmaakt, heb ik begrepen. Als ik jou was, zou ik er niet op rekenen om vanavond in mijn eigen bed te slapen.'

'Houd op! Houd op! Ik word gek. Ik weet niet wat te doen.'

Er werd een tweede keer op de deur geklopt. Insisterend.

'U begrijpt toch wel dat u geen keuze hebt', zei Rick. 'En

als u de deur nu niet openmaakt en het kamermeisje kan niet binnen, komt security hoe dan ook kijken wat er aan de hand is.'

'Stop!' Hij sloeg met zijn vuist op zijn borst. 'Ik geef het op', zuchtte hij. 'Ik moet mijn meerderen in jullie erkennen. Samen zijn jullie zo, zo meedogenloos.' Met zijn andere hand haalde hij zijn zakdoek weer tevoorschijn en sloeg die open.

Hij stond nog steeds met zijn rug tegen de deur. Hij draaide zich half om, vatte de deurknop met de zakdoek en keek tegelijk door het spionnetje:

'Oeps!' hikte hij. Zijn stem sloeg om. Van radeloosheid was binnen een halve seconde in de verste verte geen sprake meer. 'Hé!' Hij keek hen allebei glunderend aan. 'Vergeten!' Hij kletste zich tegen het voorhoofd, terwijl hij de deur opendraaide en Ingrid als eerste zag wie daar stond. Haar hoop werd meteen de bodem ingeslagen.

Ze deinsde achteruit de kamer in en duwde Rick achter haar mee achteruit. In de deuropening verschenen twee bodyguards in zwarte pakken die zonder de minste vorm van elegantie de kamer binnendrongen.

'Nu was ik helemaal vergeten dat ik deze jongelui had uitgenodigd. Wat dom van me', speelde Bruno. 'Ingrid, wat denk je van Ricks roomservice?'

Ze besefte nu dat Rick misschien wel iets had besteld, maar dat hem dat vermoedelijk al eerder was gebracht. Maar toen hij de klop op de deur hoorde, had hij vast gehoopt dat het een hotelbediende was die zijn diensten kwam aanbieden en hij had poker gespeeld. En verloren.

De twee binken grijnsden eerst naar Bruno en dan naar Ingrid en Rick. Bruno liet de kamerdeur automatisch weer dichtvallen en beide heerschappen bleven met de armen strak naast hun lijf voor Bruno in de smalle gang staan. Ze konden niet naast elkaar in de gang staan. Daarvoor waren ze te kolossaal gebouwd. Het leken tweelingbroers. Ze hadden ultrakort, wit geverfd haar, een stierennek waaromheen het boord van hun witte overhemd werd dichtgehouden door een smalle das, armen met spierbundels die zich in te krappe mouwen van hun zwarte pakken aftekenden en schoenen met dikke zoolprofielen die helemaal niet bij hun pak pasten.

'Ingrid en Rick, jullie waren schitterend. Jullie zijn een droompaar. Schit-te-rend samen! Het leek of jullie nooit wat anders gedaan hebben dan samen de wereld belazeren. Jammer toch dat ik wist wie er achter de deur stond.'

Ingrid noch Rick antwoordde hem.

'Is het niet?' schreeuwde Bruno.

'Ja, ja', zei Rick.

'Gaan jullie even verder, jongelui', maande Bruno beide lijfwachten.

Ze liepen allebei de kamer in. De ene posteerde zich tegen de muur langs het bed, de andere stapte op Rick en Ingrid toe en ging recht tegenover het bed naast de wandtafel met de televisie staan. Met z'n vijven was het goed overbevolkt in een kamer voor twee.

Ingrid liep achteruit tot tegen het raam. Rick leidde haar met zachte dwang verder tot achter het tafeltje met de clubstoel, tussen het raam en het bed, zo ver mogelijk weg van de drie ongenode gasten. Hij ging voor haar staan, als om een aanval van de drie indringers op te vangen. Maar ze liet zich niet gewillig in een hoekje duwen. Het stond haar niet aan dat ze geen vat kreeg op de situatie, ze voelde zich in het nauw gedreven.

'En? Wat moeten die twee hier?' vroeg ze aan Bruno, op een toon die hem duidelijk moest maken dat ze verder niet meer zomaar over zich heen zou laten walsen.

'Alles op zijn tijd, alles op zijn tijd. Zal ik jullie eerst aan elkaar voorstellen? Ingrid, Rick, dit zijn Pelle en Bosse...'

'Wat?' Ze gilde. 'Wat?' Ze wilde Bruno Carels aanvliegen.

Rick draaide zich geschrokken naar haar om. 'Hé, wat heb je?'

Ze beefde, ze kreeg er geen controle over. 'Dit is zo...'

'Vind je dat misschien geen passende namen, mijn beste Ingrid?' Hij wachtte even. 'Ze hebben toch ook allebei een wit vachtje?' Bruno Carels barstte in schaterlachen uit.

Rick nam haar handen en trachtte het beven te bedaren. 'Ingrid, wat wil hij zeggen?'

Ze wist niet of ze dit nog aankon. Deze man was zonder de minste scrupules zo diep in haar leven doorgedrongen. Dit raakte haar tot in het diepst van haar wezen. Maar ze vermande zich. Ze zou het niet meer laten merken. Ze trok haar handen terug uit die van Rick en sprak zacht. 'Dat zijn de namen van onze konijntjes thuis. Hoe kom je daaraan?'

De schaterlach was verdwenen. 'Ach, mijn beste Ingrid, vandaag de dag kun je zo veel op het internet vinden. Is het niet, mijn beste Rick?' Hij wachtte niet op een reactie. 'Maar goed, terug naar de essentie. Waar waren we ook alweer gebleven? O, ja.' Hij priemde met een vinger naar Rick. 'Bij je bodyguard!'

Ze zag hoe Rick zich even geen houding wist te geven. Met alleen een badjas van badstof aan en waarschijnlijk niets eronder, voelde hij zich wellicht niet gekleed naar de omstandigheden. De panden van de badmantel werden dan wel dichtgehouden door een gordel, toch hield hij ze nu met zijn handen in zijn zakken angstvallig over elkaar.

'Een bodyguard op badslippers?' Bruno Carels gierde het uit. 'Geweldig.'

Rick geneerde zich allicht dood, maar Ingrid zag hoe hij stand probeerde te houden door vuil terug te kijken.

'Bijzonder vermakelijk.' Ingrid klapte traag in haar handen, zonder te glimlachen weliswaar. 'Als stand-upcomedian zou je nog naam kunnen maken.'

Bruno antwoordde niet. Terwijl hij haar bleef aankijken, trok hij twee dunne latex handschoenen uit de zak van zijn jas en hij begon ze rustig aan te doen.

'Momentje, momentje.' Hij trok de vingers van de handschoenen een voor een diep tussen de vingers van zijn hand. Het rubber maakte een kletsend geluidje dat Ingrid de rillingen over haar rug liet lopen. Hij wees hun op zijn handen. Alsof ze zich daar al niet bewust van waren en ze zich er allebei niet behoorlijk ongemakkelijk bij voelden. 'Alweer voor de discretie, weet je wel', zei hij samenzweerderig. 'Júllie zijn de hoofdrolspelers. Ik eis geen plaatsje op in de geschiedenis. Ik wil hier niet met alle geweld mijn sporen achterlaten.' Daar moest hij geweldig om lachen.

'Zo?' zei ze. 'Een plaatsje in de geschiedenis, hè? Is het misschien de bedoeling dat we met een vliegtuig in de Boerentoren vliegen?'

Daar moest Bruno Carels weer om schaterlachen. 'Nee!' Hij schudde met zijn hele lichaam van nee, op een manier zoals kleuters volwassenen van antwoord dienen als ze voelen dat ze beetgenomen worden. 'Ik zag je al vaker achter het stuur van een wagen, ik zou je nooit het stuur van een vliegtuig toevertrouwen.' Een nieuw lachsalvo weerklonk. Zelfs de twee binken moesten daar uitbundig om lachen.

Ingrid klapte weer in haar handen. 'Wat geweldig grappig.'

Rick keek haar aan zonder dat de andere aanwezigen zijn gelaatsuitdrukking konden zien. Hij fronste zijn wenkbrauwen, tuitte zijn mond en sloot even zijn ogen. Ze begreep dat hij haar het zwijgen wilde opleggen. Ze hield haar mond. Misschien zouden ze dan vlugger van hen afkomen. Dat bedoelde hij waarschijnlijk.

Bruno keek haar aan en stak zijn geopende hand naar haar uit. 'Je gsm.'

Haast onmerkbaar trok ze haar arm steviger over de grote handtas die aan haar schouder hing. 'Waarom?'

'Kunnen we gewoon doen wat ik vraag? Zonder gezeur?'

'Ik zie niet in wat je met mijn gsm aan moet.'

Bruno knikte naar een van de tweelingbroers. Die stond in twee passen bij Ingrid, duwde Rick tegen het raam en rukte hardhandig de tas van haar schouders.

'Zég! Moet dat zo brutaal?'

'Nee, hoor', zei Bruno, die de tas wroetend doorzocht en er haar gsm uit haalde. 'Daarom had ik het je ook eerst gewoon gevraagd.' Zijn duim gleed over het toetsenbord. 'Had ik wel gedacht. Die sms'jes met je instructies staan er nog altijd in. Laat ik die er maar eens gauw uitgooien.' Even later voegde hij eraan toe: 'Die laatste van Rick met het kamernummer laat ik er wel in staan. Als herinnering, weet je wel.' Hij liet de gsm in zijn broekzak glijden.

'Waar is dat nog voor nodig?'

Bruno ging daar niet op in. 'Ik moet toegeven,' ging hij verder, 'dat je er met je vliegtuig merkwaardig genoeg niet zo ver naast zit als je zou willen denken.'

Ze was plots heel erg op haar hoede. 'O? En wat bedoel je dáár dan mee? Mag ik een woordje uitleg?'

'Ik kan daar helaas niet verder op ingaan, Ingrid Lund. Jou wordt gevraagd – en je hebt de eer bovendien – om uit te voeren, niet om na te denken. Dat doe ik wel voor je.'

'Dat lijkt me geen gezonde taakverdeling.'

'En toch! Zijn wij niet allen, hier vandaag samen, uitvoerders van een veel groter en machtiger gedachtegoed?'

Rick mengde zich in het gesprek. 'Insinueert u daarmee dat u ons hier in een terroristische aanslag wilt betrekken?' Hij sprak traag, elk woord scherp articulerend.

Bruno hikte. 'Oei, Rick! Wat doe jij dramatisch. Nee, nee, nee. Wat voor grote gehypete woorden gebruik je. Terrorisme is niet meer dan een tactiek. Wie denk je wel dat wij zijn?'

'Daar heb ik jammer genoeg geen flauw idee van.'

'Lijken deze jongelui op terroristen? Komaan, Rick, let toch op je woorden. Nog één zo'n belediging en ik kan niet meer garanderen dat ze je niet aanvliegen.' De tweeling keek Rick agressief aan, alsof Bruno die uitdrukking met een hendeltje had ingesteld.

Ingrid en Rick hielden hun mond. Allebei zagen ze in dat de nachtmerrie vlugger voorbij zou zijn als ze gewoon deden wat van hen verlangd werd. Alleen, ze kregen sterk de indruk dat wat van hen verwacht werd niet op hun instemming zou kunnen rekenen. Helemaal niet. De twee spierbundels die net op het toneel waren verschenen, bevestigden die indruk alleen maar. Uitvoeren wat van hen werd gevraagd, was waarschijnlijk de enige manier om van Bruno Carels en de zijnen af te komen.

'Goed,' zei Bruno, 'zullen we eraan beginnen?'

Dat die vraag retorisch was, nam niets weg van het besef van het dreigende gevaar dat zich plots van Ingrid meester maakte, integendeel.

Bruno Carels keek op zijn horloge. 'Ingrid Lund, jij bent de uitverkorene. Jij kunt er nu aan beginnen.'

'Waarom zij?' Rick liet plots weer van zich horen.

'Dáárom.' Bruno keek hem geïrriteerd aan.

'Ik had gevraagd om de opdracht van haar over te nemen en dat had je me beloofd.'

'Beloofd? Heb ik je wat beloofd? Ik?' Zijn twee handlangers moesten daar zelfs om glimlachen.

Rick begreep dat hij beter zweeg.

'Ik recapituleer even: Ingrid Lund, we verwachten heel wat van je. Jij gaat nu mee naar beneden met Pelle...'

Ze onderbrak hem. 'Niet, dus. Ik ga nergens heen. Ik wil eerst weten wat voor opdracht dit is.'

Bruno zuchtte. 'Je stelt me teleur, Ingrid Lund, nu jij ook al met vervelende vragen begint. O, wat stel je me diep teleur. Zou dat de slechte invloed van Rick Bogaert kunnen zijn? Zei ik dan niet dat ik geen tegenspraak zou dulden?'

Ze keek hem smalend aan: 'En ik kan niet goed tegen bevelen krijgen. Ik wil vooraf haarfijn uitgelegd krijgen wat ik moet doen en wat de consequenties zijn.'

'Je stelt me echt diep teleur.' Maar Bruno kreeg een glimlach om zijn lippen bij wat hij zou gaan zeggen. 'Zal ik dan toch echt Victor dat fotootje van jullie beidjes sturen?' Hij wachtte even. 'Wat denk je?'

'Ik wil vooraf alles weten.'

'En jij, Rick, wat denk jij? Ik zorg er uiteraard voor dat Miriam ook een afdrukje krijgt. Dat doet haar vast plezier.'

Rick keek Ingrid vertwijfeld aan.

'Dacht je werkelijk dat ik me daardoor zou laten intimideren?' Rick keek haar nu bijna smekend aan. Maar ze ging ongehinderd verder: 'Dacht je echt dat dat het ei van Columbus was toen je dacht dat ik een minnaar had?'

'Dácht ik dat alleen maar? Ga je dat nog ontkennen, misschien? Hoe noem je dit onderonsje van jullie beidjes dan?' Hij proestte het uit. 'Een werkvergadering misschien?'

'Dat doet er niet toe. Ten eerste hebben Victor en ik een erg open relatie en absoluut geen geheimen voor elkaar. Hij zal aan zo'n fotootje helemaal niet zwaar tillen, daar twijfel ik niet aan.'

'Je bluft, Ingrid Lund.'

'Denk je? Ik wandel hier zó de kamer uit. Probeer me maar eens met een fotootje tegen te houden.'

Rick voelde zich niet goed worden.

'Ik zie het aan Rick dat je bluft. Wat is hij ontgoocheld in jou. Net als ik.'

'Dat laatste doet er niet toe. Ik wil gewoon weten wat de opdracht inhoudt. En misschien doe ik wel gewoon wat je vraagt.'

'Kijk eens aan. Wat een geruststelling.'

'Maar ik ga – om maar iets onzinnigs te zeggen – geen bom vervoeren. Je kunt me eender wat vragen, maar als het betekent dat ik daar mensen mee in gevaar breng, dan pas ik.'

'Zo? Dan pas je?'

'Ja. Of als ik mensen in opspraak zou brengen, door bijvoorbeeld, onder het mom van mijn functie als documentaliste bij de openbare omroep, ergens valse informatie te moeten bezorgen, dan pas ik ook.'

'Pardon? Dan pas je ook?'

'Ook, ja.'

'Je levert anders wel keurig werk af, moet ik toegeven.' Bruno boog vooruit en opende een zijvakje van zijn attachécase. Hij haalde er een dvd in een hoesje uit en zwaaide er mee. 'Weet je wat dit is?'

'Van hieruit zie ik alleen dat het een dvd is in een doosje van de openbare omroep. Dat is vast een duplicaat van een programma. Misschien heb ík dat zelfs gemaakt.'

Bruno stond zichzelf grijnzend koelte toe te wuiven met de dvd en keek van Ingrid naar Rick en terug.

Plots daagde het haar. Ze keek Bruno met grote ogen aan: 'Wat? Jij? Is dit dan de kopie van *De Zevende Dag*? De uitzending waarin Bogaert voorkomt?'

Bruno bleef grijnzen en knikte. 'Bogaert? Bogaert? Ik dacht dat je hem Ricky zou noemen, of schat, of beertje.'

Rick keek Bruno meewarig aan. Ingrid vlamde:

'Jij? Was jij dan degene die me belde? Waarom? Om jezelf te overtreffen? Om je superieur te voelen? Wat voelde je toen? Macht? Voelde je hoe je macht over me had, toen? Omdat ik niet wist wie je was?'

Bruno knikte bewonderend. 'Wat een doorzicht.'

'Jij bent geschift, vriend. En ik loop nu naar buiten en ik beklaag me er bij de hoteldirectie over dat een kamer van twee door vijf wordt bezet.' Ze duwde Rick wat opzij. 'Blijf jij even hier, ik ben zo terug.'

'Zou je dat wel doen?' fluisterde hij terwijl ze langs hem heen liep.

Ze had hem waarschijnlijk niet eens gehoord. Ze liep om het bed heen en duwde ook de massieve gestalte van de gorilla naast de tv opzij, zodat ze een vrijere doorgang kreeg. Ze passeerde ook Bruno, die opzij ging voor haar. Of zo leek het althans, want met een kort knikje gaf hij een teken aan de andere lijfwacht.

Die schoot, ondanks zijn gewicht, snel achter haar aan, greep haar bij haar taille en tilde haar op.

Ze slaakte een gil. Ze had wel íets van tegenwerking verwacht, maar toen Bruno opzij ging voor haar, had ze heel even iets als een overwinningsroes gevoeld. Tot nu. Een halve seconde later. De ontgoocheling was des te groter.

Ze hoorde hoe Rick 'Nee!' slaakte. Ze zag hoe hij haar met afschuw aankeek, alsof hij naar een beeld uit een nachtmerrie keek.

Haar voeten raakten de vloer niet meer. De handen om haar middel waren pijnlijk sterk. Ze was hulpeloos, overgeleverd aan de grillen van deze spierbundel. Hersenloos waarschijnlijk, bovendien. Ze wilde hem slaan, maar ze had geen controle meer over haar armen. Die kon ze slechts gebruiken om in het ijle naar evenwicht te klauwen.

Plots liet hij haar los. Ze vloog met een boogje door de lucht. Ze had totaal geen zeggenschap meer over haar lichaam. Ze kwam hard op het bed terecht. Ze veerde wel een halve meter terug omhoog. Toen voelde ze hoe iemand twee handen om haar enkels sloeg en haar benen muurvast in de klem zette. Ze wilde zich oprichten, de gorilla, die van naast de wandtafel – hij was het – slaan. Maar toen werden haar beide polsen vastgegrepen in een onwrikbare greep. Haar armen werden naar achteren getrokken, tot boven haar hoofd. Ze voelde de stekende pijn in haar schoudergewrichten. Er werd aan haar voeten en aan haar handen tegelijkertijd getrokken. Het voelde alsof haar lichaam werd uitgerekt tot haar armen en benen uit hun kommen zouden schieten. Ze gaf de aanzet tot een langgerekte schreeuw, maar toen zag ze Bruno Carels boven haar die een hand in een latex handschoen over haar keel legde en duwde, duwde, duwde. Duwde! Er kwam geen geluid meer uit haar keel, geen lucht kon nog in of uit, de stekende pijn in haar strottenhoofd was gruwelijk, hij ging het verbrijzelen, haar luchtpijp zou breken, ze wilde hoesten, maar kon niet. Ze wilde Bruno Carels met haar ogen duidelijk maken dat hij moest loslaten, dat ze wilde ademen, dat ze doodging, dat ze dood voor hem van geen nut meer was. Haar ogen puilden uit hun kassen terwijl hij haar wurgde. De pijn was ondraaglijk.

Toen liet Bruno abrupt los en ze zag in een flits hoe Rick, boven haar, Bruno's arm vastgreep maar tegelijkertijd een vuistslag van Bruno in zijn gezicht moest incasseren. Het volgende moment liet iedereen haar los. Ze rolde op haar buik, met haar handen om haar keel en ze trachtte wanhopig lucht te krijgen. Ze hoestte de longen uit haar lijf, terwijl ze piepend naar adem hapte. Haar strottenhoofd leek rauw vlees waarin zonder ophouden met duizenden messen werd gekerfd. Slikken lukte niet eens meer. De reflexen hadden het opgegeven. Haar keel weigerde nog meer pijn te verdragen.

Het was in haar gedachten pas een eeuwigheid later dat de pijn afnam, dat ze opnieuw kon ademen, dat ze op haar zij op het bed rolde, dat ze zag hoe vier mannen haar aankeken, dat ze wist dat de nachtmerrie nog niet voorbij was, dat ze Rick met een handdoek het bloed uit zijn neus zag stelpen en dat ze Bruno hoorde die zei:

'Zo! En hebben we nu allemaal genoeg van de held uithangen?' Hij liet dat even bezinken. 'Vorige keer was de vraag of we zonder tegenwerking instructies konden opvolgen. Vandaag is de vraag: wíllen we echt meewerken?' Hij laste weer wat bezinningstijd in. 'Ik had een opstand of een opstootje uiteraard wel verwacht. Dat hadden jullie, luitjes, toch begrepen, vermoed ik? Niet erg. Geen man overboord. Maar ik kan verder niets anders meer tolereren dan de strikte opvolging van mijn instructies. Anders krijgen we straks een gigantische rotzooi. Is dat begrepen?' En dan, zonder pauze, ging hij verder. 'Zo, Ingrid Lund, zijn we bereid tot medewerking, of wat?'

Ze wilde zeggen: 'Dat doet er niet meer toe', maar ze kwam niet verder dan een zware hoestbui.

'We waren toch overeengekomen dat ik het van haar zou overnemen?' probeerde Rick.

'Overeengekomen?' Hij grijnslachte. 'Zíj is de uitverkorene. En als ze niet wil, dan moeten we háár eerst elimineren. Dus hoor ik nu graag eerst van haar waarvoor zij heeft gekozen.'

Vier paar ogen keken haar aan. Haar ademhaling piepte nog hevig, terwijl ze ook nog een felle pijn in haar borstkas voelde telkens als ze in- en uitademde.

'Natuurlijk weet ik wat je gaat antwoorden. Maar ben je wel te vertrouwen? Misschien denk je listig te zijn en straks, onderweg, met het vrachtje naar de politie te stappen. Dus heb ik me even ingedekt tegen dat soort ongein.'

Bruno nam zijn gsm en belde:

'Kun je me nu even een beeld doorsturen? Oké, dank je.'

Het wachten duurde een eeuwigheid. Toen de foto binnen was, toetste hij die open en hield het schermpje van zijn toestel voor Ingrid.

'Herken je dit?'

Ze keek en dacht dat ze het niet goed had gezien. Ondanks haar weerzin voor de man, greep ze hem vast bij zijn mouw en trok zo de gsm naar zich toe. Het leek of op dat moment haar hoofd uit elkaar zou spatten door wat ze zag. Er brak iets in haar. Zoveel verdorvenheid kon ze zich niet eens voorstellen.

Ze kwam vliegensvlug overeind en sprong van het bed.

Ze schreeuwde in gedachten, maar in feite kwam er niet meer uit haar keel dan een hees, bijzonder pijnlijk 'Wat betekent dit? Laat hen erbuiten'. Ze greep naar haar keel van de pijn. Ze slikte. Ook dat was bijzonder pijnlijk.

'Wat gebeurt er, Ingrid?' vroeg Rick vertwijfeld.

Ze keek hem verward aan. Ze wees met een vinger naar de gsm van Bruno. Ze wilde iets zeggen, maar ze kreeg het niet door haar keel. Ze slikte. 'De kinderen... school.'

Rick begreep het meteen. 'Ziekelijke geest', siste hij.

Ingrid keek weer naar Bruno: 'Wat gaat er... met hen... gebeuren?'

'Niet zo gestrest, Ingrid. Dat is toch helemaal nergens voor nodig. Althans niet, zolang je mijn instructies zonder protesteren opvolgt.'

Rick nam van haar over. 'U hebt nog niet op haar vraag geantwoord. Wat gaat u met hen doen? Wat denkt u de kinderen van mevrouw Lund aan te doen? Wat bent u van plan?'

Bruno lachte hem uit. 'Mevróúw Lund. Die is goed. Maar goed, zoveel vragen ineens. Even in volgorde van belangrijkheid: ten eerste heb ik een mannetje klaarstaan. Of beter, een vrouwtje, eigenlijk. En als mevróúw Lund' – hij moest er weer mee lachen – 'het opzettelijk zou verknoeien, dan staat mijn *vrouwtje* dus klaar om de kinderen na school op te pikken.'

'Doen ze nooit', zei Ingrid met een hese fluisterstem.

Bruno grijnsde. 'Wedden?'

'Dat zijn geen kinderen meer, hè. Dat zijn jonge volwassenen. Die denken na.' Ze hoestte van zoveel inspanning.

Bruno wachtte tot haar hoestbui voorbij was en hij weer haar volle aandacht had. 'Als ze wat van hun moeder hebben wel, ja. Je zoon en je dochter fietsen naar huis. Ze wachten op elkaar bij de school om samen te vertrekken, niet? Een kwartier later zijn ze thuis. Vijf minuten later komt een verpleegster aanbellen. Mammie heeft een ongeluk gehad, komen jullie even mee?'

'Doen ze nooit', herhaalde ze nu heser dan de eerste keer.

'Nee, vast niet, je hebt hen goed geïnstrueerd. Zeker nadat jij je al belaagd had gevoeld. Nou, prima: "Kijk eens, Rosalind, kijk eens, Valentijn, jullie kennen..."'

'Wat?' Ze was zichtbaar geschokt. 'Hoe komen jullie aan de namen van mijn kinderen?'

Bruno keek haar meewarig aan. 'Ingrid, kom nou.' Hij ging onverstoord verder. 'Ik zei: "Kijk eens, jullie kennen vast het nummer van mama's gsm. Bel even op." Doen ze natuurlijk.' Hij toonde haar haar eigen gsm. 'En dan zeg ik: "Hallo, met dokter Carels. Ja, jullie moeder is zwaargewond geraakt. Jullie moeten dringend bij haar langskomen. Misschien redt ze het nog als ze jullie ziet." Ik kan je verzekeren: ze zitten voor je het weet in de auto. In míjn auto.'

'En dan?' Ze piepte nog slechts als een klein vogeltje.

'En dan? Niets. Dat zei ik toch al. Heb je niet geluisterd? Nee, niets. Op één voorwaarde.'

Rick haalde smalend uit: 'Niets? Ik weet dat niets u zal tegenhouden om toch te doen wat u van plan was. Of wij die opdracht zonder u te dwarsbomen afwerken of niet.'

Bruno trok een verontwaardigd gezicht. 'Dat is een zware en bovendien helemaal uit de lucht gegrepen beschuldiging.'

'O ja? Ik spreek uit ervaring, als u dat niet ontgaat. Die foto die u net nam, die komt tóch bij haar man terecht. En bij mijn vrouw. Net zoals u alles in het werk hebt gesteld opdat ik ontslagen werd. Dat paste nu eenmaal beter in uw plan.'

'Ontslagen wordt iemand niet voor een prul als een paar uur vrijnemen zonder het kantoor te waarschuwen. Nee, Rick, dat weet jij ook best: ontslagen word je slechts vanwege verregaande incompetentie.'

Rick wist niet wat hem bezielde, maar plots maakte hij een schijnbeweging om Bruno aan te vliegen. Hij had nog geen halve pas gezet, of hij werd onderschept door een van de twee binken die hem hardhandig naar zijn plaats bij het raam terugduwde.

'Hola,' zei Bruno, 'je lijkt een beetje opgewonden, Ricky. Ben je weer van zins om op mijn gezicht te slaan?' Bruno bracht zijn gebalde vuisten voor zijn gezicht, keek Rick van opzij aan en schaduwbokste wat in zijn richting.

Rick Bogaert zuchtte: 'Onvoorstelbaar hoe u iemand op de zenuwen kunt werken.'

'De hoogste tijd dat we in actie komen. Nietwaar, Ricky? Nummer één: de sleutels van je wagen, graag. Geef ze maar aan Bosse.'

'De sleutels van mijn wagen? Waarom? Waar is dat voor nodig? Wat willen jullie daarmee doen?'

Bruno antwoordde daar niet op. 'Vanaf nu geen vragen meer. Wel je parkeerticket. Dat mag je aan je minnares geven.'

'Dat zit allemaal in mijn kleren.' Rick baande zich een weg langs het voeteneinde van het bed naar de smalle gang met aan de ene kant de badkamerdeur en rechts van hem de klerenkast met spiegeldeuren. Hij haalde zijn autosleutel uit zijn broekzak en het parkeerticket uit de portefeuille in zijn jas. Terwijl hij de schuifdeuren van de kast open liet staan, gaf hij het ticket aan Ingrid – hij glimlachte en knipoogde haar sterkte toe – en gooide de autosleutels voor Bruno op het bed. Hij liep terug naar de klerenkast, haalde zijn pak eruit en dacht in de badkamer te verdwijnen.

'Ik ga me aankleden.'

'Nee! Dat ga je niet. Ingrid – mevróúw – Lund gaat straks weg. Ik kan het niet hebben dat je wegloopt voor ze terug is en dat lukt beter als je er niet al te flatteus bij loopt.'

Ingrid stond aan de andere kant van het grote bed en keek bedenkelijk met een hand nog om haar keel. Bruno gooide haar haar handtas toe.'

'Ingrid Lund! Jouw beurt om op de scène te komen.'

Ze ving haar handtas en hing die weer over haar schouder. Ze keek hem vol misprijzen aan. Met haar ene hand om haar keel leek het alsof ze het met walging zei:

'Alleen voor mijn kinderen zal ik het doen. Alleen voor hen!'

'Ik dacht het wel dat die invalshoek je zou aanspreken.'

'Scrupuleloos loeder.'

'Dat is heel erg aardig geformuleerd. Het kon veel erger, moet ik toegeven. Maar goed, alle gekheid, nu even ernstig. Jij loopt nu samen met Pelle en Bosse naar beneden. Je betaalt jouw parkeerticket en dat van Rick aan de automaat in de lobby. Pelle en Bosse houden je op een afstand in de gaten. Je begeeft je dan naar de deur van de ondergrondse garage. Als je probeert om iemand aan te spreken, brengen deze jongens mij onmiddellijk op de hoogte en gaat dat footootje van jullie beidjes linea recta naar Victor. Hij belt vast dadelijk naar je gsm en raad eens wie hij dan aan de lijn krijgt. Ik hoor het dan wel of jullie wel zo'n open relatie hebben als je mij daarnet hebt proberen wijs te maken.'

'Smeerlap.'

'Die omschrijving gaat er al beter op lijken.'

Bruno pakte met twee in latex gehulde vingers de sleutel van Ricks wagen van het bed en liet die in de jaszak van Bosse glijden. 'Jullie hebben de handschoenen bij je?' Allebei haalden ze ook latex handschoenen tevoorschijn. 'Oké! Aantrekken zodra jullie op de trap naar de garage zijn, ja?' Ze knikten allebei. 'En vergeet niet de deur naar de trap enkel met de schouders open te duwen.'

Hij richtte zich weer tot Ingrid:

'In de lobby kennen jullie elkaar niet. In de garage – niet eerder! – geef je een van beide parkeertickets aan Bosse. Jij rijdt met je auto voorbij de slagboom naar buiten, achter het benzinestation – je kent het hier allicht –, dan naar rechts, richting Antwerp Expo', hij grijnsde en wachtte even voor het effect, 'en je blijft langs de Vogelzanglaan wachten. Daar krijg je je instructies.'

'Van wie?'

Hij gaf haar een gsm.

'Rustig. Hiermee krijg je die instructies. Mocht je denken dat ik zo onverstandig ben geweest om je een gsm te geven waarmee je tussendoor even naar de politie kunt bellen, niet dus. Oproepen kun je ontvangen, maar je kunt zelf niet bellen.'

Haar teleurstelling daarover moest erg duidelijk zijn, want hij reageerde met: 'Dacht je nu werkelijk dat ik zo dom zou zijn? Overigens, Pelle en Bosse volgen je op een behoorlijke afstand. Zij staan permanent met mij in contact. Bij de minste ongeregeldheid worden je kinderen daar het slachtoffer van.'

Ze keek hem woedend aan. 'Hiervoor zul je ooit gestraft worden', siste ze.

'Nonnetjespraat!' hoonde hij. 'Dat betwijfel ik.' En dan op een zakelijke toon: 'Je kunt nu gaan. Nu!'

Ze keek naar Rick. Hij zag ongetwijfeld de angst in haar ogen. Nee, hij kon hier natuurlijk niets aan doen.

***

Het was nu of nooit meer, dacht hij. Het was de enige kans die ze hadden.

'Mogen we tenminste afscheid nemen?'

Ingrid keek hem verbaasd aan.

'O komaan, Rick, word toch eens volwassen', barstte Bruno uit. 'Zou je dat ook vragen als dit Miriam was? Over minder dan een uur is je minnares hier terug.'

Dat was zeker al een geruststelling. Ingrid werd niet op zelfmoordexpeditie gestuurd.

'Dan kunnen jullie vozen zoveel jullie willen. Maar, oké,' hij zuchtte, 'ga je gang als het niet anders kan.'

Rick liep om het bed heen. 'In de badkamer?'

'Hier!'

Ingrid bleef tegen de hoek van de klerenkast leunen. Hij sloeg zijn arm over haar schouder. Hij boog zich naar haar toe, maar net voor hij haar lippen zou raken, hield hij zich in en likte vulgair met zijn tong over haar mond. Hij voelde hoe ze zich beschaamd wilde terugtrekken. Maar hij hield haar stevig bij de schouder en ging door met haar lippen te likken. Hij loerde opzij en zag hoe de drie mannen in de kamer daar zonder gêne naar stonden te gapen. Hij zei:

'Kus me alsof dit de laatste kus is die je me ooit zult geven.'

Hij ging over tot een uitgebreide tongkus en hij voelde haar weerzin.

'Kunnen we ophouden met die belachelijke voorstelling?' vroeg Bruno. 'Mijn plaatsvervangende schaamtegevoel is ver opgebruikt.'

Toen, met de moed der wanhoop, haalde hij zijn gesloten linkerhand uit de zak van zijn badmantel en reikte ermee naar haar hand. Hij raakte haar hand. 'Pak vast!' kon hij nog net twee keer tussen zijn tanden sissen zonder dat het publiek dat verstond.

Het ene ogenblik hield hij zijn dichtgeklapte gsm in zijn linkerhand; het volgende ogenblik lag die in haar gesloten handpalm.

Hij liet haar los. 'Kom veilig terug, lieve Ingrid', zei hij theatraal. Hij zou er alles voor gedaan hebben om de aandacht van de drie mannen af te leiden van haar handen.

'Genoeg! Aan het werk nu graag', zei Bruno.

Ingrid was al naar de deur gelopen. Rick liep terug naar het raam. Bruno keek haar verbaasd na. Ze stond nu schuin voor de deur met haar rechterzijde naar de deur toe gewend. Ze stond klaar om te vertrekken. In haar rechterhand had ze de gsm. Ze hield haar arm tegen haar tas gedrukt en haar hand tegen haar dij aan gedrukt. Het toestel was net iets te groot om in haar vuist te verdwijnen. Maar zelfs Rick zag hoe zij daar vooral krampachtig stond te wezen.

Toen ze met haar linkerhand naar de deurknop links op de zware kamerdeur reikte, riep Bruno 'Halt!' en stond in twee passen tegen haar aan gedrukt. 'Ben jij linkshandig?' Ze bleef voor zich uit naar de deur kijken en drukte haar arm nog steviger tegen haar tas aan. 'Ik dacht het niet, hè.' Hij bleef zich tegen haar aandrukken en zei traag: 'Niet toen je me je gsm gaf. En niet toen je naar je keel greep. En niet toen je naar mijn arm greep.' Hij zette een pas achteruit, gaf haar een duw, zodat hij haar stijf tegen zich aan gedrukte arm kon grijpen en hem brutaal omwrong. Ze gaf een gil, maar liet Ricks gsm niet los. Bruno moest hem uit haar hand loswrikken. Toen liet hij Ingrid Lund met een duw los. Ze kromde zich, met haar hand om haar pijnlijk verwrongen schouder.

Bruno speelde met Ricks gsm. 'Leuk geprobeerd, Ricky, leuk geprobeerd, maar jammer genoeg voor jou niet gelukt. Maar je neemt wel heel erg grote risico's. Je hebt niet alleen je minnares in gevaar gebracht, maar vooral ook haar kinderen. Dat is onvergeeflijk in een overspelige relatie, Ricky. Dat moet je toch begrijpen. Je kunt het vrouwtje maar krijgen als je er ook de kindjes bij neemt.'

Bruno gooide de gsm op het tafeltje.

'Je hebt deze straks zelf nog nodig, Ricky.' Hij keek van Rick naar Ingrid en terug. 'Hebben we nu alle kunstjes gehad? Of houden jullie nog wat verrassingen achter de hand? Rick, jij weet toch dat ik niet van surprises houd?' Hij knikte naar de tweeling. 'Goed, dan maar met enkele minuten vertraging: laten we eraan beginnen. En let op, Ingrid Lund, of je je kinderen veilig terugziet, ligt helemaal in jouw handen.'

Een van de twee bodyguards opende de deur en gedrieën vertrokken ze; Ingrid Lund het onbekende tegemoet.

***

Bruno ging aan de wandtafel met de televisie zitten en opende zijn attachécase. Hij haalde er een grote gsm met een geïntegreerd toetsenbord uit en opende die voor zich op de tafel. Hij nam ook zijn andere gsm, hing een headset met luidspreker en micro in zijn oor en maakte een verbinding.

'Oké,' zei hij, 'goede verbinding. Hopen dat we het zo kunnen houden. Staat ze al op de Vogelzanglaan? Oké.'

Bruno maakte een uitnodigend gebaar naar het bed. 'En

jij mag ondertussen op bed gaan liggen, Ricky. Dat praat een stuk gemakkelijker.'

Hij nam een chronometer en plaatste die in een staandertje naast de grote gsm. Hij toetste een bericht in – Rick vermoedde een sms – en wachtte even. 'Ja?' zei hij. 'Is ze vertrokken?' Hij drukte de chronometer in. 'Prima. Operatie Esterella is begonnen.'

'Esterella?'

'De zangeres, weet je? Ach, je begrijpt het nog wel.'

Rick ging in het clubstoeltje zitten dat bij het raam stond. 'Ik zit liever hier. Als dat voor u hetzelfde blijft.'

'Je voelt je minder kwetsbaar dan op het bed, daar op je stoel, hè? Is het dat?'

Rick moest toegeven dat het dat inderdaad was. Naakt onder een badmantel op een stoel zitten, leek hem inderdaad net iets minder naakt dan met uitgestrekte benen op een bed te moeten gaan liggen.

'Ja?' Het leek of Bruno dat tegen een geest zei. 'Is ze er nu? Oké, uitstekend, dat is exact op tijd. Oké.' Hij tikte een nieuw bericht in op de grote gsm en verstuurde het. 'Instructie vertrokken. Nu!'

Hij nam een blad papier en reikte het Rick aan. 'Voor jou.'

Rick stond op van zijn stoel en pakte het blad aan. Hij las:

'Dit is een dringende oproep voor de nieuwsredactie.

U wordt dringend verzocht om vandaag om 15.45 precies met een reportageploeg, camera's en fotografen aanwezig te zijn bij de Onze-Lieve-Vrouwetoren in het stadscentrum van Antwerpen.

En dat als u uw lezers (of: kijkers) deelgenoot wilt maken van een mijlpaal in de geschiedenis van Antwerpen. Dit is geen grap en dit is ook geen reclamestunt.

Deze oproep wordt aan diverse media gericht. Uw adverteerders verwachten dat u op deze oproep zult reageren. Zij zullen te weten komen dat u deze oproep hebt gekregen. Indien u er niet bent, wordt dat funest voor uw voortbestaan.

Ik herhaal: vandaag om 15.45 precies bij de Onze-Lieve-Vrouwetoren in het stadscentrum van Antwerpen.'

'Wat is dit?'

'Hoe komt het toch dat ik die vraag had verwacht? Je kunt je hier nuttig maken door naar enkele media te bellen en dat bericht voor te lezen.'

'Ik?'

'Waarom niet? Je wilde je minnares toch helpen?'

'Help ik haar of help ik u?'

'Dat is precies hetzelfde.'

'Ik krijg heel sterk de indruk dat het hier toch om een goed georkestreerde publiciteitsstunt gaat.'

'Goed mogelijk. Eerlijk, het laat me volstrekt koud wat jij ervan denkt.'

'Hebt u ergens verborgen camera's staan? Misschien krijg ik aan het eind ook nog mijn baan terug.'

'Daar zou ik niet op rekenen. Daar heb ik niet voor gezorgd. Evenmin als je vrouw. Die krijg je na een afspraakje als dit ook niet meer terug.'

'Daar zorgt u wel voor, dat ze dat te weten komt.'

'Absoluut! Als ik enige obstructie gewaarword. Maar misschien hoeft dat dus niet eens, als jij en je minnares gewoon doen wat er van jullie wordt verwacht.'

Bruno nam Ricks telefoon van de tafel. 'Eerst de *Gazet van Antwerpen*. Je vraagt naar de nieuwsredactie en je leest maar voor. Je beantwoordt geen vragen. Na je boodschap hang je op.' Hij toetste een nummer in op de gsm en gaf het toestel aan Rick.

'Maar, dit is toch belachelijk?' Maar hij hoorde dat de telefoon bij de *Gazet van Antwerpen* werd opgenomen. 'Dit is een oproep voor de nieuwsredactie', zei hij. Hij hoorde een man aan de andere kant van de lijn zeggen: 'Zeker! Een ogenblik, meneer.'

'*Dringende* oproep, dit is een *dringende* oproep, staat er. En zeg nu niet *kijkers* als het om *krantenlezers* gaat.'

Iemand zei: 'Redactie', en Rick las het bericht voor.

Toen hij de verbinding verbrak, reikte Bruno naar de gsm. 'Prima voorgelezen. Je zou best nog advocaat kunnen worden.' Hij nam het toestel aan en tikte een nieuw nummer in. 'Dit is VTM, de Vlaamse commerciële televisie.' Hij gaf hem het toestel. Ondertussen verstuurde Bruno zijn berichten via de gsm met het toetsenbord.

***

Ingrid vroeg zich af waarom hij haar die hele omweg had laten maken. Het sloeg toch nergens op dat hij haar met de wagen door de binnenstad naar de andere kant van de haven had gestuurd en dan weer terug; zonder dat ze iets te doen had gekregen. Het kwam er toch gewoon op neer dat ze ergens een pakketje zou ophalen. De enige reden waarom hij haar van hier naar ginder stuurde, kon zijn om haar geduld op de proef te stellen. Of om haar volgzaamheid te testen. Natuurlijk zou ze doen wat hij gebood. Bruno Carels had genoeg elementen in handen om haar alles te laten uitvoeren wat hij wilde.

Ze moest nu naar het Centraal Station en moest daar op verdere instructies wachten. Ze reed de ondergrondse parkeergarage van het Astridplein in, zoals haar in de vorige sms was bevolen. Ze sloot haar auto zorgvuldig af en liep naar buiten, naar het Centraal Station. Maar net toen ze in het station de roltrap naar de perrons nam, ontving ze een nieuw bericht.

Ze las het en fronste haar wenkbrauwen. Ze moest eerst terug naar haar auto voor verdere instructies. Had ze dan een vorige sms verkeerd begrepen? Of begon nu pas de echte opdracht?

De volgende instructies zouden niet meer per sms komen, vermoedde ze. Maar dat bleek slechts gedeeltelijk waar. Toen ze bij haar auto kwam, zat er een papiertje ter grootte van een visitekaartje onder haar ruitenwisser. Iemand had dat ertussen gestoken terwijl ze even in het station was. Er stond een barcode op het papiertje geprint. Ze las: STATION ANTWERPEN STATION ANVERS. Maar nog voor ze verder kon lezen, kreeg ze alweer een nieuwe sms: ze moest weer terug, nu naar de bagagekluizen in het Centraal Station. Waar die zich ook mocht bevinden, voegde ze er in gedachten aan toe.

Maar de heldere aanduidingen in het station leidden haar rechtstreeks naar de kluizen. Daar diende het papiertje met de barcode als sleutel tot een van de bagagekluizen. Er waren tientallen kluizen, grote en kleine, die in torens stonden opgesteld, verbonden met een computer. Ze las van het papiertje af: zuil 001, kluis 05. Het was eerst even zoeken. Ze las hoe ze de barcode moest scannen, toen ze aan het aanvangsuur onder aan het papiertje zag dat de kluis amper enkele minuten geleden gehuurd was. Vreemd. Of nee, eigenlijk niet, het betekende dat het pakketje dat ze moest ophalen nog maar net aangekomen was. Dáárom was ze eerst op een tochtje door de stad gestuurd. Maar het betekende ook dat ze de andere koerier die het pakketje had gedeponeerd, daarnet in het station misschien rakelings was voorbijgelopen.

Ze hield de barcode voor het venster onder het toetsenbord en daarop sprong kluisdeur nummer vijf open.

Eindelijk. Haar zenuwen waren tot het uiterste gespannen. Hier ging het allemaal om. Ze draaide de deur verder open en keek in de kluis. Ze trok de rode rugzak die er in zat naar zich toe. Ze wilde die uit de kluis nemen, maar ze vertilde zich. De rugzak woog loodzwaar. Ze vroeg zich af wat daarin kon zitten. Maar ze liet die gedachte snel los. Eigenlijk wilde ze het liever niet eens weten.

Op dat moment kondigde de gsm in haar hand alweer een nieuwe sms aan. Ze toetste het bericht open en las de instructies.

Toen fronste ze haar wenkbrauwen weer. Ze hoorde de wind fluiten tot hier, bij de bagagekluizen. Ze rilde. Nu stuurde hij haar van hier te voet door regen en wind.

***

'Het nummer van de openbare omroep hoef ik vast niet eens voor je in te tikken. Ken je ongetwijfeld van buiten, toch?' Een lachsalvo volgde. 'Maar ik doe het toch, want stel dat je het in je hoofd haalt om het nummer van de politie in te tikken.'

Alsof hij het nummer van de politie ondertussen kende. Hij was er die avond dat hij deze man voor het eerst had ontmoet niet op gekomen. En sindsdien had hij het ook niet meer opgezocht.

Hetzelfde scenario met de tekst die hij voorlas, herhaalde zich zo nog enkele keren. Hij was op de duur de tel kwijtgeraakt. Hij had gedacht dat het nooit zou eindigen. Ondertussen was Bruno voortdurend met de gsm met het toetsenbord in de weer geweest. Waarschijnlijk had hij Ingrid verdere instructies gegeven voor haar odyssee. Rick Bogaert hoopte van harte dat die nu gauw zou eindigen. Hij hoopte erop dat Ingrid nu snel zou terugkeren en dat Bruno Carels vanaf dat moment de kamerdeur definitief achter zich zou laten dichtvallen. Dat Bruno Carels en zijn kompanen vanaf dan voorgoed uit hun leven zouden kunnen verdwijnen; dat de nachtmerrie voorbij zou zijn.

Zodat hij eenvoudigweg zijn leven met Miriam kon voortzetten; haar gewoon kon vertellen dat hij zijn baan was kwijtgeraakt; haar gewoon kon zeggen dat hij gauw een nieuwe baan zou vinden. Hij zou haar vertellen dat hij haar graag zag, maar dat hij daarnaast er ook een passionele relatie met Ingrid op nahield. Nonsens, schreeuwden zijn hersenen. Utopische gijzelaarsfantasie. Waanbeelden van de sukkel die zweert dat hij zijn leven zal beteren als hij hier levend uit komt.

Bruno antwoordde plots op de verbinding met zijn gsm. 'Ja? Alles oké? Ah zo. Prima op tijd.'

Het viel Rick pas nu op dat Bruno niets meer tegen zijn handlangers had gezegd sinds hij zijn boodschappen aan de nieuwsredacties was beginnen voor te lezen.

Bruno was druk in de weer met het intikken van zijn berichten en luisterde tegelijk aandachtig naar wat aan de andere kant van de telefoon werd gezegd. Hij antwoordde met instemmend geknik, een glimlach en 'Prima. Dan verwachten we jullie hier terug.'

Rick wachtte tot Bruno helemaal uitgepraat was. 'Is het nu bijna afgelopen?' vroeg hij haast smekend.

Bruno knikte: 'Zo zou je het kunnen verwoorden, ja. Of het begint nog maar pas. Het is maar vanuit welk perspectief je het bekijkt.'

'Is het persoonlijke perspectief niet het enige wat telt?' Rick herinnerde zich precies wanneer hij dat nog had gezegd. Het bracht hem even weer dichter bij Ingrid.

'Gelijk heb je. Overigens, je kunt je nu ook weer aankleden. Het gevaar dat je wegloopt, is nu wel geweken.'

'Hoeft het nu nog?' Hij sprak het met een zekere hoop uit: 'Jullie zijn nu toch wel gauw weg, begrijp ik.'

Bruno keek hem smalend aan: 'Heb jij hierna dan nog zin in seks? Ik kan me voorstellen dat je minnares, met meer adrenaline dan bloed in haar lichaam, dat nog veel minder zal hebben.'

Rick Bogaert moest toegeven dat hij wel zin had om Ingrid in zijn armen te nemen, maar voor meer dan dat voelde hij zich toch net iets te gespannen. Hij liep tot in de gang, haalde zijn kleren uit de kast en liep de badkamer in, waar hij zich rustig aankleedde. Het leek of een deel van de stress al uit zijn lichaam begon te vloeien. Er daalde zelfs een zekere sereniteit over hem, toen hij vanuit de badkamer vroeg:

'Mag ik aannemen dat u nu voorgoed uit mijn leven en uit dat van Ingrid verdwijnt?'

'Dat mag jij inderdaad zo aannemen', antwoordde Bruno.

Rick Bogaert had willen vragen of hij dat wilde herhalen. Het leek hem net iets te mooi om waar te zijn. Het licht leek plots weer te schijnen in zijn hoofd. Eindelijk, eindelijk, ging het door zijn gedachten. Hij wist nu dat straks, als Ingrid hier terug bij hem was, de nachtmerrie afgelopen zou zijn. Hij zou haar omhelzen en in haar oor fluisteren: 'Het is voorbij, liefste Ingrid, voorgoed voorbij. Nu kunnen we een mooi nieuw begin maken samen. Laten we gauw opnieuw afspreken om zorgeloos bij elkaar te zijn.' Ze zou vast gaan huilen en hij zou haar tranen wegzoenen.

Rick Bogaert kwam aangekleed uit de badkamer en voelde zich een heel ander mens. Hij ging weer bij het raam staan, hij opende de gordijnen en keek mijmerend naar buiten. Hij kon aan slechts één ding denken: straks is het voorbij, het einde van de nachtmerrie was nog slechts minuten verwijderd.

'Als u dan toch straks voor altijd verdwijnt, dan is het misschien nu al mogelijk om enkele vragen te beantwoorden?'

'Vragen staat je vrij. Ik zie wel of ik je wil antwoorden.'

Rick Bogaert draaide zich naar hem om. 'Waarom Ingrid? Waarom in 's hemelsnaam Ingrid Lund?'

'Dat vroeg ik me ook af.'

'Wat bedoelt u?'

'Ik heb me ook afgevraagd hoe je bij Ingrid Lund terecht bent gekomen.'

'Dat is een heel andere kwestie. Ik vroeg me af hoe ú voor uw *verheven* taak – zoals u het noemt – bij iemand als zij terechtkwam, iemand die een zo onopvallend leven leidt dat je wel hard moet zoeken om zo'n diamant te vinden.'

'Je wordt wel erg lyrisch, Ricky, maar ik heb haar niet gezocht. Jíj deed dat.'

Rick zuchtte. 'Bruno Carels, soms kunt u ongelofelijk vermoeiend zijn. Als ik het niet mag weten, oké, geen probleem. Maar wilt u niet rond de pot draaien.'

'Doe ik niet. Jij vond haar toch?'

'Ja, natuurlijk, maar wat bedoelt u daarmee?'

'Dat zij mij gewoon door jou in de schoot werd geworpen.'

'En u bedoelt?' Maar terwijl hij dat zei, ging een alarmpje af bij Rick.

'Dat ik haar nooit heb willen inschakelen in mijn plan. Jij was diegene die met haar aankwam. En geef toe: het zou onverstandig zijn geweest indien ik die kans had laten liggen. Je weet, niets is zo beïnvloedbaar als een man met vlinders in de buik.'

Rick staarde Bruno verbluft aan.

Die ging verder: 'Jij was diegene die ik wilde hebben voor mijn plan.'

Rick scheen maar niet uit zijn trance te ontwaken. 'Ik?'

'Ja, jou wilde ik hebben. Ik volgde je al enkele weken. Ik zocht naar iets – eender wat – om je voor onze zaak te winnen. Maar dat was echt niet eenvoudig. Je leidt tegenwoordig zo'n kleurloos bestaan dat ik iedere keer bijna moest huilen als ik je 's ochtends achternaging.'

'Uw plan? Mij voor een zaak winnen? Dat begrijp ik niet.'

'Tot je dat eerste afspraakje met Ingrid Lund had. Ik kon het amper geloven. Dat je een afspraakje had versierd met een vrouw. Dat ook. Maar ook dat er iemand bestond die erin slaagde een nóg saaier leven te leiden dan jij.'

'Ingrid?'

'Maar zij kwam als een godengeschenk. Want welke man kun je beter beïnvloeden dan die met een minnares. En bovendien bleek zij zelf ook vrij eenvoudig beïnvloedbaar. Al na een paar dagen had ik haar zwakke plekken ontdekt.'

'Dus u had míj op het oog om voor *uw zaak* – wat die ook is – die boodschap te doen die Ingrid nu in mijn plaats doet?'

'Mm, eenvoudig gesteld, ja, kan ik het met die interpretatie eens zijn.'

'Dus, toen ik u vroeg om voor haar euh, de kastanjes uit het vuur te halen, zeg maar, toen kon u zich amper inhouden van de lach? Want dat was waar u mij wilde hebben? Daar stuurde u al die tijd al op aan?'

'Correct.'

Rick was verbluft. 'Hoe is het mogelijk?'

'Tja, raar, hè? Het leven zit soms raar in elkaar. Een mens kan er wel alles aan doen om zijn eigen leven of dat van anderen te beïnvloeden, uiteindelijk blijft toeval en de aard van het individu natuurlijk een beslissende rol spelen. Ja, ja, Ricky, je kijkt me zo stupéfait aan. Zelfs ík kan soms niet voorbij aan de irrelevantie van mijn bestaan. Mensen functioneren nu eenmaal autonoom. Als ze goed functioneren, gaan ze voorbij aan de grillen van andere mensen.'

'U bedoelt dat ík...' hij slikte, 'dat ik níét zo gesmeerd functioneerde, zodat u mij gemakkelijk kon beïnvloeden?'

'Helemaal goed.'

'En de juiste invalshoek kwam door mijn contact met Ingrid.'
'Zo is dat.'
'Zij heeft hier eigenlijk niets mee te maken? Zij is in deze nachtmerrie alleen terechtgekomen door die ene cola met mij te drinken?'
'Zo is dat. Pech voor haar.'
Rick herhaalde dat geduldig: 'Pech voor haar. Inderdaad. Wat heb ik haar aangedaan?'
'Komaan, Ricky, niet zo bekrompen. Het kon altijd erger.'
Rick Bogaert staarde voor zich uit. 'Ja, vast wel. Wat ik niet kan begrijpen, is dat u zich al die moeite getroost om haar schijnbaar niets meer te laten doen dan wat eenvoudige boodschappen. Een pakje van de ene plek in Antwerpen naar de andere brengen.'
'Juist, al gaat het vandaag wel over een vrij zware rugzak.'
'Dan vraag ik mij af: ofwel is de inhoud van dat pakje zo waardevol dat het die voorbereiding en moeite waard is geweest, ofwel is de inhoud zo gevaarlijk dat u het tot elke prijs door een ander wilt laten bezorgen.'
Bruno dacht even na. 'Zeg maar het tweede.'
Hoewel dat antwoord gewoon een van de mogelijkheden was die hem door het hoofd waren gegaan, snoerde het Rick toch de keel dicht. Dat had hij als antwoord liever niet gehad. Liep Ingrid dan echt gevaar? Het was een van de mogelijkheden en niet eens de minst geloofwaardige.
Hoewel hij niet eens een antwoord verwachtte, stelde hij toch de vraag die hem plots onrustig maakte:
'Wat zit er dan in de rugzak die ze nu is gaan bezorgen?'
De vloer onder hem ging aan het zwalpen toen het antwoord van Bruno in al zijn wreedheid tot hem doordrong.
'Explosieven.'
'Excuseer?'

'Een bom! Is dat duidelijker als omschrijving?'

Rick Bogaert ging weer in de clubstoel bij het raam zitten. Hij zat gekromd voorovergebogen, hij leunde met een hand op het tafeltje en zat met de andere hand in zijn zij.

'Duidelijk is het zeker.'

Plots voelde hij zich onvoorstelbaar moe worden. Hij keek Bruno zichtbaar afgemat en totaal van streek aan. Hij vroeg langzaam:

'Ingrid. En Ingrid. Loopt zij gevaar?'

'Ach wat, in het verkeer loop je voortdurend gevaar.'

'U weet wat ik bedoel.'

'Ze heeft tot dusver nog geen gevaar gelopen.'

'Tot dusver?' Hij had danig wat moeite met de vraag: 'De bom zit in een rugzak? Is zij... wilt u... nee, is het de bedoeling dat de bom ontploft terwijl zij de rugzak om heeft?'

'Je bedoelt dat zij een soort zelfmoordterrorist zou zijn? Ben ik iemand die twee koerende duifjes zoiets zou kunnen aandoen?' Bruno deed daar erg luchtigjes over. 'Je was weer niet bij de les. Ik zei je toch dat ze over minder dan een uurtje terug kon zijn.'

Rick zuchtte en ging nog meer gekromd zitten. Hij keek naar zijn schoenen. Hier hadden zijn gedachten geen vat meer op. Dit ging hem allemaal gewoon te ver.

'Komaan, Ricky, denk eens goed na. Hoe zou ik haar ook nog zó ver hebben kunnen krijgen, denk je? Er is al een heel gewiekst plan nodig om iemand gewoon als koerier te kunnen inzetten. Stel dat ik ook nog zou willen dat ze zelf het hendeltje van de ontsteking overhaalt. Neem gerust van me aan: je vindt hier bij ons geen sukkels die goedgelovig genoeg zijn om zich voor tweeënzeventig maagden in filet américain uit elkaar te laten spatten. Of voor tweeënzeventig hengsten, in haar geval.'

Rick fluisterde: 'Dat hendeltje zou u op afstand kunnen overhalen.'

'Dat is ook waar. Goed dat je me daaraan herinnert. Dat was me even ontsnapt.'

Rick Bogaert keek Bruno met een troebele blik van onder zijn wenkbrauwen aan. Wat kon hij van deze perfide manipulator nog geloven? Zijn stem was zacht en hees:

'De bom die Ingrid heeft getransporteerd dient om een aanslag te plegen? Die bom ontploft om 15.45 uur ergens in de buurt van de kathedraal en op die festiviteit heb ik de pers uitgenodigd?'

'Dat is een correcte duiding van de nabije toekomst.'

Rick Bogaert dacht na. Ingrid had ergens een bom heen gebracht. Ze zou ongetwijfeld door een of andere camera gefilmd zijn. Zij zou verdachte nummer één worden. En hij had met zijn gsm de pers ingelicht. Hij zou medeplichtige nummer één worden. In wat voor een complot had hij zich samen met de al even onschuldige Ingrid Lund laten meesleuren? En hoe konden ze hier nog onderuit komen? Hij wilde niet de gevangenis in. Zij ongetwijfeld ook niet. Samen dan naar het buitenland vluchten? Tot ze hun onschuld konden bewijzen? Hoe zou dat gaan? Het land zou in rep en roer zijn. Bovendien zou hun relatie frontpaginanieuws worden. Hun e-mails zouden openbaar worden gemaakt. Ingrid Lund, wat heb ik jou aangedaan? Dit zou ze hem nooit vergeven. Dit betekende ook het einde van hun relatie.

Waar had hij dit aan verdiend?

Hoe had het zover kunnen komen?

Was er een uitweg? Vast niet. Maar als die er toch was, dan kon hij die alleen maar vinden door zoveel mogelijk informatie van Bruno los te peuteren. Ondanks zijn wanhoop hield hij de conversatie aan.

'En vóór wat of tégen wat wordt die aanslag beraamd?'
'Mm, ben je nog een beetje thuis in de politiek?'

Rick keek hem misprijzend aan.

Bruno grijnsde. 'Grapje!'

Rick kon er niet om lachen.

'Je weet dat er binnen afzienbare tijd nationale verkiezingen aankomen?'

'Wordt dit een politieke aanslag? Is dat de link met mij?'

'Niet echt. Wij zijn niet politiek gekleurd. Laat ik het zo stellen dat wij eerder militair denken.'

'U hebt het ineens over *wij*.'

'Inderdaad, een elitegroep militairen, politiemensen en intellectuelen die ik rond mij heb verzameld. Een elite die genoeg heeft van dat gebazel over verdraagzaamheid en al dat soort onzin. Democratie is pas mogelijk als iedereen de wetten respecteert. Als tolerantie niet meer betekent dat je intolerantie moet tolereren.'

'Dat zijn kreten waar iedereen zich in kan vinden. Bedoelt u ook dat de tweeling die ik hier heb kunnen meemaken tot die elite behoort?'

Daar moest Bruno hard om lachen. 'Je hebt nu eenmaal denkers en doeners nodig. En, laten we het er gewoon op houden dat dit gewillige doeners zijn. Maar nee, ze behoren niet tot de elitekern waar ik het over had.'

'Ongevaarlijk zagen ze er in ieder geval niet uit. Ze leken mij eerder leden te zijn van de groep militairen die werd opgepakt in de aanloop naar de gemeenteraadsverkiezingen.'

Daar moest Bruno weer om lachen. 'Komaan Ricky, die onzin geloof je toch zelf niet. Die anti-joodse slagzinnen, dat is totaal voorbijgestreefd, toch? Die sufkoppen werden in de aanloop naar de gemeenteraadsverkiezingen gewoon opgepakt om aan de publieke opinie te tonen hoe alert de politie wel is.'

'Die verklaring werd al eens op tv gelanceerd.'

'Het is niet omdat het op tv is geweest, dat de waarheid is

gezegd, maar deze keer wel. Dat was gewoon een clubje uitstekende soldaten dat het niet meer kon verdragen dat ze opgeleid waren om oorlogen te voeren en werden gebruikt om Kosovaarse oma's hun wasmand te helpen dragen; die na hun derde glas trappistenbier begonnen te zeveren over aanslagen op politici, tot de koning toe. En dan maar grootse plannen maken en tekeningen van aanvalsstrategieën op het koninklijk paleis in Brussel op papier zetten. Hoe kan iemand zo stom zijn? Dat waren ze eigenlijk: te stom om voor de duivel te dansen. En al tevreden met geziek aan de toog.'

Plots leek het of de informatiestroom van Bruno Carels niet meer te stelpen was.

'Wíj willen zeggenschap, de strategie bepalen, de beslissingen nemen. Daarom zullen wij ons ten dienste stellen van de partij die de verkiezingen wint. Of liever: ten dienste van de partij die de macht zal grijpen. En dat is redelijk onvoorspelbaar. Dat begrijp je wel, nietwaar. Daarom willen wij er nu, in de aanloop naar de nationale verkiezingen, goed zorg voor dragen dat álle partijen de kans krijgen om ons aan hun zijde aan de kiezer te presenteren. En daarom is een beetje destabilisering van het huidige regime vooraf noodzakelijk.'

'Regime?'

'Tja, soms laat ik me een beetje gaan. Maar ach, het is zo eenvoudig. Je hebt niet meer dan honderd man nodig om dit land over te nemen.'

'Dit land overnemen?'

'Niet direct, maar toch heel gauw! Antwerpen wordt altijd in het oog gehouden bij de verkiezingen. Antwerpen was een groot gezellig dorp, waar nu de wormsteek in zit.'

'En u gaat die te lijf door er de rot in te steken?'

'Nee, nee. Ik weet wel wat je bedoelt, maar nee hoor, wij

hebben geen enkele band met de partij die jij bedoelt. Met geen enkele partij, trouwens.'

'Is er een partij op de hoogte van jullie intenties?'

'Natuurlijk niet. Het is pas op het moment dat ze de overwinning heeft behaald, dat wij onze rekening presenteren.'

'Ik weet niet of de partij waar ik aan denk niet haar eigen troepen verkiest.'

'Welk zootje ongeregeld bedoel je? Discipline is wat telt. Bij de vorige gemeenteraadsverkiezingen hebben we die halvegare zool gehad die hier in Antwerpen wat in het wilde weg op allochtonen heeft staan schieten en dat heeft een averechts effect gehad. Dat mag geen tweede keer gebeuren. Deze aanslag is bedoeld om net het omgekeerde te bereiken.'

'Bedoelt u dat er weer slachtoffers zullen vallen?'

Bruno zuchtte weer. 'Dat is toch evident! Liefst zoveel mogelijk. En liefst van al buitenlandse toeristen.' Hij vervolgde erg zakelijk. 'Om aan onze zaak ook in het buitenland zoveel mogelijk ruchtbaarheid te geven, natuurlijk. Zo komt er ook van daaruit extra druk op de politici hier.'

Rick keek Bruno glazig aan. Die zag het en lachte:

'Ricky toch, ben jij van deze wereld, of wat? Je mag de hoogste toren in gruzelementen laten ontploffen, als er geen smak doden bij valt, is het geen nieuws. Dan komt alleen het lokale reclameblad een verslagje maken. Dat moet jij toch weten.'

Rick Bogaert liet die informatie goed doordringen.

Bruno ging verder: 'Weet je nog de WTC-torens? Het eerste uur waren er dertigduizend doden, enkele uren later nog maar twintigduizend, tegen de avond geen tienduizend meer. Wat een teleurstelling.'

'Ik dacht eerder aan opluchting.'

'Niet hypocriet wezen, Ricky.'
'Ik zweer het.'
Vroeg je je na verloop van tijd niet af waar de VS en CNN weer het lef vandaan haalden om daar in het begin zo hyperbolisch over te doen? Die twee torens, ja, dat was jammer, maar niet eens drieduizend doden. Wat een teleurstelling, toch?'

Ik weet nu wel zeker dat hij gestoord is, dacht Rick. Hij fluisterde, maar articuleerde afgemeten. 'Ik wil niet meewerken aan een moordaanslag.'

'Het spijt me, Ricky, die keuze wordt je niet gegund.'

Rick moest niet alleen over de inhoud van al die informatie nadenken, maar hij zag plots ook wat anders:

'Waarom vertelt u mij dit? Ik kan dit aan de politie vertellen. Zij kunnen u opsporen. U stelt zichzelf wel erg kwetsbaar op.'

'O, vind je dat?'

'Of u hebt een ander scenario in het achterhoofd, want u zult mij en Ingrid moeten elimineren om dit geheim te houden.'

Bruno lachte schijnbaar echt hartelijk. 'Je kunt soms echt wel grappig uit de hoek komen, Rick. Met soms wat mythomane trekjes, dat wel. Maar nee hoor, wees gerust, ik hoef echt geen vinger naar jou uit te steken. Punt is: wie zal jou geloven? Een medeplichtige die – zogenaamd – uit de biecht klapt, is al niet erg betrouwbaar, vind je ook niet? Bovendien weet die mededader dan – alweer zogenaamd – niets over de organisatie. Nee, nee, dat houd je niet lang vol. De politie lacht je gewoon je cel weer in.'

Het volgende ogenblik wendde Bruno Carels zijn hoofd af en sprak in het ijle tegen de gsm-verbinding in zijn headset:

'Oké, perfecte timing.'

Hij richtte zich tot Rick: 'Zo, Operatie Esterella zit erop.' Hij haalde zijn headset van zijn oor en stopte die samen met de gsm in zijn koffertje.

La Esterella, de zangeres natuurlijk, al sinds de jaren vijftig onsterfelijk met haar lied over de Onze-Lieve-Vrouwetoren. Rick zag dat de latex handschoenen van Bruno Carels helemaal doorzichtig waren geworden van de transpiratie. Ook de gsm met toetsenbord sloot Bruno af en stak die in een daartoe bestemd vakje in zijn attachécase.

'En die neem ik ook mee.' Hij doelde op Ingrids gsm.

Rick kreeg het plots doodsbenauwd. 'Waarom?'

'Dit is net geen antiek, Ricky. Dat is voor mijn collectie industrieel-archeologische artefacten.'

Rick ontspande weer. 'Vast wel.' Hij had nu echt geen zin om in discussie te gaan over een kruimeldiefstal. Op het moment dat Bruno zijn koffertje dichtklapte – de dvd met het televisieprogramma had hij op de tafel vergeten –, werd op de deur geklopt.

'Dat zullen de jongens zijn', zei Bruno aandoenlijk.

Bruno leek klaar te staan met zijn koffertje om te vertrekken, maar hij hield Rick niet tegen. Die liep al naar de deur om die open te maken.

De eerste massieve kolos, diegene die Pelle werd genoemd, baande zich met opgeheven hand een weg door de smalle gang naar binnen. Rick moest weer achteruit de kamer in. Achter de tweede kolos viel de kamerdeur automatisch weer in het slot. Rick Bogaert keek verbaasd toe.

Beide heerschappen stelden zich in militaire rusthouding op. De genaamde Pelle nam zijn positie weer in op zijn vertrouwde plekje naast het bed. Bosse kwam aan het voeteneinde van het bed staan en maakte een kwartdraai links naar Bruno toe. Hij strekte een hand in een latex handschoen uit naar Bruno. Toen hij zijn hand opende, zag Rick dat de sleutel van zijn wagen erin lag.

Rick keek de pantomime een paar tellen verbaasd aan.

'En,' vroeg Bruno aan Bosse, 'staat zijn auto weer in de garage?'

'Affirmatief', antwoordde Bosse, van wie Rick de stem voor het eerst hoorde.

Rick doorbrak de stilte die daarop volgde met een veel te luid:

'Waar is Ingrid?'

Bosse reageerde niet, bleef met de hand vooruitgestoken naar Bruno kijken. Die draaide zijn hoofd enigszins geïrriteerd naar Rick toe.

Die herhaalde geërgerd, bang ook:

'Waar is Ingrid Lund?'

Bruno Carels keek Rick vreemd aan en fronste zijn wenkbrauwen, maar zei niets.

Rick voelde hoe radeloosheid bezit nam van zijn gedachten. 'Wat is er gebeurd?' Hij klemde zijn tanden hard op elkaar. Het bloed dat door zijn aders pompte, werd gloeiend heet. Zijn hoofd stond op barsten. Hij wilde het uitschreeuwen. Maar misschien wachtte Bruno precies op die reactie, om dan zijn vraag onbeantwoord te laten, met zijn kompanen te vertrekken en hem in complete verbijstering alleen achter te laten.

Rick hield zich zo kalm mogelijk. Hij probeerde zelfs te glimlachen toen hij zei:

'Wilde ze niet meer mee naar boven, misschien? Zo ken ik haar wel.'

Maar hij kreeg alleen een meewarige blik van Bruno.

'Wacht ze op me in de garage?'

Bruno zuchtte en blies geërgerd lucht uit. 'Rick, bén je nu echt naïef of doe je maar alsof? Ingrid Lund kijkt op dit moment uit over de stad Antwerpen vanaf de Onze-Lieve-Vrouwetoren. Zij draagt een rugzak met acht kilogram explosieven. Zij wacht daar nu op verdere instructies. Helaas zal zij die niet krijgen, want om kwart voor vier precies komen de explosieven tot ontploffing.'

Rick staarde Bruno aan. Hij wist niet of hij dit kon geloven. Dit was gewoon nauwelijks te geloven. Zijn hersenen wilden doen alsof ze dat even niet gehoord hadden, maar een ander deel van zijn hersenen dacht koortsachtig na. Was dit de waarheid of niet? Alleen te achterhalen door de vraag:

'Waarom?'

'Omdat we willen dat met ons rekening wordt gehouden. Omdat we respect willen afdwingen. En dat doen we door een duidelijk statement te maken. We zeggen: wij zijn écht gevaarlijk. Door de Onze-Lieve-Vrouwetoren op te blazen treffen we deze stad in haar hart.'

Hij fluisterde haast: 'Ik bedoel Ingrid. Waarom Ingrid? U zei dat ze terugkwam.'

'O, dat bedoel je.' Bruno grijnsde. 'Ik wilde je daareven niet te zeer verontrusten, maar het verwonderde me echt dat je van me aannam dat Ingrid Lund hier gewoonweg zou terugkeren. Ricky, als er een aanslag is gepleegd, moet er ook een dader zijn. Als er geen dader wordt gevonden bij de explosie, moet de politie op zoek gaan en met een aanslag als deze moet de onderste steen boven komen. Ieder clubje met anti-weet-ik-veel-wat-voor-ideeën komt weer eens een keertje in de belangstelling. Dat wij voor die vermolmde zaakjes van hen reclame zouden maken, dat kan echt niet onze bedoeling zijn.

Bovendien is een zelfmoordaanslag altijd net iets angstaanjagender dan een boekentasje met explosieven dat ergens in een of ander bushokje wordt achtergelaten. Het betekent dat iedere man, iedere vrouw met een tasje of een rugzakje of zelfs met een wijde mantel die je voorbijloopt, met explosieven beladen kan zijn. Die zelfmoordterrorist kan voor jou bij de bakker staan, of aan de kassa in de supermarkt. Spectaculairder is het ook.'

Rick Bogaert luisterde al niet meer. Hij moest haar waarschuwen. Hoe dan ook. De gsm met het klavier, daarmee kon hij haar bereiken, maar het toestel zat in Bruno's attachécase – was het afgesloten en zat er een code op? Te veel onbeantwoorde vragen om het risico te nemen. Zijn brein werkte koortsachtig. Met de auto kon hij er nog komen. De bom zou hij niet onschadelijk kunnen maken, maar Ingrid zou hij nog kunnen redden. De gorilla die met Bosse werd aangesproken, had de sleutel van zijn wagen nog altijd in zijn hand. Genoeg gedacht, zei hij bij zichzelf, iedere seconde telt nu, ik moet nu reageren.

Toen ging alles snel.

Hij griste de sleutel uit de hand van Bosse. 'Hé!' zei die. Rick duwde tegen zijn arm, de kolos wankelde, hij stond vast net niet helemaal in evenwicht en viel als een blok achterover op het bed. Rick schoot langs Bruno heen, die een arm naar hem uitstak. Die sloeg hij weg. Pelle leek de situatie niet helemaal klaar in te zien. Hij aarzelde even en dat was voor Rick voldoende om de deur te bereiken. Hij moest de sleutel in zijn andere hand nemen, hij draaide aan de deurknop, hij trok – de veer boven de deur maakte de deur loodzwaar –, glipte door de kier. Er werd geroepen achter hem, er was geharrewar. Bij het naar buiten lopen trok hij even aan de deur zodat die misschien sneller zou sluiten. De liften, hij vloekte, hij zou moeten wachten op een lift, de trap dan, maar hij wist niet waar die was. Hij draaide de lifthal in. Hij keek achterom, zag een van de twee, hij wist niet wie, net de kamer uit komen. Hij had wat voorsprong, maar zou hij die ook kunnen benutten? Ze mochten hem niet tegenhouden. Dat zouden ze zeker doen. Ze zouden hem zo lang tegenhouden tot hij Ingrid niet meer kon redden, zodat hij hun plannen niet in de war bracht. Hij moest nu snel naar beneden. Zodra hij in zijn wagen zat... Van de drie liften was er een waarvan de deuren openstonden. Er stond een clubstoeltje halverwege in de lift zodat de deuren niet konden sluiten. In het stoeltje lag een blad papier met 'DO NOT REMOVE' erop geschreven. Hij trok de stoel met een ruk tussen de deuren uit en sprong in de lift. Hij drukte op de o en dan koortsachtig op de sluitknop. Hij hoopte maar dat de lift het deed. Please. Eerst gebeurde er niets, maar dan toch, de liftdeuren die zich térgend langzaam sloten. Nog vijftig centimeter, hij vreesde voor een arm ertussen. Nog dertig centimeter, hij vreesde nog altijd voor een hand. En toen gingen ze pas écht tergend langzaam. Hij werd hier gek van. Toe! Eindelijk! De lift besloot zich in gang te zetten en ging naar beneden. Hij volgde de verdiepingen op de display boven de deuren. Wat hij had gevreesd, gebeurde niet. De lift ging in één keer tot de benedenverdieping. Daar spurtte hij naar de deur van de garage. Mensen keken nu naar hem om. De trappen naar de garage af, daar weer een loodzware deur met veer die hij moest openduwen en dan stond hij in de garage. Ze hadden zijn auto heel dichtbij gestald. Hij knipte hem bij de deur al open met de afstandsbediening. Hij was in enkele passen bij zijn auto, sprong achter het stuur, sleutel in het contact. De motor sloeg aan. Hij vloekte, het parkeerticket, een van die kolossen had zeker het parkeerticket op zak. Maar zelfs al had hij het gehad, dan nog hielp het hem niks vooruit, want tijd om langs de betaalautomaat te gaan had hij niet. Rick gaf gas, zijn auto zwierde achteruit, piepende remmen, hij duwde in de eerste versnelling en vertrok met een lang en piepend geluid van rubber op de gladde vloer.

De slagboom! Zonder ticket. Dan maar op de canailleuze manier, en zonder zijn auto te beschadigen liefst. Hij remde bruusk af voor de slagboom, reed tot net ertegen en gaf dan plankgas. De slagboom boog helemaal door. Rick zag niet meer of die van het paaltje afvloog, dan wel zo bleef hangen. Hij was al verder doorgereden, draaide de Vogelzanglaan op en reed als een gek richting centrum. Verkeersovertredingen maakten hem niet uit.

Hoe het ook zij, de bom zou hij niet onschadelijk kunnen maken. Maar waarschijnlijk kon hij Ingrid Lund nog in veiligheid brengen. En misschien nog veel meer onschuldige voorbijgangers.

Met de media die hij zelf had opgetrommeld in de buurt zou hij niet uit het nieuws kunnen blijven. Dat was dan maar zo. Toen hij het als politicus over zijn migrantenbeleid wilde hebben vond hij doorgaans slechts de lokale pers bereid om hem een kolommetje van tien regels te gunnen. Maar dat was goed nieuws en dus saai. Bommen en overspel, dat was pas een explosieve combinatie voor een smeuïg verhaal.

De uitleg was voor straks. Eerst had hij levens te redden.

***

De wind waaide hard en blies vlagen fijne motregen in haar gezicht. Ingrid draaide zich tegen de windrichting en keek voor de zoveelste keer naar het schermpje van de gsm in haar hand. Nog niets. Ze wist niet eens of er nog verdere instructies zouden volgen.

'Blijf op deze standplaats en alleen daar wachten tot 15.45 uur. Strikt verboden om de standplaats te verlaten. Onder geen enkel beding', was de laatste sms die ze had ontvangen. Dat was zonder meer duidelijk.

Maar het was nu al ruim een kwartier geleden dat ze die

had ontvangen en in die tijd waren haar zenuwen lillend bloot komen te liggen. Ze wilde nu alleen nog maar dat hier eindelijk een eind aan kwam. Terug naar haar auto lopen en gewoon naar huis rijden, was het enige wat ze wilde.

Maar er waren haar kinderen die straks de school zouden verlaten. Als ze nu opgaf, wist ze niet wat hen kon overkomen. Ze zou ongetwijfeld te laat komen om wat ook te voorkomen. En er was ook Rick, die zonder twijfel gegijzeld werd tot zij haar opdracht had volbracht. De foto die Victor zou ontvangen hoorde bij haar mindere zorgen. Vreemd, dacht ze, hoe prioriteiten kunnen verschuiven.

De kans was groot dat nog verdere instructies per sms zouden volgen, maar hoewel ze niemand zag, wist ze gegarandeerd dat ze nog altijd in de gaten werd gehouden.

De tweeling die haar in Ricks auto was gevolgd, had ze na de Vogelzanglaan en eventjes nog op de Jan Van Rijswijcklaan niet meer in haar achteruitkijkspiegel gezien. Ze kwamen uit de parkeergarage van het Crowne Plaza gereden toen ze net haar eerste sms met een instructie had gekregen. Even later waren ze opeens verdwenen. Als ervaringsdeskundige op het gebied van auto's die haar achternazaten, had ze nochtans goed opgelet.

Ingrid was doorweekt en ze verkleumde. Nadat ze de rode nylon rugzak uit de kluis in het Centraal Station had gehaald, had ze te voet door de stad over de Meir naar de Groenplaats gemoeten. Daar had het een tijdje geduurd voor ze de volgende sms kreeg. En ook beneden bij de Onze-Lieve-Vrouwetoren had het een hele tijd geduurd voor ze opnieuw instructies had gekregen.

Het was een zenuwoorlog. Met elke nieuwe instructie telde ze af, maar ze had niet het minste idee wanneer ze het doel zou bereiken. En het kwam haar voor dat de perfide Bruno Carels haar zenuwen nu pas écht op de proef wilde stellen. Als achteraf zou blijken dat dit weer niet meer dan een oefening was geweest, dan zouden de stoppen bij haar doorslaan. Dat wist ze wel zeker.

De klokken van de kathedraal begonnen te luiden. In de verte zag ze de wijzers van het uurwerk op de Onze-Lieve-Vrouwetoren op halfvier staan.

***

Het was 15.22 uur. Rick reed als een gek van de Jan Van Rijswijcklaan langs een zijde van de driehoek van het Koning Albertpark over de uitsluitend voor stadsbussen bestemde rijstrook naar de Mechelsesteenweg. Hij draaide hevig claxonnerend de Mechelsesteenweg op, terwijl de verkeerslichten nog op rood stonden, in razende vaart, met de lichten van zijn auto en zijn vier richtingaanwijzers aan. Met zijn verstralers joeg hij alles opzij wat op zijn weg kwam. Hij schoot de Belgiëlei over en ter hoogte van huisnummer 203 ontweek hij nipt een grote lichtgrijze BMW die daar uit een parkeergarage van een kantoorgebouw veel te bruusk tussen de geparkeerde auto's uit kwam.

Het was 15.28 uur. De weg versmalde en er was geen afzonderlijke tramstrook meer. Zijn auto slipte in de sporen. Verderop zag hij een lange file. Hij reed verder over de tramsporen tussen de verhoogde perrons. Hij had geluk, er kwamen geen trams aan. Hij schoot eerst links van de dubbele rij auto's die voor de verkeerslichten wachtten. Ook de pijl naar rechts stond op rood. Hij sneed de optrekkende wagens gevaarlijk de pas af toen de pijl naar rechts op groen sprong en flitste de Britselei op. Hij laveerde zijn auto van links naar rechts en zigzagde over de nieuw aangelegde leien. De ontwerper hiervan moesten ze opknopen, vloekte hij. Toen hij bijna aan de hoek met de Leysstraat was, moest hij een beslissing nemen. Verder doorrijden tot het eind van de leien en dan langs de Schelde en het Steen naar de Grote Markt of hier door de verkeersvrije winkelstraat. Dat laatste leek de kortste weg. Dat was het enige criterium. Kende ik de stad nu maar beter, vloekte hij. Hij had de weg genomen waarmee hij een beetje vertrouwd was. Of dat ook de snelste of kortste weg was, daar had hij het raden naar.

Hij reed zo hard als enigszins mogelijk was met luid getoeter tussen mensen met paraplu's die voor hem wegsprongen, en ontweek het standbeeld van Antoon Van Dijck. De keren dat hij hier eerder was geweest, stond hier altijd een politiewagen klaar. Vandaag niet. Hij vloekte. Hij had wat graag de politie en een sirene achter zich aan gehad. Dat zou de mensen sneller doen wegspringen en hem vlugger bij de kathedraal brengen.

De klok van de Onze-Lieve-Vrouwetoren wees 15.35 uur aan toen hij bij de Groenplaats arriveerde. Hij was er nog snel gekomen. Een politiewagen kwam met blauw zwaailicht en zijn lichten aan de Groenplaats af gereden. Eindelijk, ging het door zijn hoofd. Hij ontweek de politieauto. Ondertussen had hij zijn raampje al neergelaten. Hij zwaaide met zijn arm naar de verbouwereerde politiemensen.

'Volg mij!' riep hij. Hij reed de Groenplaats op over de tramsporen en reed het plein diagonaal over, achtervolgd door de politiewagen, die gevaarlijk slippend en overhellend rechtsomkeert had gemaakt. Hij scheerde langs de elektriciteitspalen van de tram en manoeuvreerde zijn auto tussen de terrasjes van de pizzeria's en de wegspringende toeristen in de Jan Blomstraat, richting Grote Markt. Bij mooi weer was hij hier niet eens door gekomen.

Vlak voor de grote poort van de kathedraal hield hij halt.

'Evacueren! Evacueren!' riep Rick naar de politie. 'Een bom in de toren, een bom!'

Maar de politieman bleef achter hem aan lopen. Rick ging het kleine portaal binnen. Een groep toeristen stond er te wachten. Voor een begeleide rondleiding in de toren, vermoedde hij. Achteraan zag hij achter halfhoog glas een kassa met een suppoost. Hij duwde zich een weg door de groep.

'Niemand mag in de toren!' riep hij. Hij liep naar de suppoost. 'Laat de kathedraal onmiddellijk evacueren', riep hij haar toe. 'Er is een bom verstopt in de toren.' De vrouw, die eerst nog een beminnelijke glimlach had getoond, keek hem met ogen als schoteltjes aan. 'Begrijpt u dat?' riep hij. 'Een bom in de toren!' Hij liep naar de balie. 'Hoe kom ik in de toren? Ik moet er onmiddellijk in. Er is iemand boven met een bompakket. Zij is in groot gevaar.' Toen de dame iets zei als 'Dat gaat niet zomaar', riep hij zo hard hij kon: 'Nú!' Maar hij kreeg alleen maar een verbaasde reactie. 'Waar is de trap van de toren? Nú! Het gaat over leven of dood! Begrijpt u dat dan niet?'

Maar de vrouw bleef heel rustig en zei haast fluisterend in de gewijde stilte van de kathedraal:

'Maar, meneer, niemand mag de toren op. Daarvoor moet u een aanvraag indienen bij de Stad Antwerpen.'

'Er zit een vrouw in de toren, nú, en ik moet haar redden. Begrijpt u dat dan niet?'

De vrouwelijke suppoost vervolgde op dezelfde toon:

'Dat kan niet, meneer, de toren is vandaag niet eens open geweest. De ingang van de toren is aan de andere kant van de grote poort van de kathedraal. U mag gaan kijken, de deur is op slot. U kunt alleen begeleide bezoeken...'

Maar Rick Bogaert hoorde haar allang niet meer. Hij wrong zich terug door de groep toeristen naar de toegangsdeur van het portaal.

'Ga hier weg, allemaal! Snel!' riep hij, terwijl hij zich duwend een weg baande. 'Ontploffingsgevaar!' Maar de mensen keken hem boos en vol onbegrip aan.

'Non, mais enfin, qu'est-ce qu'il raconte?' hoorde hij achter zich.

Maar eerst Ingrid. Hij had geen tijd voor uitleg. Door de raampjes in de toegangsdeuren zag hij dat buiten een politieman, zijn pistool met beide handen boven zijn hoofd in de lucht gericht, hem opwachtte.

Rick kwam de kathedraal uit, glipte onmiddellijk naar rechts en liep naar de andere kant van het gebouw.

'Ingrid!' riep hij, zo hard hij kon naar boven, maar er kwam nauwelijks genoeg geluid uit zijn mond om dat tien meter verder te horen.

Hij hoorde de politieman roepen:

'Halt! Halt, of ik schiet!'

Ricks borstkas joeg wild op en neer. Hij was zo zenuwachtig dat hij nauwelijks genoeg lucht binnenkreeg om te overleven, laat staan om geluid te produceren. Hij hijgde en zijn borst deed pijn. Hij kon de spanning amper nog aan. Hij probeerde te roepen, maar het lukte hem niet meer.

'Laat alles evacueren', riep hij achterom naar de politieman.

Hij passeerde de hoofdingang en de kleine poort aan de andere kant en kwam bij het kleine deurtje dat naar de toren leidde. Hij duwde tegen de deur. Vast. Hij klopte wild op de deurknop. De kleine houten deur bewoog geen millimeter.

Waar was ze dan toch, vroeg hij zich af. Hij keek rond. Waar was ze dan? Hij liep achteruit en keek naar boven, naar de toren, maar hij zag helemaal niets.

Hij keek op zijn horloge: 15.41 uur. Waar was Ingrid dan?

***

Ingrid Lund hield het niet veel langer meer uit. Haar zenuwen waren tot het uiterste gespannen. Ze zag op de kathedraal in de verte dat het twintig voor vier was geworden. Ze stond nu een halfuur op de wacht, zonder instructies en met de rugzak die met de minuut zwaarder werd.

En met de minuut twijfelde ze er meer aan of ze de rugzak nu nog ergens zou moeten deponeren. Was dit dan toch weer een oefening, een zoveelste wansmakelijke grap van Bruno Carels? Nee, beslist niet. Hieraan was te hard gewerkt. Er was door te veel mensen te veel energie in gestopt. De manier waarop Bruno Carels de operatie had geleid, liet er geen twijfel over bestaan: dit was menens.

De rugzak begon echt zwaar te wegen. Maar ze durfde nergens tegenaan te gaan leunen, bang als ze was dat iets in de rugzak geplet kon worden of... het was haar al een paar keer door het hoofd geschoten: dat de inhoud van de rugzak deze keer misschien niet zo onschuldig was als tijdens de generale repetitie.

Stel dat er toch een bom in zit, dacht ze. Dan stond ze hier maar af te wachten tot die zou ontploffen? Wanneer zou dat gebeuren? Nog vijf minuten? Nog een kwartier? Een halfuur? Wie zou het zeggen? Misschien over enkele seconden? Maar was ze dan niet gek om hier zomaar te blijven staan en te wachten tot de boel op haar rug haar uit elkaar zou rijten?

Misschien zou de volgende instructie zijn dat ze de voetgangerstunnel onder de Schelde in moest gaan, als een wandelende bom. Misschien moest de bom pas ontploffen tegen vier uur. Misschien had ze haar parcours veel te vlug afgelegd.

Alleen vragen, geen antwoorden. Ze had vooral zin om de zware rugzak met een brede zwaai van het Zuiderwandelterras in de Schelde te gooien.

Maar ze wilde haar kinderen terugzien. Ze wilde hen

straks in haar armen houden. De enige reden waarom ze die koerierklus deed, was omdat het de enige manier was om haar stalker van haar kinderen af te houden.

Als in deze rugzak een bompakket zat, dan was haar inspanning voor niets geweest. Dan ontplofte ze mee en dan liet ze een weduwnaar en twee wezen achter.

Wat er met haar kinderen kon gebeuren als ze de rugzak in de Schelde gooide of hier op het wandelterras achterliet, wilde ze zich niet eens voor de geest halen. Voor ze thuis was, zou het al te laat zijn.

Het was dus zij of haar kinderen.

Of ze moest zelf op het verkeerde moment de bom tot ontploffing brengen. Dan ging de reden om de kinderen kwaad te doen, mee de lucht in.

Hoe het ook zij, ze moest weten wat ze vervoerde, ze zou de rugzak openmaken. Of verwáchtten ze gewoon dat ze die zou openmaken en ontplofte de bom als ze aan het koordje van de rugzak trok?

Ze keerde zich met haar rug naar het standbeeld van Minerva en liet de bodem van de loodzware rugzak rusten op de granieten voet van het beeld. Ze liet de dikke riemen van de rode rugzak van haar schouders glijden en draaide zich weer om.

Toen pakte ze het touwtje van de sluiting beet, ze haalde diep adem, sloot haar ogen, liet beelden de revue passeren waarop ze lachend met haar gezin samen zat en sprak rustig voor zich uit: 'Dag mijn lieve Rosalind. Dag mijn lieve, kleine Valentijn. Dag lieve Victor van mij. Ik zie jullie zo graag', en trok hard.

***

15.41 uur. Nog vier minuten. Vier minuten? Vóór wat? De deur van de toren zat vast. Die was volgens de suppoost niet eens open geweest vandaag. Hier was vandaag geen bompakket mee naar boven genomen, hier lag niets, hier was geen bom verstopt. Maar waar was Ingrid dan?

Bruno had dan wel gezegd dat ze hier was, die ploert kon je gewoon niet geloven. Punt. Maar waar was ze dan wel? Hij vloekte weer: had hij nu maar het nummer van de gsm waarop Bruno Carels zijn instructies had gegeven.

Waar was ze nu? Had ze haar bompakket nog bij zich? Had ze het ergens neergezet en was ze veilig onderweg? Wat mocht hij van de woorden van Bruno nog geloven?

Rick transpireerde overvloedig. Hij kreeg het koud van de wind. Nog altijd 15.41 uur. Hoe het ook zij, iedere andere plek in de stad waar een bom lag, kon hij toch niet meer bereiken. Er daalde een zekere sereniteit over hem neer. Dit was het dan. Het enige wat hij nog kon doen, was hopen. Hij hoopte erop dat Bruno hem voor de zoveelste keer iets had wijsgemaakt. Natuurlijk.

Hij moest weer denken aan het musicalsfeertje waarin hij een paar uur geleden had geleefd. Hoe hij zich toen al verheugde op Ingrid en op dat goddelijke lichaam van haar. Gruwelijke beelden van wat met haar zachte huid stond te gebeuren, wilden zich nu meester maken van zijn gedachten. Maar hij bande ze uit zijn hoofd.

***

De knoop van het touwtje liet los. Ze voelde het in haar hand. Er gebeurde niets. Ze opende eerst haar ogen en trok dan de rugzak open. Misschien zat de ontsteking dieper in de tas. Ze zag dat de rugzak opgevuld was met losse chips piepschuim. Daartussen moest zich de essentie bevinden. En die essentie was zwaar, erg zwaar.

Zou ze een bom herkennen, mocht er in deze rugzak een zitten? Ze wist het niet. Ze had nooit een bom van dichtbij gezien. Wat haar betrof kon een buisje M&M's, zonder de bedrukte wikkel, al doorgaan voor een staaf dynamiet. Een dikke kauwgom was semtex, een vitamineampul kon nitroglycerine zijn. Ja, ze kende het wel, maar alleen van de televisie.

Ze ging aarzelend met haar hand in de witte chips. Ze hoefde niet lang te zoeken. Ze stootte op iets hards. Ze wreef er met een vinger over. Ze vermoedde wat het was, maar ze durfde het niet eens voor waar aan te nemen voor ze het had gezien. Ze haalde het uit de rugzak: het was een baksteen. En zo zaten er nog een paar in. Had zij de hele tijd dan met bakstenen gezeuld? Had zij zich daarvoor opgejaagd?

Wat een teleurstelling. Dit was dus toch weer een oefening.

***

'Halt! Handen omhoog en op de grond liggen.'

Rick hief zijn handen in de hoogte. 'Ik ben ongewapend', riep hij terug. Hij bleef doorlopen.

'Halt, of ik schiet!'

'Ik ben ongewapend!' Het was moeilijk om dit schreeuwend uit te leggen. 'Ik dacht dat er een bom in de toren was verstopt. Maar ik denk dat er geen ligt.'

'Halt!'

Toen zag Rick de camera's die op hem waren gericht. Er waren nog meer mensen in verdekte posities opgesteld. Ongetwijfeld van de reportageteams die de hele zaak op film vastlegden. De journalisten die hij had opgebeld, dus. Hij zag ook de andere politieman. Die stond bij zijn auto, ook met zijn getrokken pistool op Rick gericht. Er was nogal wat aandacht op hem gericht, dacht hij. Met opgeheven handen liep hij naar zijn auto.

'Halt!'

'Ik ben ongewapend!'

'Halt, of ik schiet!'

Rick Bogaert bleef staan en trok zijn jas uit. Hij draaide met gespreide armen volledig om zijn as.

'Gelooft u me nu eindelijk?' Hij naderde de politieman tot op spreekafstand.

Toen hij zijn auto daar zag staan, viel het hem op dat er iets mis mee was. Niet één ding, maar meer.

Hij dacht eerst dat de politiemannen zijn banden stukgeschoten hadden. Maar dat was het niet. De achterkant van de wagen hing laag tegen de grond. Hij had daarnet al gevoeld dat er iets mis was met de wegligging van de auto. Maar hij kon het niet goed inschatten, want hij had ook nooit zo snel en gevaarlijk door de stad gereden.

Die twee platinablonde binken hadden zijn wagen gebruikt. Hadden zij de ophanging dan kapotgereden? Toch niet in de stad? Waren ze er elders mee geweest? Of hadden ze de kofferruimte met stenen verzwaard om een betere wegligging te krijgen? De bodybuilders. Het viel hem plots in hoe gemakkelijk hij die ene tegen het bed had kunnen omverduwen en hoe gemakkelijk hij de andere had kunnen verschalken. Zo sterk waren ze dus ook weer niet. Twee lompe dommekrachten. En die stoel tussen de liftdeuren, daar had hij toch geluk mee gehad dat iemand die daar net had geplaatst.

Of hadden ze iets anders in de koffer gelegd, vroeg hij zich af. Hadden die twee zich met opzet laten vallen? En hadden zíj die stoel misschien tussen de liftdeuren geplaatst? En had hij zijn autosleutel maar kunnen pakken, omdat hij verzocht werd om met zijn auto naar de Onze-

Lieve-Vrouwetoren te rijden? Hoe kwam het dan dat zijn wagen zo laag hing achteraan? Hij stapte naar de auto toe en knipte die met de centrale vergrendeling open.

'Halt! Ik schiet!'

Er klonk een knal. De politieman voelde zich kennelijk bedreigd en had een schot in de lucht afgevuurd. Rick hoorde uit de verte gegil van toeschouwers, toeristen en passanten die zich verschansten en zich vergaapten aan het spektakel. Rick Bogaert was onder de indruk van de knal. Het was de eerste keer dat hij zoiets in het echt hoorde.

Toch zou hij zijn wil doordrijven. Hij ging nog een stap dichter bij zijn auto en duwde de knop van het kofferdeksel in. De koffer opende. Niet dat hij expert was, maar dit kende hij uit de film. En van in de garagebox. De geopende dozen met explosieven lagen zorgvuldig gestapeld in zijn kofferbak.

Terwijl hij er gehypnotiseerd naar bleef kijken, deed hij een stap achteruit. Wat nu? Hij had verwacht dat op zulke momenten allerlei mogelijke scenario's in snel tempo door zijn hoofd zouden flitsen, maar er kwam er niet een. Blackout.

Hij deed nog een stap achteruit. En plots zette hij het op een lopen. 'Weg!' riep hij. 'Weg!' Wild met zijn armen zwaaiend naar de politieman die schietklaar stond. 'Evacueren! Dat gaat hier ontploffen!'

'Halt! Of ik schiet!'

Rick Bogaert keerde de politieman de rug toe en liep weg. Hij keek ondertussen naar boven.

Boven hem begonnen de klokken van de Onze-Lieve-Vrouwetoren te luiden. Het werd kwart voor vier.

Achter hem klonk een knal.

'Ingrid!'

***

Top van nieuw opgerichte staatssecretariaat voor Terrorismebestrijding aangesteld

De man die in het voorjaar in Antwerpen een terroristische aanslag verijdelde door ongezien het ontstekingsmechanisme in de autobom te ontmantelen en die als expert ter zake een hevige pleitbezorger is van preventieve maatregelen tegen 'de onzichtbare vijand' wordt vanaf januari de nieuwe staatssecretaris voor Terrorismebestrijding, toegevoegd aan het ministerie van Binnenlandse Zaken.

Hij grijnsde. Het was voorpaginanieuws, niet zonder reden uiteraard. Zelfs de *International Herald Tribune* bracht '*Belgium appoints first State Secretary for Counter-terrorism measures*' op de voorpagina. Hij legde de krant op de stapel die hij eerder had doorgenomen. Alle commentatoren waren het erover eens: hij was de uitgelezen kandidaat voor het nieuw opgerichte staatssecretariaat.

En de nieuwe premier – nog een beetje onwennig, moest gezegd – deed er een uitstekende zet mee. Over alle partijstandpunten – van álle partijen – heen.

Het spel was overigens helemaal verlopen zoals hij had verwacht. In het kielzog van de chaos na zijn heldendaad had hij opportunistisch aangepapt met alle politieke partijen die hem op hun verkiezingsmeetings uitnodigden. Allemáál! En toen het volk de teerling had geworpen, had hij zich tegen de overwinnaar aangeschurkt.

Hij had de angstmachine in gang gezet. Hij zou angst boeiend maken. Voor iemand daar erg in had, hield hij dit land in zijn ene hand.

In de auto met explosieven had vanzelfsprekend nooit een ontstekingsmechanisme gezeten. Maar dat hij het de gevaarlijk depressieve ex-politicus op superintelligente wijze en met branie en durf had ontfutseld, ging erin als zoete koek. Televisiezenders vochten om zijn commentaar bij de beelden van de bewakingscamera's tijdens zijn eerste contacten met de man.

En wie was er om zijn verhaal te ontkennen? Niet de ex-politicus zelf. De halve wereld had gezien wat er onder de toren was gebeurd.

En ook niet de vrouw die bij hem was. De politie was tot de conclusie gekomen dat de ex-politicus helemaal alleen had gehandeld. Wie zou haar geraaskal trouwens geloven? Áls ze er al voor koos om haar huwelijk ervoor op het spel te zetten.

Er was maar één detail, bedacht hij, dat hij toch jammer vond. Hij was zoveel liever met zijn alias verder door het leven gegaan. Bruno Carels klonk een stuk minder banaal dan zijn echte naam.

De naam Bruno Carels had hij immers zelf gekozen en helemaal niet onzorgvuldig. Uit een boek van Patricia Highsmith. 'Ripley' had hem toen net iets te geforceerd in de oren geklonken. Hoewel, achteraf bekeken, het had ook wel gekund.

Ach, het mensdom; de klemtoon lag wel degelijk op de laatste lettergreep.

***

'Je trouwt met een jongen omdat je hem graag ziet. Maar na een paar jaar wordt die jongen een man. En als je even wegkijkt, herken je die jongen van vroeger niet meer, dan is alleen zijn naam dezelfde gebleven. Zo gaat dat nu eenmaal, zeker? Maar daar ben ik pas veel later achter gekomen.'

Miriam roerde voorzichtig door het papje in het diepe bord voor haar en nam er een schepje van op haar lepel. Ze schraapte zorgvuldig met de onderkant van de plastic lepel tegen de rand van het bord, zodat er geen klodders bleven hangen die er onderweg konden af vallen.

'En het helpt niet als je met alle geweld de jongen van vroeger terug wilt hebben. Dat heb ik ook wel begrepen. En je mag ook alleen die jongen er niet op afrekenen dat van al de dromen die je samen maakte toen je nog verkering had, dat er daar geen enkele van is uitgekomen.'

Ze bracht de lepel in zijn mond en wachtte tot hij die had gesloten. Ook dat ging soms niet zo gemakkelijk. Hij moest er echt al zijn aandacht op richten. Ze trok de lepel voorzichtig terug en ging ermee over zijn mondhoeken om de restjes pap weg te halen. Hij moest zich geconcentreerd inspannen om te slikken. 'Goed zo', zei ze. Ze had er nooit eerder bij stilgestaan dat slikken zo'n ingewikkelde reflex was.

Ze had hem twee keer bijna verloren. Eén keer toen ze hem onterecht van vreemdgaan verdacht en haar achterdocht hem uiteindelijk van haar dreigde te vervreemden en één keer toen hij wanhopig van zijn politieke levenswerk een statement had willen maken. Ze zou hem geen derde kans geven. Ze zou hem nooit meer laten gaan.

'Mannen en vrouwen met mekaar, je kunt daar eigenlijk niet aan uit. Als je elkaar maar graag blijft zien, hè. Dat is toch het voornaamste. En als je elkaar daarna maar terugvindt, met littekens van onderweg, tot daar aan toe. Ja, dat is het voornaamste. Wees maar gerust, ik zal altijd voor je blijven zorgen.'

***

Rick staarde Miriam met grote ogen aan terwijl ze een nieuw lepeltje van de pap naar zijn mond bracht.

Hij lag thuis in de woonkamer in een ziekenhuisbed. De kamer was volledig heringericht, met het bed als centraal punt. Hij kon zowel door het raam naar de straat kijken als vanuit dezelfde positie de tv volgen. Binnen handbereik lag alles wat hij nodig kon hebben om hem het leven vanuit een ziekenhuisbed aangenaam te maken: afstandsbediening, telefoon, radio, laptop met internet, boeken, tijdschriften, een drankje met een rietje. Alleen zat er geen tropische cocktail in de babybeker, maar water. Alleen kon hij er niets mee, met alle gadgets om hem heen; omdat hij alleen zijn hoofd nog kon bewegen.

Hij miste haar wanhopig.

Er ging geen uur voorbij zonder dat hij aan haar dacht. Er ging geen uur voorbij zonder dat hij de dag vervloekte dat alleen zijn hoofd wakker was geworden. Als hij nu maar gauw dood kon gaan, hoopte hij. Hij verbeeldde zich dat er na dit leven toch ergens een droom moest zijn waar ze ooit nog samen zouden zijn. Maar hij zag voor zichzelf alleen een toekomst waarin hij langzaam zou wegwijnen in een ziekenhuisbed. Hij was gedoemd om op de dood te wachten. Eindeloos lang.

Liefde was het enige wat leven de moeite waard maakte en hij had haar twee keer verloren. Eén keer toen de tijd hem Miriam had ontnomen en één keer toen Ingrid uit de hotelkamer van het Crowne Plaza was vertrokken. En niet één keer had hij afscheid kunnen nemen. Wat het gemis nog onnoemelijk veel pijnlijker maakte.

Hij piekerde eindeloze uren over wat hij anders zou hebben gedaan, als hij had geweten dat hem niet meer tijd met haar was gegund.

***

Ingrid Lund glipte weg uit haar kamer in het Bonvecchiatihotel in Venetië, terwijl Victor met de kinderen naar de fitnessruimte was. Daarna zouden ze nog een poosje in de jacuzzi doorbrengen.

Het uitzicht op het San Marcoplein was adembenemend, maar de kamer verstikte haar, deze stad verstikte haar. Ze wilde gewoon nog even in de buitenlucht zijn. De kinderen waren dol geweest op de Dogenstad en daarom had ze er schoorvoetend mee ingestemd om er terug te keren.

Maar Venetië was anders dit keer. Er was het sombere novemberweer dat iedereen parten speelde. Maar er was voor haar natuurlijk vooral ook dat andere.

Victor had het haar zo voorzichtig gevraagd: 'Het lijkt of je het niet naar je zin hebt, Ingrid?'

'Jawel. Toch wel', had ze geglimlacht.

'Is het de prosecco of de voorjaarszon die je mist?'

'Allebei.'

Daarop toverde hij van achter zijn rug twee kleine flesjes prosecco te voorschijn. Hij kuste haar. 'Alleen de zon kan ik jou niet schenken.'

Toen waren haar ogen volgeschoten en Victor had gedacht dat ze zo aangedaan was van zijn aardigheidje. Victor wist nergens van, maar hij was de laatste tijd attent als nooit tevoren. Dat gaf haar een gevoel van warmte, maar tegelijk ook van een overweldigend gemis.

Ze miste hem zo.

Niemand had haar met Rick Bogaert in verband gebracht. Er waren geen sporen die naar haar leidden. Het was net alsof er nooit een vrouw die dag met hem samen was geweest. Soms had ze zich zelfs afgevraagd of ze het echt niet allemaal had gedroomd. Maar op een dag zat haar gsm bij de post. Ze begreep toen dat iemand had besloten om een einde te maken aan haar nachtmerrie. En daar zou ze in berusten; omwille van haar gezin.

Ze wist wat er met hem was gebeurd. Alle media hadden het verhaal uitgebreid gebracht, hoe hij door een kogel vanaf de nek verlamd was achtergebleven.

Hoeveel keer al had ze niet op het punt gestaan om hem een teken van leven te geven? Maar had het dan uiteindelijk toch niet gedaan. Ze wilde het zo graag, maar ze zou het van grote wreedheid vinden getuigen om opnieuw in zijn leven op te duiken. Wetende dat ze elkaar toch nooit meer zouden ontmoeten. Wetende dat hij kapot zou zijn van de wanhoop daarover.

Hoeveel keer nog zou ze twijfelen en op de valreep besluiten om het niet te doen? Zo ook deze keer.

Ingrid haalde de ansichtkaart met het San Marcoplein uit de zak van haar lange overjas. Ze had geschreven:

Het Crowne Plaza is het mooiste wat ons samen kon overkomen.

xxx

Dit was onzinnig. En wat had die uitspraak van hem een wrange bijsmaak gekregen. En bovendien, alsof hij deze woorden ooit te lezen zou krijgen.

Ze scheurde de kaart langzaam in twee, dan ook overlangs en ze bleef scheuren, tot ze kleine snippers overhield, die ze als confetti in het water liet dwarrelen.

Ze keek vanaf het brugje naar het donkere, spiegelende water van het kanaal.

'Nee, Rick, je had gelijk. Nee, we zullen nooit samen Venetië zien.'

***

Dankwoord

Bad writers imitate, good writers steal.
Als u dit citaat van T.S. Eliot letterlijk wilt nemen, dan staat het u vrij te kiezen tot welke categorie u mij wilt rekenen.

Want ik ben niet goed in het kiezen van namen en toen ik er een zocht voor het door en door verdorven personage dat ik wilde introduceren, dacht ik spontaan aan Charles A. Bruno uit de roman *Strangers on a train* van Patricia Highsmith. Naast Tom Ripley toch een van de meest verdorven geesten, die echter nooit de psychopaten lijken die ze nochtans wel zijn en waar la Highsmith een patent op leek te hebben. Hoe ik me ook inspande voor een beter alternatief, Charley Bruno bleef door mijn hoofd spoken en Bruno Carels leek me een leuke vernederlandsing. Laat ik de grande dame van de psychologische misdaadroman welgemeend danken voor de inspiratie.

Rick en Ingrid zijn ook niet onzorgvuldig gekozen. Van het verliefde stel Rick Blaine en Ilsa Lund uit de filmklassieker *Casablanca* uit 1942, vertolkt door Humphrey Bogart en Ingrid Bergman, heb ik de echte en de filmnamen enigszins verniccifrencht.

Verder zal de belezen lezer straffe zinnen en uitspraken herkennen van Willem Elsschot, Graham Greene, Benoîte Groult, Kazuo Ishiguro, Jay McInerney, Joseph Pearce, Philip Roth, George Sand en Herman Teirlinck.

Straffe daden werden als vanouds en onverdroten gepleegd door mijn uitgever Wim Verheije en mijn redacteur Ilse Van Nerum, die ik allebei oneindig dankbaar ben.

Van Patrick De Bruyn
zijn bij dezelfde uitgever verschenen:

Vermist

Verminkt

Verdoemd

Verliefd

Passie

Indringer

De pers over **Vermist**:

'*Vermist* lees je op het puntje van je stoel. Zo indringend dat je sommige personages zelfs raad zou willen geven.'
– WEEKEND KNACK

'Er vallen 116 doden, maar van moord is geen sprake. Innoverend!' – DE MORGEN

'*Vermist* is in al zijn kwaadaardigheid een genot om te lezen.'
– VRIJ NEDERLAND DETECTIVE & THRILLERGIDS

'Een meesterwerk! Internationale klasse!' – DAG ALLEMAAL

De pers over **Verminkt**:

'Intussen kunt u rode oortjes krijgen met *Verminkt*, de vierde thriller van Patrick De Bruyn. Superspannend boek en de plot zou zo uit het leven gegrepen kunnen zijn.'
– KNACK

'De Bruyn houdt de spanning mooi vast. Hij schrijft scherpe dialogen en is een goed waarnemer. Leuk is dat hij allerlei echte personen laat opdraven.' – DE STANDAARD

'Patrick De Bruyn slaagt erin om van onze dagelijkse angsten een bloedstollend verhaal te maken: *it could also happen to you...*' – FLAIR

'Patrick De Bruyn is de Vlaamse meester van de spanning.'
– DAG ALLEMAAL

'Het sleutelwoord in de vier thrillers van Patrick De Bruyn is suspense.' – DE MORGEN

De pers over **Verdoemd**:

'In zijn meest recente boek, *Verdoemd*, brengt De Bruyn de misdaad opnieuw akelig dicht bij de lezer. [...] een verhaal vol suspense en herkenbaarheid.' – Het Laatste Nieuws

'[...] een ijzingwekkende realiteit die de auteur meesterlijk weet te beschrijven. Een ongemakkelijk makend, spannend boek over verdriet en machteloosheid, waarin De Bruyn zich een meester in het genre toont.' – Knack

'De Bruyn [...] bevestigt zich met dit boek opnieuw als dé Vlaamse topper met internationaal niveau.' – Zanadu

'Sinds zijn debuutroman *File* (1998) levert hij met de regelmaat van een klok zenuwslopend spannende boeken af. [...] Zijn vijfde, *Verdoemd*, heeft pagina's die nauwelijks te harden zijn, zó spannend.' – Het Nieuwsblad

'Na vier thrillers is De Bruyn zowat de meester van de psychologische suspense geworden met romans waarin hij veel elementen uit de alledaagse werkelijkheid gebruikt.' – De Morgen

De pers over **Verliefd**:

'Zonder twijfel een van de beste Vlaamse thrillers van het jaar. *Verliefd* is zowel een spannende thriller als een meeslepende romance.' – De Morgen

'Een tergend spannend, noodlottig verhaal. De Bruyn schept een afgrond van gemis en lijden.' – de Volkskrant